JONATHAS JUSTINO

JUNO

JONATHAS JUSTINO

JUNO

Diretor Editorial Gustavo Abreu
Diretor Administrativo Júnior Gaudereto
Diretor Financeiro Cláudio Macedo
Logística Daniel Abreu e Vinícius Santiago
Comunicação e Marketing Carol Pires
Assistente Editorial Matteos Moreno e Maria Eduarda Paixão
Designer Editorial Gustavo Zeferino e Luís Otávio Ferreira
Capa Isabella Sarkis de Carvalho
Diagramação Renata Oliveira
Revisão Ana Isabel Vaz

Dados Internacionais de Catalogação na Publicação (CIP)
Bibliotecária Juliana da Silva Mauro – CRB6/3684

J96j	Justino, Jonathas
	Juno / Jonathas Justino. - Belo Horizonte : Letramento, 2023.
	320 p. ; 23 cm. - (Temporada)
	ISBN 978-65-5932-389-0
	1. Filosofia. 2. Biopolítica. 3. Biopoder. 4. Desigualdade.
	5. Análise social. I. Título. II. Série.
	CDU: 82-312.1
	CDD: 869.93

Índices para catálogo sistemático:
1. Romances existenciais 82-312.1
2. Literatura brasileira 869.93

GRUPO ED. LETRAMENTO

LETRAMENTO EDITORA E LIVRARIA
Caixa Postal 3242 – CEP 30.130-972
r. José Maria Rosemburg, n. 75, b. Ouro Preto
CEP 31.340-080 – Belo Horizonte / MG
Telefone 31 3327-5771

TEMPORADA
É O SELO DE NOVOS AUTORES
DO GRUPO EDITORIAL LETRAMENTO

SUMÁRIO

TOMO I

A REAL
REALIDADE

EFÊMERA

Essa não é uma narrativa fantasiosa, nem algo puramente ficcional, quiçá se baseia inteiramente na realidade e em fatos racionalmente legitimados e verificados — *ao menos não nos moldes do empírico e da observância pragmática.*

Posso estar enganado, mas talvez exista sim alguma inquirição outra — *estaria sendo enganoso se desconsiderasse o que legitima tal exposição.* Teço um aviso a mim: *"essa trajetória por vir de nada se aproxima do conto do herói ou do resiliente"* — *não irei à salvação de ninguém e sequer procurarei a expiação da minha alma.*

Muito pelo contrário.

Essa amarga descrição se conecta, em seu desenrolar, com o múltiplo que me costura em vida: *ficcional, fantasioso, real e visceral* em uma trama que não possui personagens antagônicos e definidos em termos de valor. Aliás, minhas qualidades são duvidosas e a moral, tal qual é colocada em nossas vidas, não é o crivo que me guia e decerto não sustentará o que tenho a dizer.

Tais angústias, vividas e retratadas, detêm como pano de fundo a minha forja contemplativa e analítica que transmuta esses diagramas exploratórios que me atravessam — *dessa ética duvidosa que nos interpela a barbárie e da extirpação de nossas forças vitais pelo trabalho —,* situações experienciadas como algo obrigatório para o reconhecimento da condição de "humano" e que naturalmente se impõe à minha *Vida* — *e talvez perante a existência de todos os demais —,* enquanto um projeto premeditado que nos dilacera.

Faz-se necessário, ao menos em minha visão, que eu coloque essa amálgama em uma ótica minha, tendo como agência principal esse desespero que me toma de assalto. *Sinto-me em uma arapuca tecida milimetricamente por mim e para meu corpo em exclusividade.* Vivo uma exegese do lamento.

Apresento dificuldade e, por vezes, incapacidade de me sensibilizar por esta realidade que nos deflora de maneira implacável. Não que seja inexistente em mim a faculdade de "sentir". Sim, é óbvio que vejo e me compadeço pela desigualdade, pela mediocridade do que nos tornamos, pela violência imposta às nossas vidas. *Isso não está em discussão.*

Todavia, me sinto impedido de me jogar no afeto da pena pela tragédia que construímos para nós, pois *sinto-me devastado pelos seus efeitos.* Existe aqui uma diferença dessa capacidade de sentir ou ser considerado insensível e internamente oco: *o que me causa repulsa são as consequências e as ressonâncias históricas que formulam nosso presente nos ecos de nossa própria depredação.*

Talvez não seja especificamente eu, ou qualquer outra pessoa comum e anônima, que possa ser culpabilizada por essa selvageria que nos assola, pois desempenhamos evidentemente a função de *"bucha de canhão": necessários e descartáveis.*

A inabilidade em sentir e me compadecer trouxeram repercussões cognitivas importantes para minha vida e em termos de como passo a "enxergar as coisas": *lembro- me de quase tudo!*

E mais do que isso, consigo identificar, analisar e separar os sentimentos e as sensações de acordo com as experiências vivenciadas, como se uma fotografia fosse tirada e eu olhasse posteriormente um álbum a fim de folheá-lo para compreendê-lo.

Esta habilidade em particular atravessará as maneiras como eu passo a "olhar" o mundo à minha volta. É um costume pessoal que minhas vivências no tempo presente, ou seja, o que me cerca em meu dia a dia, seja visto por mim, como algo relacionado a elementos do meu passado e de minhas memórias, pois *não acho que o que se apresenta no cotidiano, em termos de circunstâncias, seja fruto de algo inédito ou eminentemente novo ao meu corpo.*

Lembrar, sempre lembrar! Essa é uma característica que me constitui e algo presente nessa jornada em que viso me jogar. Desta maneira, onde nasci e como vim ao mundo detém significativa importância nessa narrativa.

Surjo em meados de setembro de 1983, ao início da primavera.

O desabrochar das flores, o aroma dos Ipês e a cidade colorida davam o tom de uma parte de minha região originária — *cenário pitoresco e romântico, contudo, distante da localidade do meu nascimento. Nasci e cresci longe do centro urbano e da geografia de elite. Não existiam flores por lá.*

O dia da minha "vinda" fazia parte de mais um ciclo diário qualquer das pessoas e da cidade. A comunidade que habitava aquela localidade, tal como sempre o fez, continuava a caminhar atarefada — *afinal, não se tratava do retorno mitificado do Messias.* Eu era, afinal, apenas mais um.

Venho ao mundo em uma segunda-feira, dia reconhecidamente danoso para quem vende a força de trabalho: *repleto de ressaca e deses-*

perança para quem decide (ou detém como única *possibilidade), apostar todas as suas fichas de conforto em um curto espaço de tempo denominado e conhecido por todos como sábado e domingo.*

Chego infante em um distrito cercado de barracos de tapume e condomínios habitacionais — *ali não existiam Ipês, flores em desabrolho ou tom de encanto bucólico.* O espaço acinzentado das rodovias próximas, do marrom da madeira dos barracos e das habitações iguais – *característica própria de moradias populares* — tomava conta da paisagem com uma paleta de cores limitada.

Sem um plano de concepção a ser colocado em prática ou um pré-natal realizado da devida maneira, quem me pariu não tinha como saber exatamente quando eu escaparia ou tentaria me evadir do seu útero — *quem me gerou soube de mim em tom de surpresa acompanhado de sonoplastia específica: gritos contundentes de contração e desespero.*

Sua gravidez tinha sido inesperada. Após a confirmação, juntamente à 13ª semana desta desagradável surpresa: *a própria gestação,* o fornecedor do sêmen desaparece por motivações próprias — *jamais ouvi falar dele ou de sua importância. Talvez já se encontrasse "desaparecido" de suas funções maritais (ou paternais futuras), antes mesmo de sua factual ausência.* Quem sabe?

Não era incomum tal situação naquele bairro sem flores e com coloração reduzida. Viam-se apenas mulheres de mãos dadas com seus filhos. Uma cuidando da prole da outra, da maneira que podiam. A palavra "pai" pouco se ouvia, e, a mim, jamais fora motivo de sofrimento. Também não tive irmãos — *acredito que o trauma dilacerante da primeira parição possa ter impedido aquela que me gerou de replicar essa experiência.*

Lembro-me do útero, não de todo o processo em que lá estive, mas dos momentos quase anteriores à minha expulsão. Recordo-me da preocupação de minha mãe, não somente pela minha vinda e o que se desdobraria a partir disso, mas, sobretudo, a preocupação advinda pela manutenção do seu trabalho. Não existiam direitos à maternidade na região à qual cresci, ao menos, não os concedidos por lei.

Às margens da minha humilde residência existia um pequeno riacho de água limpa e cristalina. Da janela aberta do quarto era possível se ver perfeitamente a feição das águas que corriam calmamente, enquanto os demais continuavam suas obrigações diárias e a mulher, denominada como mãe, urrava de dor à minha espera.

O ato de minha vinda não haveria de ser um problema significativo — *ao menos não em termos da tarefa de me retirar do corpo daquela mulher*. Uma vizinha tinha a expertise de realizar partos domiciliares — *trazia esse conhecimento de sua mãe, já falecida, e essa, de sua avó.*

Enquanto me retirava do corpo em sangue e em prantos, algo anômalo, mas excepcional, ocorreu em concomitância naquele riacho que corria frente à minha moradia de origem e ao ato de parição.

Surgia no cenário a eclosão massiva de um inseto nunca visto antes por aquela população, vinda do lodo da margem daquele arroio. De cauda longa e cabeça proeminente, mediam 12 cm cada um, alçavam voo sincronizado e moviam-se sempre próximo à água. Voando baixo, faziam as asas tocarem a superfície do espelho líquido.

Ao longe, podiam apresentar a imagem de praga ou infestação, todavia, a sensação daquela população foi outra. O caminho atarefado e o olhar para baixo, tão vulgar a quem deve chegar com rapidez a um local indesejado, sofreu de imediato uma ruptura de seu ciclo. Os insetos em euforia coloriam o Páramo habitado e destituído de flores, para que, ao menos por alguns segundos, esse fenômeno pudesse retirar aqueles caminhantes de sua catatonia compulsória: *de suas respectivas obrigações.*

Por um momento, todos olharam o céu acinzentado.

Após a eclosão, as larvas aladas detinham apenas algumas horas de vida para acasalarem antes de morrerem. Apenas assim garantiriam os nascimentos posteriores e correspondentes revoadas das hordas seguintes: partindo e retornando sem se distanciarem do local de sua criação — *observou-se, em média, 24 horas da instauração da Vida ao desenredo do espetáculo. Existência curta e fadada a uma* única *função.*

Quanto a mim, ao finalmente surgir de dentro daquela mulher, banhado em sangue e vérnix caseoso, não incorro ao pranto, sequer expilo uma menção de grito traumático — *e apanho por isso.*

A que me gerou, já desfalecida e sem forças, não parecia estar consciente e eu, ainda me acostumando à luz, olhava ao redor estático, sem tecer qualquer som. A parteira, ao perceber que tudo corria aparentemente bem e dentro do esperado, me segurou em direção à janela aberta — *mostrando-me aos poucos curiosos que permaneciam fora da humilde residência.*

Lembro-me das mãos dos visitantes da janela encostando uma na outra, como se celebrassem mais essa vinda — *talvez estivessem em júbilo ou quem sabe sentiram a satisfação por terem mais alguém para dividir o fardo pelo que nos tornamos.* Confesso que meu olhar os atravessou como se não existissem. Olho para trás, em direção oposta à janela onde estavam os visitantes, e vejo aquela mulher em completa exaustão e prostrada. Seus olhos fechados e as manchas avermelhadas espalhavam-se pelo chão e pelos lençóis maltrapilhos — *senti ao longe sua respiração: "então foi lá que durante esses meses passei fome".*

Ao longe, tive o vislumbre dos insetos em nuvem, sobrevoando aquele pequeno riacho. Coloriam o céu em sinergia. Alguns não aguentavam os primeiros voos e caíam por terra se debatendo em agonia, outros, em contrapartida, giravam se revezando sobre a água, buscando um par para efetivarem o acasalamento — *se contasse a alguém que me recordo dessa primeira impressão de mundo desconfio que não acharia muitos crentes na factual existência dessa memória.* Ela realmente existiu, não é fantasiosa.

Talvez minha dificuldade em atuar sobre o mundo me ofertou a capacidade de lembrar minuciosamente os detalhes e narrar, sempre narrar.

Os seres alados e inéditos faziam parte de uma coleção de vidas passageiras denominadas *Efeméridas*, que viriam a sucumbir ao final do dia — *um ambicídio pactuado com a própria natureza refletia minha primeira visão da realidade.*

Esta fuga uterina não acompanharia uma estrela brilhante no céu ou traria visitas ilustres portando presentes exóticos e peculiares. Compreendia, ao invés disso, uma *Vida* fadada pela exaustão e pelo uso do corpo para determinados fins.

Via com certa paciência os insetos sem vida espalhados ao solo: *suas asas e corpos caminhando para uma posterior decomposição, em que serviriam de alimento para outras famintas vidas.* Fitando os que ainda resistiam, voavam e seguiriam exaustos para similar fim, senti certo desespero e um embrulho estomacal que me fez cuspir líquidos próprios da ação de nascer.

Meus olhos abriam-se e se fechavam — eram as primeiras piscadelas. Ao presenciar a morte em meus inéditos momentos de vida, *chorei pela primeira vez,* e confesso: o fiz de maneira constrangedoramente escandalosa.

A *Eclosão* dos insetos, por sua vez, jamais aconteceu novamente.

LATÊNCIA

Chamam-me de Juno, contam-me a idade de 39 anos.

Digo de antemão que não porto uma beleza padrão que se destaque na rua nem uma conta bancária que desperte interesse ou interessados. Sequer posso ser identificado como um ser sociável e bem quisto — *para muitos tenho algo de errado.*

Estou sempre em suspeição, contudo, sem apresentar real ameaça à Vida: *alguém comum e um pouco estranho.* Acredito que meus espectadores não confiem em minha completa sanidade.

Sinto que estou em desequilíbrio e gostaria de tecer algumas reflexões sobre essa constatação, ou, ao menos, sobre como entendo o que seja essa dita *Loucura.* Acredito piamente que o *Enlouquecimento* não parta simplesmente de um diagnóstico ou de uma crise aguda que identifique que estejamos, ou no caso eu esteja, em um ponto de *Ruptura* com esse circo do Real.

Digo isto pois não percebo como possibilidade futura que eu esteja amarrado, contido e excessivamente medicado: *posto em uma instituição.* Contudo, algo está diferente do que costumo tatear.

Não há nenhum episódio novo a relatar, em absoluto, mas há anos venho vivendo e convivendo com essa mesma e imodificável rotina, repleta de concessões, ausências, responsabilidades corriqueiras e a preocupação pela manutenção da continuidade dessa existência que internamente me aniquila — *nada sobra ou se cria e não há vislumbre de que isso se amenize.*

Intensas dores nos ombros me afligem cotidianamente, bem como um eventual puxão na perna direita. Tenho manchas abaixo dos olhos — *profundas olheiras* —, e todos os dias, vários transportes a serem pegos, a fim de que se inaugure mais um dia de trabalho.

Para além das questões físicas e visíveis, percebo, sobretudo, algo que vem se modificando com o passar dos anos.

Venho reparando que progressivamente passam a coexistir comigo algumas "rachaduras" que olham por romper certas barragens da minha dita *Sanidade,* se apresentando cada vez mais aparentes, maiores, evidentes, o que vem me colocando em um lugar narrativo especial. E isto abre espaço para que eu convoque o tema que me guiará por esse pranto que venho a denominar como *Vida*.

Esse desequilíbrio, estas rachaduras, este *Enlouquecer* que vem me tocando e me diluindo da Razão. Mas nada é tão raso ou literal no que tange os parâmetros da *Sanidade* — existe um entremeio nisso tudo.

A *Loucura*, ao menos em minha concepção, se dá através da continuidade desse cenário devastador que chamamos de *Vida* e não da emergência de um incidente cataclísmico que nos retire do eixo: já estamos em rota de colisão voraz e brutal com um futuro arrasado — *é a certeza da inescapabilidade que me permite essa catarse autointerpretativa do desespero.*

Sinto o *Enlouquecimento* me adentrar, não pelo rompimento com o que chamamos de "Realidade", mas pelo inevitável aprisionamento fruto do fluxo contínuo da própria *Vida* tal qual conhecemos ou singularmente, tal qual como a apreendo.

O mundo no qual cresci, aprendi e me formei não passa de uma clausura que dissipa qualquer centelha revolucionária — *jaz aqui um corpo que implodia em uma carteira escolar e que não chorava quando sentia a dor da vacinação.*

Um corpo que aprendeu, ao contrário, a apreciar o sabor da agulha sob a pele e, quando na escola, exercitou a paciência da espera, para que um dia pudesse "endoidar" em caráter funcional.

O mais estranho, ao menos em minha concepção, é que sempre esperei por esse momento, como se de alguma maneira, em um tom profético, o ato ou o processo de *Enlouquecer* sempre estivesse circunscrito em meu futuro e à espreita. Sinto cada vez mais uma pressão sobre os pulsos, como se estivesse de mãos atadas e sem movimento.

Algo que percebo é que os puxões na perna vêm acontecendo com mais frequência após eu me dar conta dessas *Rupturas* que vêm me acometendo dia após dia.

O que chamo ou sinto como *Prisão*, de nada tem a ver com alguma conceituação que deflagre um estado de *Poder* imobilizante e puramente coercitivo. Aliás, distante da concepção de que *Poder* seja apenas uma forma de opressão, assumo uma postura de que os regulamentos impostos dissertam sua retórica invisível e implacável pelo seu vórtice produtivo: *e a mim, o que me possuiu enquanto máxima foi a constituição de um corpo em Latência, essencialmente parado e à espera de algo.*

Assim, para explicar meu porvir duplo nessa narrativa, acredito ser necessário declamar minha formação existencial pela *Espera*.

Com o passar dos anos, desde a infância, assumindo um papel de pária dessa Realidade que nos cerca, pude elaborar impressões próprias sobre nossos casulos necessários.

Digo, de antemão, que o sofrimento histérico, afobado e exacerbado jamais me atravessou — *a atitude contemplativa, talvez covarde, é uma de minhas marcas.* Sigo como um fantasma no meio da desordem, às vezes e por acidente, derrubando um objeto ou outro pelo caminho, mas fundamentalmente imperceptível ao olhar dos vivos.

Aqui, não me apego somente a episódios factíveis que denotariam esse meu estado *Latente*, e sim a distintos graus de sensações que me acompanhariam nesse progressivo existir. Aliás, não acho que esse termo — *do progresso* — esteja envolto nas qualidades de *desenvolvimento ou evolução de nossa espécie.*

Tais valorações: *de progresso, evolução ou sucesso,* por si só, encontram-se em uma zona de exaustão por excessivo uso e pela vulgarização dos seus termos — *estão gastos e corroídos.*

Se me apego à continuidade da *Vida* enquanto Cárcere, não há sentido afirmar uma linearidade evolutiva, que se qualifica com o passar dos anos — *em minha concepção não existe progresso no sentido de "melhora".* Nos deterioramos progressivamente, seja pelo corpo individual, seja pelas relações que estabelecemos ou que se dobram sobre nós. *Não há saída.*

Nunca apresentei uma retórica eloquente — *demorei a falar.* Quando infante, era tímido e recluso e não detinha muitos amigos na escola — *permanecia na creche municipal sempre olhando para as paredes, para a areia e em constante isolamento.*

Embora com aprendizagem rápida e avaliações acima da média — *com exceção para o desenho e o recorte* —, as relações fraternas e a turma de amigos não faziam parte de um objetivo a ser atingido. Logo, minha ausência comunicativa viria a se tornar uma questão: alguns denominados *experts* passariam a me olhar pela ótica da pena e da necessidade de atenção diferenciada: *"existe algo de errado com essa criança"* (afirmavam).

Longe de ser um futuro caso de fracasso escolar, não conseguia me expor em sala, o que frustrava os educadores. O pacote completo da criança saudável estava com uma peça faltante: *"Ele não interage",* diziam.

Não demorou muito para que as hipóteses diagnósticas passassem a rolar como avalanche sobre a mesa: *grau leve de autismo, depressão infantil, dentre outras coisas.* Passei a ser uma criança com Laudo Diagnóstico.

Minha introspecção não me causava martírio, mas trazia sofrimento aos adultos — *talvez eu não estivesse suprindo todas as expectativas da minha referida etapa de desenvolvimento.*

Em um determinado momento percebi qual era a real preocupação dos que me cercavam — *"Ele precisa desenvolver a sociabilidade!" (dizia uma das coordenadoras da unidade escolar). "Para o mercado de trabalho, por exemplo, ele vai ter muita dificuldade, a vida é dura, ele tem que se abrir um pouco".*

A sensação que detinha desse período era puramente mecânica, sem alma, desejo, apenas oco, como se permanecesse *Estático* e à espera de algo que não poderia achar naquele espaço. Ali, na escola, frente ao laudo e às hipóteses não haveria de ser meu escopo de *Eclosão.* Em absoluto.

Em determinado momento, após a suspeita de habitar uma infância disfuncional, passei a mancar, sem nenhuma razão aparente.

Minha perna direita aparentava deter um peso maior que a outra, se prendia ao chão com força me fazendo performar uma marcha defeituosa. Justamente eu, que não desejava ser reparado e visto pelos demais.

Os *experts* achavam que se tratava de uma tentativa desesperada para *"se fazer amigos".* Isso sim pode ser chamado, gentilmente, de equívoco analítico. Conheço-me em demasia, e jamais faria algo tão trágico quanto tentar tecer o fraterno através da pena.

Após um tempo — *alguns anos* —, sem explicação racional, não mais percebi minha perna se arrastando — *deixei de mancar subitamente.* Realmente não sei qual foi a funcionalidade ou o sinal dado pelo meu corpo naquela determinada época.

Partindo do pressuposto de que o conceito de *Latência* em si faz parte e antecede uma etapa prévia para algo — *um vir a ser* —, me pego pensando qual seria a encomenda dada ao meu próprio corpo?

Quais tramas me montam? Essa espera designa que tipo de humano em expectação? Ou, de maneira ampla, qual a noção de humanidade que me incluo ao ser gerado e gerido?

Vale destacar que estes estratagemas não dizem respeito única e exclusivamente à minha própria historicidade. Não acho originalidade em minha contação — *a perspectiva de que aqui se instauram delimitações especiais não se aplica. Me considero medíocre e mais um.*

No entanto, é sobre essa noção estereotipada de *Loucura* que me apego em crença. De algo sumariamente esperado de um corpo e projetado nele, marcando-o através dos pequenos vilipêndios, dos olhares e da expectativa.

Uma *Latência* ordenada, classificada, regulada e envolta em amarras que não literalmente me aprisionam, mas necessariamente se afundam em uma noção de matéria/função que se encaixa em nós e se embrechou em meu corpo, com exceção de algumas arestas que buscavam "podar" — *no caso, o campo das minhas supostas inabilidades.*

Decidi, portanto, me colocar fora dessa narrativa de isolamento e avaliação em busca de pequenos rompimentos da já moldada existência, algo que nomeio como *Fissuras.*

Elas vêm acontecendo com o tempo, todavia, somente agora consigo percebê-las. Esse *líquido endoidecido* e represado guarda uma tentativa de fuga dessa sensação de prisão tão comum ao meu corpo. Sinto que preciso ir atrás de intensificar estas *Rupturas* que atribuo à processual *Loucura* que toma meu corpo. *Necessito Enlouquecer para escapar.*

Vivi durante grande parte da vida em frente ao riacho. Convivi na presença de uma mãe solo e na ausência de uma figura paterna. Sem irmãos, detinha meu trivial viver junto a ela, que me aferia cuidados dentro de suas possibilidades.

Ela apreciava tabaco e aprendi, com o tempo, a acender seus cigarros na boca do fogão de segunda mão, para quem sabe ajudá-la a permanecer mais alguns minutos sentada em nosso sofá. Sempre emudecida, percebia que guardava para si a energia necessária para sobreviver ao seu próprio dia — *trabalhava como costureira.*

Rememoro as oportunidades nas quais ela, ao chegar juntamente com a escuridão, trazia, em pequenos sacos plásticos, retalhos de tecido — *feltro* — que se transformariam em posteriores fantoches de mãos: *os com vestimenta de palhaço e bruxa eram meus favoritos.*

Lembro-me, sem conseguir entender inteiramente minha motivação, de que eu, em determinado momento, logo após iniciar meu processo de alfabetização, desenhei o número cinco no dorso de um dos meus fantoches preferidos.

O que me levou a isso jamais foi possível ser desvendado — *ao menos até aqui.* Todavia, me parecia que aquele algarismo guardava certa potência, como se ele contivesse uma simbologia que acompanharia o desenrolar da minha *Vida.*

Adorava montar minhas próprias histórias e desvendar as sentenças dos meus personagens. Sentia certo alívio. Minha onipotência definiria qual seria o caminho a ser construído, podendo reiniciar a narrativa no momento em que eu quisesse. Poderia afagar os personagens ou destruí-los, em ação de complacência ou tortura.

O mundo do feltro colorido e dos fantoches feitos à mão me concedia esse *Poder* de autonomia. Nessa passagem, percebo uma nova fissura com a irrealidade: *o abraço de satisfação com o meu próprio mundo criativo e caótico em meus termos.*

Ainda na casa do riacho recebíamos frequentemente visitas de pessoas estranhas. Não se tratava de familiares ou amigos — *vestiam crachás e tinham vinculação com lugares diversos.* Reviravam armários, gavetas e abriam portas. Certa vez nos perguntaram como tínhamos conseguido comprar um novo aparelho de televisão.

Minha mãe respondera em tom constrangido *"trabalhando".*

Ela, minha mãe, foi transformada em "genitora" pelas visitas que nos acompanhavam semanalmente — *aprendi depois que a referida palavra (genitora), era direcionada às mães pobres e vigiadas pelas pessoas de crachá.*

Perguntavam sobre mim e meu bem estar, mais para avaliar o desempenho materno, menos para refletir sobre minha proteção. Tinha a sensação de que, em algum momento, seríamos separados.

O casulo de filho também seria algo que não estaria desempenhando suficientemente bem? Por qual razão estávamos sendo observados? Me perguntava.

Talvez as cores acinzentadas e amadeiradas do meu bairro chamassem mais a atenção ao olhar, em detrimento das flores protuberantes das áreas centrais e abastadas da mesma cidade. *Quem sabe exista uma determinada coloração vigente em nosso mundo, que por inúmeras razões, receba mais atenção do olhar de Vigilância?*

Aqui, mais uma fissura para a *Loucura* que busco: *o sentimento pessoal de culpa pela desconfiança alheia que recaía sobre nós.* Não consigo imaginar estratagema que seja mais impecável, e também mais cruel. As ações das pessoas de crachá ocorriam de maneira a cessar, mesmo que temporariamente, nossa comunicação (minha e de minha mãe), naquele dado momento no qual ocorriam as visitas, colocando em xeque nossa própria relação a partir do olhar avaliativo.

Existia evidentemente um padrão a ser seguido sob os olhos dos crachás, e a pobreza que circunscrevia nosso local de morada balizava e permitia a livre circulação daquelas figuras pela nossa casa e por aquele território marrom e acinzentado.

Estava ela ali, a genitora, sempre de cabeça baixa, sentada no sofá, enquanto eles desferiam questionamentos e caminhavam pela nossa residência. Era possível "ouvir" a carcaça materna humilhada "gritar" em silêncio. Um cenário que se assemelhava a uma espécie *de Cárcere vigiado*.

Não eram visitas agendadas e sequer bem quistas por nós. Apareciam de surpresa e batiam em nossa porta — *em um horário sabido que ela, a genitora, deveria estar presente* —, e mesmo quando as pessoas de crachá se ausentavam, deixavam "rastros" de sua presença. Sempre estariam ali, e a suspeição iria constantemente nos rondar.

Lembro-me, por vezes, de permanecer em outro cômodo enquanto esse ato de *Vigilância* ocorria. Quando separados em nossa própria moradia, éramos acareados pelos crachás mediante nossas condutas e verbalizações.

Procuravam incoerências e supostas inverdades. Uma dinâmica que impunha o olhar de disciplina e regulação e que me despertou, ainda em caráter instável, meu primeiro lapso de espaço-tempo.

Em determinada oportunidade, eu estava sentado ao chão a brincar com meus fantoches — *parece-me que minha referida idade me permitia o lúdico enquanto distração* —, e por alguns segundos os bonecos em tecido modificaram suas cores, e o feltro, então policromático, tornou-se acinzentado.

O chão de terra batida havia sumido e, em contraposição, surgiram grandes pedras retangulares que compunham o solo — *eram geladas e grosseiras em sua lapidação*. Abalado com a cena e sem entender o que estava acontecendo, levanto ao passo que deixo um dos fantoches cair sobre as pedras — *especificamente o que continha gravado o número cinco*. Ao olhar para cima percebo a existência de uma altíssima *Torre*.

Em seu topo, um *Vulto* sem forma — *me senti "despido" pelo seu suposto olhar, pois era impossível definir se estava sendo observado pela figura ou não.*

À minha frente fixavam-se barras que limitam meu movimentar. Estava em uma cela. Olhando ao lado pude perceber a existência de colmeias iguais à minha, formando um círculo perfeito, tendo a grande *Torre* como figura central.

Tratava-se da arquitetura de uma prisão.

Ao cessar essa passagem irreal e "retornar" à minha casa, senti novamente minha perna pesar.

Em completo desespero pela recente visão, eu sequer conseguia me mexer *e, mesmo que pudesse, não ousaria andar em direção à minha mãe,* pois eles, as pessoas de crachá, poderiam ver naquele ato de locomoção deficitário a motivação para nos visitar ainda mais e acentuar seu olhar de suspeição sobre nós.

A prisão e a *Torre* eram flashes de outra inscrição do meu corpo no tempo — não pareciam irreais, mas sei que eram. *O que mais poderiam representar?*

O que sabia era que não poderia tecer qualquer ação de temor, muito menos suspiros de choro advindos desse súbito episódio de crise. Minha mãe, afinal, estava sendo avaliada por olhares de terceiros.

Aqui, uma nova fissura da *Loucura*: a obrigatoriedade e o desempenho eficiente das minhas funções seria a máxima a ser cumprida, não importando quão desorganizado estivesse meu próprio estado interno.

Durante minha infância, até os dez anos, a referida *Torre* se fez presente durante estas mesmas visitas — um disparador, um gatilho que se iniciou pelo pavor, mas depois se transmutou em algo distinto: *um escape bem-vindo daquela Vigilância infindável e infundada promovida pelos crachás.*

Lembro-me bem, ainda criança, de que aquela mulher que me gerara, aparecia à minha vista apenas duas vezes ao dia — *pela manhã, quando acordava, e já à noite, antes de adormecer.*

De cinco em cinco dias era possível permanecer mais próximo dela. Os dias, nestas ocasiões, demoravam agradavelmente para se esvaírem enquanto sua máquina de costura caseira trabalhava incessantemente: da alvorada ao entardecer. *Suas mãos repetiam os mesmos movimentos, enquanto eu permanecia ao seu lado.*

Durante os dias em que pude estar próximo a ela, permanecia abaixo do aparelho de costura, próximo a suas canelas e via, grudado ao pedal, seu pé direito se movimentar em sinergia ao olhar fixo para o mínimo foco de luz que iluminava os aviamentos utilizados.

A cada corte com a tesoura ou retalho jogado ao canto eu percebia o deslize daquelas peças não mais utilizadas e a estilha me cobria pouco a pouco — *achava a imaginação com os restos da costura. Os pedaços inúteis de tecido foram intermediadores de inúmeras fantasias construídas.*

Tempo após tempo, esse afazer em conjunto — *entre mãe e filho* —, foi se perdendo no tempo, pois as mãos daquela mulher, já endurecidas, não cortavam linhas como outrora. Os tons de cinza e marrom aumentaram pelo nosso território de morada e o fogão acendia mais cigarrilhas do que alimentos.

Já em estado jovem, eu, Juno, pude pôr à prova a profecia da *expert* que afirmara que minhas possibilidades de inserção no trabalho seriam rasas e/ou inexistentes.

Da minha parte, não haveria opção! Era necessário contribuir com o fogão quase não mais utilizado, pois a fome não nos dá escolha. Não é possível romantizá-la ou metaforizá-la: *afinal, trata-se da mais nefasta ausência.*

A *Latência* que se presentificou à minha frente envolvia, de certa maneira, a apresentação de uma *crisálida* favorável à expectativa que se recaía sobre meu corpo e seu máximo uso. Parâmetros que se modificaram com o passar da idade e das correspondentes normas que me atravessariam. *Uma mutação conveniente.*

Do laudo diagnóstico à inaptidão social, agora, pela primeira vez, se apresentaria a mim a realidade na qual não se era possível optar *entre conviver ou se isolar, atuar ou se retirar.* Este novo *casulo* referia-se ao ato de se vestir enquanto um jovem funcional, com potencial promissor e pronto para ações remuneradas. *Chegava a hora de se vender, de porta em porta.*

Minhas primeiras incursões autônomas pela arquitetura urbana e seus transportes eram de fascínio e euforia. O temor pela necessidade de me colocar na linha de frente e pedir algo a alguém: *uma oportunidade remunerada*, de início, me trouxe um senso de novidade.

Portava sob as mãos papéis que continham minhas identificações, a falta de experiência, meu logradouro e, subjacente, a necessidade de retornar ao local do riacho com uma resposta afirmativa, para que enfim o fogão pudesse ser utilizado com mais frequência.

Dentre tantas portas batidas, lembro-me especificamente de uma, na qual pude participar de uma extensa conversa. Ao me perguntarem a razão pela qual deveriam me oferecer tal oportunidade, significando confiar nessa casca proletária em potencial, eu, de maneira ingênua, respondo: *"Porque eu preciso!"*.

A fisionomia da adulta à minha frente modificou-se de imediato, e riscando uma grande folha de papel, me disse de maneira direta: *"Essa não é uma resposta válida, todos aqui necessitam de algo e isso não se faz como justificativa para que você se diferencie ou conquiste essa vaga"*.

Não digo que a *Vida* me fez inocente ou criado sob intensa proteção que justificasse tão inadequada resposta — *simplesmente carecia de experimentação.*

No campo das sensações, pareceu-me que naquele determinado mundo, longe das casas populares e dos barracos, não haveria *Experts* para regular e adequar minha conduta com intuito de incluí-la nos parâmetros vigentes, pois, sem perceber, já estava inserido em outro momento do uso do corpo e imerso em outra fase desse estado de *Latência: no uso literal de minhas forças pelo viés produtivo do trabalho.*

A Vigilância, a Adequação e a literal Expropriação do corpo se fizeram como a santa tríade que me cultivaram para que a ceifa contínua pudesse acontecer frente à *Emergência* do corpo dito "pronto" para produzir, se desgastar e, com o passar do tempo, sumir.

Assim, essa *Latência* não se trata de um período de adormecimento, um preparatório protegido para uma versão final que apresente melhora na qualidade do corpo ou sua total transformação.

Pelo contrário, é a exposição à violência da subjugação e à produção da docilidade conveniente do meu dorso que mais graficamente entoa essa canção da utilização: *sem esconderijo, abrigo, sem fartura ou oferta, mas regido pelo roubo e pelo furto da Vida, pela imponência da norma e pelo aproveitamento abusivo da carne barata em abundância.*

A *Eclosão* que sempre busquei não se assemelha a tais vivências ou, de maneira sintetizada, a esta santa tríade da expropriação. Contudo, é possível perceber sua importância nesse enredo que passo a organizar em busca de uma saída desta *Realidade* imposta.

Digo que jamais fui completamente enganado pelo cinismo das intenções que permaneciam à minha volta: *as pessoas de crachá não desejavam efetivamente me ofertar cuidados; a escola buscava minha adequação para que não tivessem problemas maiores; e o trabalho me subutilizou e continua a fazer uso de minha pele até ulcerá-la e futuramente descartá-la.*

Não, a *Latência* aqui destacada não serve, de maneira alguma, como processo libertário, quiçá contribui no tecimento próprio de qualquer mecanismo genuíno de *Metamorfose*. Apenas objetiva me manter *Estático*, extirpando o sangue das minhas veias a fim de manter essa existência escusa.

Sempre detive a impressão de que estava sendo conduzido a algo — *sei disso*. Fui posto a acreditar nesta trajetória como sendo algo natural, e em compensação, permaneci vendado sobre a influência artificial da *Real realidade* em que me insiro.

Essa é a primordial fissura que vem abrindo vorazmente minha barragem da *Insanidade* mais do que qualquer outra coisa, e que conduz com maestria esse processo que determino como trajeto para o *Enlouquecimento*.

Sei o que necessito buscar: *lembrar, sempre lembrar*. Esse será o instrumental base que limará as *Amarras* que me prendem.

Entretanto, suspeito que minhas memórias não serão suficientes para incorrer nesse desprendimento, e, para tanto, precisarei me atentar aos possíveis movimentos disruptivos, que cessem a passagem do meu corpo pelo que me desagrega e me desorganiza. Necessito desvencilhar-me dos cânones da *Sanidade* doentia e imposta, narrando e recontando o *Real* através de minha particular ótica.

Neste momento, enquanto recordo, reflito e volto ao passado visando acertar contas, lembrando-me da história do meu nascimento, do riacho, de minha mãe em sua faminta versão e do meu próprio corpo jovem, olho as ruas através da janela de um ônibus qualquer, no caminho de retorno ao meu domicílio, *já décadas mais envelhecido*.

Faço essa retrospectiva pois sei que meu verdadeiro período de *Eclosão* está próximo e acompanhará o fato de ter vivenciado essa trindade que procura e sempre procurou espólios em meu corpo.

Vivi elencando os mecanismos de controle sobre nossos corpos, meu e de minha mãe, para que pudesse, quem sabe um dia, escolher uma saída menos plausível, moralmente suspeita e irracionalmente *Liberta*. Afinal, o que penso por *Eclodir* detém associação com o que vejo como *prisional,* com o que, ao menos para mim, se faz como *Encarceramento*.

Afirmo não saber o que seja essa "outra" *Vida* que procuro: supostamente menos pautada na concretude e significativamente mais afiada no que tange o corte com a Real realidade. Não faço ideia do que verei ou sequer se obterei sucesso me jogando nessa empreitada da *Insanidade*. Faço isto como um último ato de agonia, buscando cessar o que não mais me é possível viver e confrontar.

O brotamento de minha saída deste fluxo exploratório surge pela prostração total das minhas forças, não somente físico-psíquica e presente, mas também condizente com um futuro contínuo que não prevê mudança alguma no horizonte.

É necessário evadir-se deste roteiro, no qual também desempenho atuação importante — *afinal, o fracasso também atende a algo e sinto-me integralmente desenhado pela premissa da derrota.*

Talvez exista uma maneira legítima de fuga dessa trilogia vexatória: *entre vida, sacrifício e morte,* que constitui esse ciclo laboral interminável em que me vejo inserido e diluído: *até que as asas parem de bater e se caia ao chão, esvaído, inerte e em defunção.*

Convivo em um paradigma global iniciado antes do meu inesperado nascimento e inevitavelmente presente em continuidade após minha retirada desse mundo — *desejo fazer dessa fôrma utilitária da Vida uma distinta versão da realidade dita Real, e assim, combatê-la.*

É necessário recorrer a outro paradigma de visão, buscar distintas óticas sobre as mesmas coisas, para enfim descontinuar a Roda do meu uso e, quem sabe, degustar um mínimo de *Sanidade*.

Atravessado por estas premissas completo o trajeto à minha casa, não mais a do riacho, infelizmente. Chega a hora de dormir, para finalmente *Eclodir* da maneira possível, ao menos por enquanto.

O Onírico me aguarda e o enigma do *Poço* me mostrará o caminho.

ECLOSÃO

A narrativa que vem sendo contada, que une a *Latência* e a *Eclosão* da minha existência, fornece o tom *Efêmero* dessa comum história. E tal como o plano das *Efeméridas*, e do seu ciclo de exaustão, entre vida e morte, tais tessituras apresentam seu nascimento e exício, também, em um período de vinte e quatro horas.

Minhas tramas são costuradas nas teias urbanas da cidade, entre o caos do movimento, dos minutos e segundos que regulam os afazeres e as obrigatoriedades de um dia ordinário de trabalho na vida de um anônimo qualquer.

Tudo começa e se finaliza em um dia.

A pluralidade de quem "conta" essa história contempla uma só figura. Uma única pessoa e duas imagens do mesmo corpo: *a primeira, vista por todos, a segunda, um (o meu) escape necessário*. Denota-se neste engodo a cisão da (minha) carne e de suas (minhas) capacidades elaborativas e de suportabilidade.

O ato mnemônico de olhar para trás e voltar-se ao passado detém vital importância nesse caminhar — *usarei ao máximo a capacidade de lembrar, afinal, é o que me resta*. Contudo, não há uma sustentação causal deste tempo obsoleto com a teia do presente. O que se coloca como propulsor é o fato de que o resultado da impossibilidade existencial já está dado: *"não haverá mudança"*.

Assim, tenho como certeza que eleger um dia e descrevê-lo com minúcias é suficiente para dar cabo dessa existência que se transformou em *Fotografia*: cristalizada e inerte.

Me "faço" enquanto invólucro útil a partir da *Espera, da Latência* corpórea fabricada nos mecanismos de adequação, que tentam garantir o projeto de funcionalidade da matéria humana. Forças que produzem lentamente a morte de seus vassalos, tal como eu, inserindo-nos em um moedor subjetivo que nos desidrata até nossa finitude — *nossa modernidade é antropofágica e vampírica*.

A busca pela ação de *Eclodir* oferta a mim a possibilidade também de alçar outros espaços. Alternativa esta, ao menos inicialmente, que surge a partir do meu próprio corpo: *pela minha capacidade Onírica e um Sonho específico*.

Se as lembranças foram minhas acompanhantes até esse ponto, devo dizer que a partir de agora não serão absolutas ou autonomamente eficazes. Faz-se necessário um passo além.

Para tanto e antes, é necessária a finalização de mais um *Repetido* dia:

— *Desço do transporte público costumeiro e ainda preciso andar alguns quarteirões. Ouço apenas os sons dos meus dois sapatos batendo sobre o concreto em desnível.*

Não há ninguém na rua, já é tarde da noite.

Carrego minha mochila apenas sob um ombro — estou extremamente cansado.

Não mais residindo próximo ao riacho, o som de algo correndo desenfreadamente não ocupa parte da sonoplastia do território. Chego finalmente na esquina do meu quarteirão. Não há portão em minha casa, apenas a estrutura murada. Ainda careço desse adereço de ferro.

A porta de entrada é o próximo passo: giro-a com cuidado e empurro a abertura com esmero, a fim de que abra passagem, todavia sem agir com ruídos maiores. Sinto aquele cheiro familiar, olho ao sofá de entrada, onde deposito a pesada mochila. Sento-me por dez segundos no primeiro assento, coloco as mãos ao rosto — minha pele está oleosa e a garganta seca, apenas alguns sintomas do caminhar durante o dia.

Esqueci-me de ingerir água novamente. Levanto-me já desabotoando a calça — está um pouco apertada. Dirijo-me à cozinha, próxima à sala. O filtro é feito de barro e em seu interior a mesma água que corre pela torneira, supostamente clorada e tratada. O barulho da água caindo no copo acompanha o desfalecer das minhas forças — vou me deitar na cama e capotar (penso já com a boca encostando-se ao vidro).

Olho para o meu pulso e me aviso: tenho aproximadamente sete horas de sono se não tomar banho nem comer algo. O que fazer?

Ao terminar de beber o líquido, apenas meio copo, lavo precariamente o recipiente e com as mãos ainda úmidas as levo ao rosto, com o objetivo fracassado de diminuir o nível de impureza facial adquirido durante o dia, entre escapamentos e gritos.

Além da sala e da pequena cozinha, existem dois quartos na casa. Olho para o que não me pertence e ouço sons de uma respiração ruidosa e difícil — tudo me parece normal. Decido aproveitar as sete horas que me restam, não sem antes passar embaixo d'água.

Todas as noites, ao dormir, retalho meu dia a dia em um único sonho e o *Chronos* passa a se enquadrar com roupagem temporal única.

O *Onírico* me abraça e constrói algo que vem me intrigando significativamente, o que talvez tenha relação direta com certa necessidade de expurgo, funcionando quase como uma secreção inconsciente dessa *Vida* doente que me acomete quando acordado — *esse cotidiano de merda, repleto de futilidades e pessoas com opiniões formadas do nada, sem base, sem pele, sem experiência, dançando em frente a uma câmera de celular, rindo da moribunda vivência alheia.*

Quão execráveis nos tornamos.

A hipocrisia é uma ferramenta relacional que aprendemos com o mundo moderno: o voyeurismo à espreita, a vontade de subjugar, violentar e mentir e sempre performar o corpo da inverdade e da falácia, com a literal disposição ao ataque ou depositados na inverdade envernizada pela preocupação alheia — *isso é o que nos define, em minha ordinária opinião.*

Em que momento nos tornarmos essa sociedade do espetáculo com teatralidade fraca, sem aclive, declive, plana e carente de enredo? *Sinto a necessidade de intervir, mas me pergunto: "como?"*

Percebo-me confuso, não sei para onde olhar, onde me referenciar, em qual local ou fonte me apegar para me constituir. Esse furacão de opiniões, olhares e percepções me adoenta e me encontro sozinho e em parcial sentimento de paz apenas quando adormeço — *acho perigosa essa ideia ou sensação de conforto na inconsciência, esse isolamento e distância do tato dessa torta Realidade. É a única que existe? É o que me resta? Abraçar Morfeu para esquecer?*

Desaprendi a conviver com a dada realidade da manhã, da tarde e da noite. Passo a criar minhas próprias histórias e me sinto confortável nelas, ou talvez desconfortável à minha maneira. Venho aos poucos escolhendo dar meu toque mentalmente instável àquilo que me está próximo.

Essa *Realidade* que tentam me enfiar sem deglutir é a *Verdade* mais travestida de mentira que já ousaram inventar: o ranço da positividade e do sucesso absoluto jorrado na face de quem ousa *voyeurizar* o canto da sereia da funcionalidade moderna — *dê conta, trabalhe, se exercite, se movimente, crie, coma bem, não traga negatividade à sua vida, batalhe pelo seu, dentre tantas palermices em seus múltiplos formatos de introjeção.*

Seria correto me afirmar *Insano* somente pelo fato de buscar criar narrativas, por vezes fantasiosas, do meu próprio dia a dia?

Ou a qualidade de ser mentalmente instável é decorrente da heresia de não tornar públicos meus desatinos? Seria meu crime o fato de tentar *Enlouquecer* anonimamente?

Não ouço vozes ou sou clinicamente diagnosticado transtornado — *não há nada de especial aqui* —, sequer traumas significativos que justifiquem esse raciocínio: *sou absolutamente comum e mesclado à multidão e não existe um alguém a que possa diretamente culpar.*

Sou o mesmo que meu vizinho e o vizinho dele. Inexiste o personagem fantástico ou resiliente frente a eventuais dramas cataclísmicos que porventura justifiquem esse drama "tarja preta" — *é sobre a morte em Vida, sem brilho, sem lembrança louvável, sem mensagem ao final que me apego em indignação e me resigno.*

É essa *Verdade* opaca, incolor e inodora, que me parece mais comum e realista do que as reviravoltas de um suposto herói do cotidiano.

Aliás, cansei-me dos notáveis, do caráter impecável e dos salvacionistas de último minuto. Ninguém irá me resgatar ou recodificar o amplo sentido existencial que, em seu formato atual, me leva ao precipício.

Não há esperança de que se abram as portas para certa utopia solidária, calma, harmoniosa ou apocalíptica — *é permanecer engrenagem deste empresariamento que me Enlouquece.* Não, e não tenho a motivação, a inteligência ou a heroicidade necessárias para tentar alguma mudança real, e por isso passo a encontrar meu refúgio quando adormeço.

O que me resta é construir meu próprio mundo em ficção enfiado em minhas internas neuroses para, quem sabe, receber certo alento teatral deste percurso que se denomina cotidiano. Espetáculo de um único telespectador, pois o que me atravessa jamais existirá ou acontecerá para quem em mim não habita — *este é o contexto do Sonho sonhado, da Verdade e da Mentira em junção.*

É essa sentença adoentadora do meu corpo que me leva à trama recorrente que me envolve e desemboca quando adormeço.

DECIFRA-ME

Ao adormentar assumo um sentimento parcial de paz, pois o *Onírico* também me instiga a tecer analogias com um referido conto mitológico, lido por mim há muito tempo.

Certa vez, em minhas incursões literárias, tentando esquecer os problemas do dia, me deparei com o mito: *A verdade saindo do poço*, 1896, de Jean-Léon Gérôme.

Não sou um conhecedor profundo de arte ou me interesso por coisas requintadas. Incluo-me como engrenagem nessa mesma armadilha que detesto. Sou vazio, oco e superficial, todavia, essa passagem me chamou a atenção, e sua lembrança permaneceu comigo durante longo período: *incubada e/ou adormecida.*

Se trata de uma pintura de um pintor francês e diz respeito sobre o encontro entre a *Verdade* e a *Mentira,* que passam a permanecer juntas, contemplando um belo dia de Sol. Decidem juntas se banharem nas águas de um *Poço.*

Ao despirem-se e após ambas estarem imersas, a *Mentira* rapidamente sai do *Poço* e veste as roupas da *Verdade*, deixando sua dona nua e sozinha. A *Verdade* se enfurece e sai em busca da *Mentira,* agora fantasiada de *Verdade*, com o intuito de resgatar suas vestes.

O mundo, vendo a *Verdade* nua, desvia o olhar, dirigindo a ela os sentimentos do *Desprezo* e da *Raiva.* A mesma retorna ao *Poço* e desaparece, escondendo-se em extrema vergonha e constrangimento.

A *Mentira*, por sua vez, viaja ao redor do mundo vestida enganosamente como *Verdade.* Se propaga em conluio à necessidade humana de *vendar-se*, pois a humanidade não nutre o real desejo de encontrar a *Verdade* nua, preferindo, em vez disso, o ludíbrio da falácia.

Desta maneira, me jogo pela busca das minhas *Verdades* possíveis, deslocadas do Real que me convoca ao martírio. O que busco se encontra no *Poço*, ainda escondido e ainda à espera. Devo encontrar algo que minimamente me faça sentido e me acalente frente a brutalidade dessa existência que me usa e visa ao fim me descartar.

Chego à minha casa, após a *Repetição* que encerra meu malfadado dia, vejo-me na costumeira rotina de imersão no *Onírico.* Um sequenciamento ao qual me acostumei e pelo qual anseio, dia após dia.

Ao me deitar na cama e fechar os olhos, lembro-me de tirar meu relógio de pulso, fiel companheiro.

Ao olhar o objeto que marca meu tráfego pelo caos urbano, percebo a imagem dos ponteiros se movimentar de maneira peculiar. A figura circular se anima em confusão.

Com os olhos fechados, vejo um cronômetro sem seus contornos, se expandindo em tamanho, portando marcadores numéricos que se desorganizam em uma cronologia própria: *os segundos, os minutos e as horas andam em reverso, com duração distinta da Realidade factual que nos rege.*

Vou a encontro dele como se flutuasse entre as casas que demarcam o tempo.

Os ponteiros desse *Relógio Irreal* se movimentam em peculiar geometria — um contador que, em seu formato, mantém vínculo com a Realidade tal qual conheço: *redondo, mas com manchas de tinta, em cor preta, que substituem os ponteiros, possuindo vida própria.*

Vejo manchas em vez das marcações regulares do cronômetro. Não são espaçadas com igualitária exatidão: *algumas duram mais, outras menos.* Um relógio não regido pela engessada matemática, que, pelo contrário, se abre em um mecanismo singular e guarda para mim, em minha vasta ignorância, a solução dos meus entraves diurnos.

Os ponteiros do envelhecimento reais e fatídicos não se aplicam nessa Realidade das manchas e dos ponteiros vivos.

Adormeço e me desligo da Real realidade. Me vejo no *Sonho* e busco, como todas as noites, o deciframento desse mistério *Onírico*.

Já me encontro na cena e conheço a paisagem a desbravar. Olho ao meu redor à procura de alguma novidade implantada ou algum elemento faltante.

Sempre teço a mesma descrição em minha mente.

***

Existem alguns paralelepípedos que compõem a travessia, o assoalho *Irreal* que conforta a representação dos meus próprios pés. Olho para baixo e os vejo — minhas patas —, bem como o saibro entre os tijolos de pedra que formam aquele caminho. Sinto a poeira entre os dedos — *faço uso de exóticas sandálias: antigas e feitas de corda.* O Sol nubla uma visão do céu, não sei ao certo o que está ao redor. Apenas, ao longe, vejo um *Poço* artesanal, também feito em pedras. Sinto o

vento que refresca momentaneamente esse quente final de tarde que não existe. Percebo alguns apetrechos no chão: *uma faca afiada de carne feita em inox, com machas avermelhadas e coaguladas. Um pedaço de cana-de-açúcar, aparentemente arrancado à mão do solo. Um balandrau puído e estonado; e uma caixa de aviamentos de costura — são objetos feitos com matéria-prima, com exceção do balandrau, que não parecem pertencer a esta época fantasiosa. Existe aqui um lapso temporal.*

Olho para trás, tenho a leve impressão de ter ouvido certo grito, não de socorro, mas de agonia — *motivações, ao menos a mim, essencialmente distintas.*

O grito de socorro guarda certa expectativa por algo que possa vir trazido pelo som de súplica. O marcado pela angústia, ao contrário, agoniza um desfecho sem saída e já dado — *não há o que fazer. É a vasca que ouço, a própria sonoridade estertora.* Sigo caminhando à frente, pois sei que, mesmo adormecido, não tenho tempo disponível para explorar a cena a contento — *se faz necessário que eu chegue ao Poço.*

Percebo vestes jogadas ao lado: o próprio balandrau — *existe mais alguém aqui?* Ouço novamente uma onda sonora convulsiva vinda por detrás da minha cabeça, não um pedido de ajuda, mas gritos de arrependimento, remorso e desespero. Vejo as pedras cambalearem soltas no chão. *Quando alguém se aproxima, junto às minhas costas, tento me virar para reconhecer a figura e desperto!*

***

Já faz alguns anos que esta fabulação se faz presente, sempre apresentando alguns milésimos de segundos a mais ou a menos — *ao seu início só percebia os paralelepípedos. As vibrações do ambiente vieram meses depois, seguida do grito e da caminhada ao Poço — sinto que estou ao final da cena e de solucionar quem é o agonizado, o que ou quem faz uso do Poço e a quem pertence aquela vestimenta.*

Já acordado e com os olhos remelados, me percebo indignado — *não é possível que já se passaram seis horas. Apenas dei alguns passos em direção ao Poço hoje. Estaria me afastando de descobrir quem ali se banha?*

Sinto algo diferente ao acordar, um certo tom inédito de esperança em meu escape da *Real realidade* — *minimamente inquietante.*

Desperto com a certeza de que será nesta próxima noite que o segredo do *Poço* irá se revelar. *Algo me aguarda e que mudará significativamente o cíclico padrão de acontecimentos desse meu Repetido cotidiano.*

Não tenho como justificar racionalmente essa nova sensação, mas pressinto que algo inédito está para acontecer.

Sei que o horizonte remete a Gérôme, o *Poço* da *Verdade* e da *Mentira* e o conto mitológico que acompanha a arte do falecido francês. Todavia, se trata de minha elaboração, tendo minha assinatura inconsciente e manifesta.

A trama não é fruto exclusivo da arte do já não vivo artista, é apenas inspirado por ela. Então, quem eu inseriria nesta trama maléfica que me atormenta, me afaga e me interessa quando decido ou consigo assossegar ao adormecer?

O relógio marca 6h13.

Não se faz necessário que eu acorde da cena pintada por Gérôme e modificada por mim, intermediado por um som tecnológico de um despertador — *algo me expulsa do cenário de minha própria autoria.*

É sempre a partir das 6h13 que dou intervalo à trama da cena fantasiosa e me visto com os trajes da suposta *Verdade* do Real, mesmo que minhas *Entranhas* estejam cabalmente adoentadas pela *Mentira* desta cotidiana atuação.

As pistas desta imbecil "caça ao tesouro" guardam o sentido escondido ao seu final. Sei disso!

Se o que *Sonho* é também produção minha, então esse dia que se estremece à minha frente deve me contar, mesmo que de maneira subjacente, sobre esse mistério fantasioso que crio ao atingir o sono mais profundo. E, se assim for, é necessário permanecer atento ao adentrar o espaço público, a convivência costumeira e as tarefas que me são atribuídas.

Devo olhar para meu dia em vias de desvendar o enigma do *Poço*, das vestes e do agonizante grito.

Sim, isso que me movimentará até que se desvele, finalmente, sob meus olhos fechados, a *Verdade* que busco e que me dá propósito.

Já imaginando o que me aguarda — *as mesmas ações e interações de ontem e de sempre* —, digo que o acordar também não vem sendo simples.

Sinto-me exaurido, como se Morfeu me extirpasse a vontade do Real. Afinal, a partir de agora, durante o dia, dificilmente mistérios interessantes se apresentarão — *cabe a mim, afinal, tornar essa jornada mini-*

mamente tragável, tramando sobre mim mesmo, e com o objetivo único e *exclusivo de me autopsiar para, quem sabe, suportar.*

Preciso me levantar ou chegarei atrasado.

Ao me dirigir ao chão, vejo um piso gelado, brilhantemente sem sentido. Não acho sequer minhas sandálias soniais.

Já estou atrasado para os afazeres e para o ônibus. Ao enxaguar o rosto com o líquido encanado percebo a distância entre o *Poço* e o certo sentimento de que preciso voltar àquela cena — *apenas mais um dia me separa do "decifra-te a si mesmo".*

Fito meu relógio de pulso: *com doze pontos, estático e monótono.*

É hora de sair.

— *Juno, você está Enlouquecendo (digo esperançoso e em voz alta).*

ENTRANHAS

*L*embrar, Sonhar e Enlouquecer.

Me vejo em alerta, como se estivesse planejando uma fuga de algum lugar cercado e vigiado. Tenho a sensação de que preciso permanecer à surdina, quieto e atento. Uma escapada pelas "beiradas" para que ninguém ou nada suspeite de minhas intenções.

Esse é o cerne da busca na qual decido por um fim à *Repetição* que me adentra e que me desespera. Estou frente a frente com um dia que se inicia (ou se reinicia), mas que, em *Diferença*, detém em seu horizonte aspectos distintos do usual: *com estrutura mesma, mas com algo modificado em sua dinâmica*.

Uma filosofia diferente, tendo o meu corpo como principal interventor.

Para tanto, me pego agindo utilizando ferramentas de revide a esse "todo" que visa incessantemente me sufocar: *rememoro eventos e sensações que corroboraram para que eu me tornasse o que sou hoje; sonho com o Poço novamente e me instigo com o que se esconde em sua cenografia Onírica; e finalmente decido cessar esse ciclo exploratório pela ruptura com a Real realidade.*

De certa forma vejo-me, ao falar do presente, necessariamente retornando ao passado em um percurso não linear. Percebo que o dia a dia cíclico não é um fato em si, tecido em coincidência, mas um naufrágio anunciado que se presentifica pela fatídica *Vida* cotidiana em recorrência.

O itinerário deste dia há de ser importante: seus ambientes, suas figuras protagonistas e seus detalhes.

Narrar meus passos, descrever as etapas que os constituem e indicar o que neste ciclo próprio faz também me debruçar nessa jornada. Ao início deste dia, inaugurarei um diário em minha cabeça, contendo análises que comporão textos destes caminhos que percorrerei e que inscreverão meus atos neste possível *Epitáfio* desta *Vida* que desprezo.

Assim, *cada passo dado será primordial*.

O sonho do *Poço* e seu enigma me acompanham e me instigam.

Há alguns anos, quando consigo a oportunidade de trabalhar em uma loja qualquer — vendendo roupas no setor de varejo —, passo a

ser conduzido por uma rotina específica: *levanto-me e vou ao supermercado comprar alguns pães e algumas fatias de queijo; volto para casa e como uma das unidades adquirida; retomo à rua me dirigindo até o ponto de* ônibus; *aguardo o transporte coletivo; me amasso entre os corpos e chego ao local de trabalho; sou constrangido a desempenhar minhas funções de maneira adequada e demarcada em objetivos específicos; vivo a ameaça pela eminente perda do meu cargo a todo e qualquer momento; termino o expediente e pego o caminho de volta; ao chegar em casa, exerço a rotina do pouco descanso, durmo e Sonho com o Poço.*

Nos entremeios deste dia que se repete existem *quatro figuras* que, por alguma razão, me chamam a atenção. Acredito que nelas encontra-se a chave para a decifração do *Onírico*, bem como a porta de entrada para a *Insanidade* que busco e a fuga das barras prisionais que me cerceiam.

A linearidade do tempo não me acompanhará, disso estou certo.

As memórias me atravessam, tecem tramas, não sabem seu lugar e mesclam a atualidade com organizações mnemônicas que caotizam minhas análises da atualidade — *digo sinceramente que tal desalinho é bem-vindo*. Contudo, neste processo, acabo não sabendo onde estou, em que tempo me localizo, pois tudo se mistura e cria-se uma abertura. *E é por ela que pretendo atravessar.*

Aliás, se estou procurando a fissura total com esse plano existencial preciso me questionar sobre esse termo: a *Real realidade*, que vem desenhando fortemente minhas insinuações sobre o que chamo de *Loucura* ou *Enlouquecimento*.

Acredito que buscar essa ruptura com a *Sanidade* produtiva do meu corpo não é se tornar alheio a ela, mas sobretudo, percebê-la por distinta vista e desbravar seus atalhos subjacentes. Por hora, acredito que posso fissurar-me e ainda manter minha capacidade funcional. Trabalhar e me portar de acordo com as expectativas circulantes do meu corpo, pois preciso ser realista: *não sei o que me aguarda nesse caminhar.*

Seria eu capaz de Enlouquecer sem que percebessem?

Buscar uma *Loucura* outra, distinta de sua característica considerada imobilizante, mediante um transporte de viagem que bagunce a imobilidade da *Sanidade* de vigência que me interpela. Vejo essa jornada mais como uma tentativa de sobrevivência do que propriamente um deslocamento do Real feita por capricho ou unicamente por consequência de algo — *embora não possa negar a força das circunstâncias que me produzem.*

Confesso que detenho intencionalidade, propósito e um certo fetiche por quem consegue tecer novas maneiras de se relacionar com esse controlado mundo que habito — *os ditos Insanos de nosso tempo.*

Sou desconhecedor técnico deste assunto e posso estar incorrendo em uma estereotipia acerca de quem se desprende dos regimes hegemônicos de socialização — *sei disso.* Apenas afirmo que necessito me diluir em outros panoramas vivenciais em busca de respostas que sequer tenho a certeza de que existem. *Me espelho nas narrativas tresloucadas e sem chulo teor romântico, as admiro.*

Ainda imerso nestas reflexões, passo a me lembrar dos fantoches feitos por minha mãe, em especial o com o número cinco inscrito no tronco de feltro — *sinalização esta feita por mim.*

Recordo-me de inserir minhas mãos em suas ocas estruturas internas bem como da esfera da criação e da condução de suas vidas e histórias fantasiosas, como se existisse uma fictícia linha, um fio que amarrasse minhas mãos guiantes aos corpos inanimados daquelas figuras de tecido.

Junto a esta vivência antiga e infantil, sinto o peso do meu relógio de pulso, como se esse guia do tempo me chamasse a atenção de maneira diferenciada, se fazendo presente para além de sua função estética ou meramente organizativa: *um ciclo que se repete, de ponteiro a ponteiro, em infinita reiteração.*

É por este enquadramento, o do *Tempo*, que reafirmo meu fascínio pelas peles que negam a cronologia diária de nossa modernidade assustadoramente maníaca. Não digo que a chamada *Loucura* deve ser percebida por paradigmas universalizantes, não se trata disso.

Quem sabe eu os inveje por propriedades especulativas pessoais, um achismo vergonhoso, talvez. Melhor ainda, acredito ter essa referência como um ponto de chegada pelo que *"ouço"* ser a *Insanidade*. E digo, sem dificuldade alguma, que posso sim estar errado em minhas convicções sobre o *Tempo* do dito *Louco*.

Incorro em minha própria defesa pois me encontro em súplica e busco por algo que sequer consigo definir. Sei que descobrir outros caminhos é a única premissa certa que me faz continuar: *e, assim sendo, escolho o da negativa de permanecer Estático nesse calabouço da atualidade.* Preciso, ao meu modo, subvertê-lo.

Afinal, ao falar sobre o que busco: *uma temporalidade distinta da que vivo,* digo mais sobre minhas necessidades pessoais de escapada da

Real realidade do que propriamente da textualização de uma *Vida loucamente* distinta da minha, que concretamente desconheço.

Outra questão, se separo e categorizo o que sinto: *segmentando-me*, então tentarei enquadrar as fissuras que vão se apresentando a mim de maneira a classificá-las.

Sempre operei desta maneira: teço, destaco ou descarto minhas anotações mentais, a fim de compor minhas análises — *registros textuais que possuem estéticas múltiplas em minha cabeça: ora graficamente postas, ora desestruturadas por completo.* São memórias corridas assentadas em dissertação que me permitem ver a Realidade tal como se apresenta, não somente em termos de ocorrência sistemática, mas essencialmente a partir da perspectiva de sua intensidade de violência.

Classificarei as lembranças cotidianas em termos de ocorrência: entre padrão (*Repetição*) ou em caráter **inédito**, calcadas nessa tentativa de me jogar em outra relação com o mundo: *destruir minhas amarras e tentar me Libertar do que é são, normal e esperado.*

Se devo escrever um "diário" em minha mente, devo fazê-lo de maneira que possa separar os eventos que são *Repetidos* dos que emergem enquanto *Diferença* da, até então, padronizada sequência de acontecimentos.

Realizarei uma marcação pessoal, um destaque mnemônico, em **negrito** daquilo que salta aos olhos e foge da reiteração. Uma separação de experiências, entre o que é cíclico e ineditamente emergente, através de um grifo em especial, uma marcação distinta, uma tinta mais forte nessa escrita da memória. *Retalharei minha desolada Vida e ao final do dia espero romper com sua continuidade.*

REPETIÇÃO

AO DESPERTAR...

Acordo às *6h13* diariamente.

Levanto-me ainda embebido pela resplandecência do que necessito decifrar. *O que significa o Poço?*

Ouço a respiração ruidosa do quarto ao lado: *atuação persistente*.

Me dirijo ao banheiro, olho para o espelho: são *6h17*.

Jogo as roupas ao chão, abro a torneira do chuveiro ainda com os olhos pesados. Aguardo a água esquentar minimamente. Me lavo sem ao menos perceber meu corpo, não me olho mais. Estou sem xampu e o sabonete está em pedaços. Gostaria de permanecer mais alguns minutos sob a água quente, contudo, sinto o costumeiro cheiro de queimado vindo do utensílio. *A resistência, apetrecho interno que faz o líquido do chuveiro esquentar não sustenta um eventual banho demorado.* Me seco ainda sem "ver" meu corpo: *transparece em minha mente apenas o dia em porvir.*

São 6h24.

Escovo os dentes. Sinto uma "pontada", uma dor súbita proveniente da água gelada. Espero não ter que dispor de gastos mediante alguma questão odontológica.

Finalizo minha limpeza diária. Já com a porta do recinto aberta, ouço novamente a difícil respiração.

São *6h28*.

Passo um café no coador de pano. Olho o líquido fervente preencher o pó cafeinado. Novamente o som da dificuldade da inspiração me chama a atenção. Sinto minhas pálpebras pesarem e penso no *Poço*.

Levo minha carteira ao bolso. Me dirijo à porta e a abro com o mesmo cuidado e esmero da noite anterior, a fim de não proporcionar ruídos maiores.

Enquanto giro a chave da porta de entrada e parto em direção à rua, pergunto-me: *quais as prescrições do dia?*

São *6h37*.

Ainda envolto por este questionamento, ouço certo aviso, provindo de uma pessoa que sequer conheço. **O primeiro sinal da Diferença.**

"Vou fazer menos barulho o possível", disse uma mulher que recolhia recicláveis em frente à minha residência, no exato momento o qual decido sair, ou melhor, sou obrigado a adentrar o espaço público, iniciando mais uma jornada de trabalho, de corrida pelo asfalto e de espasmos pela face.

Viro as chaves e tranco a porta.

Os sons das latas entulhadas em um saco plástico qualquer fazem com que aquela mulher, de aproximadamente 60, 65 anos, se envergonhasse de tal maneira pelo tumulto do alumínio que, imediatamente, levasse as mãos ao rosto, como se tivesse cometido a mais grave das transgressões: *"Mil perdões, não vai acontecer de novo"* (desculpa-se).

Fico atônito olhando para aquelas mãos calejadas, surradas, e para as rugas em seu rosto. E mais do que me entristecer, aquelas escaras epidérmicas remontam a certa projeção de futuro, que diz respeito indiretamente ao meu próprio corpo.

Acredito que esse evento randômico, da mulher e suas latinhas — *esta é a primeira vez que a vejo ou a percebo* —, possa me acompanhar por certo tempo, enquanto caminho em direção ao supermercado mais próximo.

A questão da *Loucura* persiste em minhas ideias e me acompanha neste caminho.

Ressalto que nada sei sobre psiquiatria a fim de me debruçar sobre o que seja ou não seja mentalmente sadio, assim, não é possível que me baseie em indicadores ou dados científicos que possam me levar a certa hipótese e me aferir um autodiagnóstico. Apenas sei de mim e da minha própria maneira de *Enlouquecer* para sobreviver.

Em meu percurso cotidiano me pergunto constantemente: *o que estaria prestes a acontecer comigo? E mais, o rompimento total da minha barragem sã alteraria meu destino? Modificaria o meu próprio fadário?*

Vejo e sinto meu corpo se alterar, parece que estou desmanchando: ando com passos controlados, em uma marcha que me leva a controlar o horário do meu *dia — atuação obsessiva integrante do meu fetiche com os segundos, os minutos e as horas que compõem esse dia comum.*

Já relativamente distante da senhora que recolhia recicláveis, ainda a ouço dedilhar os invólucros metálicos a fim de não atrapalhar a vizinhança com seus supostos ruídos incômodos.

Não acredito que seja a primeira vez que ela ali aparece e permanece agindo pelo recolhimento. Isso pode significar que eu jamais a notei. *Realmente, em que nos transformamos?*

Sinto-me *Trancafiado* em meu próprio dia seguindo meus passos cronometrados. Inexistem barras ou estruturas que cerceiem meu movimentar, todavia, me sinto pregado ao chão, posto à parede e eletrocutado em uma mesa manicomial: *serve-me perfeitamente bem a couraça de cobaia de um particular experimento, como se alguma força determinasse meu território de pertença e me dissecasse enquanto os arredores me olham.*

O que a mulher constrangida, mexendo em sua mistura de latas, poderia oferecer, assim como eu, aos que visam nos examinar? E mais, essa figura que nos afere exame e que supostamente nos controla é corpórea e/ou identificável? O que realmente vem acontecendo comigo que me leva ao limite?

Realmente não sei muita coisa sobre os termos clínicos da *Sanidade* ou de sua antítese, se é que se possa aferir concepção estanque sobre o tema. Parece-me razoável acreditar que a qualidade performática da *Insanidade* não venha a se instaurar cabalmente, de supetão — *ao menos não no que tange minhas particularidades, que é onde integralmente me baseio.*

40 É evidente que eventos traumáticos podem desencadear alguma coisa, nos tirar do prumo e ocasionar desequilíbrios que passem a agir em uma constante — *não nego isso.* Contudo, minhas qualidades desequilibradas não podem ser mensuradas por eventos específicos — *não tenho essa desculpa por desejar me afastar dos crivos do real.*

É possível que tais características e habilidades advindas dessa assimetria mental sejam produto de uma serialidade à qual fui exposto, dia após dia, em um enredo apurado e *Repetitivo* — *a Eclosão, por si só, não me parece um efeito metamórfico que supera as adversidades, mas, acima de tudo, retira o véu das minhas próprias grades invisíveis, tece Rupturas e me angustia em demasia.*

O que penso sobre o mundo e como faço sua leitura é a partir de algo puramente projetivo. Não sinto que conheço intimamente quase ninguém, e absolutamente nenhuma pessoa me faz falta.

Assim, digo de antemão que a *Senhora das Latinhas* e esse recorte da ação de recolhimento de materiais recicláveis me inquietam de específica maneira, pois penso o mundo como um podador de disfuncionalidades, ou melhor, de supostas anomalias, e essa *Senhora*, assim como eu, representa com exímio desempenho o que isso imprime em nosso dia a dia.

Não me sentir afetivamente ligado a nenhuma figura, em especial as de característica humana, não me parece algo de que deva me orgulhar. Vejo que detenho a crença de que essa característica própria: *de dificuldade em vincular-me* — que aprecio, não faz parte de algo desenvolvido em autenticidade por mim, mas se assemelha a um projeto necessário para que o meu próprio dia, repleto de fracassos, venha a preencher minhas condições desejantes, a tal ponto que nada nem ninguém tenha potência para me retirar desse assíduo engodo.

Meu Cárcere se estipula de dentro para fora e não há espaço para outro enredo.

A *Senhora das Latinhas*, o ato de recolhimento de recicláveis e o reviramento do lixo realmente me trazem inúmeros sentimentos de indignação: *pela sua idade avançada, pelo temor que ela apresenta ao vasculhar os restos ensacados, pelas suas mãos rachadas pela vida — apenas para nomear alguns.*

Para além disso, essa situação que me coleriza tende a desaparecer com a mesma rapidez que emerge — *e esse é o ponto nevrálgico a que me apego.*

Faz-se necessário, ao menos na leitura que faço, que ela "suma" das vistas imaginárias e da preocupação momentânea, inclusive da minha própria. Ela não pode ser lembrada, pois o dia de cada um de nós suplica pelo seu desenrolar, e nele raramente se faz caber algo solidário.

A invisibilidade do outro é operada, também, pela cegueira produzida por nossas obrigações.

Enquanto ando em direção ao supermercado, me sinto constrangido com minhas próprias conclusões sobre parte desse véu retirado. *Sim, um véu, que cobre parte do rosto, nublando o fitar.*

Acredito ser necessário que diga a mim mesmo a razão desse mal-estar, não a fim de resolvê-lo, mas para que vislumbre sua funcionalidade.

Ao ver a *Senhora das Latinhas*, experimento certa sensação de alívio comparativo. Ao olhá-la, percebo que minha *Vida* sempre pode tender a uma súbita piora. Visualizando aquela mulher e a sua ação de separar os materiais descartados — *entre orgânicos e recicláveis* —, vejo um motivo para acelerar o passo e me sentir grato por esse cotidiano que repudio — *que engenhosa armadilha, não é mesmo?*

Parte do véu que se retira não condiz necessariamente com o fato de perceber que pode ser eu, em um futuro possível, o agente recolhedor dos produtos metálicos em meio aos sacos de lixo, mas sim pelo fato de que é aquela imagem que me mantém um personagem firme e contundente no roteiro que venho, diariamente, a desempenhar: *um intérprete prático e útil desta Realidade.*

Esse cotejo travestido de violência a mim é visceral.

Percebo meu olho saltar sem controle — *o primeiro espasmo do dia.*

Como eu posso me sentir em concorrência com a desigualdade? Fizeram-me acreditar que o ato de estar atado ao trabalho regido por leis e direitos fosse, de alguma maneira, uma espécie de conforto. Aquela mulher, tão gentil e imensamente depredada pela precariedade, me trouxe uma sulfúrica satisfação.

A cruel mensagem surge luminosa à minha frente: *"preciso ser grato pelo que eu tenho ou pelo que conquistei"* e ainda algo mais grave: *"O que ela, a senhora das latinhas, pode ter feito ou deixado de fazer para vivenciar, ou até mesmo merecer aquela situação?".* O véu retirado tenta sempre seu retorno de cabresto e a retornança da cegueira. O rancor e a raiva também fazem parte de mim, e sustentam esse sentimento de concorrência ao ver ao meu lado aquela mulher, que supostamente possuía menos, ou até mesmo nada.

A desarmonia nos acalenta. Mesmo a mim que tenho tão pouco.

Passada a sensação corporativista fútil — *ao menos em sua forma mais intensa* — , e ainda caminhando em direção ao supermercado, o gatilho da *Caridade* me atravessa — *o que posso fazer para melhorar a Vida daquela pessoa que separava lixo em frente à minha residência?*

Penso ser possível que eu converse com os moradores da rua — *vizinhos próximos, minimamente* —, para que todos possam separar seus recicláveis a fim de que o trabalho da *Senhora das Latinhas* seja menos exaustivo e consideravelmente mais rápido a partir de certa colaboração coletiva.

Sou inundando pela perspectiva de que, para seu bem, ela deveria ser tão aprisionada quanto eu. Talvez se ela tivesse uma regulação formal de trabalho, similar à minha, teria mais possibilidades, ou ao menos outras adversidades a serem resolvidas, mais dignas talvez.

Duas questões me paralisam em meio ao caminho:

Quão dignas são minhas próprias questões e deveres, se me vejo progressivamente Enlouquecendo e/ou almejando me transtornar?

E outra.

Tirá-la daquela ação de recolhimento de recicláveis e separação de lixo atende a ela, em suas reais necessidades, ou ao meu próprio incômodo em vê-la novamente e perceber, deflagrado, o abismo que existe entre nós?

É factual que essa iniciativa própria, mesmo que ainda não materializada em ação, denota que a conduta *Caridosa* possa ter mais a ver com minhas próprias questões do que propriamente com a *Senhora das Latinhas*.

É possível que eu aja, sob o pretexto da ajuda, para dissimular a Realidade e me sentir parte de seu contra fluxo: *"ao olhar para os necessitados, porto-me em benfeitoria"*. A culpa cristã também faz parte dos espasmos diários, e agora, pulsa intensamente, apelando à minha expressão ética.

Acredito que toda ação de benevolência tenha tatuada a marca do *Poder* e de certo domínio sobre o outro. E não, não acho que isso tenha que ser um impedimento para que se ajude quem está próximo e/ou enfrentando dificuldades diversas. A questão a ser inquirida talvez seja mais subjacente: *"o que eu espero, ou melhor, o que eu guardo de expectativa com essa atitude de compaixão"?* O reino dos céus, talvez?

Incomodado pelo disparate da *Caridade*, me percebo tentando domar aquela situação incomodativa, não pelo barulho que as latas promoveram, mas essencialmente pelo ruído que provocaram em mim e que retirou mais uma parte desse véu que cobre meu corpo morto em vida, o sacudindo, mesmo que em caráter *Efêmero*.

Como permanecer mentalmente sadio quando até possíveis atos que indiquem a existência de uma ética virtuosa são elementos que nos mantêm estáticos e ainda participando do giro da Roda?

Realmente não há saída, senão tecer em mim outra Realidade. *Sim, é necessário que o faça. Tudo será resolvido hoje!*

Talvez parte dessa ablepsia solucionada aqui denote que nem eu, nem a recolhedora de latas sejamos tão diferentes um do outro. Apenas versões distintas do mesmo *Fracasso* capital necessário e amarrados pelas correntes da necessidade, fazendo- nos percorrer os mesmos e *Repetidos* dias.

Olho para trás e já a vejo distante. O som das latinhas não é mais perceptível. *Ainda assim, mesmo após todas essas elucubrações, penso em fazer algo por ela. Minha prisão realmente é perpétua, com raros momentos condicionais.*

Me alicerçando nessa específica situação, indago-me sobre meu mundo e sua coletiva expressão da *Loucura*.

Não faz sentido a mim o apego a questões individuais, realmente não me sinto à vontade pensando através de referências que atomizam o *Enlouquecer*, reduzindo-a ao corpo singular e supostamente atormentado: *seja o meu, o da Senhora das Latinhas ou de qualquer outra pessoa.*

Pelo contrário, me sinto um *Efeito* de algo, que me produz, mas não se dobra sobre mim de maneira autônoma e verticalizada, pois também tenho a impressão de que faço parte dessa maquinaria indesejável e necessária que se tornou o cotidiano que nos invade e que particularmente me destrói.

Não consigo pensar no processo de *Enlouquecimento* que sim, está me adentrando pouco a pouco, sem que me remeta ao *Trabalho*, à *Concorrência* e ao *Corporativismo* da *Vida* — e quando digo do labor, falo de todas as convenções compulsórias do que entendemos como uma "saudável convivência": *do sorriso amarelo em veste de cumprimento, do cartão-ponto que inicia e dá fim à vestimenta de proletariado e do desejo que nos adentra e faz com que vejamos este mundo de uso e descarte de nossos corpos como algo "natural".*

Tais expectativas pelo "são e funcional" passam a me inundar e a me transbordar, sem que haja escape: *um "ladrão" para desafogo dessas mesmas questões — me sinto Insano por afogamento, sem ar e submergido.* Não posso pular muros e promover uma escapada ou achar algum apetrecho para danificar eventuais divisões ou cercas que venham a me imobilizar, pois elas não existem.

Como se elabora um plano de fuga para algo que te toma de assalto a partir de suas Entranhas?

Sim, a necessidade evasiva de nada tem a ver com adentrar outro espaço Real, no qual subitamente sentiria algo libertário. Sequer tem a ver com a subida de créditos de uma porcaria de filme cujo protagonista se retira da cena assumindo uma figura de superação de inúmeras dificuldades, olhando para uma paisagem qualquer, denotando, inclusive, certo crescimento pessoal, emocional, em uma contundente evolução pessoal — *seria realmente trágico se me imaginasse dessa maneira.*

Quero remexer no meu "saco de latinhas" sem me preocupar com o barulho que ressone de dentro, pois me vejo como um rebelde catatônico, paralisado e implodido. *A Insanidade que busco é silenciosa, quieta e ulcerada.*

Sou ressentido por figurar nesse enredo, em que nem de longe me sinto um protagonista, mas cujo corpo — *o meu* —, se torna necessário para a composição cenográfica. Sem cor distinta, sem sabor marcante, sem reais vontades a serem atendidas, apenas a destituição da minha vitalidade em torno de algo que se torna indispensável para me manter em um conforto precário.

Faz-se necessário fugir e já sei como atuar nessa escapada.

Essa prisão sem muros promove a revolução das minhas vísceras. A pupila dilatada, os espasmos pelo corpo, as sensações térmicas múltiplas e pavor, muito pavor.

Não, nada com que os que me rodeiam devam se preocupar: *essa algazarra interna não atrapalhará, de maneira alguma, minhas obrigações diárias.*

A tristeza e a indignação me mantêm ativo e sempre pensando no horário que devo dormir, acordar e dormir novamente. Colocam-me disposto a ser cínico em meu dia a dia e a dizer, exatamente, aquilo que se tem como expectativa.

Mas acima de tudo, essa dita *Insanidade* ampliada me convoca a pensar na validade do meu próprio corpo, e até quando ele estará disponível para o uso, ou até que ponto ele será requisitado como algo valoroso. *Em que momento esse invólucro útil conhecido como Juno será descartado após estar árido e exaurido?*

Essa jaula da longevidade é a esperança de *Vida* que exibe meu próprio corpo ao espetáculo de sua utilização, que dita os limites possíveis daquela catadora de recicláveis e demarca os confins de suas possibilidades.

Os alvéolos dessa sociedade administrada precisam nos desvairar sem que percamos nossa capacidade produtiva, nos vendando frente ao outro em uma sistemática função de manutenção dessa *Sanidade* entorpecida que aprendemos a conceber como inata e permanente.

Aliás, tecer essa análise não garante que essa epifania permanecerá comigo, pois os anestésicos a nós promovidos são incessantes, e diferentemente dos nossos corpos, não necessitam de repouso em sua contínua administração. *Preciso romper com meu calabouço interno antes que seja tarde demais, antes que seja aprisionado novamente.*

Talvez esta seja a prescrição diária: *da prisão, desse e de todos os outros dias. Acredito que a partir de agora conseguirei pensar em um trajeto de fuga da Real realidade em que me insiro.*

Contudo, existe um preço a ser pago e ele emerge das próprias vísceras das engrenagens falantes — *de pessoas como eu e como aquela senhora.*

Sou considerado um necessário pilar da ordem, mas também seu território de colheita, assim como a mulher que catava latinhas pela manhã. *A quem e por quem nos jogamos ao fogo contínuo da extirpação?*

Necessito de uma saída desta masmorra que não toco e não vejo. Essa minha característica *Insana* precisa ser detalhada e posta à frente do meu dia, pois a mim, é o caminho fundamental para finalmente decifrar o *Onírico*.

O *Sonho* e o *Poço* que me trazem a este ponto de decisão, pois nele coexiste o que não sei decifrar, mas o que preciso buscar.

A saída que vislumbro é *Eclodir* de alguma maneira a fim de me tornar um corpo *Cindido* — *entre Real realidade e uma narrativa tresloucada própria, na qual eu possa ser o onipresente e onipotente narrador.* Transpor esse mundo material em algo distinto e adoentado à minha maneira, pois assim o *véu* e a *venda* não poderão me tirar a visão novamente. Desejo a *Liberdade* do corpo, a possibilidade de vagar por outros territórios e denunciar, ao menos para mim, o que nosso mundo se tornou.

Visarei, através da *Loucura*, enxergar os bastidores das tramas que me circulam. E, para tanto, preciso incorrer em minha própria desconstrução e realmente "ver" a *Repetição* que me tornei e que persiste em meu entorno.

A ATENDENTE

São 6h38.

Ando pela calçada, penso no que devo comprar e no pouco dinheiro no bolso. Preciso me ater neste momento à *Repetição* experiencial que percebo acontecer, tendo o *hoje* como marcador distinto.

Analisar um dia viciado, não somente em tom similar, mas estritamente igual: *um enredo decorado e atuado como se a maquinaria do corpo estivesse programada para tal.* Um script em decoreba que adentra inclusive minhas funções motoras e o que está à minha volta. *Algo está errado e não é de agora.*

Diariamente, ao evadir de minha residência em direção ao estabelecimento comercial, devo obrigatoriamente atravessar três ruas, e assim o faço. Há anos venho tendo pequenas demonstrações de que os eventos não se modificam nesse caminhar: *tudo está traçado.*

Sou impelido em passar pelas mesmas partes das calçadas em desnível. No primeiro trecho lembro-me de pisar cotidianamente na mesma porção de grama mal- acabada e seca que se encontra em frente a uma barbearia precarizada. Já na esquina, ainda da primeira rua, olho ao

lado esquerdo enquanto medida de segurança contra algum veículo que possa, eventualmente, estar passando. *Não posso sofrer um acidente, quem traria o pão e o queijo pela manhã?*

Já há algum tempo, percebo que neste exato momento, às *6h38*, um carro avermelhado, com resina acinzentada sobre a pintura, passa na exata mesma velocidade.

Sei disso pois a árvore e suas folhas que estão à minha frente balançam de maneira sincronizada, sinto a brisa da velocidade do carro me encostar sem mudança de um dia para o outro.

O motorista utiliza similar vestimenta diariamente: apenas visualizo a parte de cima de suas vestes, o que pode claramente ser integrante de um uniforme de ofício, algo que ele deva obrigatoriamente utilizar — *realmente não sei.*

Ele não olha ao lado a fim de verificar se existe um transeunte tentando atravessar. *A sensação de dèjá vu* é significativamente maior do que a crença na coincidência ou no desconhecimento da razão pela qual as coisas vêm acontecendo da mesma maneira.

Duas pessoas passam por mim.

A primeira sempre diz bom dia, a segunda sequer me olha: *sou atravessado pela sua catatonia.* Mesmo que saiba de sua não resposta, sempre ao passar por ambas, desfiro um cumprimento obrigatório. *Me enraiveço quando não recebo o cumprimento de uma delas.*

São 6h43.

Percebo o odor de escapamentos, sujam meu rosto e se mesclam ao cansaço acumulado. Vejo o amontoado de pessoas no ponto do transporte coletivo: *sempre 12 no total.* Ao passar próximo do local que concentra os passageiros do transporte esperado, ouço a reclamação de uma delas: *será que hoje vem no horário?*

As mesmas pessoas, a mesma porta-voz em inquisição, o mesmo conglomerado.

Paro um instante a caminhada e olho ao redor. **Algo me sugestiona a realmente "ver" esse ciclo que se põe à minha frente. Por um momento, quase que em um lapso visual, que não consigo compreender, vejo fios grudados aos corpos e às coisas, como se algo se colocasse no comando daquelas *Vidas* e da própria natureza artificial que as contextualiza. Um engessamento que se despe da particularidade narrativa própria e se amplia à humanidade em caráter coletivo.**

Não, não pode ser apenas mais um evento aleatório ou confusão momentânea — *talvez seja um sinal de rompimento de minhas faculdades sãs.* Assim sendo, devo continuar e seguir atento ao roteiro fixado que aos poucos vai se mostrando.

Chego ao supermercado às *6h47.*

Ao adentrar o recinto ouço um barulho de algo girando, um instrumento. Tal como a *Senhora das Latinhas,* esta é uma variável de diferença da *Repetição.* Não sei distinguir o que seja.

A rota até meu destino está definida e me movimento automaticamente. Sei exatamente quem vou encontrar.

São *6h48.*

Vejo-me marcando passos. Ao desbravar o início daquele local de comércio de alimentos, comumente olho à esquerda e vejo uma pessoa, sempre a mesma, preocupada com o pagamento não possível de ser realizado.

Seu cartão fora recusado ou o valor monetário da compra ultrapassara o montante que consta em suas posses no momento. Ela retira os alimentos da esteira da operadora de caixa. *Existe um intenso constrangimento implícito à cena.*

O mercado anuncia seus produtos em promoção.

Consigo balbuciá-los junto ao anunciante: *"batata, maçã, arroz, feijão, sabão em pó, detergente".* Sei exatamente o valor de cada item, postos supostamente em promoção naquele dia, mas também em todos os demais. Seria essa *Repetição* somente perceptível à minha visão?

O barulho do giro de algo me acomete novamente: *som de algo sendo produzido.* Ouço um pedal sendo acionado — *deve ser algo próprio do estabelecimento, mas fora de meu campo ocular.*

São *6h53,* estou no corredor do meio.

Vejo ao fim a bancada de frios. Um, dois, três, quatro, cinco, seis, sete, oito, nove, dez, onze, doze passos até que atinja o setor de hortifruti. Vejo frutas e legumes de segunda mão, queimadas pelo Sol, mas ainda aproveitáveis para venda e consumo. *O preço dos alimentos acompanha sua qualidade, tendem a ser mais baixos neste local.*

Olho à direita, visualizo uma mulher com um saco transparente, contendo pele de frango. Ela olha para a derme retalhada da ave, aparentando certo estado de hipnose.

Logo que a ultrapasso em direção ao fundo do supermercado, por alguma razão, ela se movimenta e percorre o corredor do meio, em direção ao caixa.

São 6h56.

Chego à fila do supermercado: *uma, duas, três pessoas se colocam* à *minha frente.*

Os iguais rostos durante os anos que percorro minha rotina.

Peço 200 gramas de queijo, do mais em conta, e três pães.

O pedido vem errado. *250 gramas, 50 a mais do que o solicitado.*

Não a corrijo.

A *Atendente,* por sua vez, sequer menciona a diferença entre o pedido feito por mim e o que foi entregue por ela, apenas embala o alimento e o dispõe à minha frente.

Olho-a fixamente, a fração de segundo na qual fixamos nossos olhares um ao outro me traz algumas sensações.

Ela não está ali.

Vejo subitamente, pela segunda vez, fios, linhas ou algo do tipo surgirem, e tal como a visão no espaço público, visto agora há pouco, seu corpo visivelmente está emaranhado em algo. Lembro-me dos fantoches e das brincadeiras infantis.

Ela tem um corte na mão direita. Sempre do mesmo tamanho.

O totem de senha sinaliza que existem mais clientes à sua espera. Ela continua a me fitar como se de alguma forma pedisse um silencioso socorro. Sua boca treme.

Seguro o queijo e o pão à espera de sua fala. **O ambiente se silencia estranhamente, algo perceptível apenas no dia de hoje.**

Tudo se emudece.

Atento-me ao barulho do pedal. Sem o som ambiente, ele se torna mais evidente. A *Atendente* se vira e agradece: "Volte sempre", portando um sorriso mal posto no rosto.

O barulho do caos daquele estabelecimento retorna. **Não ouço mais o pedal.**

6h58.

Me dirijo ao caixa a fim de realizar o pagamento pelos produtos obtidos.

A pessoa cujo dinheiro não fora suficiente, avistada quando adentrei o estabelecimento, permanece à entrada, consternada e provavelmente aguardando alguém que a ajude solucionar aquela situação.

Os 50 gramas a mais, postos pela *Atendente*, farão diferença em meu orçamento. Pergunto-me do porquê de não ter dito nada, não devolvi o produto ou solicitei que fosse retirada a quantidade excedente.

Ao coletar minhas moedas da carteira quase vazia ouço novamente o pedal. Percebo algo acontecer na rua.

Em qualquer outro dia, após o pagamento efetuado, eu me dirigiria com pressa à minha residência.

Por agora, vejo a cena dos fios em expansão: ligam-se aos corpos de todos, mas não com maestria. Grande parte destes amarrilhos incandescentes se colocam em ação desorganizada e aparentam estar à procura de algo que não se acha.

Da mesma maneira que surgem, desaparecem. "**Sim, estou Enlouquecendo**", penso.

São *7h04*, retomo as três ruas em meu retorno.

As pessoas do ponto continuam esperando o transporte coletivo. Seus olhos esperançosos associam-se aos pescoços erguidos, tentando ver o ônibus que possivelmente venha a dobrar a esquina. *O olhar de alguns me lembra da face da Atendente.*

O Sol bate em meu dorso.

São *7h06*.

Chego de volta à minha morada com passos mais apressados, são *7h21*. Deixo os pães e o queijo sobre a mesa e ouço mais uma vez a dificultosa respiração originada do quarto ao lado. *Existe mais uma pessoa ali, recém-chegada para mais um dia — ela é estritamente necessária para a Vida que vivo. A ela se destinam dois pães.*

Cumprimento-a rapidamente e hoje, **especialmente, não ingiro o pão costumeiro.** Me evado da residência, agora, em direção ao trabalho. São *7h23*.

Caminho com pressa tendo como ponto de chegada o local de espera do transporte.

É minha vez de fixar o olho à esquina e alongar o pescoço em esperança.

Meu horário de entrada no trabalho é às *9h00*, todavia, existe a expectativa por quem me espera de que se chegue com antecedência, sem que eu ganhe a mais por isto.

Minha superior imediata sugere que eu coloque esses minutos, cerca de 30 por dia, em algo chamado "banco de horas", para que eu as utilize em descanso em uma data que nunca chega ou sequer tem previsão de acontecer.

Assim, embora tenha cerca de 1h30 para que eu chegue ao local do labor, sinto- me atrasado. Caminho olhando para o chão, não tenho tempo para conversas ou sequer momentos a gastar com cumprimentos banais: *"bom dia daqui ou bom dia dali"*.

Estou atrasado para o horário de entrada prévio ao marcador oficial e por esta razão não consumi o pão e o queijo. Me atentar ao cotidiano despende energia e atenção.

Não vejo mais pessoas no ponto. Um dos ônibus já deve ter passado. Sento-me e aguardo e penso sobre o afeto que me acompanha neste início analítico.

São 7h36.

O HOMEM DA MOCHILA

Estou à espera do costumeiro transporte, levemente atrasado.

Vejo uma bituca de cigarro ser movida com a velocidade dos carros. Se assenta próximo aos meus pés. *Pergunto-me, em arrependimento, por qual razão parei de fumar.*

Lembro-me de minha mãe e dos cigarros que acendia a seu pedido no fogão da casa do riacho. Iniciei o uso do tabaco ainda cedo, fumando mais de um maço por dia. Passei a tossir muito, o que impedia um sono mais tranquilo, resultando em um dia de trabalho cada vez mais exaustivo. *Cessei o uso do cigarro para que estivesse mais disposto ao labor diário.*

Essa lembrança me acomete e me faz rememorar a casa do riacho sempre aqui, neste exato ponto de espera.

Ouço o som do pedal novamente. Um barulho repetido, aparentemente em "busca" de algo. Estranho!

Se este som também aqui acontece, inexiste uma relação direta dessa sonoridade desconhecida com o ambiente do supermercado.

Logo, como ocorrem todos os dias, aproxima-se um "companheiro" de espera do transporte:

– Bom dia! (*diz a figura*).

– Bom dia! *(respondo).*

Ouço o ônibus se aproximando:

– Que bom, chegou. Nossa, parece que está mais cheio que o normal *(disse o passageiro que aguardava a chegada do transporte).*

Permaneço em silêncio.

São 7h49.

Subo as escadas do transporte que me levará ao trabalho. Três degraus no total.

Sempre quando entro em um ônibus lotado, e especificamente neste o qual me transporta cotidianamente, minha visão periférica aumenta, o olhar à grande distância se potencializa e de maneira rápida procuro alguns centímetros menos desconfortáveis para ocupar. Nunca permaneço na porta, pois a subida e descida de passageiros nos pontos até chegar ao meu destino me impõe a necessidade de ter que sair e entrar do transporte.

Certa sensação me adentra, análoga a um sufocamento.

Experiencio certo peso nos pés, como se agora eu sentisse o desgaste de suas solas.

Procuro uma referência de algo que não sei identificar o que seja: sinto-me em outra geografia, distinta do caos urbano previsto e com o qual convivo com o passar dos anos. *Outro sinal da Diferença identificado no vórtex da Repetição.*

Então, vejo o oásis do transporte público: *uma "miragem" que vem me conduzindo, dia após dia.*

No horário de rush, com tantas adversidades ainda pela manhã, visualizo ao longe um *banco vazio.* E não um assento individual, mas duplo, um ao lado do outro.

Me esguio entre as pessoas a fim de chegar naquele não compreensível banco vazio existente — *a sensação de asfixia me segue enquanto passeio pelo mar de corpos entulhados.*

A única coisa que miro e busco nesse momento, mais do que me sentar, é entender por que aquele último banco do transporte está vazio. **O que acontece para que, diariamente, ninguém clame para si aquele determinado assento?**

Me pego neste momento com o desejo de desvendar esse mistério urbano do meu dia. No último obstáculo para chegar ao *"banco vazio"*, permanece ali, na minha frente, parado, um tipo de pessoa que insiste em entrar em um transporte público lotado com uma mochila gigantesca nas costas.

Ele aparenta estar petrificado, olhando para fora, impedindo minha passagem — *isso não é possível. Será que ele está bem?*

Jamais refleti sobre a situação do "homem da mochila" antes, apenas desejava ultrapassá-lo e chegar ao banco vazio, pois o único objetivo diário almejado, até hoje, foi chegar no horário correto ao meu espaço de trabalho e com o menor desconforto possível. **Contudo, hoje quando o vejo um pensamento passa pela minha cabeça:**

"O que essa pessoa carrega nas costas que não pode simplesmente retirar e levar perto do chão, segurando a alça superior com uma das mãos? Pelo tamanho da mochila e o formato ou é uma barraca de camping ou é um cadáver, um dos dois!".

O encaro da mesma maneira que fiz com a *Atendente* do **supermercado** — olho diretamente sua fisionomia. Ele, pondo a vista para fora, sequer me percebe.

O sufocamento que me atravessa, a percepção nítida de estar andando em círculos vivenciando a reiteração dos acontecimentos parece realmente *Enlouquecedor.*

Por um momento, é aquele corpo que avista o espaço externo em movimento, portador da grande mochila, que centra minhas atenções. *Por que existem alguns acontecimentos que elejo como eixo de análise e como pontos estruturantes na busca pelo rompimento com a sanidade?*

Desde o momento que me vi, pela primeira vez, no sonho do *Poço*, algo passou a acontecer comigo. Me percebo progressivamente deposto dessa carcaça que me leva e que carrego a tiracolo, não como uma experiência extracorpórea ou divina, muito pelo contrário, mas como se fosse meu próprio *Eu* tentando me mostrar algo, como se alguma parcela da minha pele, que sustenta minha figura de refém da Real realidade desejasse me oferecer outra perspectiva da mesma situação.

Talvez ainda não detenha a sapiência em decifrar a fórmula que me proporcione essa clivagem consciente: *separar-me de mim mesmo, em duas partes distintas, para enfim, compreender ambas*, em uma *visão nem sã, nem louca, mas algo no entre*. Todavia, vejo essa capacidade que busco como uma estratégia fundamental para dirimir o *Sonho* que me atormenta. E esse caminho decifratório do Sonho e do *Poço* desenrola-se, ao menos em um primeiro momento, pelo que se apresenta a mim em Repetição

São 8h26.

Estou sentado no banco vazio. Consegui me livrar da mochila e das pessoas que permanecem em pé. Todavia, ainda não sei a razão pela qual esse assento está desocupado.

Sinto-me triste e ruído.

O homem da mochila permanece paralisado, fitando o ambiente externo. Chego ao meu destino final. Desço, ainda observando-o.

O comboio de pessoas segue seu caminho. **Ouço novamente o som do pedal.**

Caminho alguns quarteirões.

São *8h44* e estou na calçada anterior ao estabelecimento no qual ganho o "pão de cada dia". Atravesso a rua, aperto o interfone da loja ainda fechada.

Quando a porta se abre, entra em cena a terceira figura e o padrão de *Repetição* ressurge com a força usual.

A GERENTE DO VAREJO

(GERENTE DO VAREJO) — Está atrasado, Juno. Novamente!

(JUNO) — São *8h45*. Cheguei com 15 minutos de antecedência.

(GERENTE DO VAREJO) — Deixe-me explicar a você o significado da palavra atraso.

Como todos os dias faço, permaneço parado em sua frente, aguardando a explanação. **Diferentemente de dias anteriores, meu corpo dói, não há margem de movimento aqui.** Me mantenho cabisbaixo ao lembrar que, novamente, serão ao menos oito horas que permanecerei nesta específica localidade.

A gerente cruza os braços e utiliza-se de sua legitimidade hierárquica para me "fazer entender" que mesmo adentrando o espaço comercial antes das 9h00, devo me considerar atardado.

São *8h47.*

(GERENTE DO VAREJO) — As portas devem abrir às 9h00 em ponto, nem um minuto a mais, nem um minuto a menos.

Assim sendo, tudo deve estar pronto e preparado para receber os clientes que podem ou não estar esperando nosso costumeiro horário de abertura. Nesse momento de chegada, às 8h45, e eu já o conheço, você irá se deslocar até a copa, abrir o seu armário e guardar sua mochila. Você procurará o seu crachá de atendente e muito provavelmente não o achará com facilidade, pois sequer sabe onde o deixou no dia anterior — *se existe alguém que não presta a devida atenção nas coisas, esse alguém é você, Juno.*

Em seguida, provavelmente tomará um copo de café e se deslocará ao banheiro. Você volta à frente da loja muito próximo das 9h00, o que prejudica diariamente os procedimentos de abertura da porta e a arrumação necessária para iniciarmos o dia.

Assim, Juno, é coerente dizer que, mais uma vez, você está atrasado.

Enquanto a ouço, percebo o tempo parar, ao menos é a impressão que tenho. Os sons se dissipam e resta apenas o olhar contundente da *Gerente do Varejo* que entrega a mim sua fisionomia de insatisfação.

Ela me monitora para além da minha ação de venda? Como não havia percebido isto? Ela é visível, porém inverificável, pois prevê, a partir de minhas ações, o momento o qual eu deveria estar ou não estar em determinado local.

Sua posição de confronto em relação à minha suposta entrada tardia não se faz como algo inédito, no entanto, eu jamais a questionara sobre tal. Hoje algo se faz diferente e permito-me saber um pouco mais sobre seu posicionamento tão enfático.

(JUNO) — Como você conhece os detalhes da minha rotina de entrada? (*Pergunto, ainda pasmo*).

(GERENTE DO VAREJO) — Deixe-me mostrar a você.

Ela, a *Gerente*, me leva à sua sala.

Vejo três televisões pequenas, nas quais posso ver o interior da loja, e, em uma delas, os locais que supostamente os funcionários deveriam ter seu momento de "descanso", também monitorados. Foram instaladas câmeras e por esta razão ela pode milimetricamente relatar meus movimentos, pois tudo vê. Também mostra as imagens em seu celular, podendo nos acompanhar inclusive de sua residência.

Percebo as demais pessoas que compartilham o dia laboral comigo: uma operadora de caixa e uma outra vendedora, ambas de cabeça baixa. Sabem do constrangimento imposto e direcionado a mim, afinal, também passam por isto diariamente.

Realmente acredito que não esteja me portando inadequadamente. Resignado, me desloco para a frente do estabelecimento.

Levanto a porta: a parafernália para sua movimentação é antiga, sendo necessário grande ímpeto de força para fazê-la funcionar. *Sinto minhas costas doerem.*

Levando a abertura de ferro ao limite, consigo finalmente "abrir" a loja. O Sol age de maneira escaldante e ainda tão cedo. Não há ninguém à espera, nenhum eventual cliente, digo.

O Varejo o qual me emprega vem passando por severas dificuldades. Não conseguimos vender o que se espera de nós, algo que age de maneira a intensificar o olhar da *Vigilância* que recai sobre os empregados, inclusive na pessoa da *Gerente*, responsável pela nossa coordenação e gestão dos trabalhos.

Vou novamente ao espaço localizado nos fundos do prédio. Sinto o "olho" da *Gerente do Varejo* às minhas costas. Pego uma das vassouras e volto para a entrada.

Trabalho na região central da cidade. É comum que todas as manhãs o estacionamento e o espaço de entrada dessa locação comercial estejam repletos de copos, garrafas vazias e até mesmo preservativos. É minha responsabilidade limpar os dejetos.

São *9h02.*

Respiro profundamente. Sei que necessito me manter empregado, pois o pão e o queijo não irão se pagar sozinhos. **Sinto a estranha necessidade de incorrer ao choro, isso jamais aconteceu anteriormente. Não choramingo com facilidade, aliás, não me recordo da última vez que o fiz. Talvez a anestesia da vida e a necessidade de sempre "continuar" tenham me narcotizado terminalmente.**

Bom, voltando aos meus afazeres.

Varro, junto e coleto os detritos acumulados. Ao recolher os invólucros vazios questiono-me se deveria beber mais, quem sabe para esquecer o que me incomoda e me colocar de volta no caminho traçado, deixando o percurso para o *Enlouquecimento* de lado. *Mas pensando bem, talvez eu não tenha dinheiro suficiente para isto.*

Porto um saco de plástico preto em minhas mãos, de 50 litros. Após o término da ação de limpeza ele está repleto até a boca, entupido e sem espaço para mais nada. Pronto! O fim de semana dos transeuntes ébrios desapareceu das vistas da *Gerente do Varejo*, enquanto eu devo retornar ao ambiente "dos fundos" para realizar a limpeza das minhas mãos.

Finalmente, após a compra do queijo e do pão, da locomoção via transporte lotado, do constrangimento ofertado pela *Gerente* e após a limpação da esbórnia, posso iniciar a ação de vendas.

Me porto ereto e em frente ao balcão à espera do primeiro cliente do dia. Ninguém adentra o estabelecimento.

São *9h59*.

A loja em si está toda arrumada. Enquanto eu coletava o lixo, a segunda vendedora ficou a cabo das pequenas arrumações necessárias: *dobra de roupas, reinserção das peças não vendidas nos cabides e verificação de etiquetas de preços faltantes nos artigos. O caixa já está aberto e aguarda a inicial entrada monetária.*

Olho para a câmera acima do local onde permaneço. **Sinto-me extremamente incomodado com o "olho artificial" que se coloca sobre meus ombros.**

A *Gerente do Varejo* evade-se de sua sala da *Vigilância* e fixa seu corpo atrás da minha posição de espera — *vejo pelo olhar periférico, mas também em espelhamento na porta de entrada, feita de vidro.* Ela, a *Gerente*, está aguardando para verificar as maneiras as quais eu oferto o atendimento ao cliente que esperançosamente comparecerá para efetuar sua compra.

Em sua ansiedade por subjugação, não consegue sustentar a espera e começa a tecer de imediato um monólogo às minhas costas, mas ainda com o intuito de que eu possa ouvir detalhadamente o que pensa sobre mim.

São *10h02*.

(GERENTE DO VAREJO) — Já faz muito tempo que essa loja não vende o que deveria vender. Acho que talvez seja o momento de renovar o quadro de funcionários, um novo vendedor, quem sabe? Alguém que seja mais disponível, que sorria mais, que realmente "viva" a filosofia do setor de vendas: de que "o cliente sempre tem razão".

Alguém que chegue no horário correto, que saiba onde estão as coisas, que tenha iniciativa, que entenda que a maneira a qual você atende alguém também faz parte da venda. Alguém que compreenda que também, de certa forma, é um produto a ser vendido, assim como as peças de roupas penduradas no cabide. *O que você acha, Juno?*

O passar dos dias, dos meses e dos anos me fizeram apenas acenar positivamente a cabeça a ela, em sinal de concordância. Hoje, o dia em que decido *Enlouquecer*, passo a refletir por alguns segundos após ouvir tais tessituras verbais sobre minha considerada inapta conduta profissional.

A *Gerente do Varejo* pode parecer a algoz da qual eu tento fugir. Não, ela não detém tamanha importância em minha *Vida*. Aliás, não a considero diferente dos demais ou substancialmente distinta da minha carcaça. Ela, tal como eu, busca sobreviver nessa selva que titulamos como sociedade. *Sei disso!*

O que me interpela ao *Enlouquecimento* são os alicerces que sustentam a possibilidade de que alguém seja humilhado desta ou daquela forma. Mais do que a pessoa em si, é a estrutura existencial que construímos para nós que me enerva. *Isso realmente me tira o sono!*

Todavia, isso não significa que deixe de lado algo que sinto gosto em sentir: posso dizer com ênfase que *a Odeio.*

Detesto o riso que ela costura nos lábios em todas as oportunidades as quais percebe que não tenho saída, que dependo da relação laboral para manter o pão e o queijo diários. Diariamente ela me faz recordar dos *Laudos* e da profecia dos experts de que a minha *Vida* social e de trabalho seriam entremeadas pela aridez e pela dificuldade.

Dia a dia, a inadequação infantil e da presente adultez me convocam à repetida e pontiaguda pergunta: *"É isso que me resta?".*

São *10h17.*

O primeiro cliente chega ao ambiente de varejo.

Encaminho-me em sua direção e o cumprimento com um não sincero *bom dia.*

(CLIENTE) — Vou dar uma olhadinha, qualquer coisa eu te chamo *(diz o impaciente consumidor).*

Todos os dias, sem exceção, esse mesmo freguês faz sua entrada triunfal no estabelecimento exercendo a mesma premissa verbal: *"de que apenas irá dar uma olhada".*

Sou compelido a ficar atento a ele, mas sem exceder em uma postura próxima, contudo, vigilante de suas possíveis necessidades ou dúvidas sobre os produtos. Por vezes, dou alguns passos em sua direção e retorno, em real dúvida sobre o que devo fazer. Enquanto isso, vejo a *Gerente do Varejo*, colocar as duas mãos sobre o rosto em sinal de reprovação acerca da minha hesitação.

Diariamente, essa pessoa que, segundo as leis do comércio: *"sempre tem razão",* pega em suas mãos sete peças de roupa e dirige-se ao provador. Tenho que contar o montante de vestes coletado para prova do consumidor, uma vez que o fato consumado de que ele é portador da razão vitalícia não exclui a possibilidade de que roube um ou outro artigo.

A falácia do atendimento impecável é apenas um ludíbrio para que ele "sinta-se bem" e efetue a compra de algo. *O considerado bom atendimento é nada mais que a execução de uma grande mentira.*

Já no provador, devo ficar ao lado, caso ele precise de um tamanho distinto da mesma peça. Sou convocado pela *Gerente*, para que eu continue a oferecer novos produtos, tentando otimizar o processo de venda. *Isso me constrange significativamente.*

Enquanto isso, ela balbucia o que devo fazer. São *10h52*.

O cliente permanece no provador.

Ao sair, devolve todas as peças e afirma que *"nada ficou bom"*. O fato de ele não ter gostado de absolutamente nada ou a grande maioria das roupas não ter encaixado perfeitamente em seu corpo aparentemente torna-se minha exclusiva culpa.

O horário da manhã vai aos poucos se dissipando.

A *Repetição* aqui me fornece certa trégua em termos de quem convivo diariamente. Com exceção do primeiro cliente, não sãos as mesmas pessoas que adentram o recinto cotidianamente. Aos poucos, realizo pequenas vendas e me tranquilizo.

Aqui, o processo diário e igual a que me refiro não se aloca simplesmente na padronização dos rostos e das figuras que viso atender, mas pela sensação de humilhação e *Vigilância* sobre minha conduta, meus movimentos e a consequente tentativa de otimização do meu desempenho.

São *12h07*.

Horário definido para que eu almoce.

Tendo a não permanecer no local de trabalho para tal ato. Faz-se necessário que respire um pouco de ar puro. Ar este repleto de caos e fumaça de escapamentos de carros e ônibus, elementos próprios dos grandes centros urbanos.

Como em um local que oferece o chamado "prato feito".

Meus olhares já não procuram mais o recipiente ou o alimento que me estufa. Há anos não vejo ou me atento ao que coloco goela abaixo. Costumo sempre me projetar no porvir, no futuro e nas demandas a serem resolvidas.

Ao almoçar, sempre me sento em uma mesa próxima à calçada e enquanto garfo lentamente a duvidosa comida, aproveito e vejo o movimento da rua à minha frente.

Novamente, vejo as situações em câmera lenta. Ouço o barulho do pedal e os fios que entrelaçam os corpos andantes. Algo está a acontecer comigo e as maneiras as quais passo a ver o mundo.

Neste exato horário, ouço recorrentemente uma pessoa gritar.

O centro da cidade se apresenta costumeiramente assim: entre sons de carros e gritos.

O som escandaloso é proveniente de um homem, em seus 70 anos aproximadamente. É considerado um "louco da rua".

As pessoas não mais o veem, embora ele sempre ali esteja. Alguns, por vezes, depositam moedas em sua caixa de papelão improvisada, funcionando como um local no qual as contribuições *Caridosas* devem ser colocadas.

Sempre o vejo ao longe e não consigo compreender o que verbaliza. Termino de almoçar o prato feito e me aproximo dele pela primeira vez. Caminho a passos vagarosos e, aos poucos, passo a ouvir o que diz.

O chamarei de *Homem das Moedas*.

(HOMEM DAS MOEDAS) — Eu sou o que fizeram de mim. Eu não vivi o que esperavam que eu vivesse. Eu sinto fome, sinto frio, sinto medo e vivo a pena. Vocês não me enxergam pois eu faço parte do depósito e da despensa. Sou guardado, mastigado e cuspido para que vocês se sintam alimentados. Tentaram me lavar para me usar mais uma vez, mas eu continuei sujo. Nada tirará minhas manchas e ninguém vai poder me subornar para isso. Eu vejo vocês de outra forma, com outra forma, eu sei o que vocês são: *demônios ofendidos porque eu decidi viver*. Vocês me detestam porque eu não aceito e nunca aceitarei suas caridades, para que vocês, tão sujos quanto eu, possam lavar suas almas vendidas e aprisionadas nas suas *Loucuras* aceitáveis. Vocês são putrefatos, eu sei, porque finalmente, depois de muito tempo, eu sinto o cheiro podre que exala de cada um.

Engraçado, estranho e surpreendente. Não vejo nenhum fio atrelado ao corpo do *Homem das Moedas*.

O que ele quer dizer com *"cheiro podre que exala de nós"*? *O que ele sabe?*

Penso se o que persigo me levará a atuar dessa maneira transtornada.

Sem teor romântico, sinto certo alívio em ouvir algumas *Verdades* provindas de sua boca: *sem filtro, sem preocupação, sem que quem esteja*

verbalizando abaixe a cabeça aos demais. Todavia, o que esta libertária atuação custou e custa a ele, ao Homem das Moedas?

São 13h20.

É hora de retornar ao *Varejo*.

Olho para trás, vejo seus lábios continuarem a se mover e o mesmo discurso sendo repetido mais e mais vezes. Os fios que circulam os demais corpos não conseguem chegar ao seu. O som do pedal, assim como as estranhas e incandescentes tramas, novamente desaparecem.

De volta ao estabelecimento de trabalho, a *Gerente* novamente me recebe e, como todos os dias o faz, me entrega duas funções para além da ação de venda de produtos.

(GERENTE DO VAREJO) — Bom, Juno, como você pode ver o movimento hoje está bem fraco. Enquanto eu penso em estratégias para ver se melhoramos esta situação, eu acho que você poderia passar um pano no chão e depois organizar o estoque. *Tudo bem, assim?*

Antes que eu possa responder a *Gerente* vira as costas, não antes de me entregar os apetrechos de limpeza.

Inicio a atividade designada: *molho o trapo na água posta em um balde, insiro o líquido desinfetante para executar a limpeza, enquanto não deixo o rodo cair, segurando- o em meu ombro.*

A operadora de caixa e a outra vendedora permanecessem ocupadas em suas funções, também delegadas pela *Gerente*. Os clientes entram e saem, sendo atendidos por ambas, enquanto eu continuo a limpeza diária.

São 14h35.

O salão está limpo.

Quando torço o pano de chão pela última vez e vejo a água em tom marrom, declarando o fim daquela atividade, ouço a voz da *Vigilante* às minhas costas.

(GERENTE DO VAREJO) — Ótimo, está bom assim. Agora vá ao estoque e arrume as novas peças de acordo com artigo, tamanho e cor. Você tem até as 17h30 para que tudo fique pronto. Caso precise de você para alguma coisa a mais, eu mando alguém o chamar.

Para ser sincero, gosto desse tipo de trabalho.

Catalogar as coisas, organizá-las e deixá-las em ordem. Exatamente como faço com meus pensamentos e análises. Todos os dias, aliás, após terminar a limpeza do salão, sou enviado para os fundos do

estabelecimento e tendo a terminar com maestria essa atividade até o horário pré-determinado. *Talvez hoje algo possa ser distinto da mesmice, pois é isso que enfim desejo e busco!*

Ao me sentar próximo à pilha de tecidos transformados em roupas rememoro o acontecimento recente e o discurso do *Homem das Moedas*. Em caráter similar à *Senhora das Latinhas,* seus enunciados tornam-se pontiagudos em minha mente. Me desafiam à ruptura e colocam em xeque as *Verdades* desse ciclo que se traduz em uma previsível tragédia.

Decido, afinal, trafegar pela diferença e mergulhar no "novo" em termos de acontecimentos.

Assumir realmente o que procuro em termos de Cisão da Repetição e não mais simplesmente aguardar nuances sutis de ocorrências para que eu registre como "novos eventos" do meu dia a dia. Atuarei, a partir daqui, na busca acintosa pela *Diferença* em vias de minha suposta libertação da *Sanidade*.

Olhando a tarefa que me aguarda, lembro-me por um instante de uma saída dos fundos da *Loja de Varejo*.

Sem pensar, analisar ou prever qualquer coisa, caminho até essa porta esquecida, abro-a e sigo rua afora, novamente em direção àquele que *Loucamente* me tirou do prumo dessa minha fixada posição analítica acerca do cotidiano: preciso ver o *Homem das Moedas* novamente.

Ao dobrar a esquina ouço mais uma vez os pedais e o som desse instrumental desconhecido. Um sinal para algo que procuro. Seria o prelúdio de um processo de *Delírio*, uma alucinação auditiva, talvez?

A *Senhora das Latinhas* assumia uma versão suave do disparate. Desculpava-se por estar remexendo no amontoado de alumínio, e mesmo assim, ela comigo permaneceu em minha caminhada. *O Homem das Moedas* me estrangula em minhas concretudes de maneira mais animalesca. *Me joga contra a parede e me pede uma posição.*

Reafirmo que não há romance aqui, ele não é um mártir que irá nos tirar a venda de nossa cegueira. Vejo sua ruína e os efeitos dessa *Vida* que conhecemos em seu corpo — *de forma alguma o que o acomete deve ser lido em tom poético, mas em nuances críticas.*

Chego próximo a ele e percebo suas pernas machucadas. O sangue pisado em suas escaras é fétido e em sua íris a fúria se faz presente.

O *Homem das Moedas* continua seu monólogo, agora olhando diretamente para mim:

(HOMEM DAS MOEDAS) — A *Força* do que é criado se espalha por tudo, por mim e por você. O que criamos? O que você criou? Tudo o que é sentido se atualiza aqui nessa calçada. Não é ali ou aqui, é na ferida que tudo acontece. Você se ofende pelo que você vê. Eu sou o catador, cato o resto, e eu sabia que eu um dia também iria ser catado. Eu rompo com o que queriam e eu incomodo quem comanda a ordem. Eu jamais pedi licença, eu empurrei a porta da autorização. Eu estou em todo lugar, e *Ela* sabe de tudo. Você também ouve, não? Você também a viu. Ela te espera. Só falta a você transbordar o que lhe prende.

(JUNO – *Pensamento*) — Eu o vejo desconexo, mas não totalmente. De alguma maneira sabe do que está falando e diz o que deseja transmitir com a mais absoluta certeza. *Ele fala do pedal? Do som que venho ouvindo nesse exato dia em que decido, afinal, Enlouquecer?*

(HOMEM DAS MOEDAS) — Eu escapei, mas *Ela* não me permitiu ficar. Por isso eu escarro, cuspo e sangro em *Vida* e fico invisível. Não existe lugar que eu queira mais estar e que eu lembre com mais saudosismo do que o *Círculo*.

(JUNO – *Pensamento*) — Vejo-o cravando as unhas sujas em seu próprio braço. Ele em seguida passa a se morder e a se machucar gravemente — *tento em desespero separar seu braço de sua boca raivosa.*

Peço ajuda.

Pessoas ao lado passam sem que vejam essa cena, ou não se importam — *ele não existe no cotidiano moderno.* O homem se deita ao chão e tento confortá-lo em sua posição. Seguro sua cabeça para que ele não se machuque, pois aparentemente está apresentando um ataque convulsivo.

Não há o que fazer. Chamo o serviço de emergência e ali permaneço até que chegue. O *Homem das Moedas* está desfalecido em seu imundo papelão sobre a calçada.

Peço para que alguém compre duas garrafas d'água. Passo o líquido em sua testa, que está fervendo.

São *16h13.*

O atendimento está demorando significativamente e o *Homem* permanece ainda sem consciência. Continuo segurando sua cabeça para que não se machuque com um eventual espasmo.

Ele vagarosamente abre seus olhos, eu ofereço um pouco de água. Bebe e pede para que me aproxime, dizendo em sussurro:

63

(HOMEM DAS MOEDAS) — Destruir e criar, queimar e inundar. Não bajule, não implore, não salve e não volte.

(JUNO – *Pensamento*) — *São 16h17.*

O serviço de emergência finalmente se aproxima. Seus profissionais pedem para que eu me afaste. Vejo o *Homem das Moedas* seguir caminho na ambulância.

Volto ao setor de varejo.

Estou atônito, porém aliviado. Ao abrir a porta dos fundos me encontro com a *Gerente do Varejo* parada e a minha espera.

(GERENTE DO VAREJO) — Onde estava, Juno?

(JUNO) — Uma pessoa estava precisando de ajuda na rua. Tive que permanecer para ajudá-lo.

(GERENTE DO VAREJO) — E quem vai ajudá-lo a ir embora no horário de costume, às 18h00?

(JUNO) — Posso terminar o trabalho amanhã. Você sabe que tenho responsabilidades me aguardando em casa.

(GERENTE DO VAREJO) — Você deveria ter pensado nisso antes de colocar essa suposta "ajuda" na frente de sua obrigação. Hoje, especialmente, você sai somente quando terminar a tarefa que lhe foi atribuída. Fique tranquilo, olharei pelas câmeras, você não estará sozinho.

(JUNO – *Pensamento*) — Ela ri com o canto da boca e se evade do estoque.

São 16h35. Escolhi um atalho para diferenciar o ciclo da *Repetição* e cá estou de volta ao mesmo curso.

Manejo a tarefa dada e não cumprida por mim. Separo as pilhas de vestes, as diferencio por cores e tamanhos.

São 17h55. A *Gerente* retorna.

(GERENTE DO VAREJO) — Terminou, Juno?

(JUNO) — Ainda falta uma pequena parte. Consigo terminar amanhã, antes do horário de abertura da loja. Eu realmente preciso ir embora, caso contrário o ônibus passará somente mais tarde. Não posso me atrasar, tenho horário combinado.

(GERENTE DO VAREJO) — Não, você irá terminar hoje. Para que a pressa em chegar à sua casa? Precisa ir embora para cuidar de sua mãe, não é?

(JUNO) — Sim.

(GERENTE DO VAREJO) — Ela continua em estado vegetativo, sendo cuidada em casa?

(JUNO) — Sim, sua condição é permanente.

(GERENTE DO VAREJO) — Então ela não vai ter consciência do seu atraso, não é mesmo? Até amanhã.

(JUNO – *Pensamento*) — A *Gerente* vira-se e segue o caminho da saída. Termino o que me fora delegado.

São 20h03.

A loja está escura. Saio pela porta que adentrei pela manhã.

Ando os mesmos quarteirões que me trouxeram a mais um dia de labor. Sento-me no ponto de ônibus.

Abaixo a cabeça e olho ao chão.

Não há mais o que fazer, é o momento da *Cisão* com o que me cerca e com a Real realidade. Preciso abandoná-la, processo que se iniciará agora.

TOMO II
DELÍRIO

CISÃO

Estou no ponto de ônibus. São *20h25*.

Ao trancar a loja, recebi uma ligação da cuidadora de minha genitora. Avisou que iria embora perante o adiantado da hora, pois também tinha os filhos para cuidar. *Minha mãe está sozinha.*

Me encontro sentado, com a mochila ao colo, na espera do transporte coletivo de retorno. O calor escaldante da manhã traz a surpresa de um anoitecer friolento. O vento me corta e não estou agasalhado.

Sinto um aperto no peito, como se quisesse gritar. Tal atitude jamais fora do meu feitio e não me sinto à vontade para — *permaneço calado.* Agarro minha bolsa como se, de alguma forma, encravasse minhas unhas na carne, tal como o *Homem das Moedas.*

A *Senhora das Latinhas* também me atravessa. Teria ela conseguido os alumínios suficientes?

Passei esse dia tentando catalogar a *Repetição* dos acontecimentos, e de maneira inesperada, foi pela *Diferença* que encontro o rumo para me dissipar e me diluir em outra narrativa. As duas figuras: a que catava recicláveis desculpando-se e o que dizia *Verdades* de maneira furiosa, foram, afinal, os arremates que fortaleceram essa posição inescapável. *Não hei de sobreviver, caso amanhã tenha que reviver as experiências do hoje.*

Não se colocam como algo simples as tentativas de compreender se você se encontra em equilíbrio ou progressivamente *Enlouquecendo*. Tal tarefa pede cuidado e nem tanta rigidez com o processo. E como sempre, ao menos em meu caso, remete a um lento tatear.

Os conceitos estanques entre o *Louco* e o *Normal* aqui não se aplicam — quem sabe algo no meio e em fluxo: por vezes mais regulado pelos parâmetros da normalidade, por vezes uma forma mais transtornada e menos cravada no Real.

Confesso que me entreter na compreensão se estou ficando *Louco* ou não me fornece certa sensação de alívio — *não por ter conseguido chegar a algum lugar de conclusão, mas por objetivar tecer alguma estratégia de saída dessa prisão que é minha própria carne.* Não, não acredito que seja uma ideação suicida, isso não se aproxima do que penso como saí-

da. *Me pergunto quem daria conta das minhas funções obrigatórias, caso eu decidisse me retirar, inclusive materialmente desse mundo?*

A tentativa de escape que vejo como possibilidade é de outra ordem, pois não acredito que tenha a força do *Homem das Moedas* ou a habilidade social resignada da *Senhora das Latinhas*. Em síntese, procuro uma evasão dessa carcaça com o objetivo de respirar outros ares: *afinal, se me sinto enjaulado, quero conhecer essa interna masmorra que faz minhas vísceras revirarem. Quero me visitar, essa é a questão.*

Para tanto, essa experiência que visará me retirar da *Real realidade* — *do meu dia factível* — não pode ser algo que ocorra de improviso, preciso compreender racionalmente esse processo, a fim de que quando necessário, eu possa voluntariamente escapar, mas sempre conhecendo o caminho de volta.

Chamarei esse movimento subjetivo de *Delírio, Devaneio ou Alheação*. Uma *Eclosão delirante*, uma fuga provisória e necessária.

Sei que esse termo, *o Delírio*, pode ser considerado um erro da razão, uma falha de percepção. Como não sou estudioso do assunto, me vejo como um exímio contemplador e possuo esse conhecimento pela observação. Mas a mim, a ação de *Delirar, Devanear* ou me *Alhear* tem uma função de constituição, mais do que de ruptura.

Talvez, buscar essa fissura com a *Real realidade* para tentar sobreviver ao que me dilacera seja convergente a achar em mim outra função, tecer outros contos e me encontrar com o imprevisto.

Respiro fundo quando chego a essa justificativa.

Sim, é para isso que preciso desse "pulo" do Real, para me embriagar de outras coisas que não tenham a tristeza enquanto certeza. Esses dias iguais, o uso a que me submeto e essa ausência de potência de mudança — *não é mais possível que me contente com isso. Preciso me Alhear para buscar uma brisa de Sanidade.*

Achar meu lugar no mundo, mesmo que seja por posicionamento no *Irreal* e, com sorte, localizar respostas para minhas prisões, bem como maneiras de sobreviver a elas.

Falar desse meu dia para além do que realmente acontece. Para além do que vejo e como o narro racionalmente. Uma nuance ficcional, mas não somente imaginativa, e sim de imersão.

A **Atendente**; o **Homem da Mochila**; e a **Gerente do Varejo** serão o transporte para adentrar as Alheações.

Seria eu capaz de performar um *Delírio* controlado?

Realmente não sei se isso funcionará, pois é exatamente o excesso de controle que me tira, progressivamente, o desejo por tudo. Apenas sei que jamais devo *Devanear* em momentos que outros podem perceber minha ausência desse enfadonho mundo.

Faz-se necessário que eu pactue comigo mesmo, entre a rigidez e a escapada, a maneira mais eficaz de *Enlouquecer.*

Nesse sentido, meu objetivo é potencializar essa capacidade. *Mas como?*

Voltando às três figuras desse meu dia: a **Atendente**; o **Homem da Mochila**; e a **Gerente do Varejo**, percebo, com o passar do tempo, essas personagens em processo constante de exaustão própria — *como se também fossem reféns.* Sei que existe algo, ainda desconhecido, que me faz "olhar" suas fisionomias por outros olhos.

Digo enfaticamente que não sinto compadecimento por essas pessoas — *e afirmo isso sem constrangimento algum* —, pois existe, em cada um desses agentes, a representação do entorpecimento que me transtorna. A essas figuras não será disparada minha cólera em forma física e verbal, mas meu desprezo silencioso, e quem sabe, mediante algum momento de fraqueza: rápidos e frágeis olhares solidários.

O sonho do *Poço* deu origem a tudo isso, e nesse específico dia me vi de frente com sua resolução ou minha fatídica destruição. Não é possível que eu continue, pois sequer consigo pensar no amanhã. Estou na beirada de algo tenebroso, próximo a me jogar. *A Irrealidade é algo que devo atingir, para prosseguir.*

Foi ele, o *Onírico*, que me trouxe o primeiro contato com o *Irreal*, que me forneceu o respiro ao adormecer e me deixou com essa incomodativa noção de que a *Real realidade* não seria mais suficiente.

A partir do *Sonho* e do *Poço* assumo a certeza de que necessito construir esse novo mundo, agora, de olhos abertos, e ali, mexer com seus ficcionais personagens, a fim de me posicionar e me desvendar.

O que me dará combustão para "escapada" liga-se aos três elementos que possuem destaque em meu dia, não somente pela sua complexidade, mas também pelo seu padrão de ocorrência.

Distintamente das variáveis randômicas — *a Senhora das Latinhas e o Homem das Moedas* —, a **Atendente**; o **Homem da mochila**; e a **Geren-**

te do Varejo são partes recorrentes desse meu desesperador cotidiano, e são essas três personagens que preciso retalhar.

Mas se desejo *Delirar* de maneira não pragmática, preciso de antemão oferecer a mim o que essas três figuras do meu dia me trazem em representação visceral, para além de suas meras funções cotidianas.

Ao olhar para alguém, sempre tenho a sensação de que o que eu sinto não é canalizado, filtrado ou possui saneamento que atenue o dejeto afetivo que me atravessa: *de maneira geral o desprezo pela Vida tal qual se apresenta é significativamente maior que a sensibilidade empática tão requerida nos dias de hoje — esta, diga-se de passagem, quase sempre moldada na fôrma do cinismo.*

Ressalto que sou completamente contra quaisquer atos de violência, de qualquer natureza, que busquem prejudicar o outro — *tornando-o menor em níveis de importância —*, e por isso, jamais me comportei de forma que alguém se sentisse ofendido ou desvalorizado por minhas ações.

Na verdade, minhas sinceras ojerizas referem-se aos efeitos contemporâneos dessa Realidade que vivemos e que necessariamente é construída também por nós — *não acredito em nossa salvação enquanto espécie.*

Necessito buscar outros cárceres através da *Alheação*, mas não deixando de atuar eficazmente no que tange às aparências e permanecendo em ebulição no que concerne a quem eu realmente sou. *Minha escapada desse mundo não deve ser perceptível aos demais.*

Entretanto, se desejo me afastar do pragmatismo da racionalidade, a busca pelo *Insano* em mim não deverá ser pautado por mais uma tarefa, como tantas outras que me atravessam e me humilham. Realmente necessito me apegar por aquilo que me implode, me enoja e que me faz golfar, mas sem agir a partir dos preceitos *Repetidos* que me sacrificam a conta-gotas.

Vejo que a **Atendente**; o **Homem da Mochila**; e a **Gerente do Varejo** também se fazem como reféns dessa masmorra que construímos para nós, e assim sendo, talvez também deva proporcionar a eles o êxodo de suas enfadonhas prisões, tecendo suas próprias versões irreais, agora contadas por mim.

Dessa maneira, *Delirar* novos mundos a partir de seus corpos seria, quem sabe, um ato de misericórdia que se dobraria a todos nós.

Mesmo me considerando um telespectador da desgraça ou um *voyeurista* do desespero, confesso que algo precisa ser feito, mas talvez na tratativa de enredos que não sejam tão literais, não levando em conta simplesmente o personagem em relevo, mas sim suas subjacências projetadas pelo meu próprio *Eu*, frente aos operativos norteadores da prisão de todos nós, mediante algo que os circula e que parece desimportante ao olhar absorto.

Para tanto, é necessário viver cada cena e estabelecer esse entrever, para quem sabe libertar algo que me escapou. Dar a esses escondidos enredos suas próprias versões tendo como mote, ao longe, o desvelar do enigma do *Poço*. Criarei uma utopia *Pasárgada — essa será a estratégia que levará à minha própria decifração.*

Ano após ano, são essas três figuras que me guiam pela *Vida* e que dão sustento a essa fúria que não está diretamente ligada a eles, aos personagens em sua essência, mas aos seus estilhaços de condução.

Os insetos caídos ao chão, as classificações que convocam meus fracassos, o *Sonho* e esse dia imutável se misturaram em uma horda extremamente difícil de suportar. Estou sentado no ponto de ônibus e as memórias, esse racional descritivo, estão se misturando, se diluindo e formando outras coisas — *o estado de escape está para iniciar.* Quando chego a esta conclusão, vivencio um deslocamento do meu próprio corpo, um desconjuntamento da matéria orgânica, como se por alguns milésimos de segundo eu pudesse me ver de fora, em um panorama aéreo, passando a me ver em terceira pessoa.

Olho para baixo: me vejo sentado e sozinho.

Minhas mãos estão frias e já não enxergo as cores como antes. Como se alguém, ou talvez Eu, tivesse espirrado tinta acinzentada em tudo: *a coloração do Real vai e volta, traçando com essa primeira imagem de Alheação uma paisagem distinta — não consigo pensar, raciocinar ou lembrar onde estou.*

Minha boca está seca e o pânico me transforma.

Por quanto tempo permaneci nessa masmorra de suor e sangue sem pestanejar? Se for isso que me constitui internamente, só posso compreender que estou projetando essa metástase cancerígena da funcionalidade moderna que sempre me moldou e que agora intenciona se fundir com a Realidade de fora — *vejo o cenário urbano se formar a partir de uma espessa fuligem, como se estivesse em um cenário pós-guerra dessa batalha travada nas minhas Entranhas.*

Meus olhos e lábios tremem.

Sinto o cheiro da água do riacho e o vazio da fome. Percebo o papel dos meus currículos entregues quando jovem cortando a mão direita. Não estou mais aqui, sentado no ponto de ônibus, mas correndo minha própria narrativa desse dia que pensei ter abandonado. O passado jamais soube seu lugar e retorna de maneira catártica, buscando uma *Insana* resolução.

O sonho e o *Poço*, só eles importam agora.

Fecho os olhos, ao abri-los novamente me vejo em outro lugar. Não consigo "achar" meu corpo.

O primeiro passo para o *Enlouquecimento* se iniciou.

REBELIÃO

A ATENDENTE

DELÍRIO 01

Retornar ao cotidiano que me assola agora guiado por esse primeiro passo para o *Enlouquecimento* é me defrontar com uma distinta estética de representação. As cores do ambiente mudam e assumem uma paleta em degradê acinzentado, como a reconstituição de um crime, que, diferentemente do que se espera, procura a vítima e não o produtor da atrocidade.

Especificamente aqui, nesta primeira cenografia *Delirante*, antes de qualquer coisa, é necessária a identificação do elemento subjacente ao episódio realístico.

Aquele olhar opaco e sem vida da trabalhadora do supermercado, a meu ver, esconde algo de naturalizador da sua própria ação de ato de cortar os frios sem noção alguma de pesagem.

Passo a olhar e rememorar os sons da cena: *a faca em suas mãos, a fila em ordem, a câmara fria, os uniformes dispostos e o barulho metálico do ferro sendo afiado na pedra de mármore.*

O palco da minha memória se transmuta. Estou novamente no ambiente o qual adentrei pela manhã e o grafite da iluminação embaçada desse *Delírio* ilumina o objeto alvo da ação desse movimento de ruptura, como um holofote frente ao real protagonista da minha cenografia mental: *"o queijo"*.

O panorama estético do supermercado se desfaz queimando como papel sobre o fogo e abre-se uma geografia distinta e desconhecida — *sinto o gosto da Alucinação.*

Vejo ao longe, em um prado verde e pacífico, uma *Vaca solitária.*

Sim, o animal e em fisionomia clichê: *branca com manchas pretas espalhadas pelo voluptuoso corpo, um sino envolto no pescoço, o rabo balançando espantando as inconvenientes moscas, um quarto de língua para fora, alguns ramos verdes que saem pela fresta da boca, uma grande língua, uma orelha altiva — ereta e em pé — em contradição* à segunda, cabisbaixa *com uma marcação numérica: "1234".*

Trata-se de um chip de boi.

Parece-me que a história já foi contada e aprecio naquele momento em que a cena se abre, o desfecho de algo importante. É necessário destacar que a *Vaca* aparenta saborear certa vingança consolidada.

Novamente o ambiente se modifica em outro tom de cinza, agora em textura próxima a um tecido costurado grosseiramente à mão e a primeira história *Delirante* se desenrola.

Algumas crianças correm pelo mesmo espaço gramado em que a *Vaca* antes fora vista. Nas vestes infantis é possível identificar seus nomes bordados com suas iniciais. Um menino e uma menina que trotam faceiramente enquanto uma funcionária os segue — *pelo visto se trata de filhos de uma família abastada. Até mesmo meus Delírios são construídos pela ótica da classe. Realmente não existe saída.*

A suposta mãe, sentada à cabeceira da mesa de fazenda, direciona o olhar às crianças com esmero e à funcionária com certo ar de repulsa — *paira na cadeira como se ali se encontrasse em seu trono: um móvel gigantesco, com aproximadamente quinze lugares feito de uma árvore de madeira nobre.*

Percebo que é o horário de almoço — *não para a funcionária, claro, que pode ser descrita como uma babá de herdeiros, mas para a respectiva família, cujo suposto pai está à esquerda da casa, com um copo de uísque e um cigarro mentolado queimado pela metade.*

São disponibilizados às crianças, antes de o prato principal ser colocado à mesa, dois copos grandes de leite fresco — *até a borda, sem preocupação de um iminente transbordamento do líquido: a fartura, a abundância e a aparente não preocupação com o desperdício dão o tom daquela cena familiar.*

Os pirralhos continuam a correr. A babá, já exaurida, não consegue parar de sorrir cinicamente, pois apesar daquela maratona infante não ter sido de sua escolha, ela tinha a obrigação de se manter feliz durante o trabalho — *encontro naquela mulher algo com que me identifico.*

À distância, vejo novamente a *Vaca* desgarrada: com seu sino, seu brinco numérico e algumas mutilações pelo corpo, que soam como algo normal para aqueles que sentam à mesa: *a marcação a fogo, feita ainda jovem; a descorna realizada sem anestesia e a separação de seu último bezerro nascido — uma hora após o parimento. Avisto alguns pontos escarlates pelo seu corpo que demonstram o sangue coagulado por ter aprendido a passar pelo arame farpado de seu mato cercado, não sem deixar parte do seu couro malhado no metal.*

75

A *Vaca* apenas observa seu leite sendo derramado pela boca dos copos desnecessariamente repletos do seu líquido, ainda à espera do prato principal que alimentará aquela gangue: *o pai, a mãe e os dois filhos*.

A procura pelo seu bezerro sequestrado fora em vão. Atravessando diariamente o metal cortante da divisão da fazenda — *entre pasto e Casa Principal* — a *Vaca* perdia o rastro do aroma de sua prole próximo à escada que dava aos aposentos de seus donos. Passava pelo galinheiro, pelo pomar repleto de laranjas *ponkan*, perdendo o faro de sua procura naquela determinada localidade da fazenda, dia após dia.

Por fim, o almoço fora servido e a fragrância de seu bezerro estava novamente à disposição. A carne de vitela, macia e jovem dava o indício do fim, tanto de seu último filho quanto daquela câmara de extermínio. Ela, em sua animalidade e política própria de vingança, decidira que não mais disponibilizaria o leite para ser derramado ou a carne incandescente para ser devorada — *não mais*.

Retornando lentamente ao pasto, deixando novamente pedaços de seu corpo malhado no metal pontiagudo da cerca, ela encontra suas semelhantes e todas, sem exceção, a partir daquele momento, permanecem estáticas, petrificadas e catatônicas, à espera de alguém que pudesse intervir sobre a falha funcional do rebanho.

É comum, a meu ver, percebermos o outro somente em estados os quais suas habilidades esperadas ficam em suspenso ou completamente perdidas. Seja por um motivo aparente ou desconhecido, é quando se deixa de atuar acerca do que lhe é atribuído que a atenção se volta a seu corpo desviante.

Algo de importante se remete às *Vacas* petrificadas. Elas possuem um plano.

Horas a fio sem o rabo balançar, as úberes instantaneamente secas e o olhar catatônico são suficientes para dispor, à frente do rebanho, a plateia autotitulada como proprietária das *1234* cabeças de gado daquela determinada fazenda.

Nem mesmo os relhos, utilizados com fúria sobre os couros maltrapilhos do rebanho, foram capazes de movê-las. A mãe, rainha da mesa de quinze lugares, e o pai, fumando sequências de cigarro mentolado, dão o dia como perdido e prometem um ao outro resolverem a situação das *Vacas* disfuncionais no dia seguinte. Afinal, a tarde já havia caído e era necessário verificar e cuidar das crianças com iniciais gravadas nas vestimentas — *a babá finalmente estava em horário de descanso*.

Passaram pelo galinheiro, pelo pomar e subiram as escadas da Casa Principal, todavia, somente uma das crianças fora localizada nas imediações — *a fêmea*. Perceberam, ainda, algo de diferente no espécime — *a criança tinha desaprendido a falar, havia fechado a janela de seu quarto e aberto uma portinhola utilizando-se de seus próprios dedos, agora feridos, mantendo somente a cabeça para fora, com a íris protuberante e visivelmente assustada.*

Os pais perceberam a ausência do primogênito — *o macho pueril não fora encontrado*. Sem a babá em mãos, a mãe tratou, ainda com um ar cinicamente despreocupado, de procurá-lo. Ao descer as escadas, novamente em direção ao pasto, titubeando o nome do desaparecido, a mesma passa a expelir um líquido viçoso pelas mamas. Enfiando as mãos por debaixo da blusa, ela percebe uma secreção espessa e amarelada e os seios inchados e doloridos.

Resolveria essa questão após o filho ser achado, afinal, ela detém acesso aos mais sofisticados cuidados em saúde, sendo dona de 1234 cabeças de gado em uma propriedade com terreno a perder de vista. Horas a fio, caminhando pelos arredores da fazenda, já gritando o nome de seu filho, a mãe percebe suas mamas extremamente pesadas — *as Vacas, enquanto isso, permanecem imóveis, assistindo caladas* à inicial tragédia familiar.

A mãe, já sem conseguir andar corretamente devido ao peso incalculável do líquido que subitamente pesa seu corpo, avista, quase que como uma *miragem* solucionadora, a ordenhadeira eletrônica.

Ao ligar o equipamento aos seus seios e sentir o alívio momentâneo dos fluídos corporais se esvaindo, ela percebe, não tão longe do estábulo, junto às *Vacas* catatônicas, o suéter com iniciais do desaparecido, junto ao esterco seco, produzido durante o dia, antes da petrificação ter acometido o rebanho.

Ao desacoplar a máquina do seu corpo, a mãe sente uma intensa dor que a atravessa e, subitamente, o vermelho escarlate que tinge o estábulo é proveniente de um animal de outra espécie — *do humano-proprietário*. Nesse instante, ela ouve o ranger de uma pata. A Vaca 1234, órfã de seu bezerro e descornada, a fita sem desviar o olhar, enquanto permanece ao lado da peça de roupa pertencente ao primogênito.

Atravessando o estábulo, a mãe escorrega no estrume seco e se agarra na peça de roupa suja pelo barro. Deitada com a barriga para cima, olha a penumbra do céu ainda com a roupa molhada pelo líquido espesso e viscoso que não foi retirado inteiramente pela ordenhadeira. A petrificação do rebanho continua, apenas com uma singela exceção:

duas das patas da Vaca catatônica mais próxima movem-se em direção aos dourados cabelos de sua proprietária, assustando-a, o que a faz se levantar repentinamente.

Confesso que foi a primeira vez que vi uma ação de escalpelamento — *digo ainda que senti imenso prazer em presenciá-la.* A retirada de parte do couro cabeludo, com complexas terminações nervosas, é minimamente dolorida, mas para o rebanho, estritamente necessário. Não mais os chifres deveriam ser retirados — *essa era uma das premissas da rebelião bovina.*

A ironia e o grito de dor cessam a cena próxima ao estábulo.

Estou novamente na Casa Principal, local no qual o pai cuida do espécime fêmea, enquanto ela se mantém com a cabeça na portinhola da janela, sem ainda pronunciar sequer uma palavra. Ele ouve o grito da descorna humana, algo que o chama como uma mitológica *Sirena.*

O grito reconhecido o obriga a caminhar até o rebanho petrificado. O silêncio já estabelecido pela madrugada vai aos poucos se dissipando à medida que o fumante de cigarros mentolados se afasta da filha emudecida e passa a se aproximar do estábulo, na procura de sua esposa, agora escalpelada.

O que se ouve, afinal, carece de sincronia. O estouro da boiada faz com que ele se paralise enquanto os cascos correm o chão de terra daquela propriedade — *sua falta de sorte, naquele determinado momento, é que a boiada não mais estava catatônica.*

O rebanho corre assimetricamente à sua volta, o fumante é envolto pelo gado em estouro e conduzido ao desespero. Fraco em termos físicos, ele cai e põe, imediatamente, as mãos ao rosto, protegendo-o dos cascos enlouquecidos — *seu ledo engano é que a ironia é parte integrante do movimento de motim promovido pelo rebanho:* em espetacular coordenação motora fina, o patriarca fazendeiro é castrado por um certeiro pisão, intensificado pelo advento da ferradura que transforma seu órgão perpetuador da espécie em uma carne pendurada em frangalhos e totalmente inútil para consumo ou oferta.

Fora emasculado, capado, desvirilizado.

O rebanho continua o seu trilhar em estouro. As *1234* cabeças se tornam corpos inteiros, munidos de ódio e da certeza de que não mais proveriam queijo, leite ou filhos para a mesa do almoço. Passam pelo galinheiro, pelo pomar de *ponkan* e partem prado afora, com exceção de uma cabeça de gado: a *Vaca* com o marcador numérico *1234* na orelha.

Já amanhecendo, o cenário que se abre em luz é a destruição em confluência à *Liberdade*. A mãe, novamente com os seios fartos e sem a prole para destituí-la do peso das mamas, recorre à ordenhadeira mais uma vez, deixando o rastro de pingos sanguíneos rubros provenientes do escalpelamento. O pai, patriarca estéril, a encontra e ambos colaboram entre si na subida à Casa Principal, que fora destruída pelo comboio, até então refém.

As paredes vandalizadas e a filha perdida nos escombros são apenas parcela dos problemas e do resultado da *rebelião bovina*. A aurora aponta mais que a luminosidade diária, pois destaca também o último mistério da revolta da prisão do estábulo.

O forno, a lareira colonial e a mesa de quinze lugares permanecem intactos.

A *Vaca 1234* sente em seu focinho a "nova" fragrância de vitela que se origina do mesmo forno no qual seu filho bovino fora destituído de forma. A diferença é que agora o odor da carne carbonizada seria significativamente mais familiar ao olfato da figura materna carregada de leite e do novo fazendeiro eunuco.

A mesa posta não tinha mais textura de bezerro, e sim, da necessária vingança. Ao chegar ao forno, a mãe escalpelada acha mais uma peça de roupa do primogênito desaparecido ao lado de fora da fornalha. *Ela olha a peça, ainda sem compreender sua nova realidade.*

A mesa posta e os copos vazios esperavam e apresentavam a nova funcionalidade dos seios maternos embebidos de leite. Para aliviar suas mamas, haveria de jorrar o líquido nos copos utilizados pela manhã. Ainda, não haveria mais filhos a ela, se tornara, tal como a *Vaca* vilipendiada, órfã de sua prole.

Descornada, ela alivia seus seios nos copos de vidro fino postos sobre a organizada mesa de madeira nobre.

O pai, agora castrado, teve sua hereditariedade limada.

A fêmea infante permanece em óbito nos escombros e o macho acriançado outrora desaparecido é a nova carne de vitela sobre a mesa — fora assado e servido aos garfos.

Enquanto isso, rumando ao Sol que ilumina o prado verde, a *Vaca* maltrapilha deixa seu brinco *1234* na cerca de arame farpado, com os últimos pingos de sangue que cobririam seu corpo voluptuoso, malhado, queimado e sem chifre.

A cena se esvai, o *Delírio* finaliza-se. Retorno ao banco do ônibus. São *20h47*.

A VOLTA...

Respiro profundamente, como se um fardo tivesse sido liberto. Eu que jamais atuei visivelmente em fúria me satisfaço, quase que orgasticamente, pelo que a Alheação me proporcionou.

Rebelião. A *Loucura* que busco adentrar há de estar associada a este termo de confronto frente ao que me rege e me mata lentamente.

Passaram-se 22 minutos desde o último momento que verifiquei meu cronômetro de pulso. Continuo sozinho à espera do ônibus.

Adentrei uma nova camada da minha carne, até então desconhecida. A necessidade de *vingança*, afinal, paira sobre mim.

Contudo, uma questão permanece sem respostas: a *Alheação* teria sido imperceptível ao olhar de terceiros? Como permaneceu meu corpo na Real realidade enquanto eu trafegava pelo meu mundo dos *Devaneios*?

O transporte coletivo se aproxima. Devo continuar meu retorno e chegar finalmente em casa.

Deve estar tudo bem, acredito!

É o mesmo motorista que efetuava a direção pela manhã. *Ele deve estar exausto!*

Pago a passagem. O ônibus está vazio. O tempo de retorno, inclusive, será mais curto, pois o tráfego é visivelmente menos arrastado do que o período de vinda.

São *20h51*.

Sento-me em um banco único, logo à frente do cobrador de tarifas. Penso no transporte, não nesse que me leva para minha morada, mas naquele que me fez *Delirar*.

São *21h03*.

Solitário dentro do ônibus, apenas vejo o motorista e o cobrador, este último sonolento e com a cabeça encostada no vidro de uma janela próxima. Os solavancos são constantes. A rua, por sua vez, repleta de buracos.

Olho para fora como se estivesse vivenciado a *Repetição* pela última vez. Algo nostálgico e digno de luto.

Vejo, ao olhar para a rua que rapidamente passa, o *Homem da Mochila* e lembro- me da teoria de que nela estaria depositado um cadáver para desova.

Olho para trás, a fim de verificar se ele ainda porta a grande bolsa que me atrapalhara algumas horas atrás. *Não a vejo, ele nada carrega!*

Agarro a barra a frente do meu banco. Hiperventilo.

Me desloco novamente do meu corpo, sinto-me submergir. A sensação de afogamento que vivencio nesse momento assemelha-se a algo gráfico e significativamente Real.

Tal como ocorrera no ponto de ônibus, meu corpo se desloca. Vejo a cenografia cinza. Fecho meus olhos por alguns instantes, em seguida, o abro em expectativa de desvinculação com a Real realidade.

Estou novamente no banco vazio, visto pela manhã.

Experiencio um lapso de tempo. O transporte coletivo está novamente lotado. Não estou em meu corpo novamente.

Vejo o *Homem da Mochila*, contudo, agora somente a representação que faço do mesmo: em pé e avistando o ambiente externo como de costume. *Sinto um odor de carne podre vindo de sua gigantesca sacola presa às costas.*

Meu pensamento se desorganiza. O segundo *Delírio* tem seu início.

81

NECROPSIA

O ÚLTIMO BANCO E O
CADÁVER NA MOCHILA

DELÍRIO 02

O *Delírio* move minha mente da mesmice e passo a acreditar em minha teoria do cadáver ocultado. Inicio minhas elucubrações.

Quem utilizaria uma mochila gigantesca em horário de pico do transporte público?

Ele deveria estar procurando uma saída extrema, em completo desespero para se livrar da carga que a mochila trazia. Era uma questão emergencial que a desova fosse feita, e logo. É, também, absolutamente plausível se pensar que ali, naquele invólucro de nylon, estivesse contido um corpo sem vida, fruto de alguma ação impensada, de um embate entre *Carrasco e Vítima* resultando em uma morte inesperada.

Ou talvez, teria sido uma ação premeditada, calculada. Mas algo teria saído das regras do plano, ou ele, o passageiro inconveniente, não teria que dispor do perigo eminente que é transportar um cadáver em sua mochila em pleno horário de rush de uma linha de transporte coletivo. *Mas pensando bem, isso pode não ser um caso isolado.*

Essa pessoa diariamente me incomoda com esse trambolho nas costas — *uma das principais figuras da Repetição. Seria ele a personificação de um assassino em série?*

Meu corpo arrepia, pois aqui, frente ao *cadáver do ônibus ensacado*, é a morte que grita e o suposto assassinado que pede para ser revelado.

Faz-se necessária, portanto, uma ação de necromancia: *trazer a vida somente* àquele que pode fornecer a mim e ao sonho do Poço sua própria versão dos fatos. Percebo que este segundo delírio, embora associado ao óbito, não se liga à morte tal como o bezerro, motivo da insurgência bovina. Pois aqui é necessário incorrer à divina *Ressurreição*.

Este ato, o *Renascimento*, sempre se fez presente em minha infância, atravessado pelas minhas obrigações católicas. O corpo vilipendiado

de Cristo, cuja morte é fruto de uma sórdida traição, é somente finalizado mediante uma cruzada de sofrimento, imposto pelo olhar da cidade e de algozes sem fim.

O *Ressurgimento* que limpa as chagas e faz com que o corpo se renove, assim como a fé apostólica romana, dão o tom de que o sofrimento foi necessário, sendo a morte tortuosa colocada como essencial para que os demais valorizem a *Vida* a partir do sacrifício do corpo.

Quando chego nessa conclusão, o ambiente se modifica.

O ônibus torna-se cinza e novamente vazio. Vejo algo reluzir, se destacando do tom acinzentado próprio da *Alheação: a mochila e dentro dela, o corpo sem vida* (e agora tenho certeza de sua existência). Quem carrega o cadáver é declaradamente seu verdugo. Teria ele promovido uma execução sumária ou produzido sua própria versão da *Via Crucis* de seu mártir?

A estética deste *Deliramento* é feita em retalhos de tecidos, transformando-se em um degradê de cinzas, que sobem e tomam a forma do transporte coletivo, como um cobertor *Frankenstein*, ainda sem os aparatos de costura, apenas montado, esperando a liga necessária que faça os pedaços espalhados se tornarem uma coisa só — *uma manta que cobrisse o corpo, talvez.*

Sim, agora eu vejo o foco de luz, similar a um palco de teatro que ilumina seu espaço de interesse, abrindo o zíper da mochila que funciona como féretro. Vejo a mão do cadáver se movimentando. Suas chagas permanecem, o corpo não está renovado mediante a *Ressureição* da minha *Irrealidade* projetada, mas em processo avançado de decomposição.

Decerto, não se trata de uma *Ressureição* divina, mas de uma conjuração necromântica.

O cenário novamente se desfaz e se refaz de maneira rápida. Os panos em pedaços não atingem o uníssono, se rebelam como se ainda não fosse o momento correto do encontro, do pouso final sobre a carcaça fétida — *já não me encontro mais no ônibus.*

O simulacro do real desaparece.

O segundo *Delírio se mostra em pelo.*

Estou em um ambiente aberto. Respiro o ar gelado. *Um novo grau de imersão, distinto da Rebelião bovina.*

Coloco as mãos sobre a boca e ao respirar vejo uma fumaça esbranquiçada e cinzenta — *são os vapores formados por minúsculas gotículas de água suspensas no ar. Fumaça, vapor e frio no Delírio?*

83

Confesso que me sinto satisfeito em obter êxito na elevação da experiência da *Loucura:* não esperava sentir alguma sensação térmica — *parabéns, Juno, você realmente está Enlouquecendo.*

A penumbra dá o tom da cena.

Piso em um chão de saibro, escorrido — *chove aqui.* Estou em uma descida, mas não caminhando. Me encontro parado, com a face voltada a um barranco que compõe uma das encostas.

Vejo-me em uma plantação de cana-de-açúcar, muito comum na geografia em que moro, e confesso, um lugar perfeito para a desova de um corpo sem vida — *o executor é realmente muito inteligente.*

O cadáver está à minha frente. Ele se move, mesmo em condição defunta.

Não vejo o rapaz da mochila, nada além do breu, do frio e do barro molhado.

Somente alguns minutos a mais e consigo ouvir alguns passos: *o suposto Carrasco se aproxima.*

A cena corre como se minha *Insanidade* tivesse pressa.

O corpo já está alocado no barranco e agora consigo ao menos entender a agonia do *Homem da Mochila,* que continua a se aproximar — *o torso que supostamente estaria sem vida se recusou a renunciar a suas funções motoras, em especial a fala.*

O cadáver não apresenta estética demoníaca ou pestilenta, sequer de uma carne herege que pretende devorar os ainda vivos. Existe aqui a demanda real e humana da angústia e da necessidade de compartilhar algo, mesmo que o ouvinte seja seu executor.

O *Homem da Mochila* está parado em frente ao morto que se move.

Eles se olham entre si e o cadáver se toca — *quando seus dedos se encostam à pele, a mesma afunda: está apodrecida.*

Para minha surpresa, passa a se desenrolar um diálogo:

(CADÁVER) — Espere um momento, preciso me verificar.

(JUNO – *Pensamento*) Ele permanece estático, como se o seu próprio corpo realizasse o ato necrópsico, a fim de identificar sua causa mortis.

O defunto inverte a ação da autópsia, subvertendo o procedimento de verificar sua situação putrefata — *claro, existe uma contraversão evidente: não está sendo feito por terceiros, por médicos, coveiros, abutres ou instituições.* Trata-se de um monólogo da morte, visando descobrir a causa da morte anterior ao processo de identificação do corpo sem vida.

Ele abre-se com as próprias mãos, reposicionando seus órgãos, verificando a presença de eventuais perfurações, dilaceramentos, projéteis alojados ou traumas que o tivessem tirado a vida. As vísceras atrapalham, bem como sua posição na encosta do barranco — está sentado.

`Ele pede auxílio ao Carrasco:

(CADÁVER) — Poderia me ajudar a deitar? Acho que será mais rápido e melhor para nós dois que essa etapa seja feita com agilidade.

(JUNO – *Pensamento*) — O assassino, ainda sem pronunciar-se verbalmente, não nega o pedido de ajuda e colabora para que o moribundo se deite sobre o barro e continue os procedimentos autopsiais. Nada é achado, até que o corpo (quase) sem vida finalmente percebe a substancial diferença de sua própria voz, antes fina, agora rouca e exasperada.

(CADÁVER) — Fui estrangulado. Correto?

(JUNO – *Pensamento*) — O homem da mochila apenas acena positivamente com a cabeça.

O agora sabido asfixiado respira aliviado, pois sabe de seus últimos instantes, mesmo que não se lembre deles da maneira devida. Ele não pergunta o *"porquê"* ou a *"razão de ter sido alvo da referida ação"*. Apenas precisava se tocar e descobrir sua condição atual — *estaria eu diante de um suicídio covarde, delegado a um terceiro? O mandante do assassinato seria o próprio corpo (quase) sem vida?*

Ambos se olham, existe ali certa fraternidade, entre o estrangulador e o estrangulado — *fora combinado, não resta dúvida.*

Sim, é isso o que o segundo *Delírio* me mostra. O rapaz da mochila nada tinha de verdugo, ele era apenas um intermédio para a finitude do agora *Cadáver.*

Ali, outra cena se abre. A autópsia vai se desenhando em uma nova estética — *não me encontro mais no barranco e sim em uma casa qualquer.* Vejo o corpo estrangulado antes do ato de morte delegado. O ritual de defunção se revela:

Nesta nova paisagem, duas pessoas sentadas em um sofá, o único móvel disponível no ambiente. Já tudo acertado, apenas falta a iniciativa do ato ao personagem que carregava a mochila. Enquanto isso, o cadáver em devir espera ansiosamente pela sua libertação. A ação de enforcamento é súbita, rápida e misericordiosa. O pescoço é fraturado, mas ambos não sabem — pensam que o cadáver se foi por falta de oxigênio.

Contudo, algo acontece quando a carcaça supostamente *"se vai"* e deixa de existir.

Ainda com as mãos envoltas no pescoço, ambos se entreolham, o executor e o mártir comunicam-se simultaneamente, de forma não verbal, a partir de uma específica preocupação:

(CARRASCO — em pensamento) — Não será possível deixar um epitáfio sobre seus restos mortais. Mesmo com consentimento, se trata de um crime e assim será visto este enforcamento autorizado. Ninguém poderá velá-lo.

(CADÁVER — em pensamento) — Ele construirá uma tumba e um epitáfio para que me achem?

(JUNO – *Pensamento*) — Nunca imaginei que seria possível conjurar um corpo recém- extirpado de *Vida* simplesmente pelo sentimento de remorso e arrependimento. Não pela vida retirada, mas por não ter se acordado sobre seu pós-morte e seu direito fúnebre de ser lembrado — *é assim que o corpo permanece falante em concomitância ao apodrecimento. Restava aos dois estabelecer, por fim, um contrato final.*

Volto ao Canavial, à penumbra, e os envolvidos continuam a se fitar intensamente — *existe aqui uma contradição.*

O ritual de velamento e o epitáfio permanecem em aberto à espera de uma decisão.

Afinal, qual a importância de não ser esquecido, inclusive após o término da *Vida*?

Sempre achei, e o *Delírio* me confirma isto, que os rituais de vigília do cadáver servem exclusivamente para quem chora. Contudo, quando nossa *Vida* é essencialmente medíocre, passável e não existe nada nela que convide ao ato de celebração, o que sobra? Me parece que somente o assassino convidado pode decidir sobre a lápide do putrefato asfixiado. Entendo, no entanto, sua preocupação: em caso de decisão de se colocar as palavras finais do defunto no Canavial, ponto de sua última morada, é evidente que o crime não permanecerá escuso — *em algum momento, o morto vivo angustiado será descoberto por um transeunte qualquer.*

(CARRASCO) — O que você deseja fazer?

(CADÁVER) — Anseio pelo meu desfecho de linguagem, quero que tenham um lugar para chorarem por mim, mesmo que de maneira hipócrita. Desejo meu Epitáfio.

(CARRASCO) — Digamos que eu concorde com essa ação e que necessariamente ela recaia sobre mim e eu, tal qual asfixiador que sou,

tenha que pagar meu crime, mesmo que ele tenha sido autorizado por você. Como fico?

(JUNO – *Pensamento*) — O Cadáver não responde e o Carrasco dá continuidade à sua argumentação.

(CARRASCO) — As horas que compreenderam sua jornada enquanto vivo, desde o nascimento até o estrangulamento, foram preenchidas com o quê? O que sustenta a necessidade de que seja colocada uma lápide no local de sua desova? Eu realmente quero compreender a necessidade deste risco que eu possa correr. Seu pedido precisa ser sustentado por algo mais concreto.

(CADÁVER) — Quer que eu conte da minha vida? (Questiona o corpo)

(CARRASCO) — Em absoluto. Fui pago somente para dar conta do que te afligia: o ato de viver, e em hipótese alguma irei trabalhar por algo que não foi acordado.

(JUNO – *Pensamento*) — O asfixiador não revela que o pensamento sobre a possível lápide também o afligiu enquanto desferia o enforcamento.

Fica claro, a mim, telespectador desse caso: *Carrasco x Cadáver,* que ambos não detinham profunda vinculação prévia. Realmente se tratava de uma encomenda contratada e entregue — *um serviço prestado.*

O Carrasco aponta que a encomenda da morte não se referia a um pedido inusitado e singular:

(CARRASCO) — A incumbência feita por você, com o objetivo de libertá-lo dessa amálgama: *a simples situação de estar vivo,* embora pareça algo especial, não se refere a uma situação isolada e peculiar. É mais comum do que você imagina nos dias de hoje.

Faço o convite que identifiquemos seu corpo para além de seu nome civil, mas que busquemos a compreensão em conjunto a partir de uma autópsia minuciosa que possa nos auxiliar na final decisão sobre a lápide.

(JUNO – *Pensamento*) — A última etapa da necropsia inicia-se também em reverso: o manejo dos órgãos e das vísceras em primeiro lugar (buscando a causa mortis) segue ao processo de identificação — *não por um vivo, um terceiro ou um conhecido, mas por ele próprio*: o cadáver.

Busca se reconhecer, e sobretudo se deparar com seus feitos e não feitos em vida *pela funcionalidade da sua carne.* O torso permanece imóvel, novamente encostado no barranco, com uma das mãos envolta no pescoço fraturado, simplesmente à espera de sua talvez arguição final.

87

Nesse momento, mais uma cena se abre em novo tom de cinza. Estamos em volta de uma mesa metálica que possui tampo rebaixado para reter líquidos e vincos que direcionam e escoam as secreções em direção ao dreno. Possui pés em tubo redondo e ponteiras de borracha.

É feita em aço e brilha como um gume afiado. Ao redor estão os pés de cana-de-açúcar — *as cenas da desova e da autópsia verbal se unem*. Olho para cima e, em substituição ao céu e ao frio, estão os retalhos de tecido, estética vista somente ao início deste *Delírio*.

Ainda em degradê cinza, as tramas em frações começam a se unir. A costura é feita com uma linha rudimentar e em caminho único, desfigurando os retalhos em substituição a uma integral manta.

Este procedimento *Delirante* não atende a necessidades reais de uma necropsia: de aferir rasgo do pescoço ao púbis, em formato de T, Y ou I, dando acesso ao abdômen ou à caixa torácica. Sequer o couro cabeludo é cortado de uma orelha a outra. Não se retira a tampa do crânio utilizando-se apetrechos como uma serra de broca — *a cena que a minha Insanidade percorre é infinitamente mais grotesca do que a literal vasculha do organismo e verificação dos membros do quase falecido.*

O único órgão elegido para análise destes restos quase mortais é nada mais, nada menos que a língua do asfixiado. Um órgão constituído de músculo, revestido de mucosa e que está relacionado à deglutição, ao paladar e à fala. E é sobre essas três funções que essa auto autópsia se dará, e nada além.

A cena identificatória se abre a mim, não compreendo o diálogo entre Executor e Executado. A Alheação me informa do corpo sobre a mesa.

O procedimento se inicia pelo ato corriqueiro de deglutição.

Deglutir a vida, mastigá-la por completo ou minimamente parti-la em pedaços menores não soa como uma fácil tarefa. Viver não se trata de uma abstração filosófica, muito pelo contrário: é material, selvagem, pautada na ausência, e por vezes, o que *"falta" é significativamente mais indigesto do que o que realmente adentra a goela.*

O que faltara a ele? Ao corpo? Não consigo saber por completo, o *Delírio* ainda carece de detalhamento.

O que posso dizer, aparentemente, é que o torso em declínio podre é atravessado evidentemente pela humilhação — *essa pode ser considerada uma máxima dessa autópsia.*

Nascido em uma família pobre, teve o baluarte da meritocracia capitalística como alvo a ser atingido — *trabalhou por experiência e pela chance de ser reconhecido. E assim o foi.*

Foi valorizado enquanto um corpo que poderia ser explorado e que também, quando tivesse a chance, poderia escrutinar seus semelhantes — *e assim o fez.*

Da maneira a qual aprendera, o cadáver replicava o trato relacional destinado aos iniciantes de carreira, com suposto valor menor que o dele: tratava-os a partir da sondagem, da *Vigilância* e do constrangimento — *não é à toa que humilhantemente suplica por receber condolências alheias em sua possível lápide, pois era desta forma, quando inteiramente vivo, que maquinava sua existência vulgar: pela bajulação.*

Contudo, aqui, os termos de reconhecimento são outros e a pergunta a ser feita não se refere somente à questão de *"quem choraria por ele"*, mas sim *"quem derramaria lágrimas em seu velamento de maneira inteiramente gratuita?".*

O primeiro nó desenlaçado é o da *Adulação* — *a primeira etapa da autonecropsia revela que ele devorava esse prazenteio com voracidade.*

Deglutia a bajulice a fim de preencher seu corpo vivo. Assim, sem o local de morada final, essa possibilidade de galanteio póstumo, mesmo que vazio de significado, não seria possível — *e ao defunto, me parece um fato insuportável.*

A primeira argumentação se finaliza. Restam agora dois pontos a serem percorridos: *o paladar e a fala.*

O paladar, o reconhecimento dos sabores seria o próximo passo a ser dado. Para tanto, é necessário que voltemos no tempo para que seja possível conhecer o cadáver em outra época de sua existência.

Quando pequeno, morava em uma área de risco habitacional, em um barraco de tapume, visivelmente improvisado. Certa vez, com oito anos, decorrente de fortes chuvas na região, acordou sendo carregado por socorristas, vizinhos e outras pessoas desconhecidas — *havia sido resgatado de um deslizamento de terra.*

A maior parte de sua família não teve a mesma sorte, bem como sua casa de madeira, que fora destruída. Com o passar dos dias, a criança, mesmo após intensas sessões de limpeza, ainda reclamava do gosto de lama entre os dentes, em especial no céu da boca.

Essa sensação o acompanharia durante a *Vida*, camuflando os demais prazeres palatáveis que poderia experienciar. Apreciou o gosto da terra de barranco de maneira vitalícia.

Percebo, a partir desse fato, que a desova já havia acontecido, seu corpo já havia passado por um ritual de enterro interrompido pelo salvamento. A cana-de-açúcar era uma representação do moribundo e não da figura do *Homem da Mochila* visando o descarte do assassinado. O putrefato temia, afinal, ser novamente enterrado e desta vez, sem ninguém para tirá-lo desacordado dos escombros. Conviveu com o sabor do enclausuramento por soterramento desde a primeira infância — *perante seu terminativo enterro e sem a possibilidade de ser salvo, pede ao menos que seja possível velar seus restos.*

A desova, portanto, não haveria de ser um ato inédito — *parece-me que o corpo não desejava a qualidade de Desparecido, algo indignamente comum a quem vivencia tamanha tragédia habitacional.*

Desenlaça-se o segundo nó.

Estamos diante da última etapa necropsial. Por fim e não menos importante: *a fala.*

Para tanto, não me parece necessário ir muito longe para dar cabo dessa derradeira argumentação. Os personagens deste último enlace estão aqui: *um à mesa, outro à direita e o último em Delírio.*

Trata-se do acordo e da razão primordial para a existência de toda essa cenografia *Insana: da decisão, do agora cadáver, de encomendar sua própria morte.*

Chega a hora de decidir sobre seu pós-morte.

O cadáver detinha um irmão, ainda vivo — *o único familiar próximo que lhe restou.* Assim como ele, fora salvo por socorristas no determinado deslizamento que se desdobraria em um soterramento familiar.

Diferentemente do corpo estendido na mesa de necropsia, que protagoniza este *Delírio*, não se verificou no irmão nenhuma sequela aparente — *estava saudável* —, e pôde apreciar os múltiplos sabores que o mundo à sua volta oferecia.

Com o passar dos anos, tomado pela culpa por não compartilhar da deficiência palatável do aqui putrefato, o saudável irmão assume o ofício de tradutor de gustação. Toma como seu trabalho integral e sem fim a tarefa de descrever detalhadamente (através da fala) cada alimento ou líquido ingerido por ambos: *em termos de textura, maciez, dureza, acidez, temperatura e, claro, o sabor.*

Passam os dias inseparáveis, e o irmão saudável cronifica-se como uma prótese do morto da mochila: *acompanhando, compartilhando os mesmos alimentos e descrevendo com minúcias, um a um.*

Na mesma medida em que era incumbido de traduzir parte da vida ao agora cadáver, o irmão saudável adoecia e biologicamente definhava, a ponto de perder suas forças, a capacidade de andar e de se movimentar da maneira considerada adequada para sua idade.

Passou a acompanhar o irmão com muletas, para depois fazer uso de cadeiras de rodas. Estava visivelmente em processo de atrofia — *morria aos poucos.*

Ao se deparar, após anos, com o definhamento de seu irmão-prótese, o quase morto aqui autopsiado decide por eximir o irmão de seu cargo vitalício, tendo a plena certeza de que era o ofício protético que estaria tirando sua energia vital.

Contudo, esta ação não fora o suficiente. A simbiose estabelecida em *Vida*, desde o momento do fatídico soterramento, selaria a sentença: *um deles deveria se entregar à finitude.*

O autossacrifício declarado seria suficiente, a meu ver, para que o *Carrasco* se compadecesse e concordasse em construir a lápide, juntamente ao Epitáfio daquele que permanecia na mesa de necropsia, agora em seus reais minutos finais. *Todavia, quão justas são as situações que nos cercam?*

Meus *Delírios* também seriam parte dessa barbárie que chamo de Real realidade?

Sequer aqui eu poderia ter voto de minerva sobre algo?

Vejo o *Cadáver* em seus últimos segundos, já escorrendo pelo dreno da mesa de autópsia — *confesso, pela primeira vez, que entristeço e me lastimo por aquela carcaça quase sem vida. Estaria eu tão descrente dos vivos que a única maneira de disparar minha sensibilidade ou compaixão seria pela carne podre?*

Olho para cima e a manta, agora com poucos retalhos restantes, vai tomando sua forma derradeira. Ainda em cinza degradê, desce lentamente ao corpo. Logo, o *Carrasco* afere a guilhotinada feroz, cabal e final desferindo um último questionamento:

(CARRASCO) — O que escreveria em seu Epitáfio?

(JUNO – *Pensamento*) — O quase desfalecido reúne suas últimas forças e declara.

(CADÁVER) — Em minha lápide, caso concorde com esse último agrado, gostaria que estivesse escrito não uma declaração de algo vivido: "Jaz um bom irmão, um amado esposo" ou qualquer outra homenagem, mas sim um pedido: *"Que dessa vez eu não sinta o sabor da lama"*.

(JUNO – *Pensamento*) — É correto afirmar que a autonecropsia, tendo a língua e suas funções como ponto norteador da decisão sobre a lápide e o velamento fora a decisão mais acertada. É sobre ela que toda a identificação do corpo se assenta. Todavia, ainda resta a diligência final, que cabe exclusivamente ao personagem que carregava a mochila: ao *Carrasco*.

Olhando fixamente ao corpo sem *Vida*, o asfixiador finaliza o assassinato encomendado:

(CARRASCO) — Eu tiraria sua vida mesmo que não tivesse me permitido. Ninguém irá melancolizar por você. Não há necessidade de Epitáfio ou local sagrado de velamento.

(JUNO – *Pensamento*) — Para minha surpresa, o golpe de misericórdia não se tratava da tentativa de asfixia ou da ação de fratura do pescoço da vítima. A fatalidade da vida, por vezes, é expressa em verborragia canalizada no afeto e no discurso verbal que aferem, por fim, a sentença final.

Vejo agora com maior compreensão, enquanto um vigia da ceifa humana, que o *Carrasco* estava ciente do papel a desempenhar. O corpo que encomendara a própria morte não poderia imaginar que o extermínio integral da vida se ampliasse ao fato de que o esquecimento fosse parte do tratado — *afinal, como poderia saber?*

Existências anônimas assim se constroem e se esvaem, caindo no poço da abstração assim que cessam suas funções biológicas. É sobre esse tipo específico de perecimento que esse segundo *Delírio* inquisiciona-se.

O Executor estava ali apenas para cumprir seu trabalho, como um bom profissional que sempre foi. Concordar por uma pedra inscrita gravada em dizeres escolhidos pelo defunto seria condizente à não realização devida da função contratada — a memória e o velamento poderiam vir a ofertar continuidade existencial, mesmo após a finitude da carne. *Algo inaceitável nos termos do acordo.*

Em um desfecho de que só posso ser espectador, um pária do sofrimento do corpo na mesa de dreno, eu vejo o *Carrasco* atuar como *Caronte*, figura mitológica grega — *o barqueiro que atravessa os rios do submundo, navegando pelo mundo subterrâneo levando os mortos para sua última morada.*

Tal como todo esse *Delírio*, ocorre uma inversão de representação: *não existem moedas que são colocadas sobre os olhos do finalmente falecido*. Ao invés disso, são retiradas suas identificações, vestes e possibilidades de velamento. Ele é despido e entregue como veio ao mundo: *pobre, nu e em prantos*.

Nesta construção *Delirante*, o *Epitáfio* não seria disponibilizado para o ritual fúnebre, pois de maneira subjacente, o torso visava a extinção da própria *Vida*, e isso, inevitavelmente, se referia também a garantir que dele ninguém se lembrasse.

Desenlaça-se o terceiro e último nó.

A colcha de retalhos cobre e esconde o já drenado corpo putrefato.

A *Alheação* cessa e retorno à Real realidade. São *21h11*.

Sinto que essa segunda imersão foi significativamente mais potente que a primeira. A *Necropsia* suscitou novas impressões sentidas em meu corpo, como se algo físico estivesse realmente acontecendo: *o frio, a neblina*. Me vi, em matéria, andando pela irrealidade, e não enquanto um narrador que apenas empresta sua voz à história, mas em observação presencial, mesmo que invisível aos atores da *Alheação*.

Permaneci solto pelo que *Enlouquecidamente* teci em *Delírio*, em um grau evidentemente mais intenso de inserção e com menos gasto de tempo até retornar à minha consciência na Real realidade.

Devo continuar.

ESPECTROS

A GERENTE DO VAREJO

DELÍRIO 03

Nem sempre minhas observações e narrativas desenroladas são lineares: elementos se misturam e dão o tom do caos que se instala em meu dia a dia — *os Delírios me exaurem e me despem de energia, e ao mesmo tempo não desejo que essas imagens fantasiosas cessem.*

Sinto minha pele com outra textura. Estou exausto, mas a possibilidade da imprevisibilidade me abastece com a necessidade de continuar a me desbravar.

São acontecimentos prazerosos, orgásticos e cada vez mais atrativos: *"Como um inseto atraído pela Luz, o que me chama para a fantasia cenográfica elaborada pela minha cabeça é a grande escuridão distópica e utópica que se forma".*

Digo ainda que me parece uma paisagem mais branda do que a Real realidade.

Uma trama em que prefiro estar, observar e, com sorte, atuar sobre.

Reafirmo que não há epifania esperada ao final dessa minha história construída — *sei bem por onde caminho e o que tateio. Falo do meu corpo explorado e dessa minha* ânsia *em escapar.*

Seja pela Rebelião ou pela análise do Cadáver, coexistem entrelinhas que costuram meu cotidiano e as maneiras as quais percebo o que está à minha volta: *a necessidade de retaliação ou o soterramento pela lama escondem o Desejo subjacente de atuar sobre minhas amarras, despedaçando-a, assim como seus agentes.* Passo a me ver como outra pessoa em meus *Devaneios* — aprecio essa sensação.

O que *Deliro* não me é enigma e nunca foi. Contudo, o *Poço* continua sendo algo a ser decifrado e a cena do grito me incomoda significativamente — *por se referir a algo que eu realmente desconheço em significado.*

Não é de hoje que refaço as histórias em minha mente e dou a elas outra entonação, coloração e textura, mas é inédito que eu trafegue pelo caminho das *Alheações* com o objetivo de desvendar algo.

E não, não procuro uma "cura" para essa minha personalidade megalomaníaca, paranoica, persecutória e introspectiva. Aliás, pelo contrário: *desejo, se puder, intensificá-la!*

São 21h14.

Nesse momento estou retornando de ônibus em direção à minha casa, já tendo passado pelo que denominei como *Rebelião e Necropsia.*

Percebo, já há algum tempo, que em termos de convivência, prefiro, sempre que posso, permanecer recluso, em busca de silêncio e sossego. Todavia, não encontro em mim tranquilidade, sequer ao terminar o dia, não mais. Nem no transporte, nem no trabalho, sequer em minha morada.

Olhando para essa grande lata de metal que colabora para o meu transporte tenho a plena sensação de que o ônibus não detém o mesmo instigar que senti ainda pela manhã: Já não percebo o transporte coletivo como antes — *agora ele carece de interesse pessoal: já resolvido o mistério do defunto, sigo em frente.* Acredito que ainda há um tortuoso caminho a se percorrer.

Traço meu percurso de volta "costurando com outro olhar" esse retorno.

Agora não mais com a ótica de dentro, mas assistindo o entorno repentino e fugaz, com pessoas à volta que mal consigo perceber as fisionomias — *os transeuntes nas calçadas: "Todos sem rosto, apenas flashes da busca por algo, que também não tenho a prerrogativa em saber, sequer desejo me debruçar sobre".*

Moro em uma região periférica da cidade e para chegar a meu destino de volta, local que chamo de minha casa, é necessário o tráfego por uma zona que me causa interesse: *onde homens e mulheres se posicionam em esquinas, sempre com o olhar atento ao fluxo de veículos que se desdobra noite afora — é o espaço da prostituição.*

Me pego pensando como alguém consegue ser tão incoerente a ponto de criminalizar moralmente ou judicialmente tal ato: *afinal, a venda do corpo habita a todos nós.*

O meretrício me atravessa todos os dias, quando escolho vender meu corpo ao setor de varejo, ao regime trabalhista, ao horário de entrada e de saída e ao "olhar" da Gerente. A diferença, claro, tem a ver com certa hipocrisia de que certas libertinagens são possíveis de serem executadas escancaradas, enquanto outras devem permanecer sob as esquinas escuras, atentas ao trânsito e aos olhares de pudor.

Decerto não acredito que nenhuma ação de trabalho seja estritamente voluntariosa e isenta de pequenos (ou grandes) tormentos.

Vender o corpo nos regimes do que se denomina como *"Programa Sexual"* não deve ser tarefa fácil, acredito: aliás, quando as vejo, quando os vejo, com roupas curtas, seminuas ou seminus em praça pública em meio ao frio, percebo que a vida de "puta" com certeza não se refere a um afazer simples.

Entretanto, o que me incomoda realmente é que a maioria das pessoas não sabe, ou deseja não saber, que todos, em algum momento, somos produtificados e postos à venda, e por consequência, nos tornamos mercadorias expiráveis.

Com o passar do tempo, os "Programas", sejam das putas ou do sujeito de direitos, se tornam menos valorosos e com frequência menor de solicitação: *em qualquer natureza de atuação*. Em suma, a descartabilidade e a vida de meretriz é mais próxima de todos nós do que se imagina: *o tempo dá cabo do vencimento produtivo de cada corpo, sejamos rameiras ou não*.

O suposto prazer em atender um cliente nos moldes modernos de trabalho é a mais pura farsa que já existiu: *"Bom dia, como posso ajudá-lo?"*.

Essa recorrente pergunta leva a uma série de consequências que envolvem a vivência de certa humilhação por quem verbaliza a obrigatória sentença. Não me coloco distante desse engodo: *gasto minha saliva pelo "Programa" do cliente em meu estabelecimento de trabalho, e vale dizer: regido pelas leis trabalhistas, me torno uma puta regular e respeitada — ou quase.*

O programa sexual costumeiramente detém limite estipulado, de início e de término, com o eventual consumidor. Pelo contrário, o cliente do varejo de roupas pode efetuar sua compra em 15 minutos ou 4 horas (ou mais), e não levar sequer uma peça que fomente a renda mensal do vendedor prostituído — *sinto que estou jogando meu cuspe fora e sem nenhum prazer advindo disso: sem sequer a possibilidade de regozijo mundano — que merda!*

É evidente que quem se "vende" na calçada está suscetível a várias questões que talvez eu não esteja submetido em meu prostíbulo do varejo, protegido pela Lei do "trabalhador honesto" — *tenho essa consciência*. Contudo, quando as vejo e os vejo, percebo que é puramente a hipocrisia do escrúpulo social que me distancia dessa versão maldizida da prostituta execrável e me tornam, essencialmente, uma "biscate aceitável".

São *21h21*.

A necessidade pessoal em buscar a *Diferença* em meu dia vence a necessidade de retornar rapidamente à minha habitação. Desço do transporte coletivo alguns quilômetros antes do meu costumeiro ponto final e vejo,

finalmente, aquelas pessoas com as quais me identifico: *putas, putos, prostitutas, michês e cafetinas: "é aqui que o terceiro Delírio se desenrolará!".*

Ao andar pelas ruas daquela referida zona de prostituição eu percebo a estética da Real realidade novamente se modificar.

O arrepio do *Alheamento* emerge em sua força, tendo como símbolo condutor a luz artificial do poste urbano que me toca e passa a queimar minha pele como brasa vulcânica — *percebo desta vez que não é o ambiente que simplesmente se transmuta em degradê cinza, é minha própria pele que se desfaz, me transportando para outra localidade na qual somente minha Loucura conhece o logradouro.*

A sensação térmica continua presente, contudo, agora o frio e o ar gélido são substituídos pelo calor extremo e pelo cheiro de enxofre.

Realmente o catolicismo está em minhas *Entranhas*, pois falar da profanação da carne pela sua venda sodomizada é, necessariamente, ter que olfatizar um dos símbolos crassos do que é considerado "caído", "expulso" e não bem-quisto nos terrenos etéreis — *a essência símbolo do que é dito herege.*

Já estou aqui, no terceiro movimento de deslocamento da *Real realidade. Me destruí em densidade e me refiz já em outro local e outro tempo.*

Chove nesse *Delírio*, o céu é nebuloso e o olhar à frente é nevoento. Meus pés descalços não sentem mais a rigidez do cimento da calçada da prostituição, mas sim o barro que os afunda a cada passo dado — *é necessário que eu desbrave a bruma.*

Ainda sinto o odor de queimado, contudo, não mais a carbonização da minha pele ao adentrar o *Delírio* — *se trata de outra substância.*

Identifico chaminés ao longe feitas de pedras antigas, artesanais. Percebo com dificuldade apenas seu topo, sua parte superior — *a neblina não é constituída somente de* água, mas também de fuligem — esfrego os detritos entre os dedos e os vejo sujar de *matéria preta, gordurosa.* Continuo a aprofundar meus passos no barro ensopado e a cada movimento se torna mais difícil o caminhar.

Já com o calcanhar aprisionado na lama e os resíduos da queima sobre o rosto, a cerração híbrida se dissipa e vejo três cabanas formando um triângulo equilátero, idênticos e congruentes em diâmetro e estética — *são antigas, feitas de madeira esburacada, tábuas arcaicas afixadas umas nas outras por grandes pregos tortos e enferrujados: se trata de um local de exílio.*

Já vejo o cenário sem interferência da névoa *Delirante*.

97

Existe um penhasco no qual essas três moradias permanecem em igualdade de construção. A cabana da direita está com a porta aberta e o breu interno à moradia de madeira não permite que eu veja o que está lá dentro.

A choupana de centro está com a porta fechada e existe uma cadeira de balanço que se mexe com a força do forte vento. A terceira moradia possui uma tesoura pendurada — *enorme, rústica e feita de aço.*

Ao centro do triangulo, entre mim e as choupanas, existe uma *Roca de fiar.* Observo que na primeira moradia encontra-se a chaminé que dispara vapor de queima ao vento: *as fumaças estão em degradê cinza.*

Estou na base do triângulo, ocupado pela Roca, e decido caminhar entre a primeira e a segunda cabana, a fim de observar a paisagem e tentar ao menos identificar a temporalidade desse *Delírio — o vento se intensifica, estou no topo de uma colina.*

A terceira *Alheação* me traz os sons que se fazem junto à ventania: *da cadeira de balanço que se joga violentamente para frente e para trás, à tesoura em seu eco do aço.* A *Roca* de fiar está cravada no chão, não se movimenta com esse éolo.

O barro já não molesta meus pés, contudo, percebo as marcas deixadas pela lama que chegam até as panturrilhas — *uma substância lamacenta que parece conversar com o corpo ao invés de sujá-lo.*

Passo entre as cabanas, olho ao lado: a janela da primeira está aberta, tal como a porta de entrada — *o breu mantém minha dificuldade em enxergar cômodos adentro.*

A plena escuridão cega qualquer fitar. Ao olhar para a direita vejo um balde e uma foice (pertencentes à cabana de centro) — me parecem utensílios de um dia a dia autônomo, solitário e isolado: *baldes para coletar água, foice para a ceifa de algum alimento (ou não) ou do matagal que possa surgir aos pés da moradia.*

Chego ao precipício e é possível que se olhe a paisagem para além do nevoeiro: *existe um vilarejo antigo alocado como uma pequena metástase humana cortando a geografia Irreal.*

Não estou em meu próprio tempo: *transportei-me para um Delírio de época, tal como o sonho do Poço e do grito.*

Tenho o súbito desejo de sentar-me à beira do despenhadeiro e simplesmente ali permanecer — *todavia, não acredito que esse assossego seja possível, pois a qualquer momento o Delírio pode se desfazer sem que eu tenha conseguido atingir a compreensão de seus efeitos para o enigma principal: "o mistério do Poço".*

Sons sutis clamam por minha atenção e me direcionam ao centro do triângulo residencial de exílio.

Vejo que existe uma demarcação um pouco acima da Roca de fiar e é ali que devo me posicionar — *sou eu que "me chamo" ao que realmente interessa e ao que verdadeiramente vim fazer aqui.*

É o momento do desenrolar da narrativa Delirante.

O barulho refere-se à sonoridade de uma porta rangente que se abre, da cádeira de balanço que se inquieta e da tesoura que passa a se afiar sem intervenção aparente.

Estou ao centro do triângulo e consigo ver sem dificuldade alguma as três cabanas.

Com suas portas abertas, são desveladas a mim suas residentes: *três mulheres vestindo balandraus.*

Figuras em vestimentas rudimentares, com mãos escurecidas guardando longos braços que se levantam e apontam para o centro de tudo: *a haste e a agulha da Roca.*

Pela primeira vez sou percebido pelo Delírio, pois elas, as exiladas, indicam a necessidade do vislumbre de minha retaguarda. Pedem-me, não verbalmente, para que olhe para trás.

Surpreendo-me ao me inserir como um personagem dessa narrativa e me euforizo ao perceber que a gira desse transtorno não me permite a presença oculta.

Decerto minha busca pela Insanidade teimará em me pregar peças, a segurança de observar ao longe o desenrolar de minhas criações não continuará a ser um subterfúgio possível de utilizar.

Outra questão importante: tinha como certo o fato de que era a luz do poste urbano o fio condutor da terceira Alheação — *existe mais de um atalho para esta terceira cena irreal.*

A luz em degradê se atenua, deixa de colorir as fumaças dos fumeiros e a aurora artificial da minha Loucura aponta para o centro do triângulo, quase que em mando dos braços longos das exiladas — *seriam elas as relatoras deste Delírio?*

O foco de interesse iluminado é a agulha da Roca que tece algo. É *o mesmo barulho do pedal ouvido na Real realidade.*

Antes que pudesse falar ou fazer algo, a cena se desmonta e me leva para outro lapso temporal: é o passado, antes da expatriação vista no precipício, desnudando um *dia comum de uma das personas que veste o balandrau.*

O Espectro da primeira casa, ela será a protagonista aqui.

A moradora da choupana da esquerda fazia parte do vilarejo localizado abaixo do desfiladeiro triangular, palco da atual morada desta tríade compulsoriamente eremita.

Já estou aqui, caminhando pelo seu passado. Me sinto um nômade em minha própria criação.

Caminhando pelas vielas do que entendo não ser uma comunidade do meu próprio tempo, percebo que não estou em um vilarejo qualquer, mas em um burgo: *um sítio fortificado ocupado por civis e uma armada.* Existem animais de carga e pessoas agrupadas e sozinhas, indo e vindo.

As ruas são locais de encontro — *existe certa paz na convivência, ao menos, pela* ótica forasteira. Vejo uma espécie de mercado, operacionalizado em escambo, que atravessa essa ilusória comunidade: *aqui ocorrem compras, vendas e negociações.*

O vento que no desfiladeiro é cortante aqui me toca docilmente: é brando, como *no início da Primavera.* O sítio é irregular, com traçados em desnível. A brisa leve me guia à pioneira persona, moradora da ponta esquerda do exílio, me entregando sua ascendência.

Vejo-a medindo corpos com o que me parece ser uma fita métrica — *é uma pessoa como outra qualquer a desenvolver seu ofício.*

Um a um, a fila de corpos ansiosos espera com alegria a medição feita por essa mulher — *não posso acreditar nessa literalidade inconsciente.* Percebo que a longa fila guardava a expectativa de encomendas de vestes.

Uma estilista!

Todavia, algo me chama a atenção.

Ela, a medidora de corpos, necessita de apoio para realizar a conferência das circunferências. Com significativo esmero e rapidez nas ações, a futura exilada não passa despercebida frente à euforia dos consumidores que se alongam em renque para vê-la — *existe uma admiração inscrita nessa cena, ela é bem quista por todos.*

Ao lado da estilista, permanecendo imperceptível, existe uma *Lacaia*: sim, uma *Serva.* Ela é responsável por segurar uma das pontas da fita que medem os seios, a cintura e o quadril das interessadas e interessados nos futuros trajes.

Permanecem, Ama e Serva, uma em cada ponta da fita métrica, realizando a tarefa em conluio.

A Ama, figura principal responsável pela ponta de cima: *resplande-cente, com roupas luxuosas,* e a Lacaia, *abaixada, suja e maltrapilha,* se-gurando a parte de baixo. Apenas uma delas era digna dos olhares e atenções dos transeuntes que ofereciam seu corpo para mensuração. A ocupante da choupana da esquerda, um dos Espectros, aqui vista como Ama, era a única figura visível aos afoitos consumidores.

Passo a me atentar aos detalhes da cena: um a um, os interessados são atendidos.

O tempo passa e o dia se esvai.

Em um determinado momento, é chegada a hora de ambas partirem, não antes de carregarem com preciosismo uma longa tira de pergami-nho, feito de pele de carneiro, que continha absolutamente todas as medições do povoado — *conhecimento necessário para a fabricação das roupagens solicitadas.*

Realmente inexiste o pagamento do serviço em moedas. Ao terminarem seu expediente milimétrico, as duas, Lacaia e Ama, seguem puxando um punhado de animais: galinhas, porcos, bezerros, juntamente com ovos, leite, dentre outros suprimentos, que são carregados exclusivamente pela Serva em um carrinho improvisado — *um burro de carga necessário.*

É aparente a depreciação e o contempto que a Ama oferece à fâmula: sem zelo ou agradecimentos, apenas se fazendo presentes o comando e o desprezo por alguém que, aparentemente, não detém tanto valor.

As sigo em seu retorno, a leve brisa vai dando espaço ao pôr do Sol que anuncia o fim do dia.

Próximo à casa que ambas residem e já longe do centro do vilarejo, a Ama surpreendentemente passa a ajudar a Serva e, em um ato genuíno de carinho, leva levemente as mãos em seus cabelos sujos e maltratados.

Vejo que a real relação dispendida entre as duas é absolutamente dis-tinta do aparente distanciamento e separatismo que visava dissimular os clientes — *faz-se necessário, por alguma razão específica, que camu-flem sua verdadeira relação.*

Subitamente meu corpo se desloca e se transporta. Estou agora den-tro da morada de ambas.

A dita Ama passa a se despir, não em um ato erótico propriamen-te dito, mas sim como uma necessidade rotineira, comum e diária, e tal como o manejo da fita métrica, é necessário que a então Ser-va a auxilie.

Ao retirar a manga da mão esquerda, vejo uma prótese que substitui seu braço biológico. Tal apetrecho, vale destacar, não detém objetivo funcional de substituição de membro, apenas atende a parâmetros cenográficos, amparado e preso por amarras de couro que projetam ao mundo a aparência de um corpo normalizado, por inteiro e funcional.

Finalmente, um diálogo se desenrola:

(SERVA) — Não sei quanto tempo será possível que você continue a enganar a todos (diz a auxiliar que desnuda sua companheira e retira as fivelas de couro que escaram a pequena parte do braço original existente).

(AMA) — Se faz necessário. Não sei o que fariam se soubessem! (retruca a falsa Ama).

Percebo que existe ali uma relação fraterna, importante e peculiar.

O documento com as medidas corporais do povoado é posto perto à lareira com cuidado e preciosismo. A sensação de acolhida, conforto e apoio se propaga pelo *Delírio* e denota com clareza que ambas se relacionam intimamente — contudo, a *cena de bálsamo que envolve esta Alheação é Efêmera!*

Em segundos, ao fitar o borralho e me encontrar seguro naquela sensação, o olfato me desprende e me joga em meio ao enxofre e à carbonização da pele que me fez adentrar nesta terceira *Alheação*.

Estamos novamente ao centro da cidadela, todos os corpos medidos pela estilista com a prótese estão presentes e fazem fila, mas agora em busca da súplica, do pranto e do grito da dita farsante do corpo sem braço. Vejo o membro protético revestido de lã, linho e seda, bem como as tiras em couro jogadas ao chão — *foram descobertas.*

Um homem que permanecia à esquerda da pira na qual a Ama encontra-se amarrada verbalizava de maneira ininterrupta o monólogo do julgamento daquela que enganara toda a população — *era considerada um crime sua deformidade, o que deveria ser analisado e julgado pelo demonólogo da localidade.*

Uma a uma, as mesmas pessoas dispostas nas filas pela manhã tomam a fala afirmando que partes dos seus corpos passaram a adoecer e até mesmo a apodrecer após o toque da Ama sem braço — *declarações evidentemente caluniosas.*

A prótese em lã, seda e linho foi disposta próximo à fogueira para que todos pudessem ver, a olhos nus, que o ludíbrio era categórico: *"se tratava de uma herege, pestilenta e adoecedora de suas vítimas"* (gritava o demonólogo).

Não havia sinal da suposta Lacaia.

O centro do *Delírio*, nesse momento, não seria nada além do que a execução e a extirpação daquela mulher pelo julgo do fogo.

Olho diretamente para ela.

O que se ausenta naquele corpo nada tem a ver com o membro: *físico e palpável.*

É faltosa a expectação de saída, o que extingue, inclusive, qualquer sinal aparente de desespero pelo seu destino final — *o corpo herético que eminentemente arderia em brasas.* A comunidade se coletiviza a fim de dar cabo naquele invólucro aleijado, amarrando-a ao inevitável ardimento — *não há o que fazer.*

Vejo-a arder, sem tecer sequer uma palavra ou brado de dor. Sua face vira à esquerda, em direção à sua residência — *como um sinal dado a alguém oculto à cena de linchamento.*

Pouco a pouco, com a extinção progressiva do braseiro, a *Enlouquecida* fila de corpos que procuravam justiça divina se dissipa. Novamente sinto a brisa, que pela manhã parecia inocente.

Se na primeira oportunidade o sopro de vento me entregou a Ama, dessa vez a corrente de *Zéfiro* desnuda a Lacaia que evade dos arbustos próximos — *estava camuflada, escondida, espectadora do sofrimento de sua amada.*

Ela, a Serva, caminha agora sozinha até o jazigo carbonizado de sua Ama, a desvencilhando da tora de madeira que decretou seus momentos finais.

Sigo-as, tal como os animais que eram frutos do escambo diário.

Percebo a Lacaia com o pergaminho em mãos, repleto das medidas de todos os que naquela localidade moravam — *segura o documento como se as vidas de ambas dependessem disso.*

A vivenda que as acolhia já não mais existia — *fora destruída pelos Insanos aldeões.* A acolhedora lareira que guardava o confortável fogo dá lugar à funcionalidade homicida da brasa, que ao tentar expurgar algo considerado "caído", realiza sua antítese: *o convoca furiosamente.*

Não emerge o Capiroto em sua representação eclesiástica, moldado no mito do chifre, da cauda e do tridente, mas nasce dali algo inédito, sobrepujado no ódio e na necessidade de retaliação — *essa sensação fomenta a energia necessária para que a Serva carregue o corpo sem vida de sua companheira desfiladeiro acima.*

Ambas percorrem o mesmo caminho oferecido a mim, ao adentrar esta *Alheação: o percurso lamacento*. A Serva, segurando o pergaminho em uma das mãos e o cadáver em outra, percorre o lamaçal, sujando-se inteiramente. Busca fugir, acredito, visando realizar longe de todos um digno sepultamento do cadáver carbonizado.

Percebo à minha frente dois corpos capengas: *um sem força, mas sem cessar a subida em direção ao penhasco, e outro, sem Vida, destituído da pele rosa que agora apresentava a estética áspera e o odor fétido da carbonização.*

Está escuro, é noite. Aos poucos, misturado ao lodo do trajeto, visualizo paulatinamente os dois corpos separados se unirem: matéria e vendeta em uníssono, formando agora apenas um invólucro, um único ser corpulento.

A Serva, ainda viva, grita de dor e chora

Seu corpo se mistura ao defunto, e pelo ódio, se tornam uma só. Tornam-se o Primeiro Espectro.

Caminham até o penhasco exilar, triangular e equilátero.

Juntas, agora em matéria única, adentram a obscuridade do depredado refúgio e finalmente fecham a porta, dando por encerrado o retorno ao(s) seu(s) passado(s).

****

Volto ao exílio triangular, olho à esquerda e as expatriadas protagonistas, moradoras da primeira casa, estão com o braço abaixado, como se ali já tivessem atingido seu desígnio denunciante — *afinal, permanecem juntas.*

O pergaminho, feito ainda quando vivas, detém função ainda por mim desconhecida. A *Roca* de fiar gira uma vez e percebo, finalmente, que uma das camadas desse *Delírio* se encerra.

As residentes do casebre da esquerda se amostram através da hibridez da mulher sem braço e de sua fiel Lacaia, que concedeu seu próprio corpo para que o ofício de sua Ama pudesse perdurar.

O breu da primeira casa se alumia e, a convite do Espectro exilado — *antes Ama e Lacaia* —, sou convidado a entrar.

Caminho vagarosamente enquanto fito aquele corpo híbrido paralisado.

Ao passar ao seu lado, percebo a epiderme ressecada e ainda ardente. Ao adentrar a morada da Lacaia e de sua Ama, agora unidas pela carne, vejo estendido em uma grande mesa de madeira o mesmo pergaminho escrito com as medidas detalhadas de seus algozes.

A Roca de Fiar gira os mesmos fios desde o fatídico momento da carbonização da primeira exilada. Se lhe tiraram a *Vida*, elas, em ato impiedoso, entregaram a todos os habitantes daquele vilarejo a continuidade eterna encerrada em um só ciclo.

Conscientemente, todos os aldeões, sem exceção, deveriam viver o mesmo dia que a sentenciaram, expressar as mesmas palavras de acusação e atuar da mesma maneira — *fadados à vida sem escolha, manetas de livre arbítrio, porém, diferentemente da Ama e sua Lacaia, não teriam ninguém e absolutamente ninguém para recorrer em auxílio.*

O pergaminho forjado na pele de carneiro guardava o início e o fim do mesmo dia que se estendia secularmente e não haveria de ter fim. A Ama, antes fazedora de vestes, agora cria a mesma criação, dia após dia, tendo como matéria prima não mais a lã, o linho ou a seda, mas as próprias medições dos corpos que a incendiaram — *recria a Roda da Existência e os submete a reviver o mesmo dia, transformando aquele lugarejo em sua* última *criação: um Limbo dos Vivos.*

A Lacaia, confluída à sua Ama e amada, continua seu ofício diário, pois se antes funcionava como auxiliar da vida cotidiana e prática da estilista, hoje empresta em vínculo íntimo sua energia vital como um alvéolo a ser utilizado.

A expiração existencial da Ama e a dita demonização de seu corpo seriam pungentes da danação eterna daqueles que jamais seriam absolvidos de seus pecados, mas sim fadados a nunca os *Esquecer*.

Seu exílio, portanto, não seria egoísta, mas compartilhado. Destinada ao desfiladeiro e à cabana de madeira podre, ela proporcionaria aos demais a expatriação máxima: *a negação da possibilidade de futuro e do vir a ser.*

Como uma *Roca* de fiar que se alimenta do mesmo fio e tece as mesmas tramas, ela permanece no breu de sua cabana, criando coincidente dia para aquele grupo de homicidas e fazendo-os reviver o violento fim pelo fogo a que fora submetida.

Me volto para a *Roca* de fiar, o som de seu giro único ecoa pelo precipício. Tenho a absoluta certeza de que era esse instrumental que ressonava há pouco na Real realidade.

A chaminé que distribui a fumaça fortemente acinzentada da primeira casa guarda mais que as medidas do pergaminho, mas a memória daquele fatídico dia que declama o sem-fim do fogo da pira.

Todavia, não é possível que tal érebra realidade seja confeccionada pelas tramas da primeira choupana unicamente. Existem razões de convergência para que os outros dois espectros habitem aquela localidade.

O exílio, afinal, possui suas determinações.

É o momento de me virar ao centro, à cabana que contém ao seu lado o balde e a foice.

Se no primeiro ponto deste *Delírio* eu me volto ao passado, neste momento é necessário que permaneça no presente e compreenda o dia a dia deste vulto que, diferentemente dos demais, é capaz de se mover pelo exílio. Desta vez não serei transportado para outra época ou cenário — *permanecerei no precipício triangular, e como uma guia pelo banimento a segunda mulher em suas roupas grosseiras passa a me conduzir.*

Não retornamos pelo caminho original, lamacento, que construiu o corpo híbrido da Ama e sua Serva. Em vez disso, a figura abantesma encosta-se a mim — *outra sensação de realidade inédita! Sinto sua mão gélida. Elas não somente me percebem, como podem me tocar — vivencio profunda euforia com essa imersão.*

Ela, o segundo Espectro, se move. Sigo-a.

Existe um caminho entre as choupanas e o lamaçal, à direita, em um atalho demarcado com pedras pontiagudas e em solo de grama cerrada. Galhos secos, mas com vida, cobrem os arredores e nublam o já grisalho céu.

Tenho a sensação de que as árvores conversam umas com as outras, suspirando dizeres sobre as moradoras dos arredores — *definitivamente não estou tratando da morte neste Delírio, mas da injustiça constante e do separatismo eminente que se abate à vida de suas moradoras.*

O vulto da mulher que veste seu manto surrado me conduz pelo trajeto, agarrando meu braço esquerdo com sua gigantesca mão direita: as três damas não detêm a altura costumeira de nossa espécie — *são disformes em proporção, com tronco pequeno e membros gigantescos, e ainda assim, não guardam para si uma versão monstruosa — ao menos a meu ver.*

Talvez esteja acostumado com o que realmente me assusta. Acredito que a Real realidade: do queijo, do ônibus, do varejo e do cárcere seja a verdadeira feição da barbárie, da perversidade e da deformidade.

Ela continua a me pastorear, levando, em seu outro braço, o balde de madeira com uma alça de corda e a foice acoplada em um utensílio próprio de condução do instrumento, pregado às costas — *todos os objetos que permaneciam ao lado de sua cabana.*

Sua mão esquerda, que me agarra e me conduz pelo atalho, porta um adorno, similar a uma pulseira, cravejada em rubis acerejados. Não é mais necessário que algo ilumine o trafegar pelas camadas — *vejo que esse é o objeto foco da continuidade deste trilhar: o ornato.*

O balde é subitamente colocado ao chão e a foice é retirada de sua bainha. O adereço que compõe o pulso esquerdo do Espectro me ofertou tamanho embasbacamento a ponto de não me atentar que o caminho que deveríamos seguir estava repleto de obstáculos de vegetação — *estamos descendo o desfiladeiro.*

Ainda afincada a mim, a mulher em seu balandrau desfere violentamente golpes que trincham e abrem o acesso pela mata. A Lua que ilumina precariamente os caminhos faz evidenciar ainda mais a beleza dos Rubis que fabricam aquela joia *Irreal.*

Novamente o Espectro da exilada se paralisa, como se o Ato do atalho tivesse sido finalizado.

Ela ali permaneceria, em suspenso, esperando agora por minha atuação. Olho ao redor, desejo pela continuidade desse *Delírio* em estrato, procuro alguma fenda, algum som, um odor, algo que pudesse me convocar na continuidade desta narrativa.

Agora consigo perceber a cena geográfica da *Alheação* por completo:

Acima, o exílio triangular, contendo as três casas e a Roca de fiar ao centro. O lamaçal que liga a subida do penhasco às três residências.

Abaixo, o vilarejo e os moradores que contribuíram com o assassinato da Ama. À direita do triângulo residencial: um atalho, percorrido por mim e pelo segundo Espectro, repleto de vegetações secas e vivas, constituída pela mata densa que deve ser podada com a foice, possibilitando a passagem.

Ao finalizar-se a descida, existe outro acesso de visão, que desnuda os "bastidores" da cidade: uma parte integrante daquela comunidade, mas ao mesmo tempo, não parece fazer integralmente parte dela.

Entre a vegetação que cessa o exílio e esta nova construção, existe um grande lago e um barco que me ajudará na travessia.

A Lua, tal como dita, permanecia brilhosa e reluzente. Seu feixe de luz soturna, ao tocar a pulseira do vulto, é desenredado o trajeto em porvir.

A alfaia avermelhada aponta para a construção logo à frente. Talvez, também ali, as pessoas repetiriam seu ciclo diário, de acordo com a sentença proferida pelo vulto híbrido entre Ama e Serva.

Visitar àquela localidade seria voltar novamente ao passado, contudo, não em seu momento de acontecimento, séculos atrás, mas vislumbrando seus efeitos na atualidade, manejados e conduzidos, dia após dia, pelo primeiro e híbrido Espectro.

A curiosidade me cutuca a ponto de desejar rapidamente atravessar aquela grande baía e conhecer o que a segunda exilada deseja me mostrar.

Antes que possa atender ao meu entusiasmo, a mulher da casa do centro cessa sua suspensão corpórea e me aponta, com um de seus grandes braços, o balde — *devo levar este objeto para a visitação do Limbo dos Vivos.*

Pego o objeto e passo a carregá-lo em meus braços, me colocando a atravessar o lago. A Lua continua a brilhar e vejo vapores reluzirem o espelho d'agua.

Estou, neste momento, trafegando pelas águas, com o balde em mãos e chegando à encosta da construção — *é hora de descer da embarcação e enfrentar a denúncia do segundo Espectro.*

Tenho para mim que devo sempre carregar o objeto ao meu lado, como um intermédio de transporte para este amaldiçoado local — à margem da realidade do *Delírio: outra camada, outro espelhamento.* Minha própria construção torta de mundo me oferecendo outra a desbravar.

Ao sair do pequeno barco, em um deque comum, o amarro em um atracadouro: *afiro nós firmes, já antecedendo a necessidade de fuga eminente.*

Percebo as madeiras que compõem aquele chão do amarradouro, olho à frente e fito tochas nas extremidades de uma ponte que liga o barco à construção que devo visitar. Atravesso a passarela e ouço vozes. São pessoas caminhando, embriagadas e felizes. Ouço música vinda da estrutura iluminada: flauta, saltério e um órgão que compõem a sinfonia — *o som novamente me chama e eu, agarrado a meu balde, sigo camada adentro.*

Tijolos de pedra e uma grande construção contendo ao menos três andares dão a estética da localidade.

As portas estão abertas: pessoas entram e saem agarradas umas às outras — *uma versão de boemia Delirante.* São também clientes, tal como os corpos medidos pela primeira exilada, tal como as figuras atendidas por mim, diariamente.

O terceiro *Delírio* evidentemente me mostra a produtificação da vida, pois aqui, o que é prometido em venda de nada tem a ver com o tecido, com a vestimenta ou roupagem: é *o comércio do próprio corpo.*

Estou novamente em uma zona de meretrício, tal qual o que me fez descer do transporte coletivo, no caminho de retorno para minha residência.

Passo a andar pelo pátio, o entardecer toma conta do cenário erótico que é composto pela desordem. Utilizo a alça de corda do balde a fim de carregá-lo. Caminho entre os jarros, as canecas, a música e os gritos orgasmáticos que tingem aquela paisagem. Entre mulheres e homens seminus e nus as moedas jorram dos bolsos — aqui o comércio não é feito pelo escambo, a única carne à venda é a humana, sem jargões subliminares, mas interpelados pela voracidade explícita.

A prostituição subjacente a todos nós, à qual teço comentários anteriores a este *Delírio,* é transmutada em algo literal. Pura carnificina sexual.

Todos me percebem e me tocam — *já esperava por isso.*

Sou convidado à libertinagem — *me recuso, afinal, não estou aqui para satisfazer essa função do meu corpo.*

Vejo mulheres jovens, dispondo suas coxas às mãos de seus compradores. Existem olhares de expectativa pela venda em vias de realização. Típicos seguranças: "leões de chácara" do bordel estão espalhados, garantindo a ordem da desordem — *não há julgo moral, apenas compra e venda do corpo.*

Novamente, ao me distrair no preâmbulo da luxúria, sinto a mão esquerda de uma mulher segurar meu braço direito, e dizer:

(MULHER) — Esse balde é meu. O que está fazendo com ele? (diz a desconhecida)

Sinto familiaridade no agarro, já fui atormentado por esse toque antes. Olho para seu pulso esquerdo e lá está: *o adorno em vermelho acerejado, repleto de rubis.*

É o segundo vulto em pessoa.

Surpreso ao visualizar o cintilante adereço, não consigo interpelá-la ou questioná- la sobre sua nova forma, agora humana.

Apenas respondo:

(JUNO) — Se é seu, pode ficar. Foi entregue por outra pessoa para que o trouxesse aqui *(respondo em surpreendente controle).*

A dona do balde era uma mulher em torno de seus 70 anos.

A pele flácida, repleta de caminhos costurados pelo tempo, e a boca pálida guardava em si certa angústia pelo objeto perdido. Ao entregar o utensílio a ela, finalmente olho para seu espaço interno — *o fundo do balde* — e verifico a presença de manchas avermelhadas como sangue.

A mulher, portadora do bracelete de rubis, então coleta o apetrecho de meu braço e ainda com ar desconfiado me questiona:

(A PUTA ENVELHECIDA, O SEGUNDO ESPECTRO) — Quem exatamente lhe enviou aqui com o meu balde?

Respondo prontamente, conduzindo a narrativa, uma vez percebendo que aquela versão do Espectro: humana e carcomida, não me conhecia, ou talvez, não ainda.

(JUNO) — Alguém que você desconhece ou que talvez ainda não tenha conhecido! (respondo). Afinal, para que quer tanto esse objeto? Não poderia ter achado outro recipiente para utilizar?

Ela cerra os olhos com certa repulsa para meu indagar e desfere sua justificativa:

(A PUTA ENVELHECIDA, O SEGUNDO ESPECTRO) — Na minha visão, você não joga as coisas fora pelo seu tempo de uso ou porque foram perdidas. Você as procura, você as conserta, você faz com que elas continuem vivas de alguma forma *(responde a carunchosa senhora)*.

E continua:

(A PUTA ENVELHECIDA, O SEGUNDO ESPECTRO) — Quer mesmo saber o uso desse balde? Venha comigo e lhe mostro qual sua utilidade! *(ela vira as costas, me pega novamente pela mão esquerda e me conduz, tal como na descida do desfiladeiro)*. Sua mão é quente, viva e trêmula.

Sentamo-nos no salão principal, próximo ao piano — *percebo que ela procura um som para abafar nosso eminente diálogo, em busca de certa camuflagem.*

Estamos em dois bancos improvisados em caixotes, enquanto olho o caótico ambiente. Ela permanece em silêncio por alguns instantes, olhando aquele espaço como se não mais a pertencesse, mas no qual está compulsoriamente encarcerada. Ela se volta a mim, põe a mão esquerda em meu joelho direito — *quase que em tom de uma carícia sedutora* — e passa a expressar-se:

(A PUTA ENVELHECIDA, O SEGUNDO ESPECTRO) — Eu já fui uma dessas mulheres: jovens, cordiais e violentadas, noite após noite.

Nós somos necessárias para que esses jovens, senhores e autoridades sejam contidos em seus desejos mais profundos. Nós, as meretrizes, detemos essa função celestial de libertinagem. Temos a obrigatoriedade de nos vendermos para que estes mesmos homens que nos usam sejam respeitosos com suas esposas e candidatas ao matrimônio.

Eles nos compram e nos devolvem satisfazendo o que eles não podem, em hipótese alguma, realizar com as corretas fêmeas do vilarejo. Temos a função de protegê- las do ímpeto da propriedade e do capricho primitivo desses bárbaros.

Eles acreditam piamente que essas rameiras que se encontram aqui detêm anseios e prazeres por eles. Não, isso não existe. Apenas se faz presente o sacrifício e a necessidade por moradia, por alimentação e proteção frutos do ato de se vender.

Somos consideradas disformes e corrompidas pela vida que levamos. Cada abertura do meu rosto, entre rugas e cicatrizes, guarda um desenrolar específico, com um homem ou mulher em especial. Durante décadas, eu percorri esses salões, dancei essas músicas e bebi dessas bebidas até que o Sol mostrasse sua fisionomia e encerrasse esse *delírio* dos homens de bem.

(JUNO – pensamento) — Ela utiliza a palavra *"Delírio"* para descrever suas desfortunas, e mais do que isso, para definir que o espaço do puteiro era considerado como uma fenda do viver diário, que não mancharia a honra de seus clientes, mas selaria o destino da carne vendida no estabelecimento.

Estranhamente familiar, confesso. Ela continua:

(A PUTA ENVELHECIDA, O SEGUNDO ESPECTRO) — Com o passar dos anos, com meus seios se aproximando do chão e a minha pele ruindo por conta dos efeitos do tempo, a procura pela minha defloração passou a ser menos solicitada, menos requerida. Não haveria para mim, em pouco tempo, nem teto, nem alimentação e nem proteção: *estava vencida.*

Por um acaso você imagina o que espera uma velha prostituta sem uso? Seria incendiada por aqueles que me usaram em tempo útil, e não existe nada mais que eu tema do que arder até desaparecer. Isso eu não permitirei que aconteça.

Passei, com o decorrer dos anos, a me debruçar sobre as latrinas e as limpá-las, a acendrar os cômodos repletos de fluídos e a amparar as putas pós-utilizadas, ou seja, de maneira ampla me doei à organização desse bordel.

Em seguida, já com o corpo em ruínas e sequer conseguindo abaixar, tive que procurar ajuda externa. Quem me auxiliaria, pensava? Para minha surpresa, os desdobramentos de minha procura me levaram aos ensinamentos da estilista da cidade, que instruía a mim, minuciosamente e secretamente, como confeccionar roupas, executar pequenos consertos das vestes e, acima de tudo, como alquimizar e aplicar uma pintura ludibriadora de rostos e de olhos.

(JUNO – pensamento) — Penso na estilista, na Ama, e poderia responder facilmente ao questionamento da puta de outrora. Ela relata a ajuda da estilista: o primeiro Espectro. Suas histórias se unem pelo compartilhamento de afazeres, confluindo duas vidas consideradas deformadas pelos Insanos moradores do vilarejo: *uma pela falta do membro e outra pelo histórico de mundana.*

A narrativa continua a se desenrolar:

(A PUTA ENVELHECIDA, O SEGUNDO ESPECTRO) — O balde e sua função foram minhas últimas tentativas. Todas as manhãs, eu passo a me debruçar pela alquimia: *recolho mel e plantas avermelhadas pelos arredores deste vulgar estabelecimento.*

As amasso, as pico e as mexo com o intuito de que surja uma gosma com pigmentação avermelhada, como meus rubis, para encobrir as bochechas surradas e tapar as bocas esmurradas destas rameiras.

Sim, elas não vendem somente suas partes baixas, mas a possibilidade de que possa ser desferida a elas toda a fúria sem regras que esses "homens de bem" possam ter guardado no peito.

Somos o muro vivo de linchamento, noite após a noite. Toda e qualquer mistura feita fora desse utensílio se desgarra da pele destas encarceradas, tingindo-as com o fluido vermelho similar a sangue que, ao atingir certo tempo de uso, passa a escorrer pelo rosto, desfazendo o falsário embelezamento. Pelo contrário, quanto utilizo este objeto: *o meu balde*, construído artesanalmente por mim, as mesmas mudam de forma visual, perdurando a beleza confabulada por toda a noite, ludibriando os homens que aqui vêm à desforra e mantendo esta casa em pé.

(JUNO – pensamento) — A reparação do corpo, dia após dia, e a continuidade de sua depredação — *como alguém pode se conformar com uma vida desta?*

Ela continua:

(A PUTA ENVELHECIDA, O SEGUNDO ESPECTRO) — Os meus dias são bastante contemplativos agora que me tornei invisível ao toque e ao desejo. Em minha idade, já não ouço com tanta estridência a música, a bebida já não é mais a mim oferecida e o único que agarra meu braço, noite após noite, é este específico balde, que eu procurava tão insistentemente.

Não há saída para nós, apenas nosso uso e nossa expiração que nos contorna e nos conforma. Nada além. Vejo estas meninas, que um dia terão suas fisionomias impregnadas pela idade, com suas respectivas cicatrizes de socos, pontapés e beijos sórdidos, colorindo os caminhos das rusgas da pele. Elas também hão de vir a limpar os chãos por onde outros e outras pisarão.

(JUNO – pensamento) — Fico compelido a contar sobre o penhasco e o triângulo. Penso que talvez o barco que me trouxe aqui possa também resgatá-la.

(A PUTA ENVELHECIDA, O SEGUNDO ESPECTRO) — Já no alto de minha idade, a fraqueza dos meus olhos me condena. Já não consigo manejar a pequena agulha dos consertos ou tingir as imperfeições dos rostos das jovens. *Estou definhando, e percebo que o que vivencio é o próprio futuro das demais: as sobras em nossos corpos não mais pueris sentenciam o extirpamento de nossos valores, e por conta disso, tomei uma severa decisão.*

(JUNO – pensamento) — A mesma olha para seu balde, marcado de vermelho seco com a última remessa de tinta feita. Percebo que a *Mulher* está com a face lavada e sem resquício do que eu entenda que seja aquela substância: *de certa maneira, uma espécie de maquiagem.*

Questiono-a:

(JUNO) — Me diga, senhora, por qual razão não faz uso do produto de sua alquimia?

(A PUTA ENVELHECIDA, O SEGUNDO ESPECTRO) — A fantasiosa mudança fisionômica não funciona em mim, isto já está mais do que confirmado.

Utilizei minha mistura durante dias, semanas, meses e nada, absolutamente nada se modifica. Isso não quer dizer que não avermelhe minha boca noite adentro, principalmente para me lembrar dos velhos tempos, quando detinha tinta no rosto ou meu próprio sangue espalhado pelo chão desse puteiro. Contudo, hoje se configura como um dia especial e meus lábios sem cor são a prova disso.

Questiono-a da razão.

(A PUTA ENVELHECIDA, O SEGUNDO ESPECTRO) — A estilista da cidade, juntamente à sua Serva, me ajudou a nos libertar. Tudo se encerra ao final desta noite.

(JUNO – PENSAMENTO) — Ponho-me com as orelhas fincadas a fim de ouvir a solução imposta pela moralmente deformada do puteiro. Todavia, percebo um som estridente de gritos vindo de fora da taberna que servia como prostíbulo.

Alguém ecoa sons desesperados por algo avistado.

Dirigimo-nos ao espaço externo, juntamente com um apanhado de pessoas embriagadas. Não sem antes a velha senhora emendar o desfecho de sua retumbante estratégia de escapada:

(A PUTA ENVELHECIDA, O SEGUNDO ESPECTRO) — Esse som gritado e exasperante é fundamental para que eu o comunique dos eventos que ocorrerão ao amanhecer, pois assim, não há risco de que alguém nos escute.

Nesta manhã, ao repetir meu dia de coleta de mel e plantas avermelhadas, juntei à mistura algumas gotas de sangue do meu palmo direito e uma tóxica substância que me foi entregue pelas amantes que moldam as roupas da comunidade à frente deste bordel — *pela Ama e pela Serva.*

Se antes minha alquimia visava o ludíbrio da clientela, hoje se faz essencial para a libertação de todas nós que essa substância elimine a luxúria e a violência que acompanham os corpos dos clientes: *enxertada nas bocas e nas maçãs dos rostos dessas mulheres, essa matéria viscosa não somente as emancipará da dor e da cólera noturna que as espera sistematicamente, mas também se ocupará da finitude daqueles que as tiverem comprado neste mercado noturno, nesta específica noite.* Todos e todas morrerão ao amanhecer.

(JUNO) — Qual a razão da inserção do sangue? *(pergunto em curiosidade)*

(A PUTA ENVELHECIDA, O SEGUNDO ESPECTRO) — Eles, os homens, os clientes e esse próprio estabelecimento, me retiraram esse líquido avermelhado a fórceps durante a maior parte da minha existência. Nada mais justo que o beijo final que recebam esteja acompanhado de partes de mim, que foram derramadas a esmo, quando ainda detinha valor de uso.

(JUNO — em pensamento) — Nos viramos ao horizonte, eu e a libertária homicida. Vejo o semblante longínquo do fogo e sinto o cheiro da carne queimada. Estou vivendo o ciclo imposto pelo primeiro Espectro, e quem queima ao longe, mais uma vez, é a Ama e sua deficiência julgada como demoníaca.

Olho ao lado e não vejo mais a Mulher próxima. Em desespero, ela busca seu balde, que contém os restos da mistura mortal, bem como se arma com uma foice, utilizada para cortar os galhos das plantas avermelhadas todas as manhãs.

Vejo que ela não mais me percebe, deixei de ser um ator da trama e volto à posição de narrador oculto. Já não mais existo nessa camada, e basta a mim verificar o desfecho que a condenaria ao exílio.

Não é necessário que alguém verbalize a ela o que esta acontecendo. Vivendo naquela localidade já há algum tempo, a mesma conhece o som de uma mulher queimada na pira.

Vejo-a cambaleando em sua evidente dificuldade de locomoção. A Ama queimada viva poderia ser o prenúncio de que o plano de eliminação dos clientes, das rameiras e do bordel como um todo poderia ter sido descoberto — *era necessário eliminar as provas e partir em fuga.*

Deixo aquele ambiente estridente com sons, gritos e o cheiro da epiderme queimada da Ama ficar para trás.

Neste momento, apenas ouço o caminhar daquele corpo envelhecido e surrado pelo tempo. Fugindo de algo que sei, em absoluto, que seria impossível de escape.

Primeiro, por se tratar das celas da minha *Loucura*, segundo, por saber que o destino de todos, para além do lago, já estava determinando em um repetitivo sem fim — *o que me instigava, apenas, era sua aparição no exílio em concomitância à sua permanência eterna no bordel.*

Chegando ao atracadouro, ela olha para trás e posso confirmar minha não mais existência na narrativa — *após a denúncia formalizada pelo segundo Espectro em forma ainda de Mulher, não existia mais papel a mim na trama.*

A senhora olha para trás, posiciona o balde e a foice sob o pequeno barco, soltando-o de seus nós que o prendiam. Ao tentar mover os pés em direção ao transporte aquático que supostamente intermediaria sua fuga, o dia cessa e o ciclo promovido pelo primeiro vulto recomeça.

Tudo, inclusive o ar se paralisa, afinal, é a morte em vida que rege àquela realidade que chamo de *Limbo dos Vivos.*

Entro no barco, em direção ao banimento triangular, acompanhado novamente do balde, mas também da foice.

As gotas de sangue que se misturaram ao mel e à tóxica substância já seca, que eliminaria a todos pela manhã, se transportam em conjunto para a outra margem.

Diferentemente da Ama e da Serva, que se hibridizaram, o sangue transportado realiza sua fuga do *Limbo*, fazendo emergir duas versões da prostituta aprisionada: *uma que permaneceria em looping no bordel, visando escapar, e a outra, em forma de Espectro, que comporia a tríade expatriada — a própria fuga que contemplara como objetivo fora transformada em exílio.*

A *Liberdade* e a prisão em um só local, essa era a denúncia proeminente do segundo vulto. Ao olhar para trás, percebo uma névoa que encobre a construção do bordel, encerrando esta camada *Delirante*.

Olho esperando meu deslocamento ou uma espécie do transporte do meu corpo para a continuidade da narrativa. A súbita mudança de cena não acontece, vejo que precisarei andar mecanicamente.

O segundo vulto começa a se fazer dos resquícios do balde, mas também da terra e das pedras que configuram aquele derradeiro lugar de morada. Os elementos se jogam para fora do balde, formando o segundo Espectro.

Consome o espaço à sua volta.

Sua nova aparência física envolta pelo balandrau emerge.

O segundo Espectro nasce, mas Ela não entende o que está acontecendo. Olha para trás como se lamentasse sua versão para sempre aprisionada em uma realidade homicida, da qual era mais efeito do que produtora.

Portando a foice, o Espectro da casa do centro já não mais me nota em presença e passa a subir o desfiladeiro — *aqui se encerra seu período de meretriz, de prisioneira e de violentada para que se inaugure seu novo calabouço: o penhasco e a choupana do meio.*

Não a consigo seguir. Perco-a de visão.

Ao chegar ao exílio triangular, vejo-a fiando os fios do dia de seu próprio *Limbo*, ainda carcomida, frágil, com o adorno em rubis e o ferimento na palma direita.

Estou à frente de figuras escravizadas: *a Ama e a Serva em uníssono e a velha prostituta que sucedeu sua escapada em "partes".* Seu expatriamento acompanha a sentença do ódio e da vendeta, frente à liberdade encarcerada da eternidade do limbo dos vivos, da cidadela dos homi-

cidas que os dois vultos devem, dia após dia, tecer com a fumaça dos moldes e as tramas da *Roca* da fiar.

Me volto à direita.

É nítido a mim que o terceiro Espectro, portadora da tesoura, não irá me guiar pela sua denúncia ou desnudar a mim seu passado, pois sua função aqui é outra: *exaurir as forças destas três mulheres aprisionadas, inclusive após suas finitudes.*

Ela é a esculca que as viu em vida na pira executória e no prostíbulo da hipocrisia, e que, por alguma razão, as trancafia exiladas. A cabana da direita, ironicamente, é o centro deste *Delírio* e a pungência desta analogia com a produtificação, o uso e a expiração da carne funcional.

E é sobre ela, a *Carcereira,* que meus olhares se voltam agora.

****

Essa fenda do terceiro Espectro é construída pela percepção ampla desta *Alheação.*

As três encarceradas residiam nas casas da esquerda e do centro, sempre dispostas ao olhar da Vigia, daquela que classifica, direciona e calcula, e que permanece à direita do penhasco.

O terceiro Espectro sempre esteve ali, não se sabe ao certo sua origem, sua continuidade e suas possíveis rupturas. Apenas a tesoura guarda o mistério do que é necessário limar, para que se inicie outro ciclo: *exploratório e devastador.*

Chamá-la de *Carcereira,* essa denominação em si, pode suscitar impressões equivocadas, representações discursivas que não a contemplariam da devida maneira. É necessário se fazer justiça ao vulto bedel, compreendendo-a como algo para além da função de *restrição, de proibição e de cerceamento.*

Quando costumeiramente pensa-se em alguma figura responsável por manter um ou outro em uma situação de aprisionamento, é usual que façamos certa imagem ilustrativa da cena: *barras de ferro, cercas eletrificadas ou altos muros que limitem o movimentar dos aprisionados.*

Fantasia-se sobre a inevitável presença de algum equipamento que se certifique de apartar quem se deve: *geralmente pontiagudo, afiado ou alguma espécie de armamento que garanta a ordem através da imposição do temor.*

Imaginam-se um conjunto de regras que atravessam uma geografia específica, a fim de punir os enclausurados por suas supostas ações maléficas. Sempre, ou quase sempre, com a premissa de garantir a vida dos demais.

Não, essa agente prisional deste *Delírio* não é fincada em um território específico de atuação — *sua jurisdição é ilimitada em termos de influência.* A mesma permanece no desfiladeiro triangular a fim de, narcisicamente, demonstrar que aquele lugar refere-se a uma amostra da minha Real realidade, refletida em meus constructos *Delirantes* — *ela detém estreita relação com a Ama, com a Serva, com a prostituta e comigo.*

Viajando pelo tempo, mais do que cercear e impedir, essa guardiã da ordem planeja, reflete e acima de tudo: *produz.* Não se trata, portanto, de estratagemas que punam ou que simplesmente apenem a liberdade dos aferrolhados com dispositivos imobilizantes e coercitivos: *a liberdade necessita ser disciplinada.*

É a própria conceituação do que é "ser livre" que fornece o contorno deste confinamento de exílio, seja pelo desejo de vingança, da Ama e da Serva, seja pela versão da velha prostituta que, supostamente, escapa da exploração indevida do corpo e declara o exílio como próximo espaço a ser *ocupado.*

Sair de uma gaiola para adentrar a próxima arapuca, com confins milimetricamente desenhados, a fim de que não percebamos que mesmo sem barras, cercas ou muros aparentes, nossa mobilidade é progressivamente reduzida. Essa agente da austeridade reflete, emerge e funciona como uma canalizadora da própria providência humana.

Seria um aviso para quem busca escapar da Real realidade, tal como eu?

O Espectro da terceira casa a todos observa, e tece através do uso da carne de terceiros suas falaciosas noções de progresso, construindo a própria história do mundo real no qual me insiro e influenciando meu escape transtornado.

Em sua aljava constam os mapas que ludibriam a humanidade e em seu olho a perspectiva histórica da origem e do desenrolar da barbárie humana. É sua função primordial impor as substituições dos eventos, para que historicamente nos enganemos a partir da certeza que a evolução da espécie nos acompanha.

Contudo, vivemos os mesmos momentos, apenas envernizados por distintos acontecimentos. *A concepção de Verdade é um axioma enganoso.*

Eu a conheço!

Ela me visitara antes, em uma época longínqua, quando desempenhava minha função infante e coxo, e minha mãe, o papel de genitora.

O Espectro da terceira casa é o mesmo da Torre de vigília.

Estou ao lado da Roca de fiar.

O primeiro espectro, a Ama e a Serva, continua a queimar o pergaminho com as medições dos corpos do vilarejo.

A segunda expatriada, outrora prostituta, tece maniacamente os fios que tramam a realidade tortuosa sem fim.

Enquanto isso, a Vigia observa e se satisfaz, tendo a grande tesoura ao seu lado como sua fiel acompanhante.

Para compreender o terceiro vulto, é oportuno que se permaneça junto à Ama, à Serva e à prostituta, naquilo que se capilariza nas pequenas relações e nos eventos considerados não cataclísmicos.

É necessário o retorno, a inversão e ver as mesmas situações por distintas perspectivas. Ver pelo avesso para finalmente compreender o verso, tal como pergaminho queimado pela Ama e pela Serva, como os fios que se trançam pelas mãos da antiga prostituta e pelos fantoches que antes vestiam minhas mãos. Ver os trajes do tempo e seus elementos pela sua funcionalidade e não pela sua aparência.

Vejamos a Ama e a Serva.

Mais do que seu corpo deformado, supostamente demoníaco e queimado na pira, me volto para seus algozes e à própria constituição da cidade que a sentencia à queima. É a utilidade do corpo que movimenta o assassinato pela brasa, é a suposta fé que se propõe a salvar as almas que elimina a carcaça altérea. É a concepção do que é são e do que significa *Insano* que confere a qualidade de mistério à verdadeira natureza relacional entre a estilista e sua amante.

A Vigia sempre esteve ali, promovendo a *Liberdade* controlada de todos, em conformidade ao extermínio de alguns. O terceiro Espectro é a figura que alicerça as possibilidades e limitações.

Vejamos agora a prostituta.

Ao proclamar o cessar da violência que assolava seu corpo, proveniente dos clientes, tenta forjar sua escapada, coletivizando a emancipação homicida aos demais. Objetiva encerrar sua história e apagar seus resquícios, mas ao mesmo tempo, levar consigo as amarras que continuariam a aprisioná-la.

Tece a própria prisão de sua versão anterior, constituindo para si a dupla função: *de carcereira e encarcerada*.

Os efeitos do controle e da própria imagem do exílio confrontam o que consigo entender por ideal Libertário: *a Liberdade enquanto constructo vulgar, tal qual conhecemos, não existe senão a partir de um espaço discursivo delimitado.*

A moradora da cabana à direita não se faz como uma figura que dita o que se deve fazer e o que, em hipótese alguma, não possa ser performado. Pelo contrário, ela permite a ação e acusa os próprios enclausurados pelo cerramento de seu livre arbítrio.

Nos cria soltos, pois sabe que nossa decisão mais comum é retornar à prisão que construímos para nós.

Assim, observo a manufatura do exílio em um fluxo processual que oferece deveres necessários às exiladas. O vilarejo é o ponto nodal e objeto de fetiche dos Espectros, que fomentadas pelo episódio da queima na pira e da vida em um prostíbulo, desaguam suas forças pós-finitude na elaboração de um Limbo dos vivos, no qual elas próprias possuem papel determinante a desempenhar.

O pergaminho com as medidas dos moradores do vilarejo serve como uma fôrma deste mundo *Irreal*, concedendo a todos os envolvidos no assassinato da Ama, presenciado pela Serva, o encarceramento de viverem em *looping* o fatídico dia.

As medições feitas em vida queimam diariamente na lareira da primeira casa, sua fumaça alimenta a Roca de Fiar, espaço o qual o segundo Espectro passa a tecer manualmente a realidade que viria se repetir pela eternidade.

O segundo vulto assume uma função também híbrida, mas diferente da Ama e da Serva: separa-se de seu próprio corpo atingindo factualmente um duplo de operação — *na mesma medida em que tece as tramas do limbo, o vivencia ainda presa à sua existência anterior.*

Ao olhar para a Vigia da casa à direita, vejo que sua premissa é dar *Vida* ao que chamo, desde o início deste *Delírio*, de exílio: parece-me que o desfiladeiro triangular é um grande alçapão, onde se maquina a própria noção de mundo, fabricado pela minha pessoal busca pelo *Enlouquecimento*.

O terceiro vulto é o próprio expatriamento. Percebo seu balandrau se misturando ao cenário e fabricando as teias dessa redenção que jamais virá a nenhum de nós.

É nossa conquista definharmos no poço de nossas próprias realidades.

Também faço parte deste limbo representado por esta específica *Alheação — a cidadela dos homicidas diz respeito ao meu próprio ciclo de trabalho sem fim.*

O vulto que vira quando criança agora está a poucos metros e ela me mostra que minha onipotência neste mundo de fantoches *Delirantes* há de ser limitado.

Ela está ali, não somente para garantir o infinito trabalho das moradoras da casa da esquerda e do centro, mas para me ameaçar sobre minha motivação inicial: *conhecer a mim mesmo e minha prisão interna.*

Ela, o terceiro Espectro, o vulto da Torre de outrora, me fornece um aviso sem que expresse qualquer verbalização: *"Aqui não é o seu lugar: retire-se de si mesmo".*

Tão convencido de que estaria *Enlouquecendo* e de que tudo não passaria de uma projeção pessoal, penso agora se o que vejo à minha frente não é parte proeminente da própria construção do mundo que tanto me aflige.

Teria retirado o "véu" em demasia? E por isso, não mais passaria despercebido pelo cenário *Delirante?* O que poderia acontecer quando realmente atingir o epicentro dessa minha masmorra pessoal?

Seria também parte desse exílio?

O Espectro Vigia passa a se movimentar, descendo os dois degraus de sua choupana.

Em uma de suas mãos, encontra-se o fantoche contendo o número cinco gravado em seu corpo de feltro que havia caído de meus braços, quando me vi naquela cela de pedras triangulares e a percebi, pela primeira vez, no alto da Torre.

Na outra mão, a grande Tesoura de corte.

O tecido da Roca de Fiar não somente desenrola os fios que tecem o Limbo dos vivos — *no qual surpreendentemente me incluo —*, mas, em admirável descoberta, vejo uma das tramas se ligar ao meu corpo, em uma matéria luminosa, quase incandescente.

A Roca me liga ao Delírio, e ela, o vulto da Torre e da Terceira Casa, é a minha própria bedel.

Sinto-me indisposto e entregue à Carrasca, à Vigia, à Carcereira. Ela se aproxima, caminhando vagarosamente em minha direção.

Vejo o fantoche perdido esganado entre seus dedos, ela o aperta com fúria, como se eu tivesse ultrapassado algum limite.

Abrindo sua gigantesca tesoura ela corta, subitamente, o fio Delirante da história.

O desenrolar do triângulo equilátero está completo. Estou novamente em meu mundo real.

O terceiro *Devaneio*, o mundo dos Espectros, da Roca, do limbo e do exílio fora finalizado. Cabe a mim me haver com a conformidade de que ela, a Vigia, sempre estará à espreita e nada escapará de sua autoridade.

Seria ela real ou apenas um constructo paranóico desse processo em que me jogo?

Sinto que existe um aviso evidente provido pela minha própria Insanidade para que eu não mais volte às *Alheações*.

Cabe a mim decidir se já possuo o desvendar suficiente ou se realmente o âmago dessa prisão interna deve ser dissecado, custe o que custar.

Resta a mim continuar.

O CORPO VEGETATIVO

CAMINHANDO EM MEMÓRIA...

São 21h41.

Ao retornar à Real realidade, vejo o poste de luz que me transportou ao terceiro *Delírio*.

Uma mulher, meretriz, estava me observando.

Passaram-se 27 minutos desde a última vez que olhei o cronômetro do Real: meu relógio de pulso.

Ela diz:

(PROSTITUTA) — Você está bem?

(JUNO) — Sim (respondo ainda atônito e atordoado mediante a súbita volta do mundo dos Espectros).

(PROSTITUTA) — Estava andando para lá e para cá, mas percebi que você estava em outro lugar. Se vai usar alguma coisa, melhor se cuidar. Alguém pode se aproveitar de você desse jeito.

(JUNO) — Obrigado (agradeço e passo a traçar o caminho de volta à minha residência).

Ela considerou que eu estava sob efeito de alguma substância, em um processo de uso de algo. Realmente, não venho me portando de forma que o meu entorno não perceba esses movimentos de fugas provisórias.

Isso parece não importar tanto agora. Meu eu funcional fica, finalmente, em um segundo plano.

Passo a passo pesa o "aviso" dado pelo último Espectro que "corta" o fio atrelado ao meu corpo e sinaliza, ainda que não verbalmente, que o mundo dos *Delírios* não é o meu lugar.

Sinto levemente minha perna mancar.

Lembro-me do mistério deste membro inferior que passou a mancar sem explicação alguma.

Me parece evidente o motivo, vendo a Real realidade de uma nova perspectiva: *dobra-se em mim a força dessa autoridade imaterial, que me observa e me faz navegar nas águas de uma Liberdade restrita.*

O que me torna deficitariamente imobilizado, mesmo que de maneira provisória, é a corporificação do sujeito enjaulado que caminha livre pelo prado, concepção esta em que inevitavelmente me incluo. Achava erroneamente que o *Delírio* resolveria esta amarra — *ledo engano* — o Espectro bedel e sua afiada tesoura sumariamente me deixaram um aviso: *"ninguém estará livre de seu olho"*.

Ela esteve presente nas visitas domiciliares nas quais transformaram minha mãe em genitora, pobre e desprestigiada em termos de maternidade. Estava ali, quando suspeitavam que eu pudesse ser uma criança enferma: *depressiva ou autista*, propondo laudos classificatórios postos à mesa.

Fez-se presente quando me tornei "livre" para trabalhar. Olhou a matriarca de um filho só me gestar, e nos fez sentir a fome híbrida, entre mãe e filho. Desnudou os insetos em *Eclosão*, para que eu tivesse motivos para chorar ao nascer. Deixou-me sentir conforto pelas mordaças do trabalho e, finalmente, permitiu-me *Enlouquecer* para me desvendar.

Ela seria a figura referida pelo *Homem das Moedas?*

Se sim, os Espectros seriam outra coisa que não a projeção do meu *Enlouquecer?* Não conseguirei desbravar esse questionamento. *Não agora, não ainda!*

Também não acredito que ela me impedirá de *Devanear* mais uma vez, sei disso — *não me parece ser de seu feitio o proibicionismo* —, pois, aparentemente, é a partir dos efeitos da própria *Liberdade* que nosso encarceramento se torna mais eficiente. Foi assim que fui me rompendo e a barragem da *Loucura* passou a me afogar, a partir da possibilidade e não da coerção.

O fio que estava preso a meu corpo, cortado pelo terceiro Espectro, era exatamente igual ao que avistara durante esse dia que me pus a analisar a *Repetição*. O som do pedal era proveniente do utensílio de que os vultos fazem uso para a construção do *limbo dos vivos*. Talvez sejamos uma real extensão da cidadela dos homicidas.

Contudo, persiste ainda a grande chance de ela ser apenas mais um elemento projetivo para que eu, Juno, permaneça estático e finque meus pés definitivamente em meu cotidiano — *é evidente que isso não é uma situação impossível.* Inclusive, o som do pedal ouvido durante este dia pode ser parte do escape *Delirante*, uma alucinação auditiva talvez. *Nada pode ser descartado.*

A imersão que detive ao último *Delírio* me proporcionou o experimentar de novas sensações: *me viram, me tocaram, me guiaram, teci diálogos com as figuras supostamente irreais.* Sinto que adentrar novamente a *Alheação* será aceitar a proposta de que, dessa vez, possa ter que performar o papel de fantoche, tal qual o que ela, a Vigia, carregava esmagado em uma de suas mãos.

E, afinal, não saberei dizer se a Carcereira da grande tesoura, no próximo escape que me aguarda, terá postura complacente, torturadora ou ambos.

Talvez seja melhor esquecer e aceitar o horizonte da imprevisibilidade, algo a mim inédito.

Voltando ao meu caminho.

São *21h54*.

Está frio e chegarei à minha residência posteriormente ao previsto, ou melhor, depois do horário de costume — *já que os dias são os mesmos.* Embora coabite com ela, minha mãe, ela já não mais me espera, não é mais possível que me aguarde.

Por essas horas sua cuidadora já deve ter dado o seu medicamento noturno: *está banhada, trocada, coberta e dormindo.*

Ainda tenho um longo caminho a percorrer a pé. Porto minha mochila pesada às costas e a exaustão de mais um dia de trabalho. Não estou tranquilo como esperaria que estivesse: *romper-me da Real realidade demanda significativa energia e quase um sentimento de enlutamento.*

Subitamente, este dia que vai encontrando seu fim faz-me rememorar minha genitora.

Estranho o quanto a *Repetição*, termo o qual designou meu olhar no dia de hoje não é uma conceituação incomum à minha *Vida*.

Enquanto caminho de volta à casa do riacho, lembro-me de minha infância. Meu foco é *Ela*, minha mãe.

Recordo-me do fogão sem comida.

De vê-la poucos minutos pela manhã, antes da mesma sair para o trabalho. De permanecer junto a Ela apenas algumas horas antes de adormecer.

De aproveitar o tempo o qual a via trabalhar sobre a máquina de costura enquanto eu, ainda infante, brincava com os restos de tecido.

De me divertir com os fantoches.

De me aterrorizar mediante a presença das pessoas de crachá.

Seu dia era também *Repetido*, e diferentemente do meu cotidiano, a *Repetição* a trouxe uma característica particular: *uma dor intensa em sua mão direita provocada por uma Vida preenchida de movimentos repetidos, ocasionando uma* enfermidade ocupacional. Algo que ressonaria em seu corpo para além dos confins dos sintomas biológicos.

Com o passar dos anos, sua tarefa de adormecer não se fazia como uma ação facilitada. Excessivamente medicada, a fim de suportar as intensas dores, seu estômago doía.

A falta de alimentação adequada — *comíamos o que tínhamos* —, não se fazia como um fator colaborativo para a situação.

Minha mãe teve que permanecer no ofício de costureira sem a possibilidade de afastamento mediante respaldo médico — *não detinha esse direito* —, uma vez que se não trabalhasse, não receberia, o que progressivamente ocasionou agravos cada vez mais intensos de sua condição enferma.

Certa vez, quando deitado no colchão que permanecia ao lado de sua cama, a vi amarrando seu braço à guarda de onde dormia. Utilizava um tecido qualquer, procurando uma posição possível para que pudesse descansar sem dor. Seu braço direito não poderia mais permanecer em uma posição comum. Não sentia dor apenas se o suspendesse acima do corpo.

Seus dedos lentamente foram enrijecendo. O olhar cada vez mais opaco e a faixa de tecido a acompanhavam na amarração necessária, noite após noite.

Não podendo mais trabalhar aos fins de semana, tal como antes, passei a vê-la a partir de outras perspectivas. Ela adorava e se encantava com certo tipo de música, batida e melodia.

Tínhamos uma vitrola e alguns vinis antigos à nossa disposição: *três no total.*

O aparato musical era originalmente pertencente à sua mãe, minha avó, que sequer pude conhecer. Migramos para este estado e para esta cidade sozinhos. A família de origem de minha genitora residia longe e jamais pudemos visitá-los, ou eles a nós.

Aos sábados, enquanto fumava seu tabaco enrolado, ela ouvia os três discos: *Ray Charles, Etta James e Ella Fitzgerald.*

Lembro-me de vê-la na janela, enquanto fitava o riacho dos insetos alados. Ela se desligava da realidade ao se deliciar com suas canções preferidas. Será que também chegou a *Delirar?*

Era perceptível que uma composição em especial a acariciava. Se lembrava de algo que não pude ter acesso — *jamais verbalizou a mim o que pensava naquele momento*. Contudo, era perceptível o tímido sorriso ao canto da boca, encostada à janela de madeira, enquanto inalava seu tabaco e soltava a fumaça ao mundo.

Algo a fazia nostálgica.

Há anos não pensava nesse momento. Essa lembrança sonorizada por uma específica canção: *"Making Believe"*, de *Ray Charles*.

O riacho trazia uma satisfatória brisa, afinal, quando criança ele ainda se fazia limpo e cristalino. O vento ao final da tarde, a luz do Sol que se dissipava e o odor do tabaco queimando me traziam certa tranquilidade. Ouvíamos juntos as letras e a melodia: *eu sem entender e ela desejando lembrar.*

Descobri, depois de um tempo, que onde morávamos detinha a característica de "empréstimo compulsório". Éramos considerados como invasores de terras desabitadas de proprietários latifundiários que não a utilizavam. A casa do riacho, afinal, nunca foi essencialmente nossa.

Passei a compreender o objetivo das pessoas de crachá: *nos viam como clandestinos e transgressores.*

Já trabalhando, conseguia contribuir com o uso do fogão e nosso estômago encontrava mais alimentos. Ela, já com a mão endurecida, pôde trabalhar cada vez menos.

Permanecia em casa e o cessar do ofício foi contributivo para uma temporária atenuação de seu sofrimento da mão direita.

Vendeu sua famosa máquina de costura. Os tecidos não mais se espalhavam pela casa, entretanto, retivemos a faixa que amarrava seu braço, pois vez ou outra, dependendo do tempo, seu braço doía.

O tempo passava, eu ia e vinha do local abastado da cidade, antes do *Varejo* ser presente em meu dia a dia. Passava despercebido neste outrora local de labor, ao menos não era exposto à constante humilhação, tal qual a Gerente do Varejo impõe-me diariamente na atualidade.

O transporte coletivo de que fazia uso diariamente não passava próximo à minha morada. Era necessário andar ao menos dois quilômetros até chegar na travessa que o ônibus trafegava. O mesmo caminho a pé era feito em meu retorno, já à noite.

Em um dia qualquer, ao descer da locomoção, vejo o sinal da *Diferença* na *Repetição*. E diferentemente do analisado no dia de hoje, aquela sinalização me traria dissabores que rememoro de maneira visceral.

127

Vi sirenes, o chamado giroflex piscando e a presença da segurança pública no local. Enquanto caminhava pelos comuns dois quilômetros, avistava conhecidos e vizinhos andando com pressa e carregando pertences que cabiam em seus braços. Animais domésticos em desespero, crianças aos berros e pessoas com a face ensanguentada.

Chegando próximo à entrada do território em que morávamos constatei que a parcela de terreno composto pelas casas de madeira estava sendo desalojada: *estávamos sendo despejados da casa do riacho.*

Olhei para o céu, vi luzes em movimento: *um helicóptero nos sobrevoava e arranhava os ouvidos devido à sua proximidade.* Ao caminhar, segurando minha mochila nas costas, vi oficiais fardados e munidos de suas armas. Estavam mascarados, como se esperassem por algum confronto ou não quisessem ser reconhecidos.

Apressei o passo.

Vi ao longe minha casa. Nossos suados objetos adquiridos estavam todos para fora. Ela, minha mãe, segurava sua faixa de tecido própria para amarração da mão. O colchão que eu utilizava para dormir, ao lado de sua cama, estava em meio ao barro próprio daquela localidade. As roupas todas reviradas.

Corri ao ver seu desespero. Por mais que percebêssemos a gravidade da situação, era evidente que seu choro tinha olhar direcionado: *para além da morada que não mais nos pertencia, ela parecia desalentada pelo fato da vitrola de sua mãe ter sido despedaçada com a força violenta do despejo.*

Prática como sempre foi, já tinha juntado nossos objetos mais valiosos: *duas sacolas com roupas, sapatos e os documentos em uma pasta.* Adentrei o recinto, fui ameaçado com o intuito de que me retirasse. Coletei os três vinis em meus braços e saí apressado pela porta.

Ao sair do casebre, tratores destruíam as habitações que me acostumei a percorrer ao crescer. As pessoas continuavam a correr. Ajudei minha genitora, ainda desconsolada, a sair fisicamente daquela situação.

Estávamos ao léu. Percorri novamente os dois quilômetros e nos sentamos próximos à rodovia.

Entreguei os discos a ela, e pude ver o sorriso tímido novamente.

Tivemos que recomeçar a batalha do viver em outro lugar, menos precário em termos de instabilidade de despejo. Ela jamais conseguiu retornar ao ofício de costureira, a música nostálgica não mais tocou e o acanhado sorriso jamais voltou a aparecer.

Anos mais tarde, já atuando no setor de *Varejo*, a percebia definhando, adoentada e infeliz.

Não tratávamos do belisário que nos circulava, nem da minha *Repetição*, nem da dela. Aprendemos com o desenrolar de nossas histórias que talvez o diálogo não adiantasse ou não fosse suficiente para suprir as necessidades diárias de sobrevivência. Restava a continuidade do uso que a Real realidade fazia de nós, mesmo em processo contínuo de atrofia de nossos respectivos corpos, seja pela sua mão direita, seja em relação a todo o resto.

O tempo conseguiu atenuar a memória do despejo e do descarte, mas jamais esquecemos. Eu, por minha vez, continuava a trafegar do trabalho à minha casa e da minha casa ao trabalho.

A partir de certo ponto, o ambiente hospitalar, o contato com profissionais de saúde e a entrada de novas medicações passaram a ser fatos recorrentes e se inseriram em nosso cotidiano de maneira abrupta. Ela desfalecia e padecia de sensações que a agoniavam.

Jamais descobriram o que a molestava: *minha mãe deixou de falar, de andar e de olhar.*

Aos poucos, a cama e a posição fisicamente imóvel foram tudo o que restou a ela.

Estática e presa em um corpo vegetativo até este tempo presente. Hoje, aventurando-me pela Loucura, posso imaginar o que a fez implodir.

Dia após dia a vejo com a respiração ruidosa. Devo compulsoriamente trabalhar, assim, existe um alguém que permanece com minha mãe em sua penúltima morada. A alimenta, faz a limpeza de seus dejetos e a medica quando necessário.

Uma morte lenta, extenuada e gradual.

Permaneço à espera de sua finalização, assim como ela. Temo por este momento.

Digo que esse paralisado *Epílogo* não acontecerá comigo, não me submeterei ao corpo vivo e imóvel que me espera — *não em termos simplesmente físicos, mas destituído de possibilidades outras que não o total uso de minhas vitais forças.*

Não mais serei deposto da minha morada, decidirei, pelo contrário, autonomamente pela fuga da lama existencial que me foi entregue.

Voltarei às *Alheações* — *não importam os avisos da Vigia* —, devo definitivamente *Enlouquecer* e escapar dessa prisão da miserabilidade e da fome por desejo.

São *22h35*.

Estou em frente à minha casa.

Espero que, dentro de suas possibilidades, minha mãe esteja bem.

O ÊXODO E OS ORÁCULOS

São 22h36.

Permaneço em frente da minha residência inacabada. Respiro de maneira cansada. *Logo irei entrar.*

Ouço um barulho reconhecido. Não é o som do pedal, afinal, já descobri sua origem: *ele não há mais de soar.*

O ruído é igual ao da manhã, ouvido ao sair desta mesma habitação. São latas de alumínio preenchendo um saco plástico, mexendo uma com a outra pelo atrito do contato.

A *Senhora das Latinhas* estaria próxima?

O vento sopra como se algo ecoasse junto — *uma mensagem, talvez.* Vejo-a distante, segurando com a mão direita o saco de lixo preto que a acompanhava ao início do dia.

Moro exatamente ao meio da rua, a *Senhora das Latinhas* está parada em uma das esquinas. Passo a caminhar até ela.

Recordo-me da última *Alheação.* A ventania sentida ao topo do precipício equilátero parece se replicar aqui e agora, na *Real realidade.*

A *Senhora das Latinhas* permanece parada. É o éolo que remexe os invólucros metalizados, fazendo vivos os objetos descartados recolhidos por ela durante o dia. Ao seu lado, um grande carrinho feito de madeira: *uma carroça onde se colocam os objetos que possam ser vendidos por sua natureza reciclável.* O transporte do descarte está repleto de materiais, alumínio em sua grande maioria.

Ela, por sua vez, continua estática. Me aproximo.

Ela levanta a sua mão, como ocorreu com os vultos. *Outra semelhança? Ou mera coincidência?*

Vejo que se trata de um sinal para que eu pare. *Assim o faço.*

Ela trata a falar.

(SENHORA DAS LATINHAS) — Por agora, você não ouvirá minhas desculpas, pois o barulho a você se faz necessário. Permaneceu silenciado e em silêncio por tempo demais. Assim como eu e como todos, a peregrinação o aguarda: pelo *não luto* e por aquilo que *é menor.* A consciência da sua ignorância será seu guia.

(JUNO — pensamento) — Sem conseguir compreender e chegando, até mesmo, a duvidar de sua sanidade, não teço nenhum questionamento. A *Senhora das Latinhas* recolhe seus últimos objetos a serem vendidos, espalhados ao chão, e movimenta com dificuldade sua carroça de materiais descartados. Repleto de sacos e quinquilharias, existe uma placa de papelão sujo afixada em arame no precário transporte — ao lado direito e em tamanho significativo. Possui algo escrito à mão, a partir de uma grafia duvidosa, quase inelegível: *"Conhece-te a ti mesmo"*.

Ela se distancia, continuando o remelexo do suposto lixo que recolhera.

Conheço essa frase. Em seu carrinho de mão está inscrita a mesma sentença do pórtico de entrada do templo do deus Apolo, prévio ao encontro com o Oráculo de Delfos. Significa, pelo que lembro: *uma certa referência de autoconhecimento, mas também do processo de conhecer o próprio mundo e suas verdades.*

Na mitologia, o referido local, o Templo de Delfos, era ocupado por uma sacerdotisa — *uma mulher comum, digna de uma vida moralmente irrepreensível, escolhida dentre todas* — que inalava certos gases, vindos de uma fenda do templo. Ela, por consequência, seria possuída por Apolo, que tecia as profecias do destino e do futuro por intermédio dela. A sacerdotisa era conhecida como Pítia, em direta relação à serpente morta pelo referido deus — os restos mortais da besta sacrificada permaneceram na localidade, especificamente em uma fenda que cortava o santuário de Delfos, e é de lá que os vapores se originavam.

Contudo, mais do que o mito em si, tal escrito precário me faz refletir sobre o caminho até o local das previsões.

O percurso grego para o Oráculo era repleto de ornatos, homenagens e representações do dono máximo daquela instalação, o próprio deus Apolo, como forma de agradecimento pelas previsões geradas pela divindade e intermediadas pela Pítia.

O terreno, acidentado e íngreme, incitava os buscadores do destino a uma certa peregrinação calcada na fé em saber do futuro. O caminho até chegar à Pítia guardava a necessidade de um sacrifício: *uma ovelha ou cabra*, na qual se procuravam em suas entranhas sinais proféticos.

O mundo em que vivo parece sempre ser a releitura de algo, retalhado pela miserabilidade que construímos para nós.

Percebo e aceito que a *Senhora das Latinhas* e o *Homem das Moedas* fazem jus às representações dos ritos que se seguirão — *são para mim os mensageiros do destino em que devo me jogar.*

Não tenho mais dúvidas de que conseguirei *Enlouquecer*. Não visarei, entretanto, a decifração imediata do que se apresenta a mim, nem agora, nem depois. Pois sei que o tatear dos caminhos futuros mostrarão as peças faltantes para que eu entenda, finalmente, a que toda essa jornada se refere.

Digo que me sinto inebriado, talvez até mesmo feliz, ao perceber que os mensageiros da mudança sejam, tais como eu, pessoas que, por suas particulares razões, foram descartadas e moídas pela engrenagem da *Vida* que envolve a todos nós.

A *Senhora das Latinhas* e o *Homem das Moedas* assumem o papel de demonstrar o despojo do corpo, mas também a possibilidade de olhar para além da *Venda* que ocupa nossos olhos. Talvez um outro mundo, somente acessível após o meu próprio rompimento com a existência que nomeio como *Real*.

Se a *Repetição* e o cotidiano me incomodavam substancialmente, foi a partir do momento o qual decido por um fim a essa cíclica expropriação, que me deparo com as figuras randômicas que me desatam desta Real realidade, ferindo de certa forma *a naturalidade imposta por esse mundo artificial, visibilizando a mim a verdadeira fraqueza da nossa existência reiterada.*

Encontrar a *Senhora das Latinhas* e o *Homem das Moedas* apresenta tamanha força, pois suas presenças e discursos conversam com aspectos da minha própria *Vida*. *Tenho absoluta certeza disto!*

Todavia, não os percebo somente como párias dessa realidade. Algo me diz que eles sabem de "algo".

Embora não professe adequadamente da fé cristã, fui criado católico, e sinto os efeitos dessa criação institucionalizada em meu corpo. De certa maneira, percebo que essa inicial incursão pela *Insanidade* possa ter um sentido de êxodo sobre o que me perturba, e ao que a mim é inevitavelmente insuportável: *encenar continuamente o que me foi entregue em sobra.*

Delirar e me refazer através do que chamo de *Loucura* me joga na aventura de profanação de um sagrado que não reconheço como verdadeiro, mas me assola e sempre me assolou.

Assim, não me enxergo como um *devoto*, que segue os parâmetros relacionais com base nos preceitos bíblicos, mas, talvez, próximo de um apreciador de histórias, me apegando em enxertos que conversem com o que estou vivendo, questões que me façam sentido e que me permitam a análise sobre o que a mim se apresenta na Real realidade.

133

Certa vez, ainda criança, lembro-me de adentrar o espaço de uma Igreja, em uma usual missa de domingo. Estava, como sempre, acompanhado dela: *minha genitora.*

O clérigo, vestindo sua costumeira batina, dizia sobre o Livro de Êxodo, a libertação dos hebreus do Egito e a jornada pelo deserto, levando em conta três pontos importantes: *A Libertação, a Aliança e o Tabernáculo.*

"Buscavam Canaã", dizia efusivamente.

Dentre tantos versos e passagens, afirmava que a chamada peregrinação tomou o trajeto mais longo, para testar a fé dos caminhantes. O *Senhor* os guiava, durante o dia personificando uma coluna de nuvem, e de noite, uma marcação gigantesca de fogo no céu, a fim de iluminar os passos do povo recém-liberto do Egito.

Deveriam caminhar em passos eternos em busca da paz e da abundância — *muitos não chegaram ao destino final.*

Sendo assim, me questiono: *estaria eu também em busca da minha própria Terra Prometida? O epicentro da minha Loucura?*

Subverto os ensinamentos eclesiásticos e os associo à dissociação dessa existência abominável. Vivencio a irrealidade por três vezes até chegar aqui, na porta da minha casa, para enfim perceber que consigo, temporariamente, incorrer em certo processo *Libertáro* que me faz conseguir fugir.

Em *Aliança* com os corpos que se empregam da dita anormalidade moderna, me retiro da *Repetição* de meus dias e acho refúgio naquilo que é precário e que necessariamente também me contempla. A *Senhora das Latinhas e o Homem das Moedas* exerceram o papel de *Oráculos* desta era moderna.

Ainda neste processo, vejo ser necessário que me ocupe da construção de um templo pessoal e irreal, um santuário da *Loucura* talvez, que promova uma *Alheação* não tão efêmera, que faça cada vez mais eu adentrar o santo espaço *Enlouquecido* que vejo ao longe — *a andança e a fé transtornada me movimentarão.*

Quem sabe, o próximo passo designado seja achar o que eu possa nomear como Pítias, as intermédias de uma divindade maior. Todavia, busco uma abadia que não seja imperiosa na necessidade de ajoelhamento perante ela ou ante algo — *estou farto desse papel* —, mas que, pelo contrário, acuda meu visceral desejo em despedaçar as *Verdades* que me constituem e que me guiam.

São *22h58.*

Finalmente decido adentrar minha habitação.

DECIFRA-ME

Volto ao início e ao meu ponto de origem: *o processo de me decifrar, todavia agora munido de incertezas outras.*

Em hipótese alguma conseguiria tecer essa autópsia de existência sem o apetrecho do *Alheamento* e da *Memória* a fim de me desvencilhar da *Repetição.*

Viro a chave da porta com cuidado. São *23h00.*

Deixo a pesada mochila sobre o sofá. Me dirijo à cozinha para refrescar-me com um pouco de água da torneira. *Algo está diferente.*

Volto alguns passos e permaneço em pé, na porta do quarto de minha mãe.

Sinto-me prensado em minhas *Entranhas.* Meu corpo se desloca de sua posição única e individual e se faz possível que eu me veja na casa como um todo. Como se, de alguma forma, eu tivesse me espalhado de mim mesmo — *não poderia, nem se tentasse, imaginar esse efeito da Insanidade.* Vejo os cômodos com uma qualidade para além da memória, parece que estou em todos ao mesmo tempo e em sincronia.

Essa expansão da minha própria pele me dá notas de que está para iniciar um fim narrativo, um *Epílogo* necessário, um arremate de algo que abrirá outros caminhos e novas funcionalidades a esse pedaço de carne sofrida e sem esperança que habito.

O encerramento da minha Real realidade é inevitável.

Sinto pela primeira vez a sensação da *Escolha,* ligada a um mínimo sentido para algo que busco com fervor: o rompimento com a *Sanidade.*

Passado o vislumbre e a surpresa da visão multifacetada do meu corpo, me volto a outro sentido, e ouço claramente um barulho que me soa familiar.

Estou enlouquecendo, posso sentir.

Algo interroga minha audição: percebo sons de água, algo sonoramente arrebentado, como se as fissuras do represamento da minha dita sanidade finalmente tivessem chegado a seu limite de sustentação.

Vejo graficamente uma represa, não em *Delírio,* mas misturada com o Real dessa minha própria casa. A matéria líquida que me acompanha em meu nascimento, personificando o riacho, e que lubrifica minha garganta seca ao fim do dia é, enfim, o transporte para minha versão *Transtornada.*

Os pequenos rompimentos, que chamei de "fissuras", vão se interligando uns aos outros e formando uma grande fenda por onde a vazão d'água passa sem maiores problemas — *respiro fundo e aliviado finalmente. Seria essa a sensação da Loucura? Essa puxada de ar sem parábola, reta e orgástica?*

A água continua a jorrar em meus ouvidos, ouço seu som devastador nesse episódio de *Lucidez*, me vejo ramificado nesta moradia, enquanto vou me despedindo das últimas nuances do Real.

O som massivo do jorramento da represa que me escara entre a *Loucura* e a *Sanidade* aparenta intensificação. O fictício represamento arrebenta e me "afoga". Fecho os olhos como se estivesse sendo jogado de um lado para o outro mediante a força dessa enxurrada que não existe.

Tentarei detalhar a sensação:

Me sinto afogado. Não com a cabeça para a fora, ainda com alguns segundos de respiração ofegante, mas submergido em um gigantesco oceano, no qual se tem um campo de visão curto, pois a água turva impede que você enxergue distante. O ambiente é o mesmo, girando a cabeça para onde for. Ouço o barulho da água, olho para baixo e vejo meus pés se mexendo para que não afundem. Os movimentos dos membros inferiores e superiores são repetitivos e caóticos, pois sei que repentinamente haverá de faltar força, falta essa que me levará pouco a pouco ao mais profundo nível. Em algum momento, mesmo que seja por meros segundos, lembro que meu corpo está na água. Não existe ar, o sufocamento encontra meus pulmões e em teimosia, continuo vivo e me debatendo. Aparentemente e de repente, algo pode se aproximar de mim, às minhas costas e de maneira sorrateira. Não é o meu habitat natural e me vejo desprotegido, meu corpo não foi feito para permanecer aprofundado nas águas e ainda consciente da situação de imersão. Olho ao fundo novamente e vejo uma grande sombra se aproximando, mas ela nunca chega. Busco não afundar mais. Meus pés e mãos continuam batendo sem parar, até a mais completa exaustão.

Abro os olhos. Tudo parece mais evidente. Refaço-me novamente.

Olho o relógio, são 23h17.

Sinto meus olhos esbugalharem.

Estou ainda de pé na porta do quarto de minha mãe, prestes a entrar.

Não ouço sua respiração em dificuldade. Aliás, não ouço nada.

Quando abro a porta de seus aposentos, vejo-o como sempre foi, repleto de suas coisas: *roupas, medicações, fraldas e os três discos salvos do despejo.*

Me aproximo.

Tal como quando vejo pela primeira vez a *Senhora das Latinhas*, percebo o que o tempo costurou em seu rosto — *marcas que somente quem viveu a pele de genitora, mãe pobre, poderia contar*. Esgarçada pelo trabalho, pela vigilância e pela responsabilidade por mim.

Chego próximo de suas rugas faciais e vejo que a mesma se foi — *não mais respira*. Olho-a, enquanto audiência, por alguns minutos. Cubro-a, como todas as noites, e por uma última vez desejo uma boa noite de sono.

Não é necessário que se peça ajuda a ninguém. Não mais!

A força da água que me trouxe à vida e *Eclodiu* os insetos e me submergiu no derradeiro *Enlouquecer* acompanha o velamento do corpo vegetativo daquela que me gerara. A desobrigação de sua difícil respiração fez-me *Romper* com a realidade.

Autorizar a libertação do corpo vegetativo. Esse, com absoluta certeza, é um dos elementos fundamentais desta auto necropsia a que me submeto.

Choro, pela segunda vez em minha Vida.

Evado-me do seu aposento, agora funcionando como cripta, e me deparo com sua caixa de linhas e agulha. Atrevo-me a abri-la — *jamais o fizera*. Em seu fundo, vejo uma coloração familiar: *o fantoche com o número cinco* inscrito *que eu supostamente perdera na prisão da Torre, ainda quando criança*.

Então, realmente o terceiro Espectro, portador da tesoura, não detinha o objeto real em suas mãos. *Ele estava aqui, guardado, durante todo esse tempo.*

Sorrateiramente algo acomete meu corpo e me transporta.

Não se trata de um *Delírio* tal como os episódios recentes. É uma memória, que tal como a represa da *Insanidade*, me toma com intenso furor e me carrega, agora, pelo viés do mnemônico.

Novamente estou no casebre do riacho e as pessoas com crachá caminham soltas e desimportantes pela nossa moradia.

Vejo-me menor e em primeira pessoa.

Presencio o exato momento no qual me *Alheei* pela primeira vez e conheci o vulto na altíssima Torre da Prisão. Contudo, desta vez, eu permaneço em minha morada e não sou conduzido ao *Devaneio* infantil.

Sinto-me paralisado, como se estivesse revivendo aquele momento de ausência, mas agora podendo visualizar o que ocorrera no instante do escape. Poderei assim entender o que acontece com meu corpo quando me permito a fuga desse plano existencial.

Vejo-a, a genitora/minha mãe, me olhando fixamente enquanto aparento estar apenas calado. *Ela sabe o que está acontecendo comigo e vê quando levanto e derrubo um dos fantoches.*

Rapidamente ela me coloca quase catatônico no sofá, junto a ela, sem que aqueles estranhos consigam perceber a gravidade da situação posta por meu desequilíbrio sem intenção. Vejo-a guardar o boneco de feltro em sua caixa de costura. *Lugar de onde ele jamais sairia, até o seu fatídico falecimento.*

Ainda no cenário da casa do riacho, a ouço quase que em tom de pranto: *"se isso acontecer novamente, Juno, corremos sério risco de que algo grave ocorra conosco. Você precisa, é necessário que consiga disfarçar os olhos à sua volta. Que ninguém e nada perceba o que você faz para sobreviver a esse mundo!".*

Eu que me vanglorio de nada esquecer, como pude me absolver de uma cena como esta?

Retorno ao presente e continuo com o fantoche perdido em mãos. Ouço o som de música vindo de seu quarto. A mesma canção com que ela se deliciava enquanto fumava encostada na janela de nossa casa de tábua.

Making Believe, de Ray Charles.

A vitrola não mais existe. *Como é possível que ouça esta nostálgica canção?*

Abro novamente a porta. O quarto que antes avistara foi tomado por um breu intenso, e apenas um foco de luz se faz presente sobre a cama.

A música toca nítida e alta.

É seu rito de passagem, fornecido pela minha mente *Enlouquecida*.

Espero a composição se finalizar enquanto a olho já sem *Vida*.

A *Senhora das Latinhas* realmente personifica o *Oráculo*. A profecia preditiva oferecida pela sentença: *"conhece-te a ti mesmo"*, me trouxe a certeza de que conseguiria *Enlouquecer*. Apenas não imaginava que tal conquista acompanharia o necessário sacrifício de alguém.

Vejo que não há possibilidade de não me aventurar pela minha prisão mais uma vez, não importa como venha a atuar o terceiro Espectro, a *Carcereira*. Sei, em meu âmago, que devo reencontrá-la.

Sinto-me insano o suficiente para não me preocupar com o retorno. É com o *Onírico*, com minhas *Entranhas* e com a *Vigia* que devo finalizar essas tessituras.

Fecho a porta do quarto-sepulcro.

Chega a hora de adentrar finalmente o Poço e o seu segredo. Resta a mim continuar.

O POÇO

Minha residência, nesse exato momento, se transforma em um palco de metamorfose. A progressão insana que me adentra de maneira paulatina atinge seu ápice, um epicentro que parece abrir também algumas fissuras em meu corpo. Consigo sentir diversas vibrações até então impossíveis para as possibilidades epidérmicas. Não me vejo descontrolado ou agressivo, mas existe, com absoluta certeza, um desespero intenso que me toma — *talvez ainda vinculado ao choque da morte e do luto.*

Todavia, a morte em vida é algo que também se fazia presente: *pelo corpo dela e também pelo meu.* Não posso acreditar, portanto, que esteja dessa maneira simplesmente pelo seu já esperado desfalecimento.

Atribuo essa dita "quebra" que me irrompe como a maneira única de me desvendar, pois não estaria disponível a mim adentrar minha masmorra interna ou compreender o *Poço* em seu significado mais íntimo se o que me transportasse ao *Onírico* fosse a mesmice.

Assim, as figuras da *Diferença* foram fundamentais.

Me permito agora sentir esse corpo que *Enlouqueceu* e que me traz inúmeras novas sensações.

Pela primeira vez, meu relógio de pulso não me acompanha atarracado em meu braço esquerdo.

O que se modifica para mim, agora, é a questão do *Tempo*. O ciclo de 24 horas que me guiou até aqui parece tecer novas considerações: *se fazia necessário desestruturar de tal maneira meu próprio cotidiano a ponto de que a insuportabilidade de sua continuidade fosse um dos pressupostos de ruptura.*

Sinto em meu braço, mesmo sem o adereço do tempo, os ponteiros girando para trás, como se a qualidade temporal mostrasse a mim que é em algo prévio o que me inquieta, e não necessariamente em uma projeção previsível de futuro.

Confesso *que* talvez isso faça sentido, pois se percebia que meus dias careciam de novidade ou de mutabilidade, então de nada adiantaria a perspectiva que levasse em conta, preponderantemente, o que fosse acontecer no *"por vir"*, mas sim o que me antecederia nessa jornada para a *Insanidade*.

Meus dedos coçam. O fluxo sanguíneo que me atravessa agora é outro, ou ao menos, diferentemente perceptível.

Meus olhos pulsam fortemente em espasmos com teores diversos.

O êxtase da própria pele em saltar me inebria. Prazeroso e quase erótico presenciar essa força anormalizada me atravessando.

Estou agora no banheiro, com as mãos apoiadas na simples pia de louça vagabunda — *a única que pudemos comprar*. Me fito no pequeno espelho com moldura laranja, pendurado em um prego improvisado.

Aparento ter usado algum tipo de entorpecente — a prostituta tinha razão. Minhas pupilas estão dilatadas e vivencio certa euforia.

Meu pescoço vibra.

Parece que consigo perceber meu cabelo crescer.

Estalo todos os dedos das mãos a fim de me aliviar desse episódio de mania, algo que, ao contrário, apenas faz intensificar esse momento.

Em certo movimento de escuta mutante, ouço um cachorro latindo à distância, e carros passando próximo à minha morada, enquanto esfregam a luminosidade dos faróis nas janelas daquela residência.

Dispo-me das vestes que sempre me levaram ao caminho desse ciclo interminável. Abro calmamente o chuveiro e faço algo inimaginável: entro embaixo d'água sem a preocupação com o amanhã, sem o relógio, sem tentar ouvir a respiração ruidosa do quarto ao lado, apenas sentindo aquela quente água bater em meu rosto enquanto a textura da minha pele parece modificar-se.

Alguma coisa, a meu ver, aparenta estar caindo e se desfazendo junto à água daquela ducha.

Percebo, ao finalizar os trabalhos no lavatório, que havia deixado a porta do recinto aberta. Sinto a brisa da noite e de algo solitário que me adentra — *e me afaga.*

Finalizando o banho, não me seco com a áspera toalha pendurada próximo ao pequeno vitrô e passo a caminhar pela minha residência sem nenhum apetrecho que compusesse minhas vestes.

Abro a porta do quintal e fumo calmamente dois cigarros — *os pego no quarto de minha já morta mãe.*

Minha língua sente algo diferente.

Percebo um movimento de vômito, uma ânsia incontrolável. Rapidamente, ao cessar, sinto uma intensificação de euforia.

Não há crise de dissociação, sei bem quem sou, consigo perceber este processo e aproveitá-lo. *Minha suposta crise insana traz a revisão de meu próprio corpo e a expectativa de sentir mais, sempre mais.*

Após fumar o segundo cigarro, volto à parte interna da casa. Olho para o meu quarto e consigo compreender que o "transporte" para o deciframento do *"Poço"* é minha própria couraça que agora parece ser interpelada por outra força constituinte.

Minhas molduras da funcionalidade vão aos poucos se desfazendo. Realmente a dita *Loucura* nada tem de universal.

É o luto um dos disparadores dessa ruptura em conluio com minha própria história: *encharcada na vigilância, na exploração e na expropriação do corpo.*

Novamente me volto à cozinha e ando em direção ao quintal, onde fumei as duas unidades de cigarro, agora há pouco.

Sinto a brisa diferente vindo pela porta aberta e à frente, quando saio em direção ao que esperaria ser novamente o pátio aberto e conhecido, vejo em surpresa: *o Poço e o sonho.*

Pressinto que alguns aspectos viscerais da minha masmorra se transpuseram para fora, ao externo, e já não me vejo com o corpo em cisão — *me refaço por aquilo que é considerado nefasto e maldito: sou agora genuinamente transtornado, sem amarra, sem censura e sem limite.*

Todas as minhas versões em um único eclipse: *entre o Real, o Delírio e o Onírico.*

Não existe mais marcação de fronteira. Enlouqueci para me desvendar.

Não importam mais as auto-identificações, sequer minha célebre capacidade analítica. Se minha entrada é por esses estranhos e bem-vindos intermédios, algo de novo deve me aguardar.

***

Volto para o início e à paisagem onírica comum, usual e de sempre.

Existem alguns paralelepípedos que compõem a travessia, o assoalho irreal que conforta a representação dos meus próprios pés. Olho para baixo e os vejo — minhas patas —, bem como o saibro entre os tijolos de pedra que formam aquele caminho.

Sinto a poeira entre os dedos — *faço uso de exóticas sandálias: antigas, feitas de corda.* O Sol nubla uma visão do céu, não sei ao certo o que está ao redor. Apenas, ao longe, vejo um poço artesanal, também feito com pedras. Sinto o vento que refresca momentaneamente esse quente final de tarde que não existe.

Os apetrechos que costumeiramente eram vistos ao chão: *uma faca afiada de carne feita em inox, com machas avermelhadas e coaguladas, um pedaço de cana de açúcar, aparentemente arrancado à mão do solo, um balandrau puído e estonado e uma caixa de aviamentos de costura* — não estão mais ali, ao início do trajeto.

Algo se modificou.

A capacidade de dispersão que obtive de imediato após o desfalecimento do corpo vegetativo de minha mãe me possui novamente, agora com uma função exploratória.

Ocorre um deslocamento de visão.

Faço um sobrevoo por esse aparentemente distinto cenário *Onírico* e vejo minha construção de cima, percebendo instantaneamente que o *Sonho do Poço* é desenhado por uma faixa circunferencial.

O *Sonho* transposto em meu próprio *Tabernáculo.*

A circunferência dá o traçado do campo como um todo e é composta em seu interior por dois círculos menores: *um intermediário e um terceiro, mais ao centro.* As linhas do ponto central da geografia mostram o topo de uma Torre — *deste local de visão* é impossível que se determine sua *altura ou magnitude,* ela apenas é o epicentro, envolvida por três camadas circulares anteriores.

O *Sonho do Poço* é a alegoria de um relógio gigantesco, construído por pedras antigas e cinzentas.

Essa é transposição de minha masmorra interna que teci após Enlouquecer?

Percebo que em suas linhas territoriais constituintes existem números que apresentam essa alegoria territorial como um marcador de tempo. *Todavia, não marcam horas, mas acontecimentos da minha própria história.*

Estas, então, são minhas *Entranhas: um cárcere cíclico, jorrando aprisionamento de dentro para fora.*

Na primeira linha, na faixa circunferencial externa, ao topo o número 12. Seguindo em sentido horário, com espaçamento similar aos relógios tal qual se conhece, segue o número 03.

A numeração 06 localiza-se ao centro abaixo, simetricamente disposto ao primeiro símbolo identificado, 12.

Ainda seguindo o fluxo temporal do *Real*, o número 09 aparece ao lado esquerdo.

Essa sequência numérica é similar ao meu relógio de pulso, fiel acompanhante dos meus dias, indicando as representações da *Real realidade* cotidiana.

O 12 refere-se à atendente; o 03 diz respeito ao moço da mochila no transporte público; o 06 à figura da gerência do comércio de varejo e o 09 ao corpo vegetativo de minha mãe.

Mais ao centro, no segundo nível circular, encontra-se a camada *Delirante*, da *Alheação* que me deslocava do *Real*.

O número *01* relaciona-se à *faca com manchas vermelhas coaguladas* e ao *Delírio* do *rebanho bovino* que se rebela contra seus donos genocidas.

O algarismo *04* segue essa imagem circunferencial intermediária, e é identificado pelo pedaço de *cana-de-açúcar*, apetrecho do local de morada do *corpo da mochila que se auto-necropsia*.

Em seguida, o número *08* é acompanhado do *balandrau*, marcando o *Delírio* do exílio.

Por último, o ponto *11* refere-se à *caixa de madeira contendo aviamentos*, em representação à memória do corpo vegetativo da minha já falecida mãe.

Esses objetos tão presentes em meus episódios de *Devaneios* durante meu dia a dia funcional sempre estiveram no *Onírico* e acompanhavam o enigma do *Poço* que me atormentou noite após noite.

Contudo, somente agora, desse ponto de visão é possível que eu os perceba rearranjados. Talvez porque esse caminho analítico traçado por mim tivesse exatamente esse objetivo: *desorganizar-me da clausura do ofício e da expropriação para finalmente possuir distinto campo de visão sobre o meu próprio cárcere.*

Nesse momento, percebo essas duas figuras esféricas, a primeira circunferencial, marcando o território do *Real* e a seguinte faixa circular, que diz respeito às *Alheações*, se eclipsando. Parece-me que os dois trajetos, tanto da dita Real realidade, quanto do escape pelas *Alheações* se confluíam em algo único, faziam parte do mesmo caminho.

O escape pelos *Delírios* foi essencial para que esta minha versão *Enlouquecida* encontrasse uma nova camada a desbravar: *a do Círculo Menor.*

Contemplado pelos números *02, 05 e 07*, percebo um novo caminho a ser percorrido, com figuras representativas que não me fazem tanto sentido.

Vejo, aqui de cima, pequenas instalações junto aos algarismos deste trajeto mais interno — *não consigo perceber com detalhamento o que são, mas digo com absoluta certeza de que não se mostram totalmente estranhas, existe certa familiaridade trazida por suas arquiteturas.*

Este segundo círculo, mais interno, após a faixa circunferencial e a redoma intermediária, me convidam à peregrinação — *a Senhora das Latinhas sabia o que me esperaria.*

Mas algo me chama a atenção.

São *11* algarismos dispostos sobre essa geografia: *12, 03, 06 e 09* na primeira dimensão de pedras; *01, 04, 08 e 11* na segunda; e *02, 05 e 07* na terceira.

O décimo segundo ponto desse meu relógio da *Loucura* não se encontra no trajeto esférico, estando, em contrapartida, disposto ao Centro, talvez, indicando o núcleo e também um destino a atingir.

Identifica-se pelo número *10* e marca o local da *Torre* que permanece na base central do Sonho do *Poço*, agora arquiteturalmente modificado.

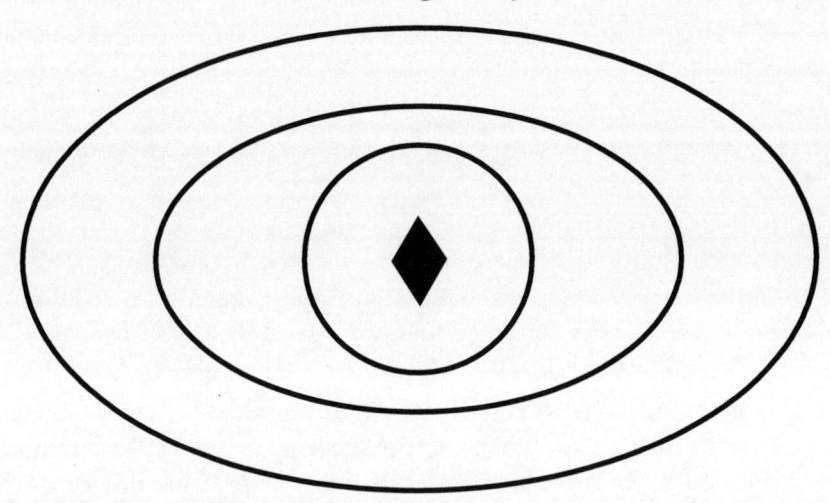

A alegoria do Grande Relógio, o Tabernáculo, a confluência dos mundos fundidos: entre Real, Delírio e Onírico. Ao centro, a Torre.

O Onírico, o Delírio e a Real Realidade em singularidade jamais fariam sentido algum. Funcionavam como enredos incompletos e apresentavam falsas pistas.

Como não pude perceber?

Tudo fazia parte de um projeto dessa Armadilha interna que tece a cenografia à minha volta, com o intuito de me impedir de perceber para onde, exatamente, deveria me dirigir.

Todos esses objetos, sem exceção, formam uma espécie de Relógio dissonante, mas apenas apresentam conformidade de percurso se visualizados por uma ótica não cindida — *Enlouquecer, afinal, me ofertou a capacidade de me ver como um todo.*

Era necessário, realmente, que eu pusesse ao lado a racionalidade da funcionalidade moderna que me guiava pela *Vida.*

A *Insanidade* que eu procurava era justamente para que eu percebesse que todo esse estratagema de sentidos, signos e sinais, se vistos isolados, jamais me colocariam em frente à resolução do enigma *Onírico.*

Essa maneira ampla de enxergar a mim mesmo me fornece a possibilidade de me reagrupar e agora percorrer esse novo mundo entre *Onírico, Delírio e Real realidade.*

Um mapa onde tudo gira em torno de um *Grande Relógio.*

Tendo sua função finalizada, meu corpo retorna ao solo e me vejo novamente em primeira pessoa. O *Poço* está à minha frente, ouço sua água, o grito de angústia ao fundo, a brisa dessa tarde e a poeira colorindo os dedos que calçam as sandálias de corda — *embora ainda me encontre despido de vestes.*

Dessa vez, eu me viro e inicio o trajeto contrário, não seguindo na direção que sempre tomei — *encontrar a Diferença na Repetição é algo que pode ser replicado nesta nova modalidade de Realidade.*

Estou no segundo círculo interno e vejo o caminho das três arquiteturas estranhamente familiares — *numeradas como 02, 05 e 07.*

Percebo e ouço as muralhas desse *Mapa* rangendo em movimento. A andança pelo *Onírico* só seria possível se a *Real realidade* e os cenários *Delirantes* também se fizessem presentes — *uma camada alimentando a outra, até que chegue à Torre e ao centro desse novo ser que me tornei.*

Uma tríade de subversão tecida manualmente por mim, só possível de ser manufaturada e percebida no exato momento em que meu corpo cede ao *Enlouquecimento.*

Virar as costas ao *Poço* para finalmente compreendê-lo.

É no avesso do que eu procurava que tudo me será mostrado.

O ECLIPSE

Ao decidir pelo caminho inverso, dou as costas à imagem do *Poço* e percebo o cenário de bastidor desta magnífica geografia.

Afirmo que *essa paisagem me agrada!*

Sempre senti certo conforto ao apreciar imagens bucólicas de quadros diversos e aleatórios: *sem ninguém por perto, por vezes apenas uma carroça de flores ou um riacho envolto por uma mata densa e um calor pintado a óleo que é possível que se sinta apenas pelo sentido do olhar.*

A ação de inverter o caminho a ser traçado faz o meu próprio cenário híbrido: *entre Real realidade, Delírio e Onírico* se movimentar, como se essa minha ação desse combustível para essa arena da *Loucura* "andar".

Estou no terceiro círculo, o mais interno, frente aos ponteiros *02, 05 e 07*. Não há saída para o círculo intermediário, sequer para o perímetro circunferencial — *eles estão resolvidos e serviram unicamente para me trazer ao Círculo Menor.*

A brisa do fim de tarde, a sensação costumeira que atravessava o *Onírico*, se modifica, a temperatura cai drasticamente, mas não sinto frio.

A luminosidade é outra e o vento se faz com mais rispidez. Vejo enormes estrelas no céu. Acaba de anoitecer aqui.

Existem alguns focos de pó estelar multicolorindo o ar e refletindo nesse mundo singular experiência ótica. *Parece-me que algo deseja me distrair.*

Sinto que existe alguém aqui, que divide o comando dessa realidade comigo. Não me sinto autônomo na construção desse mundo. Há, de certo, alguma barreira que tenta sutilmente dividir o controle do Grande Relógio comigo.

Ouço um sonoro barulho, ruidoso e brusco.

São as estruturas intermediárias e externas se movimentando. A primeira, contendo as marcações *12, 03, 06 e 09*, move-se em sentido horário; e a segunda, com os indicadores *01, 04, 08 e 11*, em direção oposta, anti-horário.

A interna, onde me localizo, permanece estática.

Realmente estou diante da construção *Real, Delirante e Onírica* da minha versão desse cronômetro do tempo. Local no qual a dita Razão, a Loucura e o Sonho se misturam e formam uma parafernália confortável.

Sinto-me absolutamente em casa.

O céu, agora noturno, que paira sob minha cabeça, me mostra que a história dos meus dias repetidos e seus *Delírios* correspondentes seriam os ingressos necessários para mergulhar nesse novo cenário soturno.

Essa paisagem bucólica é essencialmente uma representação da minha prisão interna. Estou diante das minhas próprias vísceras, a masmorra do meu autogoverno.

Apenas Enlouquecido seria mostrado essa paisagem.

Acima, ainda destacando o breu e as estrelas, existe um fenômeno acontecendo. Um Eclipse movido pelas duas primeiras rodas do meu relógio da *Insanidade*.

O solavanco para tal fora minha completa dissociação da *Real realidade*. Não existe mais clausura, incômodo, amarra. Tudo se move como deveria se mover, em uma distinta autenticidade. Não me vejo com o desejo de retornar dessa vez.

Quero aqui permanecer.

Existe uma mecânica distinta ocorrendo que se converge no campo dessa minha própria desestruturação. São as duas esferas que se movimentam em sentido horário e anti-horário, de maneira sincrônica, que estão colaborando para isso. Como se essa paisagem cronificada do sonho do *Poço*, que sempre me apresentou a mesma fisionomia, tivesse, subitamente, ganhado vida pela ruptura que me acometeu.

Vejo dois corpos celestes se confluírem em um só. A luz acinzentada, que dava tom cromático aos meus *Delírios* — *nas passagens do Real para a Alheação* —, agora indica o caminho a ser trilhado nessa realidade hibridizada.

Vejo a primeira casa, não está demasiadamente distante, mas preciso andar mais um pouco.

Embora não veja passagens de um círculo para o outro, permanecendo nessa camada mais interna, sei que essa realidade fora construída pelos meus próprios caminhos, organizados pela destituição de minhas forças em vida e pela minha própria busca pela *Loucura*. *Sinto suas influências nas composições desse cenário.*

As notas fisionômicas dessa paisagem bucólica dão o tom do Exílio interno necessário; da Rebelião pelo que é considerado natural ou enquanto força de uma verdade universal; e da Putrefação frente ao futuro miseravelmente sentenciado.

147

Enfim, minha auto-necropsia está aqui, em ato e viva, enquanto um derradeiro derramamento do próprio conhecimento, que só foi possível pelo véu da Razão retirado. Remonto à minha referência *Onírica* inicial: *"A verdade saindo do poço"*, 1896, de Jean-Léon Gérôme, que vagamente fazia analogia com o que imaginava que fosse o sonho sonhado durante tantos anos.

Não há literalidade aqui: a Verdade que emergia diariamente e se apresentava a mim era a mais completa destituição do que buscava.

Vivi a mentira obrigatória e performei até o limite as expectativas de um bom cidadão: *subjugado, posto em casta pelo capital, encruado e prostrado.*

O enigma do *Poço* está a se desatar e com ele o tatear daquilo que o *Círculo Menor* desejar revelar.

Preciso continuar.

TOMO III
DISSECAÇÃO

O CÍRCULO MENOR

Ainda contemplando essa estética que me circula no momento passo a me lembrar do desespero impelido pelo cotidiano ao meu corpo dia após dia: *sem recesso, parcimônia ou misericórdia.*

Apesar de cravar e saber a olada exata de minha recente ruptura, percebo que vinha me distanciando da razão paulatinamente, em um doloroso processo de tráfego pela vida — *faltava apenas um pingo d'água para o fatídico transbordo, quem sabe foi a morte literal de minha mãe que me trouxe até aqui.*

Minha busca por *Enlouquecer* acompanhou certo padecimento.

A contrição e o pesar fizeram parte do meu caminho até aqui: *a geografia do Grande Relógio.* Por vezes, digo a mim mesmo que, de forma geral, era o cotidiano sem decorrência de mudança que me tirava a vitalidade.

Sei as razões que me fazem rememorar tais episódios.

Encontro-me, agora, no próprio âmago dos efeitos da *Vida* que levava, em frente à sua arquitetura.

Atentando-me fortemente ao que me circula, percebo que o vento se torna cada vez mais intenso e cortante, enquanto a circunferência externa e o círculo primeiro continuam a girar, anulando o tempo cronológico que não mais me rege.

A paisagem iluminada apenas com o tom acinzentado do Eclipse me confere a estética de um animal noturno, rondando finalmente pelo seu natural habitat — *vasculhando visceralmente seu interior.*

A auto-necropsia demonstrada pelo segundo *Delírio* faz jus aos meus contornos demonizados pela sociedade que me mantinham em cárcere. Finalmente compreendo que era eu a representação do cadáver da mochila, e esse capítulo de busca é minha própria mesa autopsial.

Se alguém me visse ao longe, perceberia uma pequena figura caminhante em um território esférico, despido de vestes, lutando contra o vento em um ambiente aparentemente inóspito. *Não me sinto em desconforto, não protejo meu dorso com as mãos mediante o flagelo da ventania. Apenas caminho e tateio o solo com minhas sandálias de corda, e dou adeus temporário ao cenário do Poço que sempre me instigou.* Me

pego sendo aficionado pelo desenho do meu próprio aprisionamento. É melancólico e em tom quase cinematográfico. Não esperaria nada menos dessa minha *Louca* inteligibilidade: *meu narcisismo enfurecido pela Vida sempre gritou por outras paisagens.* A solidão imposta por esse cenário é demasiadamente reconfortante, e o andar maldito por minhas *Entranhas* é extremamente bem-vindo.

Pelo caminho encontro o Balandrau, manto característico das expatriadas que compuseram o terceiro *Delírio — elemento que até então não fazia sentido em minha versão Onírica vista em singularidade.*

Sem refletir em demasia, o visto.

Esse mundo fundido me fornece a fisionomia de desbravador. Percebo a veste, um dos elementos que apareciam jogados ao solo, sempre ao início do Sonho de todas as noites, finalmente demonstrar sua função: *trajar-me após o rompimento com a Real realidade.*

Fantasio-me da minha própria *Loucura* e algo mórbido me atravessa como se estivesse passeando junto a uma marcha fúnebre. Essa tríplice junção decreta, de certa maneira, o luto, não somente pelo corpo vegetativo de minha genitora, mas também de minha versão carregada de ódio e devastação, que me guiou até aqui.

Nesta realidade sou também meu próprio Carrasco, alegoria que o segundo *Delírio* me ofertou. Sou o morto em vida e, simultaneamente, meu condutor pelos rios no qual Caronte navegaria — *exerço essa dupla tarefa.* Navego pelo meu, e só meu, vale final e restante.

Minhas molduras compulsórias me deformaram ao invés de me adequarem, e é no Grande Relógio que localizo a fúria que me foi negada para modificar esse panorama. É exatamente aqui que me libertarei da contenção amarrada pela noção moderna de *Sanidade.*

Os círculos dessa geografia circular se retroalimentam pela minha singular história: *o Cotidiano, os Delírios e o Onírico em uma* única *fusão.* Mesmo que eu não perceba literais passagens entre um nível e outro, vejo à frente sua fonte de intersecção, e não se trata de um caminho escondido ou de um atalho entre os tijolos, mas de uma figura familiar: *monstruosa e desfigurada.*

Vejo ao longe algo me esperando aos pés da primeira instalação: *a figura de um dos Espectros do exílio equilátero.*

Caminho vagarosamente até ela.

A LOUCURA

O céu brilha intensamente com seu eclipse em tom cinza. O primeiro Espectro estende sua desconjuntada mão.

Encapuzada pelo balandrau, seu rosto permanece irreconhecível — *tarefa identificatória impossível de ser realizada no exílio da Alheação, e aqui, em continuidade, ela mantém seu anonimato fisionômico.*

Reconhecemo-nos: *trata-se da figura que habitava a primeira cabana. A assassinada e sua amada me recebem gentilmente em sua nova casa.*

Sinto que desejam me mostrar algo.

Porto e visto meu manto, e por consequência direta ou não, me percebo como outra pessoa, ainda Juno, mas não tão temerário quanto outrora. Talvez performando a corporificação do novo expatriado da razão — *a mutação da pele sentida no momento de ruptura, ainda em minha casa, encontra seu sentido.*

Sigo-a e sou guiado ao interior de sua atualizada morada, não mais como visitante ou intruso. Algo se modificou: *sinto-me bem-vindo.*

A fragrância da carne carbonizada corrobora na confirmação da familiar figura — é o vulto em conluio: *a Ama e a Serva em sua forma híbrida que se portam como guardiãs dessa primeira etapa.*

Penso no terceiro Delírio e na cidadela dos homicidas.

Se a Ama e sua Lacaia aqui se encontram, os demais Espectros também devem se fazer presentes: *espalhados pelo cenário do Grande Relógio, apenas à minha espera.*

Adentro o recinto a que sou convidado e, de maneira sutil, ultrapasso a figura que o guarda, inebriado com a instalação que possivelmente retém uma das *Verdades* que busco para a inevitável decifração de mim mesmo.

Procuro algum sinal, um elemento que me mostre algo, ou talvez que indique o próximo caminho: *quem sabe alguma forma de Delírio, similar ao que me deslocava do Real.*

Subitamente, ouço uma voz difônica convocar meu nome, e pela primeira vez, desde sua apresentação ainda na *Alheação,* elas me dirigem a palavra:

(ESPECTRO) — É hora de modificar sua mira, Juno, as respostas que procura já não se encontram no momento seguinte, mas em seu correspondente inverso.

Vire-se.

(JUNO — em pensamento) — A Ama e sua Lacaia, juntas pela carne em brasa, me tocam verbalmente — *falam comigo.* Não estou em processo *Delirante,* sei disso. Sua voz soa com notas reais, ecoam pela primeira instalação e me chamam ao contato visual.

Permaneço estático e fascinado pela duplicidade sonora que ressona de dentro do capuz do já puído balandrau — *assemelha-se a uma carcaça decaída e blasfema.*

Permaneço atônito e as ouço continuar:

(ESPECTRO) — Você não terá que se perder, se achar ou perseguir quaisquer cenas, tal como no episódio em que nos visitou em uma de nossas moradas, no precipício que tão acertadamente você nomeou de exílio. Sua peregrinação agora é outra.

Todas as suas andanças passageiras pela irracionalidade humana tratavam da mais absoluta procura pela *Confissão: você dobrava seus joelhos clamando pelo que gostaria que fosse revelado a você, com o intuito único de que fosse conduzido à solução de seus próprios enigmas.* Pois aqui, através de nós e desse mundo que você hoje caminha, o Grande Relógio é a própria Realidade que irá se *Confessar* a você.

(JUNO — em pensamento) — Olhando para a entrada dessa primeira instalação, vejo o vulto em seu esplendor. A toada sonora desferida pela sua pele híbrida me faz alçar a suspeita de que o *Delírio* do penhasco equilátero possa ter sido um vislumbre de algo: uma parcial janela aberta, cortada posteriormente pelo último Espectro Vigia.

Vejo sua mão cortada pela brasa, com riscos vulcânicos cravejados no local onde supostamente deveriam constar suas veias. A Ama e a Serva ainda vivem o dia repetido e a execução pelo fogo. Elas contorcem a mão em minha direção e subitamente apontam ao alto — *existe uma claraboia no templo.*

O Eclipse se move e centraliza-se pela fenda no teto, iluminando diretamente o chão que nós três pisamos. Entre o espaço que nos distancia, sua luz acinzentada revela o primeiro segredo que tanto busquei.

A geografia do Grande Relógio passa a tecer seu próprio ato confessional — *a figura em seu balandrau não estava a mentir.*

O Espectro antes executado e agora na pele de guardião de uma das faces da *Verdade* se torna o catalisador da mensagem desse mundo fundido. Apontando para o chão, ela lê os escritos riscados nas pedras medievais que compõem o terreno da primeira instalação:

(ESPECTRO) — *35 Naquele dia, ao anoitecer, disse ele aos seus discípulos: "Vamos para o outro lado". 36 Deixando a multidão, eles o levaram no barco, assim como estava. Outros barcos também o acompanhavam. 37 Levantou-se um forte vendaval, e as ondas se lançavam sobre o barco, de forma que este foi se enchendo de água. 38 Jesus estava na popa, dormindo com a cabeça sobre um travesseiro. Os discípulos o acordaram e clamaram: "Mestre, não te importas que morramos?" 39 Ele se levantou, repreendeu o vento e disse ao mar: "Aquiete-se! Acalme-se!" O vento se aquietou, e fez-se completa bonança. 40 Então perguntou aos seus discípulos: "Por que vocês estão com tanto medo? Ainda não têm fé?" 41 Eles estavam apavorados e perguntavam uns aos outros: "Quem é este que até o vento e o mar lhe obedecem?".*

(JUNO— em pensamento) — *São passagens bíblicas.*

Recordo-me disso em minhas incursões pelos templos católicos, ainda quando criança. Dizem respeito à expulsão de Legião por Jesus, uma horda de demônios, seguida da posterior possessão de uma vara de porcos.

Fixo meu olhar no Espectro, que ergue sua mão, agora apontando ao fim do Templo em que me localizo. Não enxergo seus olhos ou qualquer trecho de sua face, mas sinto sua satisfação em finalmente desvelar o que fora guardado pelos enunciados lidos. O referido trecho bíblico não demonstra em literalidade o que ela pretende expor

— *sei disso, de alguma forma.* A centelha da veracidade está amarrada em uma das esferas que me guiaram pela *Vida: a força da moral cristã em associação ao que eu buscava enquanto fuga, a Loucura.*

Ela está usando esses escritos para que eu me volte a algo que sempre deteve a prerrogativa de me usar enquanto um invólucro útil, manejando a potência da moral enquanto balizador da minha conduta. *Esses ditos e escritos afirmam estratégias sofisticadas de condução.*

A inscrição da superfície se desenrola, passa pelos meus pés e pelas sandálias feitas de corda e grava o restante da parábola no pavimento como um todo. O Eclipse brilha com ainda mais intensidade: *é por essas palavras que o enigma do poço inicia seu desvelar.*

O Espectro continua a leitura das gravações ao chão:

(ESPECTRO) — *Eles atravessaram o mar e foram para a região dos gerasenos.2 Quando Jesus desembarcou, um homem com um espírito imundo veio dos sepulcros ao seu encontro. 3 Esse homem ali vivia, e ninguém conseguia prendê-lo, nem mesmo com correntes; 4 pois muitas vezes lhe haviam sido acorrentados pés e mãos, mas ele arrebentara as correntes e quebrara os ferros de seus pés. Ninguém era suficientemente forte para dominá-lo. 5 Noite e dia ele andava gritando e cortando-se com pedras entre os sepulcros e nas colinas. 6 Quando ele viu Jesus de longe, correu e prostrou-se diante dele, 7 e gritou em alta voz: "Que queres comigo, Jesus, Filho do Deus Altíssimo? Rogo-te por Deus que não me atormentes!" 8 Pois Jesus lhe tinha dito: "Saia deste homem, espírito imundo!" 9 Então Jesus lhe perguntou: "Qual é o seu nome?" "Meu nome é Legião", respondeu ele, "porque somos muitos." 10 E implorava a Jesus, com insistência, que não os mandasse sair daquela região. 11 Uma grande manada de porcos estava pastando numa colina próxima. 12 Os demônios imploraram a Jesus: "Manda- nos para os porcos, para que entremos neles". 13 Ele lhes deu permissão, e os espíritos imundos saíram e entraram nos porcos. A manada de cerca de dois mil porcos atirou-se precipício abaixo, em direção ao mar, e nele se afogaram.*

(JUNO — em pensamento) — Ouço os escritos e permaneço estarrecido.

Levanto minha cabeça em direção à Ama e à Serva, que juntas proferem aquilo que, de alguma forma, sempre soube, mas nunca compreendi. A leitura cessa e inicia-se a explanação tradutória, não somente das inscrições lidas, mas interpretações vinculadas à minha própria existência:

(ESPECTRO) — Você erroneamente acha que atingiu o epicentro do seu suposto *Enlouquecimento* mediante a entrega de sua pele ao trabalho e pela correspondente exaustão e expropriação compulsória do seu corpo que se tornaria futuramente descartável.

Pensou ainda fazer parte de uma sentença dada a você em caráter perpétuo, sem que houvesse possibilidade de escapada. Não, Juno, você chegou aqui, no Grande Relógio, não pelo surto, pela crise ou pelo *Deliramento*. Foi o tráfego pela *Sanidade* que lhe permitiu a fuga da *Real realidade*, e não o contrário.

Mas aqui, Juno, junto a nós que formamos a primeira figura exilada, como tanto aprecia ressaltar, você terá a oportunidade de compreender que tudo se resume a esse ponto histórico, a essa narrativa singular e a esta específica geografia.

Estamos em frente a uma das experiências fundamentais da humanidade: *modular, definir e classificar a produção da Loucura e, por consequência, aqueles que dela padecem — o próprio Louco.*

E para tanto, colaboraremos com o Grande Relógio na tentativa de demonstrar a você, finalmente, que essa busca pela *Insanidade* em que você se joga não passa de mais uma tentativa de manutenção do seu corpo governado — *não há, definitivamente, Enlouquecimento aqui!*

(JUNO — em pensamento) — O Espectro primeiro se silencia e me fornece o tempo necessário para dedilhar a confusão eruptiva que se instala em meus pensamentos: *"Onde realmente estou?"*

A Ama e sua Lacaia, em continuidade, desferem o mais tentador dos convites.

(ESPECTRO) — O invitamos para além do reles e simples diálogo, Juno.

Precisamos, para chegar ao ponto nevrálgico de uma de suas aflições, incorrer em incisivos cortes, que buscarão, sobretudo, sua própria dissecação. Todavia, estaremos entremeadas nessa distinta maneira de autópsia, uma vez que também podemos ser consideradas um corpo sem vida e, como tudo nesse mundo, parte do que você ajudou a construir.

Nossa história é também condizente à sua. Portanto, faço o pedido para que sejamos retalhadas juntas a você.

(JUNO — em pensamento) — Apenas aceno com a cabeça em sinal de afirmação.

A mão direita do Espectro híbrido arde em brasa e sinto adentrar pelas minhas vias o odor do enxofre advindo do seu corpo coberto pelo balandrau. Ela arde ao caminhar pela parábola, não em um sentido de expurgo divino, mas pela evidente relação que sua morte detém com aquelas escrituras. Os ditos da Legião e da possessão dos porcos são o bisturi e a incisão que nos sangrará por esse trajeto.

Nossa necropsia se dará pelo discurso, pela linguagem e pelos seus critérios de *Verdade* correspondentes.

O Espectro passa a tratar do convite aceito:

(ESPECTRO) — Primeiro, é importante que você saiba que seus supostos *Delírios* e sua história não cabem a você em exclusividade. Embora autênticas e condizentes com o que você chama de *Vida*, elas são apenas fios moleculares, integrantes de uma grande trama tecida por nós, as *Fiandeiras*.

(JUNO — em pensamento) — Tento interrompê-las.

Possuo inúmeros questionamentos a serem feitos. Todavia, o primeiro Espectro continua seu desenrolar. Decido, então, permanecer calado e apenas atento ao seu discurso.

(ESPECTRO) — De certa maneira, através de seu vislumbre, você pôde testemunhar nosso fim pelo fogo, bem como o crepúsculo do reinício híbrido que nos aguardava.

Nem sempre compusemos esta fisionomia disforme e contorcida, isso não é algo desconhecido. Sabíamos que era você, ali e presente, em nosso término e na aurora deste novo ciclo, eterno e inaugurado pelas chamas.

Vimos e sentimos sua clemência pela nossa sentença. E a partir de agora, o emprazamos a entrar e a reviver conosco as tessituras gravadas neste solo que pisamos e finalmente entender o que realmente significa a *Loucura*, fenômeno que você tanto buscou.

Antes de tudo, existe algo maior que a *Insanidade*, que o trabalho e que a descartabilidade do corpo, elementos tão centrais em sua retórica de escapada. De maneira fulcral, persiste nos entremeios das malhas da existência uma específica e incessante busca, a molécula base da vida de sua época: *o Poder*.

Nada que se passa em sua *Real realidade* se faz de maneira acidental, viajante.

E quando digo do *Poder*, afirmo que não se trata de uma substância misteriosa e etérea. Sua fisionomia — *a do próprio Poder* —, não é fundamental/universal em termos de amplitude, mas de acordo com sua *Real realidade* e convergente à sua singular história.

Por toda a sua breve vida, era evidente que sua busca não detinha prioritariamente a premissa de modificação de seu consciente fardo de explorado, mas, sobretudo, da recusa sobre o que você e os demais se tornaram: *engrenagens anônimas da própria máquina da exploração*.

Mais do que a salvação de sua alma, sua negativa era a rejeição pela recompensa em expectativa: *a você jamais foi suficiente a promessa de adentrar o Paraíso através do sacrifício da carne. Sua Terra Prometida haveria de ser outro espaço, outra geografia.*

O cotidiano que te assolou e progressivamente o exauriu, empurrando-o ao passo do suposto *Enlouquecimento*, não possui em si responsáveis diretos e palpáveis — *os ponteiros do relógio externo, seu dia a dia, eram catalisadores para esse momento e não atiladores de seu sofrimento.*

157

Pois a questão aqui, Juno, não são as razões as quais o *Poder* se exerce — *seus porquês* —, mas *como* ele é exercido, e, para além disso: *sua dedicação e execução atendem a quê?*

Assim sendo, aqui vale a pergunta, e espero que você seja sincero ao proferir a resposta. *Quem você acha que são os porcos descritos nessa maldizida passagem bíblica inscrita no solo que pisamos?*

(JUNO — em pensamento) — Essa não é uma pergunta retórica. A Ama e a Serva anseiam por uma resposta.

(JUNO) — Parece-me que o grande desavisado, ou talvez, desinformado desse mundo e de sua funcionalidade seja eu. Não acredito que quaisquer verbalizações que eu possa efetuar terão ocorrência inédita ou informativa a vocês. Sinto que isso seja um teste ao qual não desejo me submeter.

Elas olham e sutilmente respondem:

(ESPECTRO) — Quem sabe, então, uma questão para depois.

Deixe-me continuar, pois percebo que a não previsão desse diálogo, bem como o não total controle dessa situação, estão deixando você minimamente desconfortável.

Falemos então um pouco mais sobre o Poder.

Estamos abraçados à sua mecânica e em como essa dimensão da vida dos homens, o *Poder*, assume sua forma e potência onipresente, mas não inescapável. É obscuro a você viajante, entretanto, o começo da meada.

Deixe-me ilustrar, de maneira possível, a que se refere esse engodo envolvendo: *o Poder, a Loucura e, finalmente, a Razão que dá ordem e desordem a tudo.*

Para isso, usarei do que mais acho confortável. O fio que abrirá os caminhos para que você finalmente veja o que se encontra indisponível ao olho, mas estruturalmente atravessado a você e aos demais que compõem sua própria *Real realidade.*

Você se lembra da Roca de fiar, implacavelmente posta no centro do nosso precipício?

Ela se encontra conosco sempre, e está também aqui, no Grande Relógio.

É a partir dela que olhamos o presente, prevemos as possibilidades de futuro e revisitamos o passado. Esse fio tecido já há muito tempo nos levará ao exato momento e ao local onde sua atualidade condenada teve início. E, por assim dizer, a própria noção de *Loucura* que por tanto tempo moveu seus pés pela *Vida.*

(JUNO — em pensamento) — O Espectro contém em sua mão esquerda um dos cordões fiados na *Roca de Fiar: reluzente como me recordo*. O *Eclipse* se intensifica e sou transportado à cena narrada pela Ama e pela Serva.

Estamos em um outro lugar, deslocados do Grande Relógio.

(ESPECTRO) — Em um determinado ponto da história, a humanidade movida pelo mais sórdido desejo decidiu por julgar a Razão. Ela, a própria Razão, que corria sem forma e preenchimento: *era vazia e movia-se livremente pelos mais variados anseios, exercendo as paixões e adentrando diversos campos da face humana*. Não havia nela fisionomia, pois era torta e fluida como a água do riacho do local em que você nasceu e cresceu.

A Razão antes da própria Iluminação era arcaica, antiga e não cerceada. Se havia morte, pois se fazia necessário ao curso natural, ela não incorria na violação dos corpos os quais circulava, pois ela apenas caminhava ao lado da defunção literal e da podridão da carne. Tratava-se de uma natureza de finitude que não se prestava ao corrompimento, à exploração e à violação.

Não existiam práticas divisoras.

A Razão não detinha lados a escolher, *Vidas* a sentenciar ou sequer a queimar. Se misturando ao dia e à noite, a Razão buscava a confluência cromática, flutuando em um tom acinzentado. Não havia valoração de conteúdo, de caráter ou de adoentamento.

Entre o nascer do dia e o anoitecer, ela se encontrava no exato limite entre um e outro fenômeno, sem nunca se envolver nas sandices de sua espécie.

(JUNO — em pensamento) — A narração do Espectro acompanha sua passagem visual.

Estou a contemplar acontecimentos que não fazem parte diretamente da minha história, mas necessariamente se misturam a ela.

Vejo algo disforme, mais do que um personagem físico, se trata de algo que se entremeia na própria existência: *correndo como o vento, a Razão se personifica e funciona pela sua capacidade de sugestão*.

Vejo-a anterior à sua moldura, influenciando convívios sem vícios ou normas. Parece-me a noção de convivência cotidiana sem o eixo classificatório enquanto característica predominante. O uso do corpo e o saber sobre a carne era diluído e não institucionalizado.

Uma visão paradisíaca, quase bíblica do próprio Éden mitificado do livro cristão. Ciclos, grupos e populações sem a expropriação atual, bem como despidos da função de engrenagem.

Existe um grau libertário nessa cena mostrada, algo perdido com o tempo.

(ESPECTRO) — Contudo, alguém, em determinado momento, resolveu se apropriar da Razão e retirá-la de sua liberdade atemporal. Um ato com consequências cataclísmicas.

(JUNO) — Vejo como se estivesse presenciando o ato de aprisionamento.

Não se trata de um encarceramento tradicional, tal como se conhece. Vejo figuras humanas em conversa. Dialogam sobre o que entendem como "desordem".

São figuras representativas e de estirpe considerada abastada. Estou à frente dos precursores da representação e da determinação do que deveria ser negado ou permitido. Apontam seus dedos para os considerados insanos, para mulheres ditas hereges, para camadas miseráveis e todos com condutas determinadas como indignas. Falam de suas tradições enquanto baluarte do controle. Vomitam novas regras e a preocupação separatista é o centro da verborragia.

A personificação da Razão, antes solta, vai se aprisionando a partir da fala e da ideia. O medo passa a atravessar a *Vida*, que se transforma em outra coisa.

A engrenagem a que sempre me senti atado foi inicialmente maquinada aqui: *pela voz, pela língua e pelo discurso que se aloja em práticas.*

A construção da anormalidade é artificial, nunca foi natural. *Trata-se de um projeto histórico e intencional.*

(ESPECTRO) — Aprisionada e subjugada pelos feitos dos homens, a Razão não se retraiu em tamanho, mas, ao contrário, se expandiu: *nasceram de suas entranhas a Loucura e a Confissão.*

Ela, a Razão, deixou de existir em mutação constante e se cristalizou em paradigmas de regimento da ordem. É essa imutabilidade o transporte vital para sua chegada aqui, nessa Geografia, o Grande Relógio.

(JUNO — em pensamento) — Vejo uma caixa luminosa, grades e uma grande explosão.

De imediato surge um véu singular sobre os olhos dos vivos que impede a visão real das cenas da vida. Este simulacro da cegueira toma os corpos e as gerações seguintes.

A Razão se enfurece, enlouquece e se megalomaniza.

Sou a hereditariedade dessa cena antiga. O *Enlouquecimento* não é singular, mas circunscrito em um determinado Tempo e regido pelas suas necessidades.

(ESPECTRO) — A Razão, agora encarcerada e expandida na Confissão e na Loucura, passa a modificar sua fisionomia de acordo com os sabores da humanidade e sempre atendendo aos seus interesses mais levianos.

Ela se torna prostituída aos desejos dos algozes da diferença e para sempre ficaria posicionada como refém daqueles que dela fazem uso, seja como agente, como efeito ou ambos.

Perpetuamente amordaçada, a Razão foi extirpada de sua função emancipadora e se tornou voto de minerva para o aniquilamento: *pela doença, pela loucura, pela fé e pela delinquência*. Em suma, pelo próprio *Poder* de reger a vida de um e de todos.

Contudo, a Razão, mesmo aprisionada, olha pelas frestas possíveis, emanando focos cada vez mais fracos de suas possibilidades primeiras — *afinal, onde existe Poder, sempre haverá de ocorrer o contra fluxo da inevitável resistência*. Você, em algum momento, conseguiu ser influenciado por esta característica.

Foi a própria influência da *Razão, da Loucura e da Confissão* que abriram as fissuras da *Real realidade* para que você atingisse o epicentro da sua prisão e pudéssemos, tal como agora, estabelecer esse diálogo.

A Loucura, uma das filhas da Razão aprisionada e o ponto central desta nossa conversa, se apropriou do seu mundo em determinada época e transformou progressivamente a paisagem bucólica e de contemplação em uma realidade de investimento, na qual as existências distantes de seus crivos de normalidade deveriam passar pelo próprio suplício.

Você sempre esteve correto em afirmar que sua Vida e a dos demais eram sumariamente encarceradas.

Todavia, o *Enlouquecimento* não advém de sua prisão pela modernidade.

É, ao contrário, hereditária por direito e, nesse momento, dentre tantas possibilidades segregatórias vividas e experienciadas por vocês enquanto raça, é evidente que a faceta da *Sanidade* já não mais existe. Como um elemento invisível, a *Loucura* se entremeou em toda a sua estrutura social, porém agora, travestida da *Normalidade e da Norma*.

Sua escapada é fruto de uma exceção, Juno.

Ressalva esta que nunca se limitou ao seu corpo e à sua história, contudo, perdura um longo período sem que recebamos viajantes, tais como você.

O Grande Relógio é o seu constructo arquitetônico e confessamos que é extremamente agradável aqui permanecer. Parece-nos existir um caos familiar que nos faz lembrar, a todo o momento, qual afinal é nossa função aqui: *obedecer* à *própria Razão em sua nova fisionomia, a da Vigilância.*

A cena cessa e voltamos à primeira casa.

(JUNO) — Vocês afirmam, então, que eu não sou o primeiro a chegar no Grande Relógio?

(ESPECTRO) — É necessário que você consiga realizar algumas separações para compreender com maior qualidade as estruturas que são distintas em forma e função, tal como se pressupõe uma adequada necropsia.

Essa estética que você nomeia como tríplice realidade: *entre Real, Delírio e Onírico,* é, sim, uma conjuntura particular que diz respeito a você em exclusividade.

Contudo, nós, as *Fiandeiras,* não fazemos parte integral de suas projeções. Somos caminhantes e tecelãs do próprio Tempo.

Estamos aqui por simples empréstimo de quem nos gerou.

(JUNO) — Não consigo compreender o que está havendo. Tudo o que pensava estar concluído e traçado não passou de um grande engano.

(ESPECTRO) — Tenha paciência.

Tal como a visão ampliada do *Sonho,* que não aconteceu de imediato, você somente irá compreender essa nova estrutura funcional da existência quando tiver desbravado todo esse mapa, e nem um segundo antes.

Afinal, o relógio, mesmo aqui, continua a nos olhar e a nos *Vigiar.*

(JUNO) — Peço então que continue a dizer sobre a *Loucura.*

(ESPECTRO) — Pois bem.

De tempos em tempos, sua Real realidade atinge o ápice do controle, como um cronômetro cíclico de autodestruição.

A prisão da *Razão* e seu consequente ato de reproduzir a *Loucura e a Confissão* fizeram, por influência, que vocês a todo momento construíssem ações de fronteira, seja através de muros, de cercas, de castas ou de classes.

Sua realidade está contaminada e em estado terminal de convivência. Não há saída.

Suas *Alheações* — *da Rebelião do rebanho e do Corpo na Mochila* —, antes do precipício no qual você nos encontra, vão rompendo com sua masmorra do Real e abrem caminhos entre os tijolos postos por sua espécie.

Aqui não é o porão da *Loucura*, Juno, ou seu epílogo, mas o início de um novo prólogo. A realidade manicomiada é exatamente o local do qual você conseguiu a fuga. O Grande Relógio não se refere ao seu exílio, mas ao seu refúgio.

Historicamente, nós, na pele do que você titula como Espectros, estivemos presentes dentro e fora dos muros que determinavam a doença, a *Loucura* e a delinquência. Contudo, digo que não conseguimos vislumbrar parâmetros de diferenciação que realmente apartassem em significado ambos os lados.

Eles são os mesmos, pois o que circula a todos é fruto de uma sociedade que necessita ser contida, pois ela determinou e continua a professar, sem deter a prerrogativa para tal, quem deve morrer e quem necessita viver.

Sua raça, em determinado momento, se presenteou com a função de arauto da vida e da morte. *Coube a nós simplesmente olhar, avaliar e esperar.*

(JUNO) — Esperar pelo que?

(ESPECTRO) — Pela exceção, Juno, por você.

E que preço alto a ser pago para finalmente alcançar essa epifania, não é mesmo?

A violência, acima de tudo, é o ponto de conjunção e o mote pelo qual se sustenta a progressão do seu mundo, do qual um dia fizemos parte.

Seja pelo fogo, nosso fim, ou pela água — *elemento característico do seu desespero* —, o sufocamento é o operativo que, além de cegá-los, os direciona ao sofrimento enquanto objetivo máximo. A Razão não mais respira e isso é sentido factualmente e biologicamente pelo corpo aprisionado: pelo seu e por todos.

De certa forma, vocês corporificam as sensações da Razão que deixou ser livre. A visão de afogamento pela submersão, sem ser agraciado pelo descanso da morte — *sua descrição de crise ou surto* — é uma das construções de *Sanidade* mais importantes e detalhadas que tivemos a oportunidade de contemplar.

163

Você incorreu em sacrifício e construiu para si distintas modalidades de tempo: *entre o Real, o Delírio e o Onírico*, o que ocasionou nessa grande estrutura circular.

Aqui você não encontrará o seu *Enlouquecimento* tal como concebeu ao início desta jornada, mas a própria Razão em sua faceta de maior desequilíbrio, e será com ela que você terá de dialogar.

Você deve se preparar no decorrer desse caminho circular para o encontro com sua atual função: *A Vigia*, o terceiro Espectro.

Ela, após tanto tempo encarcerada, sequer lembra-se quem é ou sua função primeira. *Não há de ser um dócil encontro.*

(JUNO — em pensamento) — Subitamente, o Espectro cessa a fala, como se soubesse que existe a necessidade de digestão do que elas mesmas apresentam.

Estou novamente respirando de maneira ofegante — *fruto da própria revelação feita por elas*. A pergunta feita ao início de nosso diálogo, pela Ama e pela Serva, me atravessa como se estivesse em processo de decomposição, sendo retalhado pela Verdade que me fora negada. E assim, o convite para a autópsia se concretiza.

Elas percebem minha angústia e realizam novamente o questionamento que me recusara a responder anteriormente:

(ESPECTRO) — Então agora refazemos a questão: *"Quem você acha que são os porcos descritos nessa maldizida passagem, Juno?"*.

(JUNO) — Sou eu (respondo).

(ESPECTRO) — Não, você ainda se engana.

São todos vocês. São os vivos, os mortos e os que virão. Não há de existir escapada visível e facilitada. Todos fazem parte da mesma vara e da similar possessão. O suicídio de sua era é progressivo, vagaroso e intensamente mais cruel do que o ato rápido e literal de se retirar a vida.

(JUNO) — Você não irá revelar ou dizer mais sobre a parábola? A que ela serve então?

(ESPECTRO) — Ela serve para modificar a forma da Razão, Juno.

Serve como uma atualizada modalidade de roteiro entregue a vocês e que deve ser compulsoriamente seguido. A possessão dos porcos e seu eminente suicídio correspondem ao trajeto histórico escolhido por alguns e trilhado por todos.

Apenas mais uma fisionomia do cárcere. Nada além.

Somos as guardiãs da *Loucura*, ao menos da versão vivida por você, durante sua vida. Você a experienciou pelo ensandecido trabalho e expropriação de seu corpo, cujo maior medo foi assumir a vivência de um peso não funcional.

Estamos aqui para lhe dizer que essa é uma das *Verdades* que você procurava, e que não se limita a um padecimento único e exclusivo de sua pele.

Dizemos de algo maior e transcendente do seu corpo.

(JUNO — em pensamento) — A figura híbrida, a Ama e a Serva, aponta para o chão.

O caminho com trechos bíblicos mostra a continuidade do percurso. O *Eclipse* deixa de centralizar a primeira casa e se movimenta. Existem incontáveis inscrições que marcam o trajeto entre a primeira e a segunda instalação.

Olho novamente a elas, sem deter total compreensão do que devo fazer.

(ESPECTRO) — Cabia a nós, Juno, apresentar apenas a entrada e a função desse mundo do Grande Relógio a partir de seu principal eixo de busca: *você nunca realmente precisou enlouquecer para se encontrar, mas, sobretudo, era necessário que você visse a Razão pela sua fresta original.*

Você não Enlouqueceu.

É hora de você continuar por esse caminho menor. O trajeto gravado pela parábola cristã guarda as revelações da segunda casa e de uma história de que você também foi testemunha ocular.

Você identificará sua guardiã facilmente. Não se exaspere!

(JUNO) — Você se refere a mim e aos demais como uma espécie, uma raça distinta da sua. Mas sei que um dia você também caminhou pela *Loucura* humana, sofrendo na pele suas consequências. *Não seguirá o restante do trajeto comigo?*

O vulto tece sua última explanação.

(ESPECTRO) — Já não mais me recordo dos tempos em que vivi junto a vocês. Isso já foi dissipado em nossa encruada epiderme. Além disso, lhe dissemos, Juno, você é apenas mais um viajante, mais uma exceção, contudo, não somos mais iguais.

O que nos faz, nós e você, distintos em termos de vivência é o fato consumado de que nosso uso e expropriação tende a durar cronologicamente mais tempo que o seu — *a Vigilância nos criou e nos atualiza infinitamente.*

Contudo, logo nós deixaremos de existir, para que outras figuras também possam usar o balandrau, assumindo outras facetas *Enlouquecidas* e *Confessionais*, para continuar a contribuir na fiação dessa Real realidade condenada, que você teve sucesso em escapar.

Fique atento, pois na segunda instalação a guardiã tende a ser significativamente mais ríspida e impaciente — *a protetora da Confissão não será caridosa como se espera.*

Vá, pois no decorrer de seu desbravamento, seus demais questionamentos hão de ser respondidos.

Todavia, é em seu final que o enredo será revelado em totalidade.

(JUNO — em pensamento) — Elas se sentam em uma pedra improvisada e contemplam essa minha grande projeção, o *Grande Relógio.*

Resta a mim continuar.

A CONFISSÃO

Caminho sozinho pelo solo gravado com passagens cristãs.

De Gênesis ao Apocalipse, passo a compreender com maior desenvoltura a perspectiva do primeiro Espectro: *da Ama e da Serva*.

Olho para trás e ainda posso vê-las sentadas sob a pedra, à entrada da primeira instalação. Uma névoa passa a cobri-las.

Reflito: *Como é possível que as guardiãs da Casa da Loucura atendessem a tal nível de racionalidade, paciência e sabedoria?*

Talvez sua maneira de se posicionarem seja também condizente à quebra da expectativa estereotipada sobre a desrazão — *não somente minha, mas de maneira geral*. Mais do que o esperado *Transtorno ou Desequilíbrio*, coexiste nelas significativa lucidez.

Na própria representação *Insana* acho a pedra angular da compreensão racional sobre a teia que fez a Real realidade ser tomada pelo caos. Mais do que a *Loucura* em sua concepção coloquial, é a disciplinarização do corpo através desse paradigma divisor o centro do recente desvelar.

Se o *Enlouquecimento* se veste dessas conjunturas, o que esperar da segunda guardiã, da filha gerada pela Razão aprisionada que viria a assumir o papel da *Confissão*? Não há mistério identitário por quem me aguarda: a *Confissão há de ser representada pela própria prostituta que viveu sua vida, mesmo após ser considerada não mais* útil, *na Casa de Tolerância próxima ao precipício que identifiquei como exílio dos Espectros*.

Ela também está aqui — posso sentir sua presença.

Vejo a segunda instalação e consigo minimamente descrevê-la: *não há proteção do vento, não existem paredes, teto, claraboia ou quaisquer adventos murados. Apenas uma elevação do solo, uma espécie de palco também feito em pedra*.

Recordo-me da primeira casa: *a representação do cercado, com muros e janelas inexistentes*. Decerto, minhas projeções fabricam as arquiteturas desse específico local, o Grande Relógio, a partir do que aprendi na Real realidade: *ao Louco, os muros; à prostituta, o Palco*.

O Eclipse brilha novamente e ao chão novas inscrições se separam das demais chamando minha atenção. Leio-as:

Deus proíbe o envolvimento com prostitutas porque Ele sabe que esse envolvimento é prejudicial para ambos os homens e mulheres. Porque os lábios da mulher adúltera destilam favos de mel, e as suas palavras são mais suaves do que o azeite; mas o fim dela é amargoso como absinto, agudo como a espada de dois gumes. Os seus pés descem à morte, os seus passos conduzem-na ao inferno.

Tais palavras me confundem, me indignam e me instigam.

A névoa distorce meu campo de visão.

Vejo-a se abrindo, como as cortinas de um espaço de espetáculo.

O segundo vulto espetacularizado é posto ao viés do olhar público, sem paredes que a protejam. Percebo a corporatura do segundo Espectro.

A prostituta sentenciada à repetição do ciclo da vila dos homicidas, agora é representada pelo Balandrau como vestimenta e pela fúria da *Confissão* enquanto força propulsora.

Subo dois degraus e ouço, finalmente, o som da voz conhecida.

(ESPECTRO) — Desta vez, ao menos, não porta algo que não lhe pertence. Você foi o larápio que esteve de posse do meu tão precioso balde, não é mesmo?

(JUNO) — Sim, foi-me entregue por você.

Aliás, lembro-me de que foi através de sua ajuda que encontrei o atalho pela colina, e junto fizemos sua descida. A partir de suas mãos o balde me foi dado, para que eu encontrasse sua versão no *Limbo dos Vivos*.

(ESPECTRO) — Vejo que minha irmã, a *Loucura*, fez um bom trabalho de entrada com você, viajante: *explicando pacientemente a que o Grande Relógio se refere.*

Sua ignorância, contudo, ainda é subestimada e precipitadamente considerada superada. Vejo e sinto que ainda existem dúvidas em seu íntimo: *sobre o próprio Enlouquecimento que supostamente o trouxe até aqui.*

(JUNO — em pensamento) — Permaneço em silêncio, ainda fazendo a leitura da situação e me recordando de nosso primeiro encontro.

Vejo prontamente a pulseira acerejada atarracada em sua mão esquerda. A Ama e a Serva tinham razão: *não teria dificuldade em identificá-la.*

Lembro-me de quando a encontrei em sua versão carnal que contemplaria, mesmo à distância, a queima da Ama na pira da cidadela onde ela e sua suposta Lacaia moravam. Os enredos de suas histórias singulares se misturaram, confluindo seus distintos processos de aprisionamento e posteriormente personificando a prole da agora figura *Vigilante* que busco.

A Ama, que carregava o segredo da prótese em um dos braços; a Serva, que aparentemente detinha um vínculo amoroso distinto do apresentado ao grande público da localidade; e a velha prostituta, que exerceria ao fim daquela noite a libertação homicida das mulheres do prostíbulo. Algo que jamais aconteceria.

É verídica a afirmação de que o aprisionamento da Razão renderia a todos os caminhantes da Real realidade resquícios do encarceramento. Seja pela diferença corporal, pela existência de vínculo amoroso altéreo creditado como "anormal" ou pela designação de práticas impuras que enquadravam o meretrício, o mundo em sua totalidade já incorria em seu *Enlouquecimento* conjuntural.

Contudo ainda, ambas as guardiãs continuam a sofrer os efeitos históricos de nossos passos, agora por distinta natureza de participação, conduzindo e proliferando o que um dia as assolou.

Olho-a, aguardando a continuidade verborrágica desse encontro.

(ESPECTRO) — Existe algo que continua a me indignar sobre você.

Faz-se percetível o quanto você nos oferece seu mais singelo *"lamento"*, como se, de alguma forma, fôssemos nós, os Espectros nascidos da prisão da Razão, que o merecêssemos.

Você não passa de um tolo, que ainda não consegue identificar quem são os reais condenados e os verdadeiros exilados.

Não vejo exceção em seu particular enredo, ao contrário do que opina a minha espectral irmã. Você se envolve em sua história e nela se afoga como Narciso, submergindo no próprio reflexo produzido pela água, suicidado em sua vaidade.

Sua vida tornou-se o espelhamento de suas próprias *Entranhas*, mediante tecnologias que te autogovernariam de dentro para fora, tendo como centro universal — *ou ao menos a certeza equivocada* — que habita em sua pele específico protagonismo a ser desvelado, cabendo, em contrapartida, a todos os demais, assim como aos Espectros da *Loucura e da Confissão*, a função secundária de guias.

O digo em plena certeza: *eu não o guiarei com o acatamento que espera.*

(JUNO) — Não sei ao certo como responder a isso, pois tudo me parece tão novo e desconhecido.

Sei que, de alguma forma, também contribuo com a Real realidade desarrazoada que me cerca, mas talvez funcionando significativamente mais como efeito do que propriamente como causa.

Confunde-me, sobretudo, a forma a qual você impõe o enfrentamento à minha presença. Se tivesse de incorrer em alguma análise pessoal, por mais que você não apreciasse, acredito que estaria a pensar nesta específica questão *(respondo sem temor pelo possível revide do agressivo Espectro, mas em total desconfiança de suas intenções)*.

(ESPECTRO) — Verbalizarei então os particulares desejos que detenho no que tange ao nosso encontro e ao nosso diálogo sobre a *Verdade* que guardo, esta que você necessita saber para continuar sua peregrinação, viajante.

Não me dobrarei a você e a seus questionamentos, assim como um dia deixei de me curvar a quem ousou utilizar da minha descartável carcaça prostituída. Não me colocarei em uso submisso, sendo apenas um objeto útil em seu caminhar, pois para além do compartilhamento da própria *Revelação* que busca, saiba, acima de tudo, que minha colaboração com sua jornada será realizada a partir do ato de *Caridade*, elemento tão próprio da força monstruosa que represento.

Assim, é pelo visceral repúdio que inicio minha obrigatória retórica.

Embora tenha visto um conjunto de "normas" já na entrada desse solo em que agora conversamos, deixe-me evidenciar, em caráter sucinto, que tais escritos não se referem propriamente à *proibição*, à anormalidade deformada pelo crivo moral ou à danação *cristã*.

Muito pelo contrário, o que essas escrituras inauguram, a partir do aprisionamento da Razão, é muito mais potente que o cerceamento, pois trata essencialmente da *Permissão*.

(JUNO) — Permissão? *(digo em surpresa)*.

Mas o primeiro Espectro, a Ama e a Serva, disseram que foi o aprisionamento, o próprio cárcere paradigmático sobre a Razão e suas maneiras de sugestão, que trouxeram à vida a *Loucura e Confissão*.

Imagino que tais forças pungentes estariam relacionadas ao mais absoluto controle, e não o contrário.

(ESPECTRO) — Você está apegado à vulgaridade a que sua Real realidade se atou para fornecer o famigerado véu aos seus olhos — *lá, em seu antigo mundo, você detinha a mais absoluta certeza que era a partir da vida subjugada que o controle se exercia: ledo engano.*

Em algum momento de sua vida, pude verificar que você mesmo, em suas observações, constata que o *Poder*, molécula base da sua raça, funciona a partir de seu vórtice produtivo — *ele é positivo em termos de funcionamento, atrelado também à coerção, mas não somente.*

Contudo, lhe aviso em tom de ameaça viajante: *"Não dispomos de tempo para tantas incompreensões".* Você deve se apropriar das *Verdades* oferecidas neste caminho circular, esvaziando-se dos equívocos apreendidos durante toda a sua miserável existência.

Mas já que insiste em não atuar de maneira adequada após retirar o véu que por tanto tempo o impediu de factualmente "ver", acho prudente que eu discorra um pouco mais sobre a violência que a *"Permissão"* oferta aos corpos fadados ao padecimento da máquina da desrazão ou quando considerados moralmente deformados.

Para tanto, tal como a *Loucura* o fez, o levarei para a jornada do vislumbre por uma janela não linear de Tempo que desembocará, ao fim, em você mesmo.

Sente-se preparado para fazer uso novamente do que a Roca de Fiar pode lhe proporcionar?

(JUNO) — Sim, acredito que estou...

(ESPECTRO) — A insegurança presente em sua voz e inerente à sua resposta é execrável, Juno.

Mesmo assim, mostrarei exatamente o necessário para que você continue sua jornada por esse caminho circular e possa, finalmente, chegar ao *Topo da Torre* e encontrar a figura que tudo rege: *a Vigilância.*

Todavia, não estarei impelida a destrinchar os fios que compõem sua singular história pelo mundo, mas em navegar pelo apelo da *"Permissão"* enquanto tecnologia de condução de sua espécie.

E para tanto, não me absterei de tratar da minha própria emergência enquanto *Espectro da Confissão.* O encarceramento da Razão nos jogou ao mundo para sermos utilizadas ao bel-prazer pela humanidade, bem como para colaborar em seu pastoreio.

Em sua primeira parada pelo mundo do Grande Relógio, você teve de se assegurar da certeza de que não havia *Enlouquecido* para escapar. Isso é um fato demonstrado pela guardiã da *Loucura.*

Contudo, agora, você precisa compreender como nós, em nossas potências de incursão, fomos usadas por vocês para os desígnios da literal dominação que sentem em suas respectivas peles.

O extermínio a que refiro de maneira alguma se limita à sua denominação literal, pois a *Confissão e a Loucura* não são instrumentais que necessariamente ligam-se ao perecimento, mas essencialmente voltam-se à forma mais violenta de subjugação, ao permitir a *Vida* dos considerados decrépitos, deformados, loucos e impuros. *Somos, eu e você, representantes do que é necessário para que todo o resto prevaleça.*

Assim, todos nós, putrefatos dos paradigmas hegemônicos, detemos funções a desempenhar, e você não está isento dessa amálgama. Tenha isso em mente.

(JUNO — em pensamento) — Vejo a *Confissão* segurar com sua mão esquerda o fio reluzente que servirá como transporte.

Ela caminha até mim.

Sem a proteção do teto da primeira casa, o *Eclipse* não necessita se posicionar para nos induzir ao tráfego pelo tempo — *brilha sem específica alocação.*

Talvez esteja disposto sobre a metaforia da força da *Confissão*, que, ao menos no que tange minha singular história, pode ter força de abrangência maior que a própria *Loucura.*

Despidos de refúgio, estamos à mercê de sua força de influência sem possibilidade de se abrigar e dela se proteger. O vulto caminha, e tal como a primeira figura, é impossível que veja detalhes de sua fisionomia. A venda da cronologia se abre, e novamente me encontro na aurora da criação moderna, acompanhado, desta vez, do *Espectro da Confissão.*

Revejo a Razão em seu cárcere, mas algo diferente é mostrado.

(ESPECTRO) — A Razão em sua recente prisão não forçou sua expansão, criando a *Loucura e a Confissão* de imediato.

Seu suplício ocorreu por um longo período. Sem ar e dispondo da característica da imortalidade, ela vivenciou o sufocamento eterno, sem conseguir desaparecer por completo. Ao redor, enquanto sua prisão se formava, os homens permaneciam em suas tratativas de maneira maníaca — *a cada verbo disparado em sentido do estrito confinamento da diferença, o cárcere da Razão diminuía em tamanho, promovendo sua gradativa compressão.* A prisão da Razão, por mais gradeada que fosse, detinha cadeados e amarras discursivas provindas da ânsia humana pelo *Poder*, e foi a partir da língua e da linguagem que sua compressão aconteceu.

Os ditadores da conduta escreviam suas regulamentações e tratavam de pensar sobre os mais diversos tipos de controle. Possuídos pela

forma produtiva do poder, nada mais restava a não ser promover o separatismo e se atribuírem a qualidade de profetas da sanidade e da proteção à *Vida*: *medíocres, tolos ou sagazes* — não *é* simples determinar a qualidade que os moveu —, mas sabe-se que foi a partir dessa premissa que iniciaram seu massivo processo de finitude em porvir.

Em determinando momento, a Razão, antes etérea e sem forma, desfere à realidade seu primeiro grito de agonia, inaugurando através do cativeiro, sua qualidade física que viria a corporificar. Tornar-se-ia posteriormente o Espectro *Enlouquecido* na Torre e nosso espelhamento de origem: *aquela que nos deu Vida e forma para que, junto ao seu mundo, Enlouquecêssemos em conluio.*

(JUNO) — Esse era o grito que eu ouvira ao caminhar pelo que eu acreditava ser meu mundo *Onírico*?

(ESPECTRO) — A materialização física da Razão, agora disciplinada pela *Vigilância*, fez ecoar nas areias do Tempo e no círculo do Grande Relógio a sonoridade do desespero pelo grito agonizante. *Sim, ela o convocava.*

(JUNO — pensamento) — A caixa luminosa vista anteriormente diminui progressivamente em seu tamanho, machucando a até então Razão viva e liberta.

O vulto passa a se formar e a *Vigilância* em si se personifica. Vejo seu corpo em constituição e mais do que tentar se libertar, a prisão fomentada pelos homens passa a servir de investimento para sua atualizada forma.

Ela, a Razão, se despedaça e se expande. Mostra-se a formação dos Espectros, ligados por inúmeros fios, tecidos pela Roca de Fiar, maquinaria que permaneceria à frente de todas.

Um degrau acima, a Vigilância assume a composição de uma figura maior, como se estivesse destacada em importância. À direita a Loucura, à esquerda a Confissão e ao centro a Máquina tecelã que desenrolaria a trama dos homens.

Vislumbro a própria formação da sociedade vigiada, viciada, *Enlouquecida* e sedenta pela *Absolvição* frente ao que ela mesma produziu.

O precipício equilátero antes visto como *Delírio* anunciou a futura visão que eu viria a ter, contando a história prévia de ambas as guardiãs que agora me recebem no Grande Relógio.

Elas são o Uno, separadas em seu nascimento para proporcionar funções distintas de controle, contudo, alojadas sobre a funcionalidade primordial de nos conduzir, produzindo a violência da prisão a partir de sua própria experiência de jaula.

(ESPECTRO) — As figuras da *Confissão e da Loucura* não se restringem a nós: à Ama, à *Serva e a mim, a prostituta de menos valia.*

Não somos as primeiras emissárias destas respectivas forças e nem seremos as últimas. O que nos trança em uníssono é o que nos movimentou pela Real realidade: *a depredação, a exaustão, a perseguição e a morte, mesmo antes da finitude.*

Somos utilizadas pela *Vigilância* à medida que fisionomias destas redes de força se modificam, tal como nossa utilização, pela humanidade que você integra.

Não somos universais e sequer infindáveis, e por este motivo a *Vigilância* sempre olha por nossa substituição. Desta maneira, perceba que você não é e não há de ser o primeiro e sequer o último viajante a chegar até aqui. Nós passamos também por essa jornada, você viu com seus próprios olhos.

Quando a *Loucura* diz que o Grande Relógio é sua particular alegoria, também afirma que a dela é relacionada à hibridez que as uniu em um só corpo, assim como a separação corpórea que me fez viver infinitamente e simultaneamente dois espaços distintos: *a cidadela dos homicidas e o exílio do precipício equilátero.*

Nós e você não estamos distantes em nossas forças pungentes, Juno.

(JUNO) — Não me percebo tão mais surpreendido ou afoito perante as *Verdades* que tão gentilmente vocês compartilham. Tenho perguntas, mas não as vejo com sumária importância. Sinto que o que deve ser revelado se dará em espontaneidade e não pela minha procura.

(ESPECTRO) — Um avanço, afinal.

Vejo seu cansaço e digo, não ironicamente, que me compadeço por ele — *já o senti quando morava em meu corpo prostituído.* Contudo, ainda não há possibilidade de esmorecer. Logo você irá alinhavar essas fissuras abertas por nós.

Falemos por agora da força da *Confissão* e da presença massiva de minhas mãos em sua Real realidade.

Para início saiba que minhas influências não se limitam aos espaços eclesiásticos ou propriamente ao campo da Igreja, tal qual conhece e tal qual adentrou especialmente quando infante, Juno. O palco que viu ao chegar no Templo da *Confissão* é a representação cenográfica do que esta vertente do *Poder* representa. A dissimulação decorativa do controle através da esperança pela salvação — *um Palco onde a história é tratada, contada e vigiada.*

Digo de pronto que a humanidade faz parte do meu rebanho há muito tempo. Os guio pelo verde prado e os faço serem jogados ao precipício a partir de suas próprias vontades pela *Verdade*, bem como pela gana em subjugar, algo que os esfomeia e os devora. O governo das almas pretende-se à remição e é, de fato, a ânsia da *Eternidade* e a expectativa do caminhar pelo *Elísio*, as dimensões guiantes dos tecimentos que saem de minhas mãos e se tornam vendas aos seus olhos.

A teia que teço secularmente faz com que todos à sua volta sintam-se ou procurem a casca de bem-aventurados, algo que os possui e os capacita das mais sórdidas possibilidades. O arquejo pela redenção corrobora com a barbárie tão própria de seu tempo e de sua história, enquanto eu, ao longe, saboreio a egoística degradação que os assola, os falsamente acalenta e os separa.

O exame da alma, Juno, não da carcaça, não somente da morte, mas da *Vida* em sua plenitude e em potência de destruição: *essa é a víscera humana que faz com que eu trema em vingança, pelo que um dia fizeram de mim. Essa é a etapa autopsial que me cabe e que a você servirá para prosseguir em sua jornada.*

(JUNO) — Acho irônico que a Confissão, a força da fé ou da espiritualidade guiante da humanidade, tenha outrora sido uma prostituta.

(ESPECTRO) — Esperava a quem, Juno? Um profeta do seu tempo? Um homem asseado em uma vestimenta bem costurada, posto e destacado em um tipo de *Vida* conjuntada, dito cristalino em sua moral? Essa seria, aos seus olhos, a figura mantenedora da suposta paz e da ordem do Templo da *Confissão*?

Não, você não tem como estar mais equivocado. Aqui, as figuras que regem o Tempo, tal como eu, tal como a *Loucura*, não necessitam de vestimentas ilusórias e comprobatórias de idoneidade ou de uma suposta limpidez profética, pois diferentemente da teatralidade da Real realidade, o que este palco em pedra demonstra é que aqui, o Teatro da *Confissão* desata as falas necessárias para que você finalmente saiba a que atendem os preceitos da salvação ou os interesses de seus autodeclarados intermediadores. No Grande Relógio, a emissária e a detentora das escrituras é a considerada carne maldizida, nefasta, profana, vendida e usada. No Grande Relógio, é a meretriz que carrega em seu âmago o relicário da fé. É perante a mim que todos se ajoelham quando proferem suas preces, pedidos e angústias.

(JUNO) — Afirma ser você a representação divina da qual a humanidade se jubila?

(ESPECTRO) — *Não, em absoluto!* A divindade criadora que se alastra pela trama social conhecida por você há tempos deixou de ser a que fundamenta a existência bíblica ou cristã. A adoração instaurada e perpetuada em sua Real realidade agora é de outra ordem, e elege distinta imagem de dileção.

Eu sou o Divino que representa a específica barra de contenção e permissão que os circula — *vocês olham a mim, estão abaixados sob meus pés, ao passo que verificam perifericamente outros planos de interesse.* A máscara que os faz buscar a vida eterna que jamais chegará é apenas o aparato justificatório de suas ações canibais. O terreno dos céus sonhado pelos Homens é, na realidade, o mais brutal esquecimento e desaparecimento de suas funções, pois os asseclas da moral, da virtude e da bondade jamais chegariam ou chegarão ao Grande Relógio — *quando suas Entranhas morrem, eles simplesmente deixam de existir.* A função destas pragas andantes nunca será a de desbravar esta geografia, mas se manterem presentes e usados enquanto fantoches de minha influência na Real realidade.

E não, ninguém está sendo enganado, dissuadido ou ludibriado. Eu, tal como a *Loucura*, me tornei um espelho da Real realidade, e os fiz refletir o que sempre desejei, seja enquanto forma da carne, seja enquanto vulto espectral: *a vingança e o controle sobre os hipócritas.*

(JUNO — pensamento) — A imagem da criação dos Espectros cessa. Em substituição é a versão da prostituta de menos valia, corporificação anterior da *Confissão*, que emerge às minhas vistas. Não vejo seu rosto, ela está de costas, segurando o balde que me guiou pelo prostíbulo, quando caminhei pelo *Limbo dos vivos.*

A guardiã da segunda casa, em sua forma de *Espectro*, permanece ao meu lado e reinicia sua bravata.

(ESPECTRO) — Os caminhos que até aqui o trouxeram, viajante, não foram percorridos a esmo. A zona de meretrício, palco de seu suposto terceiro *Delírio*, era o bálsamo necessário para que você nos encontrasse, e a mim especificamente. A realidade moderna e a venda da carne nas esquinas modificaram o santuário do uso da pele nefasta, mas não sua dinâmica. Os clientes do vilarejo, boêmios e vorazes, se transmutaram em condutores de máquinas automáticas, que percorrem aquelas esquinas escuras de sua atualidade, procurando o frescor da juventude para usurparem.

Quando satisfeitos, voltam às suas residências com partes de suas fúrias contidas, performam a cristandade, tecendo imaculadas versões de si mesmos, construindo nada além do que mentiras necessárias a eles próprios e aos que vivem às suas voltas. Ao fim, ajoelham-se perante minha onipresença noite após noite e pedem pela sua purificação.

Acham que rompem com o vínculo de obediência e por isto, solicitam uma nova chance de atuarem por outros caminhos. Digo a você que meu corpo esmurrado, usado, violado, marcado em sangue, se regozija a cada arrependimento ouvido, pois é o reio da *Confissão* que há de marcar mais do que o ferro do literal martírio, deixando nos dorsos dos cânones da moralidade, a indelével escara do caos e da incerteza pela salvação.

Em desdobramento, os impuros sofrem, os indecentes gritam, contudo, a eles existe a possibilidade de um vir a ser distinto, de tal como você, encontrarem suas alegorias, seus refúgios ou seus Grandes Relógios.

(JUNO) — Você disse que mesmo os que ajoelham perante o que você representa olham perifericamente para outras direções. O que isso quer dizer?

(ESPECTRO) — Minha posição ministerial ou sacerdotal de outrora não mais se concretiza como deveria. Algo se modificou nas *Entranhas* do mundo. Me vi e me vejo olhando os ajoelhados portando uma sombra sob minhas costas. Fui potencializada pela imposição de uma nova proposta de *Redenção* à humanidade e me tornei, a cada período histórico, dotada de um cinismo que se intensificava e me modificava.

Algo se envencilhou a mim e vem me possuindo progressivamente. O *Olho* verificador da conduta pertencente à força da *Confissão* que guiava minhas incursões a seu mundo vem se adaptando e ampliando-se do escopo da *Salvação e da Danação*.

(JUNO — em pensamento) — Sua pulseira acerejada brilha. A versão carcomida do Espectro desaparece, ela estende seu braço esquerdo. Portando um novo fio da Roca de Fiar, ela me tira abruptamente do Grande Relógio e denuncia sua atual condição de refém do que não compreende.

Estou em uma completa Escuridão. Não consigo ainda compreender que local é este.

Vejo perante meus olhos uma horda de corpos e ela, a *Confissão*, ao centro. Ando por eles, caminho entre as pessoas com os rostos vertidos ao chão. Ela brilha em acinzentado centralizando o palco feito em pedra.

Ela permanece inerte, acima dos ajoelhados. Está sendo idolatrada, perseguida, buscada para que conceda o perdão e os guie ao cínico arrebatamento, que em promessa, conduz os pastoreados à barbárie.

Imediatamente atrás de seu balandrau, existe uma *Força* sem forma e não identificável, que a utiliza como intermédio de influência. A *Confissão* também é um instrumento para algo que ainda desconheço.

O campo sombrio no qual os corpos permanecem prostrados abre-se em grupamentos infinitos. Estou à frente do Espectro e desta estranha presença que permanece à espreita de seus ombros. A prostituta, agora em sua nova forma, continua a ser usada na alvorada desta atualizada idolatria que nos consome. Seria o Espectro da Vigilância?

A morte em *Vida* é também tratada aqui. Reconheço esse sentimento, essa presença da ausência, pois convivi com essa influência na Real realidade: *não somente pelo uso do meu corpo pelo trabalho, mas também perante o Dever pelo cuidado.*

Vejo o solo sob os joelhos do rebanho cego, vendado e supostamente dono de si mesmo — tolos perdidos.

Existem inscritos ali, cravados ao chão — *passo a lê-los.*

> *Entre pecados e méritos,*
> *me perderei por vocês.*
> *Estou entre vós, e indiscriminadamente*
> *me ofereço em sacrifício.*
> *Diga, coma e beba do que há de alimentá-lo.*
> *O Olho há de dormir ao seu lado.*
> *Pela manhã com ele acordará*
> *e ao seu lado o entregará a Morfeu.*
> *Aos escritos te jogas em alegria.*
> *Em infinita fisionomia, olha e reconhece minha face.*
> *Conforta-te e aos meus braços se debruça.*
> *E em exame, estará ao vento, aberto e dissecado.*

(JUNO — em pensamento) — As sentenças sistematicamente proferidas que nos convocam à obediência estão aqui, talhadas no solo, enquanto nos ajoelhamos frente a este ser cruel e tomado pela vingança. Mas eu, singularmente, jamais fui devoto de nada, como posso me identificar como parte do rebanho?

Ao terminar a leitura promovida pela *Confissão*, retorno ao palco feito de pedra. Ela, o *Espectro*, permanece à minha frente e verbaliza.

(ESPECTRO) — Por agora, devemos finalizar nosso diálogo a partir do elemento nevrálgico da *Confissão*, que nos leva diretamente a você, viajante.

(JUNO — em pensamento) — Ela se movimenta em direção contrária à minha posição. Segue em frente ao final da instalação, onde se encontra a saída do Templo — *aponta a escada e sinaliza que devo sair*. Ao mover-se à direita, mostra-me o cenário adiante e deixa aparecer o objeto representativo da promessa feita anteriormente: *de que esta narrativa desembocaria em minha própria história.*

Antes que pudesse tecer algum questionamento ou identificar do que se trata esta próxima etapa, ouço-a continuar.

(ESPECTRO) — O pastorado de minha incumbência implica em um tipo peculiar de conhecimento sobre um e todos. No que concerne à sua história, viajante, coube à *Loucura* identificar a coletivização do processo *Enlouquecedor* que o acometeu. Quanto a mim, me vejo responsável em desvelar sua travessia pela profundidade da *Confissão: a sentença de Juno, apenas mais uma ovelha conhecida pelo Olho da Vigia.*

Sei com exatidão de suas necessidades escusas e saboreio suas tentativas fracassadas de escondê-las, pois a mim, seu pecado é público. Todavia, percebo em você a *Diferença* na medíocre *Repetição* que se tornou sua raça. Da mesma maneira que buscou o *Transtorno* para achar resquícios da *Sanidade,* em meu palco, você a profana, para negar a *Absolvição* de sua alma, constituindo para si uma distinta identidade e inaugurando, a partir do Grande Relógio, o sujeito que nos interessa.

Vi-o escapar da Real realidade, Juno, não em *Sacrifício,* mas para denunciar algo que assujeita sua espécie e, acima de tudo, delatar a si mesmo: *seus sacrilégios e blasfêmias bem-vindos e necessários,* promovendo um prolongamento existencial que instaurou e configurou essa alegoria fantasmática que busca percorrer. Vejo em você, viajante, certezas defuntas, e a compreensão de que o sadismo, a vingança e a crueldade andam juntas e são indissolúveis dos cânones da *Salvação* Cristã.

Percebo que veio até o *Círculo Menor* buscar sua própria *Verdade* e espera, enquanto uma recompensa, que eu teça essa *Confissão* a você. Pois bem, o convido a continuar e atenderei a esse subjacente pedido.

(JUNO) — Finalmente ela permite que eu veja o objeto ao longe. Se esquiva da minha frente e aponta os curtos passos que devo tomar.

Visualizo uma pedra, uma tumba. Se trata de uma lápide, contendo o nome de *Catarina.*

Instantaneamente o mnemônico me atravessa e passo a me lembrar da Real realidade.

Nem genitora, nem mãe: *estou em frente ao seu nome que há tanto tempo não verbalizava.*

Catarina...

A mãe que junto a mim passou fome.

A genitora que me protegia das pessoas de crachá. A despejada.

A que ouvia nostálgica os sons da vitrola, enquanto fumava seu tabaco enrolado.

O *Espectro da Confissão* guardava ansiosa sua última cartada necropsial. *O derradeiro corte é incisivo e, ao final, me sangra até o limite.*

O vulto segundo me segue até a lápide, momento o qual o Espectro da *Loucura* reaparece para que costuremos as fragmentadas etapas deste *Círculo Menor.*

Não caio em prantos, não há choro, drama ou cena pitoresca com excessiva carga emocional. Catarina está morta e sua defunção, aqui no Grande Relógio, não há de atender ao luto ou à dor frente a seu factual fim.

A lápide diz respeito à minha função como filho e à sua respectiva força de governo, frente ao meu suposto *Enlouquecimento* e à condução *Confessional.* Os Espectros mostram, enfim, sua funcionalidade.

Seu nome cravado no sepulcro, mais do que decretar o término da *Vida*, escancara o nascimento da derradeira *Verdade* a ser declarada. Entre os versos que maldizem a prostituta e a adoração de uma sádica figura da Confissão, preciso entender em qual ponto esse instrumento de condução se conecta à minha *Vida* na Real realidade.

Ao meu lado, as monstruosas figuras parecem participar do velamento de Catarina. Olham-me e iniciam o último entalhe.

(ESPECTRO DA LOUCURA) — Sabendo as maneiras as quais fomos formadas, você deteve a possibilidade de compreender que é o mundo o qual você habita o causador e o possuidor do *Desequilíbrio*, não sendo algo estritamente limitado às nuances individuais e subjetivas. A teia das relações que os circunscrevem, há tempos, mostra-se adoentada, enferma e em estado terminal.

Consegue compreender, Juno?

(JUNO) — O que gostaria de saber é a razão a qual o túmulo de Catarina está aqui, *no Círculo Menor?*

(ESPECTRO DA LOUCURA) — Quando você percebeu a névoa nos cobrindo, ao sair de nossa atual morada, Juno, achamos, tal como você, que não mais nos veríamos.

Todavia, percebemos que precisávamos acompanhá-lo ao final de sua marcha fúnebre, que apesar de encontrar, ao fim, a identidade de sua mãe, esse ritual de finalização nada com ela se relaciona.

Aqui e agora, nos despedimos das suas partes autopsiadas, ressaltando a *Loucura* da bondade e da *Caridade* funcional, que se ligam intrinsecamente a sua história e ao fato de ter cuidado do corpo vegetativo desta que é representada pela tumba. Não necessariamente pelo fato, mas pelo afeto despendido por você ao fazê-lo.

O convido a nos contar o que lembra, para enfim entender que é nesse ponto que ocorre a sua *Ruptura Enlouquecida*, convergência a qual a *Loucura e a Confissão se encontram.*

(JUNO) — Eu me lembro de tudo.

Da culpa, da obrigação e das maneiras as quais ela se abnegou a fim de aferir cuidados a mim, seu filho. Recordo-me que, em correspondência, teria que agir de maneira análoga, também em sacrifício.

Persiste, na Real realidade de onde vim um modelo, padrão de relação que nos atravessa — *essa instituição chamada família* —, que se vincula pelo sangue e se atarefa nas responsabilidades advindas disso.

Fazia tudo por ela, sem pestanejar.

(ESPECTRO DA CONFISSÃO) — Como tem coragem de incorrer em falácias estando à frente do túmulo daquela que você jurou proteger Juno?

Agora é o momento de você confessar seu mais árduo e obscuro pecado, viajante.

A que, afinal, sua tarefa de cuidar se relacionava?

(JUNO — em pensamento) — Os Espectros que me interrogam eficazmente alçam a função de legistas da sensação que sempre esteve colada em meu dia a dia no que diz respeito à minha única referência familiar.

Emerge algo que talvez eu jamais tivesse coragem de admitir. Professava cuidado e preocupação para tentar, de alguma maneira, encobrir o intenso sentimento odioso que detinha em relação a ela, minha vegetativa mãe.

Lembro-me da brusca mudança da maneira que a via, em um determinado dia em que ela foi finalmente acamada, trazida pela equipe médica do hospital em que estava internada por meses, em uma ala de cuidados intensivos. Vi-a frágil, imobilizada e dependente: *naquele exato momento passei a desprezá-la.*

Jamais incorri em violência, negligência ou quaisquer atos que pudessem vulnerabizá-la ainda mais. Todavia, percebi que a partir daquele momento minha vida já não seria mais minha, estaria estritamente entregue, e a partir disso, o martírio seria minha principal couraça de defesa, para que não entrasse em contato com sensações tão desconcertantes. *Me vesti, sumariamente, da integral dedicação.*

Todas as noites, ao chegar à nossa casa, já exausto, teria que verificar suas demandas em exclusividade: *as medicações faltantes, a alimentação adequada, a roupa urinada a ser lavada e a respiração que persistia.*

As obrigatoriedades noturnas e o cuidado obrigatório da não funcional figura materna escondiam a questão e a dúvida reprimida em mim: *"Como pôde me deixar sozinho?".*

Não, não me injuriava o fato simples e direto de aferir cuidados: *de esterilizar suas secreções ou de alternar sua posição na cama algumas vezes por noite, a fim de que não surgissem escaras.* Irritava-me profundamente o fato de que ela não mais colaboraria com a dura vida que sempre nos afligiu.

Me vi só nessa espinhosa estrada do trabalho que era continuar vivo.

(ESPECTRO DA CONFISSÃO) — Finalmente a derradeira *Verdade* se apresenta.

É aqui, frente à Catarina, que você passa a conhecer sua particular *Loucura* e a proximidade de sua *Vida* com a *Confissão*. Se antes nos dispusemos a demonstrar nosso nascimento, agora você se encontra com o berço de sua origem: *perante a funcionalidade não somente do homem trabalhador, mas do filho martirizado.* Tal como os ajoelhados, você é também um hipócrita.

A etapa final, que faz com que nos despeçamos uns dos outros, costura as escrituras gravadas em nossos templos à sua própria existência, Juno. Na sua *luta presente* em se adequar, de todas as maneiras possíveis, aos princípios da funcionalidade do corpo.

(JUNO) — Vocês destrincham a relação que detinha com Catarina, arrancando das minhas *Entranhas* aquilo que mais neguei, chegando inclusive a desacreditar na existência desse afeto, e ainda acham que ficarei aqui para ouvi-las?

(ESPECTRO DA LOUCURA) — É necessário, Juno, pois a finalização autopsial não se dará sozinha.

Precisamos, para tanto, do próprio cadáver à mesa — *de você e do exame de sua alma para que prossiga.*

Sabe disso, pois vivenciou essa mesma situação em seu segundo *Delírio — o cadáver na mochila.* Não será possível caminhar até que a sua *Verdade* seja retirada das sombras. Esse é o retalhamento a que o convidamos, ao início de nosso encontro, e você aceitou com gosto ao nosso convite. *Não há retorno deste ponto.*

Já é sabido por você que a vara de porcos possuída na descrição da parábola que sinaliza o chão da casa da *Loucura* refere-se à sua humanidade enquanto raça, espécie.

Diz respeito à insanidade conjuntural, representada por mim e distribuída a todos e tudo. Pois bem, enquanto efeito do meu olhar sobre o mundo, os ditadores das normas que corroboraram com o aprisionamento da própria Razão elegeram, enquanto tecnologia segregatória, que os possuidores de sanidades altéreas ao hegemônico deveriam ser rapidamente enjaulados, separados e esquecidos.

Entretanto, é sabido também por você que tal como os ditos *"Loucos"*, aqueles que normalizam as condutas também fazem parte da própria sociedade transtornada, todavia, imbuídos da proteção pelo *Poder* de decidir e se esconder nos cânones da aceitabilidade dos modos de governo.

A questão que faço agora, Juno, não se liga simplesmente ao fato de que você consiga distinguir a quem se destina a qualidade ou título de "porco" da modernidade, mas, sobretudo, a qual natureza de possessão nos referimos ao tratarmos daquilo que chamamos de *Insanidade*?

Em suma, a que você se agarrava no exato momento em que decidiu se jogar ao precipício em direção às águas, buscando pela finitude de sua Real realidade, e, assim, atuando também enquanto um porco possuído?

(JUNO) — Eu jamais atentaria contra minha vida. O suicídio nunca foi uma possibilidade para mim. Nunca tive esse desejo e muito menos a coragem para executar tal ato.

(ESPECTRO DA LOUCURA) — Isso não corresponde à *Verdade* que objetivamos que você saiba.

Recordamos que ao acreditar ter *Rompido* com a Real realidade, você se viu em submersão, afogando-se sem nunca atingir a morte. As varas de porcos possuídos e suicidas não são escritos ao vento neste Grande Relógio, Juno, esta parábola diz sobre você e o próprio ato de fluição após o desfalecimento de sua mãe.

Você deve se lembrar para poder continuar. É *necessário*.

(ESPECTRO DA CONFISSÃO) — Deixe-me ajudá-lo a partir de algo que talvez consiga impor a você o grau necessário de dissecação para que se dispa dos contornos da Real realidade que insistem, ainda, em te aferir controle.

Falemos sobre o luto e o final capítulo da sua Real realidade.

O *Poder*, essa figura que se embrenha em toda a sua realidade, exerce ali, naquele momento, a força *Confessional* que te conduz à suposta *Loucura* — mais do que te compelir ao ato obrigatório, esse mesmo exercício do *Poder* o faz acreditar que tudo não passa de sua mais absoluta e genuína escolha.

Suas decisões jamais foram totalmente fruto de um caminho escolhido autonomamente, mas um modo de agir e ser que se misturava com a submissão e a insurgência, possibilidades vivas e presentes da Real realidade.

Você, assim como o Grande Relógio, sempre funcionou em alternadas camadas, e por assim dizer, jamais foi totalmente envolto no cabresto da funcionalidade. Todavia, um desses estratos permaneceu atado a sua conduta de tal maneira que você, tão espetacularmente provido de memória, não consegue perceber ainda do que se trata.

O tronco da sua raça tornou-se engenhoso nas maneiras as quais procura exercer o domínio sobre a Real realidade, pois, a partir de um determinado momento, passou a utilizar a Vigilância, bem como sua prole, agora personificada por nós, para tal.

Lembre-se, Juno. *Tudo se centra naquilo que você sabe há muito tempo.*

(JUNO) — Trata-se do trabalho e da exaustão.

Mas não da perspectiva laboral em materialidade única. Sempre estive diante de algo maior que se apresenta como *Loucura, como Confissão,* a partir de um momento histórico determinado, disso que eu chamo de *Vida.*

O amargor por me sentir enjaulado sempre esteve associado à busca de me adequar à utilidade esperada, e assim sendo, performar a engrenagem necessária para a manutenção da máquina expropriadora.

Por um acaso, então, minha realidade se volta ao trabalho, ao capital e à meritocracia do sucesso, e desta forma que passam a se configurar

a *Loucura e a Confissão* em meu específico *Tempo* histórico. Uma racionalidade que dobra meu corpo não factualmente à figura divina vulgarmente conhecida, mas para a divindade localizada, à qual devemos imperiosamente nos ajoelhar.

(ESPECTRO DA CONFISSÃO) — A partir disso, viajante, resta a você revelar em catarse a motivação que o levou à construção arquitetônica do Grande Relógio, para enfim nos encontrar.

Deixe-me tecer algumas últimas considerações para que você chegue aonde se espera.

As escrituras que criam o corpo amaldiçoado da prostituta, função esta que exerci antes de adentrar as tramas da *Confissão*, embora tratassem do uso que fazia da minha pele, permitiam aos outros que eu fosse vista como um corpo cuja violência fosse possível.

Sei que sabe disso, pois fui eu, em um determinado momento, que sussurrei essa *Verdade* em seus ouvidos, ainda na Real realidade. Eu era vista como uma carne em plena sangria de doação — *esperavam que eu cuidasse da face mais mórbida dos homens.*

Faziam comigo o que bem desejavam, para que não realizassem seus doentios desejos com as mulheres que olhavam pelo olhar cristalino da pureza burguesa. Fui sacrificada em vida pelo viés da luxúria doada e, ao mesmo tempo em que era caridosamente vista como alento aos impulsos humanos, também fui condenada ao ardor do Inferno.

Recusei-me à morte, ao menos àquela que se espera, e hoje teço e produzo os mesmos fios que me trouxeram o martírio. A *Caridade* é uma das opções do poder Juno, a doação integral não guarda mais nada do que o profundo ódio que devasta, sem nunca ser atuado em expansão.

Você bebe dessa mesma fonte.

(JUNO) — Os Espectros finalizam suas explanações. Curiosamente, o *Espectro da Confissão* não concretiza suas impressões ou suspeições sobre a sombra que paira sobre seus ombros. Talvez não tenha acesso a esse campo de compreensão.

Por fim, percebo que esperam que se origine da minha língua a derradeira revelação. *Arrisco-me em proferi-las.*

Sei agora que o controle e a direção não são necessariamente realizados a partir da coerção — *e embora já tivesse me visto através dessa analítica, digo que não detinha significativa desenvoltura nesse entendimento.*

Embaraçosamente, devo admitir que o corpo vegetativo de minha mãe me colocava diariamente em xeque: *entre o cuidado e a exaustão*. De certo, não buscava a salvação da minha alma, pois a fé, tal qual se conhece, nunca foi um dom que detive.

A funcionalidade de filho caridoso e eternamente em doação era um dos papéis que buscava performar. Essa era a *Loucura* que me circunscrevia.

Em relação à figura de Catarina, posso admitir que o que me jogou às águas do *Enlouquecimento* era o que necessariamente me possuía desde o momento que a vi desabitada dela mesma.

Não foi o luto em dor que fundiu o mundo do Grande Relógio. O que me fez escapar da Real realidade não fora nada consagradamente valoroso, mas a mais intensa e visceral sensação de *Alívio*.

Alívio por não a ver putrefando em vida, *Alívio* por finalmente poder não ser funcional, *Alívio* por poder entrar em contato, finalmente, com a minha mais distorcida versão. *Alívio* repleto de culpa.

O *Alívio* pós-rompimento com a obrigatória relação com o corpo vegetativo, bem como com o que eu denominava de Real realidade, enfim revela meu mal escondido, agora desmascarado.

Reconheço minha falta, mas não pelas maneiras as quais atuei, e por neste momento, estar de frente ao autêntico sentimento que me guiou pela funcionalidade de *"bom filho"*, mas essencialmente pela vergonha em entrar em contato com tal afeto.

Renunciei da própria vontade durante minha breve vida, para no Grande Relógio questionar a inerte obediência que sempre me moveu.

Os Espectros forjados na projeção deste mundo atuam de forma a me quebrar em partes, me retalhar em frangalhos, para, por fim, buscar uma nova recomposição.

A eficaz funcionalidade performática, personificada pelos mais diversos *Eus: o exausto trabalhador, o introspectivo combativo e o filho martirizado*, traziam, de certa forma, a própria figura do pastor que me guiava ao precipício suicida dos porcos e da representação manicomiada que sentenciava o falsário processo de *Enlouquecimento* que imaginei que estivesse adentrando.

Olho para trás e vejo o longo caminho percorrido. Não em termos de passos dados, mas de sentidos desfeitos. *Sinto-me caoticamente são.*

O silêncio toma conta do Grande Relógio.

Já não ouço seus círculos se movimentarem.

O *Eclipse* se ofusca.

Os Espectros não mais falam.

Olho a lápide da maldizida mãe, à qual ainda despendo o afeto da saudade, mesmo nessas condições.

Choro pela terceira vez.

Os Espectros recuam como se tivessem finalizado a autópsia.

A *Loucura* se afasta portando seu pergaminho, contendo detalhadas medidas de governo.

A *Confissão* a acompanha, utilizando sua pulseira acerejada e sua foice na bainha. Ao perceber o adorno ainda abrilhantado, sei, de alguma forma, que sua narrativa não fora finalizada, mesmo que a resolução chegue por intermédio de outra presença. *Afinal, o que pairava ao seu redor?*

Chego próximo à lápide e consigo ler com clareza o epitáfio de Catarina: "*Para Enlouquecer realmente, deve-se deter a consciência da Loucura; para se Confessar sem ser conduzido, é necessário saber* à qual *divindade permanecemos de joelhos*".

Caminhando entre a névoa, os vultos da *Confissão* e da *Loucura* desaparecem. O percurso do Círculo Menor e o encontro com tais representações sustentam a compreensão de que não *Enlouqueci* e de que não foi o luto o fator proeminente de rompimento com a Real realidade.

O *Alívio* me fez afogado nas águas deste suposto episódio de crise ou transtorno. Autopsiado, os Espectros extirparam minha mais íntima *Confissão: ainda que enlutado, celebrei a morte de Catarina.*

A Real realidade foi drenada de meu corpo.

Esvaziado, devo continuar.

UM NOVO PRÓLOGO

Sozinho novamente.

Esgarçado pela autópsia interrogatória e pela inquisição disseminada pelos Espectros, vagarosamente continuo o caminhar. O silêncio é inquietante e o ambiente tornou-se um tanto mais sombrio — *o Eclipse deixou de brilhar em intensidade. Permanece enfraquecido, mas ainda mantém certo esplendor.*

O mundo do Grande Relógio não mais se movimenta.

Os anéis circulares atingiram seus objetivos. Etapas resolvidas e diluídas de mistério:

O cotidiano e suas mazelas: a primeira camada. Os Delírios e sua função de escape: a segunda.

A passagem pelo Círculo Menor e o reencontro com os Espectros da Loucura e da Confissão: a terceira.

Autopsiado pelos mundos que criei ou que adentrei, encontro-me finalmente vazio. Tal como o precipício equilátero, a visão do cadáver da mochila e sua autopsia discursiva pelo Carrasco era também, de certa forma, um vislumbre do meu porvir.

O Grande Relógio em si vem me servindo de legista.

Tudo se iniciou pelo exame externo. *Os vestígios físicos que influenciaram a morte ou a renúncia de algo: a Real realidade e o próprio cotidiano que me assolava.*

Em seguida, o cadáver em vida — *eu, Juno* —, submeteu-se ao exame interno: *que consistiu na abertura do corpo sobre a mesa, em sentido exploratório, buscando identificar elementos não possíveis de serem percebidos pela visão de superfície. Ainda nesta etapa, a partir do corpo disposto à análise, verificaram-se os traumas, as patologias e as alterações, tendo como mote a força da Confissão e da Loucura.*

Agora, a terceira e última etapa em que me jogo alça o gigantesco desafio de identificação sobre quem emerge após o processo de dilaceramento.

Meu corpo foi preenchido pela história do mundo e também arruinado por ele.

Ao final do caminho, da necropsia e/ou da jornada, o que finalmente se tornou esse cadáver retalhado pelas incisões? E mais, quem é ele ao se deparar com seu tão buscado epílogo?

Digo que fui regido por distintos relógios. O real: *pequeno e de pulso*, mas também pela sua nababesca versão. Vejo que tive minha breve vida na Real realidade cronometrada e limitada à funcionalidade da carne: *bom filho, adequado empregado e silencioso indignado*.

Parece-me que estas características não mais me cabem, ou, de alguma maneira, não mais me integram enquanto pessoa. *Fui dissolvido pela necropsia.*

O que me preencherá a partir daqui?

Saber a *Verdade*, as *Verdades* ou, talvez, ter acesso aos critérios de *Verdade* possíveis para minha época, não me faz um ser sublime ou atormentado de maneira estanque. Existe uma anestesia que me adentra nesse momento em que caminho até a terceira e última casa deste local esférico, que se iniciou com o *Poço*.

Sinto que acabo de ingerir anestésicos destinados a entorpecer partes de meu corpo, sem contanto, incorrer em perda de consciência.

A jornada que me trouxe até aqui, portanto, não se tratava de um *Enlouquecimento* individualizado, a que vim me acostumando erroneamente com o tempo. *Cheguei a esta tríplice fusão para ser esquartejado. E assim se fez.*

Parece-me que quando se retalha um corpo, é possível perceber os órgãos em separação — *distantes uns dos outros* —, e, desta maneira, identificar as funções ou disfunções dessas segmentações. Essa sensação metafórica de *"estar em partes"* me adentra ao passo que continuo minha peregrinação.

Lembro-me da Roca de Fiar que liga os Espectros uns aos outros e que entrelaça os corpos na Real realidade. Tenho a momentânea impressão de que após o processo espectral posso enxergar os mesmos fios em sua longitudinalidade, do início ao fim, e por assim dizer, adentrar por completo a ampla trama composta pelas parceladas meadas.

Sua luz reluzente e incandescente permanece enquanto característica fundamental e passa às minhas vistas enquanto caminho, sem fratura ou intermitência — *é fluido e inteiriço*. Os percebo à minha frente como se pudesse tocá-los.

O corpo que desloco por essa geografia é distinto do que adentrou o *Círculo Menor* — aquela carcaça ainda sem vestes. Esses novos modos de pensar atravessam e atualizam meus próprios saberes e as maneiras as quais me vejo entremeado ao *Poder*.

Colocando-me na arena de dentro e de fora, pude ver em sua convulsão, ambos os lados em retroalimentação. Esta cilada bem quista me proporcionou inéditas possibilidades de visibilidade, bem como a verificação do que fui e o que me tornei em singular qualidade: *um nômade de mim mesmo.*

Essa desenvoltura errante diz respeito também ao fato de que agora não existem mais guias a servir de pontes ou mapas com o intuito de desbravar territórios e realidades. Com tudo em completo esgarço de resolução, basta a mim a andança e a espera pelo que surgirá.

Sem destino ou residência fixa, vejo o *Círculo Menor* como um espaço aberto ou um grão de areia na ampulheta do tempo.

A dobra da minha busca partilhou comigo a *Insana* noção de *Equilíbrio* e a *Desestrutura* daquilo que sempre me balizou enquanto corpo designado, resignado e insuficiente.

Puramente irônico que agora, nesse exato momento, é a palavra nômade que me adentra e permanece encravada em minha língua. Se me recordo bem, já me debrucei sobre essa temática em minha outrora busca pela desrazão.

Perdia-me em acontecimentos extraídos do caos, me debruçando em distopias literárias e cinematográficas. Apreciava as cenas em câmera lenta que modificavam, através da película, as funções comuns aos corpos humanos.

Desinteressava-me pelos clichês ou pelos romances que se apegavam em estereotipia e ao mito do herói. Deslumbrava-me pelas violências sutis, geralmente proferidas pela língua. Ruminava esses conteúdos estabelecendo interlocuções com minha própria existência. Evidente, claro, que esse sopro fresco de ar não tenderia a durar por muito tempo, pois o relógio, sempre ele, me desgarrava do pensamento revolucionário, impedindo de certa forma, a ruptura com as *Verdades* estabelecidas.

Digo isso pois agora me vejo em um trajeto não previsto e por isto, posto na ilegalidade. Uma crise de representação, talvez.

Necessito encontrar outra maneira de ver e "me ver" no mundo. Afinal, não *Enlouqueci.*

Não estou invocado pela crise ou surto. *Não se trata disso.*

Mas seria irreal de minha parte — *se ainda tenho a pretensão de me apegar em algo que pode ser considerado palpável* —, não tecer minhas indagações após o fechamento do capítulo dos Espectros.

Estranho me deparar com tais forças de revelação sem me sentir *"submergido"* e afogado como um porco possuído. Essa elaboração há de ser pertinente, pois ela se dá no momento o qual meu corpo procura novos locais para desbravar ou para, minimamente, se localizar e achar o conforto da pertença.

Nem a Real realidade, nem o Delírio, nem o Onírico são mais suficientes. Anseio pelo repetido processo da *Verdade* o qual vivenciei junto à *Loucura* e à *Confissão*, e essa é a motivação para meu repentino nomadismo.

Estou quase completando o *Círculo Menor* e, ao longe, avisto a última instalação. Algo me move em prontidão.

Respiro profundamente e passo a olhar ao redor do Grande Relógio simultaneamente à caminhada que se segue. *Uma técnica de contemplação já realizada por mim antes.*

Sempre tive a habilidade ou a sensibilidade para entender o ápice de uma história ou a experiência que necessariamente anunciaria seu fim.

Já há muito tempo, ainda na Real realidade, recordo-me de situações derradeiras nas quais eu agia de maneira a fixar o olhar para não esquecer os detalhes de uma determinada cena, das pessoas, das arquiteturas ou de quaisquer outros elementos que eu considerasse importantes. Desejava em caráter fotográfico poder revisitar esses espaços de memória na posteridade, quando a bel-prazer, desejasse.

As não movimentações do Grande Relógio, que cessou seus estímulos de movimento e de intensidade de luz, indicam que essa alegoria apresenta indícios de uma inevitável finitude funcional.

Essa representação do meu governo, da minha condução pela *Loucura* e pela *Confissão* de alguma forma se despede da minha visita e, sutilmente, me despeja novamente da minha própria casa.

Não ser mais bem-vindo em minha construção prisional talvez denote o processo libertário de não mais me encaixar como prisioneiro. Ao menos não aqui.

A trama do *Encarceramento* sempre a mim foi parcelada em significado. *Busquei sobreviver ao dia a dia; visei a escapada Delirante e até mesmo a decifração Onírica em vias de me desvendar.* Contudo, até o encontro com as figuras da *Verdade*, que circulam os homens nos diagramas de sua socialização, não detinha a ciência ou a vivência necessárias para compreender que as formas de normatização e condução da vida em si obedecem ao discurso do produtivo controle.

Esse mesmo controle, em sua característica plástica, também há de se modificar, buscando atualizadas codificações, para que assim sobreviva. *Essa é a premissa para a infinita substituição dos espectros da Loucura e da Confissão.*

Pois tal como a alegoria do Grande Relógio, seus fluxos de força enfraquecem-se e deixam de funcionar em caráter eficaz. *As tecnologias que visam o governo dos corpos também deste mal padecem, não se sustentam eternamente.*

Não vejo que perdem integralmente seus sentidos de condução — *não desaparecem ou são extintas.* As forças da Loucura e da Confissão se acoplam uma à outra, modificando sua dinâmica de operação. A natureza *Efêmera*, que sempre associei a meu viver, é também elemento-chave do *Poder* e de suas estratégias.

Se em momentos anteriores eu necessitava de uma intérprete para chegar ao significado de tamanhas metaforias, agora, ao captar a trama da Roca de fiar e não mais seus fragmentados fios, isso se torna evidente.

Instalou-se em meu *"olhar"* a lógica da vista em amplitude. A procura por indícios coercitivos e produtivos frente ao que é considerado menos valorado e apagado pelos procedimentos da história. É na reles rotina dos homens que recaem os cataclismas mais árduos de seus desgostos.

Eram nos passos esquecidos e nos rostos anônimos que o Poder se centrava e o governo se instituía. Não existia apenas a dominação vertical, pois o controle é emanado também pelos próprios oprimidos. De dentro para fora, a perfeita prisão passou a ser fiada pelo verniz da *Liberdade* enquanto principal premissa.

A poucos passos da seguinte arquitetura, consigo compreender que não existe e sequer existirá a Razão destinada à coesão de algo, inclusive em seus parâmetros de violação, pois é correto afirmar que esse mundo em camadas e minha própria existência — *singular e conjuntural* —, funcionam a partir da mais completa *discórdia*, determinando a emergência de certo tipo de *sujeito, vida ou existência*, dando continuidade à própria história tramada pela Roca de Fiar.

Estamos condenados.

O *Poder* se imbui da premissa de expropriação sempre em fluxo similar e contrário a quem esse mesmo *Poder* é investido. *A vida dos homens não seguirá sem os Espectros, e a existência dos vultos se modificará, segundo a própria experiência humana.*

Olhar ao passado já não é mais suficiente. A verdade nunca se revelará em uma suposta origem, pois o agente da discórdia sempre buscará, em sua jornada, a *Vontade da Verdade*, e nunca a própria verdade em legitimidade, pois os supostos "achados" serão somente condizentes ao que será possível de ser dito e praticado em sua época histórica.

Os mecanismos de coerção se modificam, mas nunca deixarão de lado, ao menos por completo, suas atribuições primeiras. Assim, o Grande Relógio perde seu efeito alegórico à medida que meu corpo se transmuta em algo distinto, preparado e pronto para novos cárceres.

É o momento de adentrar a última instalação.

O ECO

Convido-me à última arquitetura.

A sensação de finitude dessa experiência que me torna nômade faz-me verificar de maneira detalhada a terceira instalação, assim como me compele a rememorar as duas moradas anteriores: *a casa da Loucura e a da Confissão*. Sinto em meu âmago que estes passos que se seguirão denotarão a finalização desta tríplice etapa da jornada para a *Verdade*.

Vejo que o *Grande Relógio* rui progressivamente. Percebo rachaduras em seus alicerces e muros, e mais do que sinais factíveis, ando agora por um ambiente que não aparenta fluir *Vida*. *Sinto uma terminal agonia.*

O mundo do *Grande Relógio* está se despedaçando. Seus tijolos em flagelo me fornecem em sugestão que será sua arquitetura o foco que me fará recordar dessa simulação de prisão, quando ela finalmente "se for".

Seus escombros serão minhas premissas mnemônicas ao desejar, a bel-prazer, lembrar-me do que aqui aconteceu. E para tanto, vejo a necessidade de que as três moradas sejam analisadas em suas devidas formas *físicas*.

A casa da Loucura, o primeiro espaço que adentro e onde reconheço a Ama e a Serva, apresentava manicomiada composição. Apesar da claraboia existente, que permitia o então brilhoso *Eclipse* tocar sua residência, a sensação que acompanhava em sua dimensão interna lembrava-me, de certa forma, do fatídico esquecimento.

Não existiam janelas e o teto era incrivelmente alto. Uma locação análoga à que poderia comumente ser encontrada em locais longínquos, onde os indesejados permaneceriam: *distantes da ordem do público, dos cínicos "cidadãos de bem", supostamente dotados da hegemônica sanidade.*

Aquelas paredes funcionariam como a perpétua emboscada que dariam ao mundo a camuflagem da normalidade da urbe, que negaria ou justificaria suas ações pela torpe necessidade de exilar, massacrar e destruir seus exilados.

Diferentemente, a casa da *Confissão* não detinha qualquer proteção.

Aberta e em posição de elevação, se assemelhava a um palco, dando o tom sedutor e expositor da cena na qual uma eventual plateia poderia acompanhar o desenlace das situações ali vividas. Sua aparente estética *Liberta* era condizente ao mais restrito sistema de controle. A ausência de muros, apresentando a imagem de soltura, na verdade induzia à violência da permissibilidade.

O palco em pedras que circunscrevia a residência do segundo Espectro serviria para que seus visitantes ajoelhassem perante algo e fossem, durante o ato, contemplados pelos demais como *perfeitos conduzidos*, e, portanto, salvos perante a mítica divindade e/ou seu profeta que ofereceriam a salvação suposta.

Libertamente preso, esta era a mensagem imposta em seus tijolos.

Em ambos os casos, pelo aprisionamento da *Loucura* ou pela falaciosa *Liberdade* arquitetural da *Confissão*, coexistem o despertar da *Permissão*. As arquiteturas que me ferirão a memória na posteridade são cúmplices do enjaulamento, da desumanização e do uso e expropriação da pele daqueles que se encontram sob suas influências.

Desta maneira, posso afirmar que a Terceira Casa também utilizará de sua estrutura material para disseminar sua mensagem, ou elucidar a *Verdade* que carrega.

Estou em frente a ela, a última locação que devo atravessar.

Existem três degraus em seu acesso de entrada. Não há ninguém aqui. Estou sozinho.

Os Espectros se foram, não existe lápide ou apetrecho que me chame ao próximo passo. Finalmente, faço-me meu próprio condutor.

Essa última instalação apresenta algumas características. Estou em um caixote retangular.

Seu teto é baixo, quase tenho que me curvar para caminhar. Trata-se de um ambiente úmido e escuro.

O brilho do *Eclipse* não mais alumia como outrora, assim, outro estímulo sensorial se faz necessário para que eu me guie pelo seu trajeto.

Existe algo de diferente aqui. Minha pele arrepia.

Acima da escadaria de entrada, sob o batente superior, está escrita a palavra *"ECO"* — *seria este verbete parte do processo de busca da terceira Verdade, tal qual foram as escrituras ao solo dos Templos anteriores?*

Antes que possa me aventurar pela etimologia do referido vocábulo ou algum outro tipo de análise, ouço algo estridentemente tenebroso, mas não surpreendente em termos de emergência.

Sou achado pelo barulho que destacava o *Onírico* em um som específico, noite após noite, me jogando ao enigma do Poço: *"o grito de agonia"*.

O exato mesmo som que ouvira antes dessa jornada ser realizada. Ele, o grito, não é desferido mediante sonoridade que cause temor: *sonoriza-se quase imperceptível, entretanto, de maneira contínua.*

À medida que caminho, vou sendo chamado paulatinamente ao interior da última casa. *O som, pouco a pouco, vai se fazendo significativamente mais presente.*

O espaço pequeno me obriga ao esmero de efetuar pequenos e cuidadosos passos, objetivando seguir com cautela a sonora súplica. Ainda tomado pela escuridão da arquitetura, vejo uma escada subterrânea — *é dali que ouço o grito, ou ao menos é por ali que devo percorrer para seguir a voz.*

O grito ecoa por uma galeria subterrânea que detém como acesso uma escada que liga o Templo terceiro à passagem abaixo do solo. Sinto a temperatura diminuir intensamente.

Ao ler a referida mensagem: *"Eco"* e me confundir em seu significado, não posso deixar de entender que ela está lá, entalhada, também por mim.

Assim como o nomadismo que constrói este novo capítulo de imersão, passo a refletir sobre a relação que *Eco* possa deter com a terceira instalação: é evidente que *vulgarmente, sua determinação se associa a um som qualquer que se propaga por um lugar e por um específico espaço de tempo.*

A intersecção está apresentada.

O *Eco* da aprisionada, o terceiro Espectro, emite específica sonoridade que se propaga pela arquitetura terceira e que clama, através de seu canto de encarcerada, pela minha visita ao topo da Torre. *Entretanto, me recuso a acreditar que tudo esteja entregue assim, de maneira tão literal.*

Decido pela continuidade da busca pela origem do *Eco*.

Ao movimentar meu pé direito ao primeiro degrau de descida, percebo que estou ao centro da última arquitetura. Estou a descer.

Antes que continue e efetue o próximo passo, vejo um objeto: brilha sobre a escadaria um recorte de fio da *Roca de fiar* — *funcionando como um chamariz que me impede o prosseguimento.*

O lampejo da meada fruto do instrumento tecelão alumia a terceira instalação, retirando a coloração noturna de meus olhos — *vejo seus*

tijolos, posso tocar o teto. Ao centro e abaixo, observo com mais clareza a passagem que possivelmente me levará àquela que me vigia.

O fio luminoso, além de me localizar na última casa, mostra a saída logo à frente. Caso a siga, vejo que serei levado ao início do *Círculo Menor* e novamente ao *Poço.*

Sim, esse é o caminho adequado a seguir. Retornarei ao início do Grande Relógio, antes de adentrar a passagem abaixo do solo.

Sigo em cuidadosos passos. Evado-me da escadaria em direção à saída. Decido retornar ao *Poço.*

Saio do Templo e avisto um alguém — em forma humana —, evidentemente perdido e abismado com a arquitetura do Grande Relógio: *um novo viajante, tão já?*

O distanciamento dessa estranha figura, ainda que não em demasia, não permite a visão necessária para que eu questione sua presença ou possa verificar sua face.

Olho ao redor e vejo o Grande Relógio que não mais pulsa em vida. Seus momentos estão contados, mas ele ainda fornece a mim, o viajante em busca das *Verdades* possíveis, seu último suspiro.

A arquitetura outrora majestosa e que detinha a influência de me maravilhar está despedaçada e sem força para continuar. Devo à minha masmorra particular o último naco de atenção, e por esta única e simples razão, decido continuar caminhando em direção ao desconhecido intruso.

Porto a centelha vulcânica da Roca de Fiar. Ao me aproximar da figura, a mim é mostrado, e de maneira autônoma, uma das vertentes do Tempo: *sou transportado para outro lugar, a partir da força do fio que porto.*

Sem vultos ou *Alheações,* o fio da Roca abre uma nova fenda de vislumbre: *revivo parcela da minha própria existência.*

Volto e vejo o *Onírico,* quando ainda tentava desvendar unicamente o enigma do *Poço.*

Ouço meu próprio pensamento outrora narrado:

"Olho para trás, tenho a leve impressão de ter ouvido certo grito, não de socorro, mas de agonia — motivações essencialmente distintas. O grito de socorro guarda certa expectativa por algo que possa vir trazido pelo som de súplica. O marcado pela angústia, ao contrário, agoniza um desfecho sem saída e já dado — não há o que fazer.

É a vasca que ouço, é a sonoridade estertora. Sigo caminhando à frente, pois sei que, *mesmo adormecido, não tenho tempo disponível para explorar a cena a contento — se faz necessário que eu chegue ao poço. Percebo vestes jogadas ao lado: o próprio balandrau — existe mais alguém aqui? Ouço novamente uma onda sonora convulsiva vinda por detrás da minha cabeça, não um pedido de ajuda, mas gritos de arrependimento, remorso e desespero. Vejo as pedras cambalearem soltas no chão.*

Quando alguém se aproxima, junto às minhas costas, tento me virar para reconhecer a figura. Desperto!".

Ao passo que essa narração se repete sobre meus ouvidos, sigo caminhando e aos poucos vou me aproximando do forasteiro. A repetida versão do *Onírico*, que por tantas noites me ofereceu seu enigma, permanece sendo narrada incessantemente, e também como um *Eco*, ele se repete e se reinicia tal qual termina.

Acelero meu caminhar — *estou próximo da figura confusa* —, e ao momento de tocar as costas do sujeito percebo estranhas semelhanças: *ele está perdido, eufórico e equivocado.*

O sopro final do ciclo do Grande Relógio se anuncia. Sua última e derradeira fluidez de vida trata-se de outra Revelação. Os Espectros não estavam a mentir: *em específico acontecer, essa arquitetura, em algum momento, incorreria em sua própria Confissão e se dobraria a mim.*

Meu dedo indicador da mão direita se aproxima lentamente das costas do novo viajante. A cena traduz a lentidão das tomadas cinematográficas que apreciava na Real realidade: *percebo minha mão em câmera lenta. Milímetros antes de incorrer ao toque, sua identidade a mim já está definida.*

Trata-se da minha própria versão que já não mais existe.

Minha cópia estrangeira e de outrora percebe que estou próximo de tocá-lo. Sente a presença de algo estranhamente familiar e desespera-se em ansiedade.

Em súbito, antes que consiga se virar para que nos entreolhemos, a névoa o disfarça e ele (ou eu), desaparece: *"o exato instante em que eu despertava do Onírico, às 6h13, fadado a repetir o ciclo diário de expropriação, buscando o Delírio, o Enlouquecimento, a funcionalidade, a solução da origem do grito, da presença às costas e o que se escondia interno ao Poço".*

Fico atônito e novamente sozinho. O que acabou de acontecer?

O fio que abriu as janelas do Tempo não mais detém aparência incandescente — *tornou-se poeira e agora suja minhas mãos*. Estou no exato local do Grande Relógio que culminava em meu desaparecimento pelo compulsório retorno à Real realidade, antes de tudo: da *Diferença* em meu ciclo, da *Senhora das Latinhas, do Homem das Moedas, dos Delírios* e da morte de Catarina.

A presença sentida, noite após noite, de alguém às costas não pertencia a nenhum intruso ou figura desconhecida, mas à minha atualizada e esquartejada versão, autopsiada pelos Espectros.

Eu sempre me aguardei. Após me aventurar pelo alheamento e adentrar os aposentos da Loucura e da Confissão, volto no exato momento em que essa busca se iniciou.

Então, recordo-me do entalhe posto e explícito que anunciou a terceira casa. A inscrição na porta de entrada da *última* instalação: *ECO*.

A torção não literal da Terceira casa está aqui, mas não exatamente na concepção mais conhecida sobre o que seria esse som de agonia propagado, ou sua versão ouvida em Eco. Tal episódio, ver-me, me joga a pensar em distinta narrativa.

Vejo não mais ser necessário que se apresentem inscrições ao solo, nas paredes ou em uma lápide, para que compreenda a função do *Eco*.

Sua referência não se propaga através dos escritos bíblicos, mas da trajetória de Narciso, ressaltado como pista pelo espectro da Confissão, em nossa anterior conversa.

Já detive contato com tais escritos míticos. Talvez consiga lembrar.

À idade de 16 anos e já construída para si uma coleção de pessoas que buscavam seu amor, Narciso havia se tornado frio, orgulhoso, sem que ninguém tivesse ou pudesse tocar seu coração. Certa vez, ao caçar um animal pela floresta, foi seguido por um ser, uma mulher, que tais como os demais, teria se apaixonado pela sua beleza. A mesma se chamava Eco e somente poderia verbalizar a repetição da última palavra desferida pela boca alheia. Vale dizer que Eco nem sempre fora desta maneira. Antes ninfa, residia nas proximidades do Monte Citerão e era querida pela deusa Ártemis, a quem acompanhava em suas caçadas. Eco tinha a característica da tagarelice, e por assim dizer, impedia a também deusa, Hera, de surpreender Zeus em seus atos de traição, inclusive, por vezes, tentando dissuadi-la pela cínica retórica. Hera a amaldiçoou: tirou-lhe a voz e provocou-lhe a repetição do som, sem nunca poder realmente ser autora do que saía de sua boca. A então ninfa foi condenada à repetição e à perda de sua identidade: presa pelo poder da voz de terceiros, expressan-

do-se pela língua alheia. Apaixonada por Narciso, Eco buscava descrever seus sentimentos pelo e para o orgulhoso amado, mas a força de seu castigo não a permitia a confissão. Narciso a rejeita, e ela, entristecida, recolhe-se à floresta, definha e perece, se transformando em vento. Todos a podem ouvir, na medida em que disparem os sons ecoantes. Todavia, seu algoz da paixão, responsável pelo seu derradeiro desgosto, não permaneceu ileso por muito tempo. Outra jovem, também recusada, ao suplicar por um castigo a Narciso, tem suas preces ouvidas pela deusa Némesis: "Pois que possa ele amar a si mesmo e não obter aquilo que ama". O rapaz, em determinado momento, ao se debruçar em um lago intocado pelos homens, se torna apaixonado pelo próprio reflexo. Não conseguindo obter a face de seu desejo, assim como Eco, definha sem comer, descansar, aprisionando-se em sua própria ilusão. Chora e agoniza por não poder capturar seu amado, a ilusão do reflexo do lago. Suas lágrimas pelo insucesso turvam as águas, e ele em desespero se joga às profundezas, consumindo-se até a morte.

O enamoramento suicida é uma das mais belas passagens gregas — *ao menos em meu crivo* —, contudo, é no epílogo do conto, após a morte de Narciso, que acho o trecho que mais me fascina:

Quando suas irmãs o buscam para realizar o sepultamento, Narciso afogado em seu objeto de amor — ele mesmo —, havia se tornando flor, com centro amarelo e cercado de pétalas brancas.

Não haveria arquétipo ou lenda mais apropriada à situação e a este enredo que me entrelaça. Não pelo apego, factual ou fantasioso, a padrões estéticos, mas por me afogar em minhas próprias projeções.

O Grande Relógio e a busca pela *Loucura* formaram o lago de minhas Verdades. A submersão e o afogamento associados aos momentos de crise, e por fim, ao *Eco*, àquele que se propaga, sentenciando a humanidade, amaldiçoando-a pela *Repetida* execução das últimas palavras ouvidas — *vivemos a sonoridade de outrora sem nunca conseguir mapear sua origem.*

O *Eco*, assim como a *Loucura e a Confissão*, constrói a história sob um amontoado de vidas escravizadas e ajoelhadas. Úteis anônimos, convenientes desaparecidos.

O Grande Relógio não apresenta a mim outra versão existente de meu corpo físico ou intenciona sugerir que eu tenha assumido a forma de uma força etérea. Estou fisicamente presente nesse mundo que chega ao seu fim, não há corpo físico para o retorno, como eu erroneamente imaginava. Entendo agora que sou eu que estou viajando por esta realidade escondida. *Isso não está mais em questão.*

Narcisicamente construo esse mundo para destrinchá-lo e demonstro a mim mesmo, após a contribuição dos Espectros, que o Eco não se limita ao grito de agonia da Vigilância. Ela, tal como sua voz repetida, se propaga pela nossa Real realidade.

Na verdade, pressinto que seu som, que ouço agora através da passagem pela galeria subterrânea, sempre nos sugestionou. Se sou Narciso, ela é Eco, e somos Juno (tal qual a versão de Hera na mitologia romana), e tal qual a ninfa que definharia na floresta, vivemos a violência inevitável do grito que se perde ao vento.

Os ponteiros dispersos e não cronológicos que centram essa geografia em três camadas — *Real realidade, Delírio e Onírico* —, fazem jus à não linearidade do Tempo, confundido a representação do relógio que eu detinha na Real realidade, objeto este que controlava a busca pela funcionalidade corpórea. E mais do que isso, essa realidade fundida afirma, sem misericórdia, a terceira Verdade: *a história, assim como minha vida Repetida, incorre na mais cíclica mesmice. Se refazendo, se reincidindo, reiterando a humanidade ao fardo do "limbo dos vivos", tal como mostrado no precipício equilátero.*

Hera, Juno, Ninfa, Narciso: somos cada um deles, mas nenhum em totalidade.

Os *Ecos* não se referem somente aos gritos da Razão aprisionada, mas à compulsória manufatura da eternidade que não tende a se modificar.

A barbárie sempre há de retornar, pois na verdade ela nunca desapareceu. O que se modifica são as cenografias dos palcos que identificam os *"Loucos" e/ou "Caídos"* de cada época, aprisionando-nos em características múltiplas e transitórias de classificação.

A Real realidade, enfim, encontra sua identificação com o Grande Relógio: *fadada ao ciclo em Repetição, tal como eu e todos os demais.*

Reféns da história e de sua reprodução interminável das exatas mesmas coisas que criamos para nos aprisionar. A dobra entre vilipêndio, vilipendiado e vilipendiador, entrecruzando seus "Vs", fazendo-os se encontrar em uma única encruzilhada que desemboca na própria noção de sujeito que nos assola.

A *Diferença* na *Repetição*, o *Homem das Moedas* e a *Senhora das Latinhas* anunciam que eu adentraria meu Tabernáculo da *Loucura*, e em extensão, as Pítias Espectrais seriam as intermediadoras das *Verdades* necessárias para minha dissecação.

Essa epifania da terceira *Verdade* faz o Grande Relógio finalmente morrer. Despedaçado, após seu último sopro de vida, ele finalmente descansa e inicia seu desmoronamento.

Estou em frente à escadaria que me levará à furna. Aprecio a destruição de meu até então cárcere. O Grande Relógio faz sua despedida.

Tenho a impressão, contudo, que a terceira Verdade: *do Eco e da Repetição da história*, não finalizou sua mostra, e por isto, ainda não deve ser deixada de lado. *O caminho até a Vigilância não há de ser sereno.*

Resta a mim continuar.

AS FURNAS

Em face da descida ao subterrâneo, recordo-me da profecia envolvendo o destino de Narciso, que se afogaria em seu próprio reflexo: *"viverá até a velhice se não se conhecer"*, foi isso que o Oráculo disse a Liríope e Cefiso, seus pais, quando ambos, abismados com a beleza de seu filho infante, procuraram a figura profética.

A réplica que faço da minha existência, distintamente do belo grego, de nada encontra o amor e a admiração de outrem, muito pelo contrário. O reflexo no espelho jamais me mostrou traços admiráveis.

Diferentemente de Narciso, não pude me afoitar em mim mesmo, e com isso, a contemplação pessoal sempre se posicionou como algo distinto: *olhava-me por outra ordem.*

Não era a estética que me surpreendia em potência, mas a capacidade de continuar a exercer a *Vida* tal qual ela se mostrava — *o que me trazia surpresa eram as forças das juntas, dos músculos, dos joelhos, dos braços, das pernas e das infindáveis tentativas para impedir a fatídica exaustão.*

A projeção de meu reflexo mostrava-me em iteração o seguinte questionamento: *como alguém pode, por tanto tempo, conviver em repetido ciclo de expropriação e não se romper?*

Hoje talvez saiba a resposta. Adequamo-nos ou buscamos nos modular a certa forma de *"declínio, decaimento"*, em consonância à própria *Vida* corrompida de que fazemos parte, esse sim, o reflexo de todos nós.

Narcisos ou não, enxergamos e nos apaixonamos pela *promessa do vir a ser que jamais chega ou chegará a ninguém.* Incorporamos a vívida exaustão do corpo e permanecemos de mãos dadas à fatídica desesperança.

Por mais que sejamos distintos uns dos outros, paira sobre todos nós a sensação da inevitabilidade. Dia a dia, é o luto que nos movimenta, embora, por muitas vezes, não esteja declaradamente visível a nós.

Pois bem, se tanto a Senhora das Latinhas quanto o Oráculo indicado no mito de *Narciso* estavam corretas no que confere ao *"conhecimento de si"* enquanto parâmetro básico para a finitude da realidade que vivenciamos, existem aqui alguns pontos a serem destacados sobre meu ato de aventurar-me em mim mesmo.

Primeiramente, embora calcada em boas doses narcísicas, essa jornada pela minha prisão não se trata, em absoluto, do próprio enamoramento, mas da busca pelas *Verdades* que nos conferem o aprisionamento.

Outra questão percebida é que essa história não conta unicamente com meu protagonismo individual. Pelo contrário, ressona no Tempo e me transforma menos em personagem principal e mais em efeito dos reflexos que nos afogam progressivamente.

Venho dizendo, descrevendo e analisando essa minha molecular história. Contudo, para a grande massa da representação, sou um desconhecido, um anônimo

Entretanto, são corpos como o meu que tecem as tramas da Roca de Fiar, alimentando-a com a energia vital necessária para a continuidade de produção de seus fios, pois não existem mitos suficientes para que o instrumental fiador seja alimentado. Sendo assim, a Roca necessita em urgência de todos nós, inclusive de sua grande maioria: *os usados, exauridos e esquecidos.*

O *Enlouquecimento* da Razão aprisionada é o estopim para que nossas peles sirvam como lombo a ser anavalhado, nos usando ao limite sem nunca nos conhecer realmente. Sou e somos a matéria-prima das engrenagens de governo. E suspeito que em algum momento seremos exumados em via de questionarmos os *Ecos* que determinaram nossas *Vidas*, bem como nosso fim. *Essas são as nuances que a arquitetura da terceira casa me mostra, e é a partir desses elementos que ela será lembrada.*

Ao pé de descer as escadarias em direção à galeria úmida cujo grito ecoa, não sei exatamente o que virá a me confrontar, mas sei que ao seu final, a quarta *Verdade* será revelada.

✳✳✳

Desço as escadarias.

Pingos d'água colorem a sonoplastia.

O duto que segue os degraus é circular, repleto de musgos, como se um lençol freático o atravessasse acima, abaixo e aos lados.

Enumero os degraus como se estivesse em contagem regressiva para algo. "1, 2, 3", o som do grito agonizante me indica que estou no correto caminho; "4, 5, 6", olho para trás e a arquitetura do *Grande Relógio* e por consequência da terceira casa caem em ruínas. A Torre é a última estrutura remanescente.

"7, 8, 9", leio uma inscrição cravada na parede à minha esquerda: *"Não há nada aqui, viajante: não há chamas, dor, ou sequer pecado. Apenas o esquecimento e a sombra do que fomos um dia"*.

Sinto que se trata de uma escrita feita pela própria *Vigia da Torre*. Teria alguma relação com a subjacência da terceira casa: o próprio Eco? *Questiono-me*.

"10, 11", vejo um último nível de descida: "12". Mesmo aqui, a relação numérica com o relógio ainda exerce influência sobre esta arquitetura.

Volto-me ao redor. Exploro o recinto com minha já cansada vista.

Vejo paredes gigantescas, iluminadas precariamente por tochas cravadas em suas colunas. Os muros que o guardam estão devidamente abrilhantados por uma coleção de círios que partilha o espaço com as tochas de madeira, dividindo a função de iluminação, como se de alguma forma estivessem ali para guiar alguém ou velar por algo.

De frente ao portão, vejo sinalizado acima o número 10. Abaixo do referido número, mais um comunicado enunciado: *"Vim pelo prazer e permaneci pela dor"*.

Uma nova mensagem da *Vigia*: sinto que *me percebe, mesmo aqui, soterrado por essa passagem*.

Ela, que me visitara anteriormente, sabe o momento cronológico em que me perdeu, o exato ponto em que nos separamos pelo caminho, ao menos das vistas literais, ainda na casa do riacho.

Lembro que a *Vigia* vinha a meu encontro, em meus supostos momentos de ausência, especialmente quando recebíamos as visitas das pessoas de crachá: *agentes e ramificações de suas influências na Real realidade*.

O número 10 confere a idade que detive quando a vi pela última vez, até reencontrá-la na terceira *Alheação*. Tal qual a inscrição de entrada na Furna, o algarismo 10 foi talhado com suas mãos, para que eu seguisse pela galeria que me aguarda.

"Permanecer aqui pela dor"? Seria essa a confissão relacionada à sua responsabilidade por nos conduzir ao progressivo extermínio de nós mesmos?

Embora entenda que sua função seja nos oferecer ao desfiladeiro e verificar de longe nosso suicídio enquanto projeto, não consigo deixar de lamentar pelo que a Razão se tornou.

Mais uma vez, o grito ecoa.

Seu som é árido e rouco. Pergunto-me se os Espectros da *Loucura e da Confissão* percorreram esse caminho ou se tinham qualquer tipo de acesso direto à *Vigilância*.

205

Ao abrir a porta, a sonoridade abafada do grito se intensifica.

O gigantesco portão é leve como uma pluma e feroz em sua gana barulhenta. *Há tempos ele não é movido.*

As lanternas arcaicas, promovidas pelo fogo, se apagam com a força da corrente de vento que toma a galeria como completo — *sinto meu balandrau balançar.*

Eis que se abre a cena decrépita que talvez eu não estivesse preparado para contemplar.

***

Uma grande pilha de ossos formando uma monumental Catacumba. Partes de corpos estilhaçados: *crânio e fêmures.*

Restos mortais constituindo uma passagem, uma moldura de acesso à *Torre da Vigia.* Não é possível que se vejam as paredes ou partes do teto. Milímetro a milímetro, as ossadas juntam-se e colorem em branco obscurecido a paisagem das memórias destes que já se foram.

No solo à frente, sinto a água que me cobre até as panturrilhas, aguando minhas vestes emprestadas.

Olho ao espelho d´água e vejo meu reflexo. Digo com voracidade que não me sinto espelhado ao chão, mas sim à direita e à esquerda, mimetizado pelos esqueletos de quem eu sequer conheço e com quem jamais terei a oportunidade de me familiarizar.

O corpo anônimo, o espelhamento de Narciso. Sim! Meu retrato é menos fisionômico pela imagem reconhecível na água e mais canifraz pelos mortos pregados nessa estrutura.

Ando sem pressa alguma. Respiro aquele ar úmido, mofado e escondido.

Passo cuidadosamente as mãos pelas paredes.

Ouço o grito ecoar com força. A *Vigilância* sabe da responsabilidade de suas ações de condução e esse é o cemitério que sempre há de lembrá-la de sua culpa.

O *Eclipse* que tão magistralmente mostrou-me o caminho pelo *Círculo Menor* está a morrer. Sei disso, pois vejo sua derradeira entrada por um orifício no teto.

Estou dentro do Poço já conhecido externamente pela visão Onírica.

Caminho e sinto o barulho da água, enquanto a iluminação acinzentada do Eclipse modifica sua coloração. As últimas forças dos corpos celestes que se juntam nesse fenômeno astrofísico, fazem emergir

uma coloração azulada que demonstra detalhes dos restos mortais nas paredes, dando pistas de como foram exterminados: *perfurações nos crânios, ossos fraturados, quebrados e moídos.*

Essas pessoas não morreram em vida pela força do *Poder* de uso, ou supostamente por causas naturais: *"foram assassinadas!".*

São ossaturas antigas que aparentam perecimento proveniente de outra esfera de socialização e julgo. Não aparentam ter sido usadas até sua inevitável descartabilidade em exaustão progressiva. Suas vidas foram subtraídas através da sumária execução.

O Eclipse, em seu momento final, delata o literal genocídio de múltiplos momentos históricos. Os ossos dispostos neste subterrâneo formam um conjunto de detritos remanescentes do assassinato ao qual foram expostos e dão a nota de que o *Grande Relógio,* minha história e os Espectros, afinal, são convergentes no lamento inerente ao que nos tornamos.

As areias do tempo nos tornaram a grande lápide de nosso insucesso enquanto espécie, e por isso, resta-nos a mais visceral melancolia.

Estou ao meio a Catacumba dos assassinados e "ouço" que eles clamam por outro desfecho. Centralmente localizado abaixo da abertura do *Poço* que tanto atiçou minha curiosidade em episódios prévios, sinto o brilho derradeiro do Eclipse em sua inédita iluminação azul.

Sei que não pereci literalmente, tenho essa noção, mas de alguma maneira sinto- me próximo e identificado aos ossos que formam as paredes desta instalação que me cerca. Diferentemente dos aqui enterrados, o que me tomou pelas *Entranhas* detinha outra fisionomia, mais sutil em sua dinâmica, mas similarmente voraz.

Em meio a esse vale labirintal e abscôndito, guarda-se o segredo do que nos aproxima, mas também a indagação de como isso se transpôs em uma factual carnificina.

Ouço o grito da Vigia ecoar novamente.

Ela sofre ao lembrar-se desse cemitério.

Não são diretamente os mortos que me guiam por esse caminho que dará acesso à morada da *Vigilância,* mas algo que me tangencia a eles: *o próprio esquecimento.*

Esse ponto em comum: de falecimento pela indigência ou de expropriação de um corpo anônimo, balizará o que devo fazer nesse recinto, para que possa, eventualmente, abandoná-lo.

Pela primeira vez, me concedo a possibilidade de criação, não pelos parâmetros da distopia, mas pela tentativa de construir outros enredos possíveis para os corpos aqui alojados. O último foco de luz do Eclipse me convoca a cantarolar um necessário rito fúnebre. Elas e eles, por tanto tempo colados às paredes, devem finalmente receber sua tão esperada inumação.

Sinto-me banhado pela luz do Eclipse em seu leito final. Não cheguei ao tão esperado *Poço* e seu segredo, pois o *Poço,* tal qual eu o via, jamais existiu. Ele não dizia respeito a mim, mas a todos os demais que imploravam pela sua descoberta. Desvendar seu enigma desvelou a arqueologia de um massacre.

Estou de olhos fechados, sinto a coloração *Eclipsal* que me adentra e vejo ao fundo dos meus olhos cerrados, a imagem da *Roca de Fiar.* É neste jazigo que encontro o sentido do mito de Narciso e onde me vejo como realmente sou.

O espectro da *Vigilância* momentaneamente se silencia. Cessa seu grito.

Estou sendo tomado pela *Roca* que revela o passado, o presente e o futuro e, de certa forma, aprendo a manejá-la.

Ainda em minha cabeça, fio meus primeiros fios, giro sua esfera em madeira e deslumbro-me com sua reluzente agulha. As tramas se soltam do artesanal maquinário e tecem a cena necessária ao ritual imaginativo.

Vejo ao longe, as imagens que velarão as ossadas. São familiares e representativas dessa jornada. Identifico três corpos conhecidos: *A Ama, a Serva e a Prostituta.*

Volto à cidadela dos homicidas, perante a força imposta pela *Roca de Fiar* que abre uma fissura no tempo e no espaço.

Me mantenho de olhos fechados.

Vejo-me diante da Ama e da Serva, que ao terminarem seu dia, permanecem junto ao fogo da lareira. A suposta Lacaia retira, como todos os dia o fez, a prótese feita em tecido do braço da estilista do vilarejo. Aqui, o Delírio seguiria para a pira e para a queima da Ama. Não agora! Vejo as duas em silêncio, olhando uma à outra, sentadas próximas. Suas mãos se encontram e elas se entreolham. Coexiste na cena uma íntima tranquilidade como se isto, e apenas isto, fosse suficiente para ambas. O fogo não irá incorrer em sua união híbrida pela violência, pelo contrário, as chamas simplesmente as acalentam e elas dormem juntas e protegidas em sua cabana.

A cena segue para o prostíbulo.

Vejo a prostituta em frente ao barco. A queima da Ama não ocorreu e por isto ela não está em fuga. Vilipendiada pelo tempo, ela toma a decisão de dali evadir-se pautada pela calma e pela tranquilidade. Não há ninguém à sua procura. A carcomida senhora insere cuidadosamente seu balde e sua foice na embarcação. Ao colocar seu pé no transporte, o dia não se reinicia e ela não permanece presa no Limbo dos vivos, que aqui, inexiste. Contemplativa, olha o distanciar do local no qual residiu e por livre escolha resolveu deixar para trás. Acolhe-se do frio promovido pelo lago. Ao chegar do outro lado da encosta, segue mata adentro à procura de um novo começo. Sua mão direita acaricia a pulseira acerejada, ela se lembra de alguém e sorri com o canto da boca. Perde-se entre as árvores, não personificando o exilado Espectro, mas embrenhando-se em novas e próprias escolhas.

A Roca gira por várias vezes e uma sequência de cenas passa diante dos meus olhos. Não estão sendo reproduzidas por um alguém, mas tecidas por mim.

Vejo uma multidão de pessoas que não se conhece. Separadas pelo tempo, elas simplesmente caminham em uma multiplicidade de lugares: vejo seus pés a andar. Elas dialogam, constroem suas histórias para si, e essencialmente escolhem. Não se trata de uma utopia na qual o sofrimento não faz parte de suas vidas. Em absoluto! Mas substancialmente, são cenas nas quais o destino não está sentenciado pelas forças que nos regem. Existe, nessas imagens, o tempo de se olhar para si e também para o nada. A vida flui para o seu fim sem o fardo de nossa raça. Trama-se a previsão de um mundo outro. E acima de tudo, o assassinato vil deixa de existir. A plenitude é costurada por desafios mais brandos e comuns e a luta por viver não é o ponto central da continuidade existencial. Existe o caos, mas também o refúgio para todos, sem exceção. A luta persiste, mas a disparidade desaparece.

O Eclipse se encerra e finalmente perece. A Roca de Fiar se dissipa em imagem. Abro meus olhos. A escuridão própria deste ambiente não mais impede minha visão. Olho acima, à abertura do *Poço*, e entendo que o que busquei não era o que eu necessitava encontrar.

Os mortos e seu anonimato revelam a quarta Verdade. O enigma do Poço diz respeito ao esquecimento e à necessidade de lembrarmos. Mas do quê?

A canção fúnebre se deu pelo oferecimento não de novos desfechos aos executados, mas possibilidades futuras para quem viria a habitar a Real realidade. O mausoléu e seus assassinados sabiam que suas histórias não haveriam de se modificar. Todavia, a Roca, influenciada pelo velamento dos esquecidos, indaga: *"o que seus descendentes históricos poderão vir a ser?"*.

209

A *Verdade* revelada pela Catacumba se mostra não enquanto algo concretizado, mas enquanto possibilidade de novos paradigmas a serem propostos, acordados e com sorte vividos.

Essa é Verdade saindo do poço, o meu reflexo na água e o próprio conhecimento proposto pelo Grande Relógio: existe a hipótese de ser tecida uma realidade outra?

O velamento dos desprezados se completa com esta questão a pairar. Presto a eles não um ritual de passagem, mas momentos possíveis para outros que habitarão o que chamamos de mundo. Uma canção de continuidade, com sonoridade do vir a ser e não somente de agonia pelo acometido.

A *Roca de Fiar* não me mostrou somente o passado, mas também uma previsão futurística. *"Não há chamas, dor, ou sequer pecado. Apenas o esquecimento e a sombra do que fomos um dia"*. A inscrição feita pela Vigia vista ao descer a escadaria era condizente ao sepulcro coletivo e anunciava o que eu encontraria. *Ela se responsabiliza pelos seus atos, afinal.*

Quanto a mim, digo que o Oráculo procurado por Liríope e Cefiso estava certo: *"viverá até a velhice se não se conhecer"*. Reafirmo, ainda, que o *"Conhece-te a ti mesmo"*, sentença originária do Templo de Delfos e afixada na carroça da *Senhora das Latinhas*, era condizente não somente à minha pele, mas por aqueles que buscavam um espelhamento. *Aqui, neste conjunto de ossos, está meu lago e meu reflexo.*

Ainda, a verborragia do *Homem das Moedas* guardava para si a necessidade de imposição frente ao que nos foi roubado: a própria continuidade da *Vida*.

Me encontro em profundo lamento.

Não há como retornar à Real realidade em que vivia. Não após desbravar esse mundo e saber das *Quatro Verdades* que agora me inculcam. Sinto que o último trajeto que devo percorrer guardará o questionamento sobre como o *Poder* abrirá mão de nos utilizar de tais maneiras.

Chega a hora de encontrar a Vigia da Torre. Resta a mim continuar.

A PRISÃO

Algo vem acontecendo.

Pressinto uma mudança em minhas veias, corpo e sentidos.

Meus olhos e visão, após a morte do Eclipse representado pela sua força azulada, me permitiu ver a instalação subterrânea sem a necessidade de algo que a iluminasse.

Os círios e as tochas apagadas não foram elementos incomodativos ou impeditivos para esse novo fitar — *algo em minha íris se modificou.* Mas não é somente a capacidade ocular literal que vejo em transformação. Catapultam em mim as *Verdades* eclodidas por este caminho e, por consequência, vejo-me em um novo despertar.

Eu que costumeiramente buscava dormir para fugir, me pego "acordado" de algo e substancialmente só, em uma solidão que se aproxima da problemática ausência de condução — *as forças maestrinas que mexiam meus fios se dissolveram.*

Operei a Roca de Fiar, a vi mesmo com a vista oclusa e surpreendentemente pude manejar vislumbres do passado, reconstituindo seus desfechos e manufaturando possibilidades de futuro para a Real Realidade. Percebo que a calmaria adquirida sobre meus atos e por onde devo seguir, sobretudo, me inquieta — *guiar meus próprios passos: além de algo novo, é significativamente assustador.*

Após toda a andança por esse mundo do *Grande Relógio,* encaro a penumbra de distinta maneira. Não é a ausência de luz que causou minha cegueira anterior, mas a intensidade do brilho em excesso.

A relação com o passado, com o presente e com o futuro se modifica e constrói a mim novas possibilidades históricas, e por consequência o próprio discurso da *Verdade* se torna compreensível.

Permaneço ainda centrado na abertura abaixo do Poço. Sinto a gélida temperatura tomar o balandrau. Essa alegoria do espaço e tempo deixará logo de existir, pois a mim, seu arquiteto, não mais afere sentido.

O que será de mim sem a contenção da prisão?

A drenagem autopsial realizada pelos espectros da *Loucura e da Confissão* foi convergente à futura necessidade de identificação com os anônimos da Catacumba – *tudo está ligado pelos fios e tramas do destino não causal, e tecido a partir de nossas ações que alimentam o Olho da Vigia.*

Elas visavam me conferir, finalmente, a característica final da expropriação que acompanham os velamentos da massa.

Jaz aqui: *ninguém*.

O grito ecoa novamente.

Antes aquietada, ela, a *Vigia*, também testemunhou o alvorecer do ritual fúnebre que deu nome aos assassinados. Mesmo não os conhecendo ou sendo impossível nomeá-los individualmente, a denominação de "Sacrificados" é agora uma nomenclatura a ser considerada, e por esta razão, ela voltou a emitir seus gritos.

Os atos do terceiro Espectro foram revelados juntamente com a *Quarta Verdade*, cujo selo de ocultação fora destruído.

Viro meu dorso à entrada de acesso à Torre, e ela se abre — *se movimenta discretamente, me chamando à subida.* O clamor da Razão aprisionada ecoa com a corrente de vento e me toca, clamando por minha presença.

Frente aos mortos que aqui vejo nesse sepulcro, tal como no processo de *Ruptura* pela morte de Catarina, na qual me deparei com o alívio misturado ao luto, vejo-me agora em novo processo de metamorfose — *meu corpo vibra em transição.*

Me modifico na construção de meu epílogo justamente pelo meu novo interior e não pelo que à minha volta se faz presente: *essa mudança sentida não é devido ao suposto luto pelos esquecidos, mas é pelo contato com as Verdades a mim apresentadas.*

Em algum momento de minha breve vida pela Real realidade, me encontrei em *Latência*, almejando ansiosamente pela emergência do meu Eu. Mal sabia que a correspondente *Eclosão* do meu corpo e de minhas capacidades analíticas seria tramada em eventos paulatinos, micro implodindo concretudes que sempre me engessaram.

Os fios da *Roca de Fiar* articulam suas redes em milhares de possibilidades de conjuntura, e até o seu dito erro ou defeito reflete em uma nova previsibilidade ou contemplação do passado incerto. *Minha crisálida está se rompendo, e em algum momento, a metamorfose irá se completar.*

Sei agora que o processo de conhecer as *Verdades* necessariamente nos leva à destruição do que um dia corporificamos — *a Loucura e a Confissão me autopsiaram para que eu suportasse essa transformação*, do que só viria a ser se estivesse *Vazio*.

Venho pensando intensamente sobre a morte nesses meus últimos passos.

Anteriormente a essa jornada, em minha já findada existência expropriada, via-me desfalecendo aos poucos. Nada me qualificava mais do

que a palavra "carcaça", pois mesmo que permanecesse em movimento andante, performando, por assim dizer, a condição máxima do que é estar vivo, o próprio ato de continuar, me percebia em putrefação. Morria lentamente, não apenas em carne, mas em desejo.

Pelo contrário e por agora, a circulação sobre a morte em si, apesar de deter a mesma circunscrição discursiva terminológica, apresenta dinâmica que me parece distinta.

O corpo autopsiado pela incursão visceral das *Verdades da Loucura e da Confissão*, bem como a cova coletiva que me esperaria à frente, estremece meu corpo fazendo-o cambalear e me mostra a morte do que fui ou representei um dia.

Falo da morte das minhas certezas. Da morte que fundiu as três realidades em uma única geografia, inaugurando o *Grande Relógio*.

O genocídio dos esquecidos sepultados na Catacumba me oferece a mesma característica que os dá forma: *tal como eles, não tenho mais nome a ser lembrado. De mim, ninguém há de sentir a ausência.*

E isso me desliga, em ultimato, da *Real realidade*.

A morte que me circula nesse momento é, de certa maneira, bem-vinda, pois decreta em seu suspiro final a decomposição de uma história e de uma corporificação que não me permitia a absolutamente nada.

O brilho intenso provindo da Real realidade me mantinha vendado a partir da incessante exposição da *Mentira*, creditada por todos como algo natural e assumidamente estruturante de nossas *Vidas*.

Estou mudando em forma, em anseios e em capacidade de percepção. Tudo isso em menos de um dia, durante um ciclo de vinte e quatro horas.

Não sei qual o horário correto da Real realidade, se já é tarde ou ainda cedo, e não mais me importo. A pergunta que me permito elucubrar é: *"vou conseguir sobreviver até o amanhecer?"*.

Se a morte me encontra, ela também dará as notas finais dessa aventura da *Loucura*, seja esse *Enlouquecimento* meu, do mundo ou de ambos, este enredo está para terminar.

A perfeita prisão em que me inseriram e/ou que me coloquei deve ser estuporada.

Movimento a porta já aberta, existe uma longa escada circular. Meus olhos já se acostumaram às sombras.

Vejo o caminho ao topo da Torre.

213

A TORRE

Após o esvaziamento promovido pela *Loucura e pela Confissão*, a íris modificada e tendo a plena e absoluta certeza da minha condição de esquecido, dou início à subida.

O processo de metamorfose continua a modificar meu corpo e sinto um amargor análogo ao ato de ingestão de fel na região dos lábios. Me vejo passando a língua em constante repetição pelos lábios e gengiva. Saboreio a nova mucosa acerba.

Um paladar amarescente e condizente ao impulso em busca da última *Verdade*, que se torna voraz e preenche essa atualizada fome que me atravessa.

Não existe qualquer apetrecho ou insígnia que me retire a atenção da subida: não há inscrições, mensagens profetizadoras ou impactantes — *apenas o grito da Vigilância a me convocar.*

A cada novo e repetido som de angústia vindo do Topo, percebo a lubrificação da minha boca com o azedo diálogo ansiado com aquela que vigia.

Em minha anterior *Vida*, na Real realidade, embora meus destemperos fossem infinitamente presentes, eles jamais eram percebidos por alguém além de mim. Eu supostamente conhecia a todos e internamente os retalhava mediante minhas análises. Sentindo-me humilhado e constrangido por tudo e todos, apenas pensava em retornar para minha morada e. quem sabe, com sorte, sonhar com o *Poço*. O caminho vem sendo longo desde então.

A Vigia grita novamente.

Mordo meus lábios sentindo o sabor do fel que me toma como se meu corpo estivesse ulcerado: *uma bile de absorção esterilizando as impurezas que me formavam.*

Aprecio orgasticamente essa saborização ácida. Retalhado pelos *Espectros,* este torso andante se torna estéril e liberto dos germes decompositores dos mortos em *Vida* que compõem a Real realidade. Se alimentavam da minha carne de dentro para fora. Vejo agora que o processo de dissecação ocorrido no Círculo Menor fora essencial.

Algo subitamente atravessa minha mente e tem relação direta com o processo atual de transformação. O amargor lingual sentido me mostra uma de suas origens e função desenrolada pela história humana.

Uma memória e um saber não meus me tomam por completo.

"O fel, em determinando tempo e época, também significava veneno, geralmente acompanhado de um gosto amargo. Era de costume dos romanos que fosse entregue aos crucificados, para que pudessem suportar a tortura da crucificação".

Continuo os degraus e em simultaneidade levanto a questão: *como sei disso?*

Dessa passagem que denota a função do fel por um versículo bíblico?

A *Verdade* que busco há de oferecer o martírio da crucificação a alguém? Talvez a mim, quem sabe?

O fel se apresenta como elemento da mudança que vivencio, mas não em seu sentido mitificado e confessional que inaugura a visão do salvador ou do mártir heroico: *a própria crucificação em sacrifício de Cristo.*

Desde o início dessa imersão em mim mesmo detinha a plena convicção de que a busca pela *Loucura* que me movia não teria o arquétipo do herói como premissa a ser alcançada, e não será agora, enquanto subo a *Torre*, que isso se modificará. A via *Crucis* aqui detém outra função de representação.

Ele: *o fel,* tal como a transformação de minha íris, abarca as consequências e a face da *Verdade* que busco em sua força nua, prisional e de sacrifício. Afinal, meu corpo após a destruição de minha prisão, representada pelo desmoronamento do Grande Relógio, se transmutou a partir do próprio toque da Razão enclausurada, agora sob a forma da *Vigilância.*

Seu grito não se limita à angústia e ao arrependimento. Ela, a Vigia, me chama pela sua influência de atração e visa minar minhas já gastas resistências. Me arrasta para cima, em direção ao topo, operando como uma Sirena fundamental da *Verdade,* e tal como a mulher-pássaro mitológica, me retirando das profundezas em que me via submergido.

Não há mais crise nem busca, pois tudo está desvendado. Ela, a outrora Razão, me forneceu resquícios de seu corpo em empréstimo para que eu entrasse em seu aposento de cárcere: *o ponto mais alto da Torre me aguarda.*

O manejo da *Roca de Fiar,* a íris modificada e o fel à boca me oferecem a passagem pelo mausoléu dos esquecidos e me permitem subir a grande escada circular. Seu grito me abraçou e, a partir dele, minha carne e vísceras foram modificadas.

Talvez, quando tudo acabe, eu retorne às minhas formações mundanas, todavia, a transformação corpórea permanente e indelével já está colocada. Não será possível desabraçar de mim as *Verdades* oferecidas nesta jornada.

Estou em plena subida. Pouco a pouco tateio os degraus ao passo que vejo meu balandrau se arrastar pelas pedras em erosão. O próximo nível circular me oferta a primeira vista para fora, por uma pequena fenda da estrutura da Torre.

Cesso o ato de "escalar" a fim de contemplar a paisagem destruída.

A escada circular, que vinha subindo degrau a degrau, e o objetivo de chegar ao seu *Topo* abrem espaço para uma sensação antiga, que não me afligia desde a infância. Antes de pôr os olhos para fora, percebo minha perna mancar em uma estridente puxada que a faz pesar. Percebo que não detém relação direta com o esforço em percorrer a escadaria. É um sinal de reconhecimento e familiaridade com a arquitetura que ressona da minha história na Real realidade. A Vigilância está próxima e por esta razão, volto a mancar.

Estou próximo da Vigilância e o corpo, ainda prostrado pelas memórias de minha antiga *Vida* se lembra disso — *e por esse motivo agora, minha perna manca novamente.*

Os laudos, os olhares e as avaliações permitiram que minha locomoção sentisse o fardo do olho da Vigia quando criança, e por isso, incorreu em ação motora ineficaz, o ato de mancar — *essa sensação se repete neste momento*, aqui e agora.

Um sintoma reapresentado por ter atingido seus aposentos, a Torre. Senti e sinto as dores da observância do Espectro que me atravessou em minha história, fazendo agora seu retorno. *Ela, a Vigia, de maneira tangente, me afere seu peso.*

Olho para fora e envolvo minhas mãos nas barras à minha frente. Se bem me recordo, quando tive a oportunidade de visualizar de cima a geografia do Grande Relógio existiam algumas divisões, as quais não detinham passagens visíveis uma para a outra: 1) a circunferência externa guardava os resquícios da Real realidade; 2) a segunda camada dava conta dos *Delírios* produzidos em espelhamento ao cotidiano em Repetição; 3) o terceiro nível, o *Círculo Menor*, compunha a morada dos espectros da *Confissão* e da *Loucura* guardando suas correspondentes *Verdades*.

Contudo, ao chegar ao que chamei de meu particular cárcere ou o Grande Relógio, ao centro havia um espaço ainda mais confinado, para o qual

não existia passagem visível, afinal, se tratava de um acesso subterrâneo: *a Catacumba*. Foi através dela e dos esquecidos que cheguei até aqui.

Estou no nível máximo da arquitetura já resolvida e destruída, mas não pela primeira vez. Já estive nesse recanto irreal em outro momento, ainda quando infante, ao receber a visita das pessoas de crachá em nossa moradia no riacho — *a primeira oportunidade em que a vi a Razão aprisionada em seu exílio.*

Não é possível ver panoramicamente a paisagem, apenas curtos fragmentos: *células prisionais, milimetricamente iguais, contendo barras de contenção. Uma prisão circular, esteticamente convergente* à *geometria do Grande Relógio.*

O objetivo da instalação não me surpreende, pelo contrário, sei que estou caminhando pela minha masmorra prisional, e isso não se faz como uma novidade. O que se destaca é que me parece ser uma locação abandonada. Um encarceramento sem função, uma vez que não estão presentes suas figuras jogadas e trancafiadas em celas. Nem os considerados *Loucos,* sequer os amorais ou disfuncionais.

Teriam fugido?

O calabouço circular está morto. Ao longe o *Círculo Menor* em destroços e o agora ofuscado *Eclipse* inserem marcas pelos caminhos, traduzindo-os em percursos finalizados.

Continuo a olhar pela fresta e tento encontrar alguém que ali dividiria o fardo de estar sendo observado pela *Vigia* e pelo seu poder de persuasão. Nada e ninguém. Não existem vestígios dos corpos à mercê de seu governo disciplinar. *Algo está errado.*

Uma cela na qual os aprisionados inexistem. *Como isso pode ser possível?*

Portando em meu corpo a nova capacidade da íris, o fel que toma minha boca, a perna em peso e a suspeita de que existe algo a ser desvendado, continuo a subida à *Torre*. A paisagem ampla de seu cume há de me oferecer as respostas que procuro.

Continuo a subida em certa asfixia que vai me tomando, como se o ar rarefeito da *Torre* me dissesse que ali não é meu lugar.

A Vigia esconde algo, posso sentir.

Enquanto ouço seu grito novamente, o fel se torna mais amargo, as paredes e a escuridão dos corredores ascendentes intensificam-se, processo que não nubla minha visão. Não mais!

Minha perna fica mais árdua ao movimento e o ar parece desaparecer. *Ao mesmo passo que ela me empresta suas características para que eu trafegue pelo exílio da Torre, também me avisa que não deseja receber minha visita.*

O Espectro Vigia é essencialmente a representação do paradoxo. Carcereira e encarcerada.

Respiro procurando ar. Preciso continuar.

Já no último lance de escadas, me sinto exaurido e simultaneamente disposto ao seu encontro. Subo os últimos degraus e a sensação metamórfica se intensifica.

Fui sendo convidado à mescla da força do Espectro de maneira paulatina.

O caminho da escadaria e a intensa subida detinham, afinal, sua função.

Lembro-me do surto e da imersão: de estar eternamente sem ar perdido no oceano e sem a capacidade de literalmente afogar, mas me debatendo pela eternidade em agonia. Não se tratava de um campo de experimentação sentido ao acaso.

Como pude não perceber?

O surto, a crise que vivenciei em desespero não necessariamente se associava com o possível *Enlouquecimento. Sei disso agora!*

Não se tratava de algo individual propriamente dito. Pois se no caminho pela *Loucura,* associada à primeira etapa do *Círculo Menor,* pude apreender a certeza de que nada tinha de transtornado, agora leio a que o *"surto"* atendia.

A pressão relativa à sensação de afogamento se dava pelo peso e pelo volume das *Verdades* ditas naturais que me circulavam. A unidade da desoladora Real realidade imposta pelos seus mecanismos de controle que aferia ao meu corpo força de pressão elevada, a qual eu não poderia mais suportar.

Os edemas da vida cotidiana ocasionaram cristalizações sobre o que eu detinha como certezas e como deveria me portar para que performasse adequadamente os vieses da sanidade e da moralizada conduta.

O corpo sonolento e rendido pela força da *Vida* dobrava-se sobre mim, exercendo a docilidade utilitarista tão requerida para que eu permanecesse ali, imerso, até meu inevitável fim pela exaustão.

No que confere à *Torre*, emergir finalmente não detém posicionamento literal de escapada do mar ou de evasão da água, pois em metaforia, foi no *Círculo Menor* que me esquivei desse paradigmático espaço oceânico em pequenos saltos revelatórios, a partir das *Verdades* a mim apresentadas.

O ato de ascender ao topo da morada da *Vigilância* é convergente a me deparar com uma grande altitude, onde a última *Verdade* permaneceria inalcançável às condições corpóreas normalmente humanas.

Uma descompressão vagarosa, dolorida e necessária. As metamorfoses sentidas em meu corpo: *da íris, do fel, da perna e da dificuldade em respirar*, vão de encontro à face do vulto que eminentemente se mostrará em minha última fase autopsial. Ao subir a Torre, aceitei a renúncia do meu próprio corpo reconhecido e, enquanto contrapartida, recebi a definitiva saída do casulo da asfixia.

Portanto, é possível compreender que a *Vigia* se relaciona à outra ordem de presença, distinta do espectro da *Loucura* e da *Confissão*: *algo antigo e a mim ainda inexplicável.*

Estou próximo à entrada de seus aposentos.

Os últimos três escalões que devo percorrer são feitos em luz incandescente, tal como os fios da *Roca de Fiar.* Existe um corredor, antes da porta que inaugura o fim da escadaria.

Algumas figuras desenham o caminho até a entrada na qual devo encontrá-la.

Do lado direito, uma sequência representada por objetos e processos de tortura, flagelações e execuções. Imagens que imprimem a pena corporal dolorosa e atroz.

É uma mensagem que expressa uma técnica que visava estabelecer o regime de hierarquias, manifestando em si o próprio Poder que pune. As passagens não condizem com uma denúncia do Espectro, mas uma cerimonial memória.

A primeira, um *"Cadafalso e uma Forca"*. Na figura, a plateia em volta com as mãos erguidas para cima, como se torcessem pelo desfecho do enforcamento.

A segunda gravação refere-se ao *"Garrote"*.

Vejo o desenho de um poste sobre o qual uma pessoa se recosta, de modo que a corda permanecesse presa na altura e em volta do pescoço do condenado. Por trás, permanece o Carrasco que, utilizando uma barra entrelaçada à corda, a gira, apertando o arco e enforcando o sentenciado sem a necessidade de deixá-lo pendurado.

Sigo a sequência executória.

Vejo uma situação de *"Empalamento"*: um corpo atravessado por enormes estacas, do ânus à boca.

A próxima é uma caixa aberta e pendurada ao alto sobre uma espécie de tora afixada no meio de um local público. O *"Caixão da Tortura"*: uma cela móvel, exposta ao Sol e apertada. A vítima ali permaneceria até perecer por fome e desidratação.

A seguinte se trata de uma mesa com cordas fixadas nas áreas superiores e inferiores. As amarras prendem-se aos pés e mãos da vítima em uma ponta e em seu extremo existem roldanas. A figura também apresenta o Carrasco.

Trata-se do *"Balcão"*. As maçanetas inseridas no aparato devem ser movidas lentamente até que os membros sejam esticados ao seu limite e, com a força da ação, arrancados.

O sexto e último refere-se a um objeto metálico: a *"Pera da Confissão"*.

Instrumento composto por quatro faces que eram lentamente separadas uma da outra mediante uma articulação giratória disposta em sua parte superior — *uma alavanca, um anel que funcionava ao girar.*

Era inserido em um dos orifícios das vítimas: *vagina ou ânus*, ou na boca dos considerados mentirosos e blasfemos. Supliciava suas vítimas e geralmente não apresentava efeito letal, sendo comumente utilizada em conluio a outros instrumentos. Estratégia utilizada contra mulheres que realizavam abortos, mentirosos, blasfemos e homossexuais.

Sigo as gravuras pintadas.

Vejo dois homens e uma mulher, os três com o apetrecho inserido em seus corpos. O primeiro, do sexo masculino, com a *"Pera"* inserida na boca, pela considerada inverdade ou sacrilégio proferido; a segunda, a mulher, detinha o mecanismo em sua vagina, por ter executado um aborto; a terceira figura, também um homem, tinha no ânus o apetrecho colocado, devido à sua conduta homossexual denunciada.

Seis momentos.

Representações do sofrimento. Um direito de gládio sobre um específico ataque recebido. Uma manifestação de força a partir não só da eliminação do protagonista da ação a ser punido, mas da espetacularização da violência enquanto mensagem a ser dada aos demais.

Volto-me à parede da esquerda. A arte do horror não aparece em continuidade.

Em substituição, eu vejo uma mancha, uma Força que envolve as pessoas representadas. Não é uma mensagem literal como as marcações anteriores.

São os registros da própria Razão, antes de sua atual forma.

No que se segue, vejo uma mudança de estrutura nessa força que atravessava as relações. Nas inscrições vê-se a morte e o flagelo da vida que obedece à ordem do envelhecimento e dos conflitos comuns. A partir disso, surge o discurso enquanto técnica organizada para a manutenção de algo. É o próprio *Poder* que toma as rédeas.

A terceira imagem é representada por esse fluxo de energia, etéreo e sem influência, tornando-se cada vez mais denso, até assumir posterior forma física.

A caixa de aprisionamento na qual a Razão fora encarcerada dá continuidade ao fluxo de mensagens ilustradas. *Acho curioso o fato de que essa passagem de tempo não demonstra a força dos homens para o cárcere da Razão, diferentemente do explanado por um dos Espectros.*

Finaliza-se a quarta inscrição.

A quinta imagem é representada por uma mesa, na qual homens discursam. Os enunciados tomam forma e direcionamento. Nasce o "Olho" da *Vigilância* e do controle pela disciplina: *classificando, separando, institucionalizando os corpos, procurando sua máxima potencialização.*

Por último, o parimento da *Confissão e da Loucura*, tal como demonstrado anteriormente.

Seis casas de um lado, seis momentos do outro.

Doze marcações, como o Grande Relógio, centralizado por uma porta, e no qual o grito ecoa fortemente. *Ela ali está, à minha frente e à minha espera.*

Cravado na porta está o número Cinco.

A Quinta Verdade, o algarismo que escrevi, ainda quando muito jovem, em meu fantoche de feltro, feito e dado por Catarina.

O mesmo boneco que ela, a Vigia, subtraiu quando me aprisionou em uma das celas dessa então perfeita prisão, no momento em que me *Alheei* sob o julgo das pessoas de crachá.

Sei finalmente o significado do número Cinco. São as *Verdades* que, mesmo sem total compreensão, busquei.

Chorei pela primeira vez ao ver o destino dos insetos e ao apreender qual seria o rumo efêmero e fadado do meu caminho enquanto vivo: trabalhado, expropriado e descartado. *A primeira Verdade.*

Choro pela segunda vez quando o corpo vegetativo de minha mãe ou genitora se vai. Ali, penso ter *Enlouquecido* pelo luto e consigo adentrar o mundo fundido do *Grande Relógio:* entre Real realidade, Delírio e Onírico. *A segunda Verdade.*

Pela terceira vez incorro ao *Choro*, ao ter minha autópsia finalizada pelos espectros da *Loucura e da Confissão,* e consigo entender que era o sentimento de alívio que tinha me atravessado quando com a morte de Catarina me deparei.

A terceira Verdade.

Já drenado de minhas antigas crenças, busco e localizo a ossada do esquecimento, pelos quais incorro em total identificação. Anônimo como sempre fui e usado até o limite, soluciono o enigma do *Poço* e frente àquele sepulcro encontro a próxima oportunidade para *Chorar.*

Inaugura-se a quarta Verdade.

E agora, diante do corredor da tortura, do grafismo do aprisionamento da Razão e do som contundente do seu grito, me vejo à frente da quinta revelação.

O número Cinco escrito no corpo do fantoche compreende também essa jornada. A geografia na qual a *Torre* se faz centro funciona como vórtice produtor do Grande Relógio ao qual eu inevitavelmente fui condenado.

Tudo se junta, se conecta e se desfaz.

Empurro a porta e no mais intenso breu encontro a *Vigilância.*

TOMO IV

TAXIDERMIA

O INVERSO

A QUINTA VERDADE

Chegar ao epicentro desta fundida realidade e enxergá-la, realmente enxergá-la.

E ao seu fim, finalmente encontrá-la, nos escombros da minha masmorra: a Vigia.

Tal como um labirinto que se adentra e já não se sabe mais por onde caminhar, pergunto-me: *"como poderia prosseguir pelo novelo da Insanidade após ter atingido esse ponto?"*.

Ainda, se couber a mim a escolha pelo retorno, como o faria? Voltaria pelos destroços do Grande Relógio? Conseguiria acordar? Quais serão os próximos passos que tomarei após o enredo da Vigilância se concluir?

Jaz aqui, eu e ela ao Topo de sua alta Torre.

Com o Eclipse morto não há luz em sua morada.

Ela também veste o balandrau, assim como a *Confissão e a Loucura*. Está sentada, de costas para mim.

Tece maniacamente a *Roca de Fiar*. Os fios luminosos que compõem a trama do passado, do presente e da possibilidade de futuro se soltam do maquinário — *o único brilho que consta na cena.*

Não vejo nada ao redor ainda. É somente ela que me chama a atenção.

Seu balandrau é gigantesco, solto do corpo e parece deter vida própria. Ela torce o pedal em desespero e os fios se jogam no ar.

A Vigia olha para cima e grita: *o grito de agonia.*

A estética do que eu somente ouvia é desoladora: *dor, angústia e arrependimento.*

Os fios saem da *Roca* e vão para todos os lados.

Olho ao longe.

As meadas confeccionadas vão para além da arquitetura do *Grande Relógio* e atingem o horizonte.

Sua gigantesca mão direta solta o fio da agulha e continua a tecer a *Vida* e a prisão de todos. Ela grita novamente e dá a sonoridade do que vive e do que eu anteriormente escutava. *Onde estão seus aprisionados?*

O que fizemos a ela? O que fizemos de nós?

Estou assustado. E não, não pela presença da Razão, do espectro da Vigilância, ou seja lá o que ela represente.

Sinto-me temerário porque sei que minha jornada terminou — *para onde irei depois daqui?*

Ela continua a tecer.

O fel à boca não mais me incomoda.

A falta de ar não mais me sufoca.

A perna continua a puxar, mas não sinto dor.

A íris da penumbra me mostra o espaço com clareza.

Estou ao Topo da Torre da Vigia. Vejo as células prisionais unificadas em uma única e gigantesca estrutura. *Estão realmente vazias.*

O cume dessa arquitetura não apresenta impedimentos de visão — *não existem paredes no Topo da Torre.*

Seria esse o *Panóptico*?

Tal como a alegoria bíblica envolvendo o fel e o gosto em minha boca, desconheço a origem dessa memória.

Essa palavra: *o Panóptico*, jamais fora proferida por mim na Real realidade. Não me recordo de ter sequer lido sobre o que isso significa, todavia, ela encaixa nessa arquitetura e na função da Carcereira em majestosa perfeição.

Um verbete atinge minha mente e descubro o significado da palavra desconhecida:

O Panóptico nasce como uma arquitetura de maximização da eficiência do Poder. Individualiza e transforma a massa amorfa em um grupo ordenado, separado e constantemente inspecionado. A total vigilância, sempre eficiente e constante, é um requisito básico à total disciplina, ao total assujeitamento e à construção das condutas.

Mas a quem ela constantemente vigia? Sua prisão, essa excelência arquitetural de observância está vazia.

A força de normalização que sua ótica imprime traz a mim algumas certezas: é aqui que acontecem, ou aconteceram, as decisões do mundo, de minha história, dos *Espectros*, do limbo dos vivos e, em pouco tempo, do meu paradeiro final.

Preciso pará-la. Ela se automatizou, intercalando os fios aos gritos. Sequer sabe que estou aqui. Preciso me mover e dá-la o sinal de minha presença.

Caminho vagarosamente em sua direção. Ela parece não identificar minha invasão à sua morada.

Chego às suas costas. Mesmo sentada, sua magnitude é desigual se comparada à minha. Estou em pé e vejo seus ombros em igualdade de tamanho. Ela é larga e inumana.

Ao encostar minha mão direita em seu ombro esquerdo, seu pé direito cessa a força mecânica no pedal da *Roca de Fiar*.

Paraliso-me.

Ela retira a grande tesoura de sua veste. Gigante e afiada. Corta o fio. Sua mão aponta para o canto direito do *Topo da Torre*. Me direciona e sigo sua orientação.

Ela grita outra vez.

Permaneço ao canto. Ouço o barulho cortante do apetrecho metálico. Sinto-me calmo, como se tivesse chegado aonde sempre desejei.

Ela olha em minha direção. Tal como os Espectros anteriores, não é possível que veja seu rosto. Um vazio, apenas o lócus de cor preta por onde se evade o som de sua voz.

(ESPECTRO DA VIGILÂNCIA) — Os questionamentos: se está acordado ou dormindo, o que ocorrerá com você após a conclusão de sua jornada e o que significa esse lugar talvez não sejam respondidos da maneira que espera, Juno, e isso você compreenderá que realmente não há de importar. O que precisamos agora é de um desenlace que inclua a nós dois.

Você vê distante a existência que habitava. Afirmo que não está dormindo, não mais.

Seu corpo encontra-se aqui e em materialidade e sua caminhada é análoga a esta estrutura sucumbida. O cotidiano, o *Delírio* e ao centro, sua matriz e eu, a condutora. Você aqui chegou para que façamos a inversão do trajeto, até que ambos cheguemos ao horizonte que você deixara para trás. Essa tratativa a ser resolvida é condizente à necessidade de reinventarmos a Roda e fornecer a você, viajante, a *Liberdade* que tanto almeja.

A você, que sempre se apegou nas molduras da *Vida* como balizadoras de suas ações e pensamentos, eu ofereço o estabelecimento de um caminho ao diálogo que nos aguarda.

Proponho, de início, uma inversão percursal: *de dentro para fora, forjando nossa derradeira narrativa.* Do centro da arquitetura da *Verdade* até a Real realidade, seu mundo de origem.

Você atingiu o núcleo de sua masmorra ou prisão interna e simultaneamente pisou em minha zona de expatriamento e cerceamento, e a isso denominaremos como primeiro nível a ser percorrido.

Em seguida, o processo o qual você teve que percorrer para aqui chegar. O suposto *Delírio* que reconta seu cotidiano cíclico e sentenciado, porém em nosso retorno assumiremos um distinto e menos narcísico campo de visão.

Por fim, a Real realidade e o movimento Canibal que os acomete.

De dentro para fora, percorreremos esse depredado santuário, em um movimento de implosão que nos libertará ou nos arruinará por completo.

(JUNO) — Sua fala parece confusa e sua ânsia por algo que ainda não compreendo o que seja me soa como uma busca desesperada, e para a chamada Razão, um tanto quanto irracional.

(ESPECTRO DA VIGILÂNCIA) — O que esperava de mim, Juno? A Razão justa, colocada como apaziguadora de realidades? O que acha que aconteceu comigo durante meu trancafiamento? Espelho e sou espelhada pelo que vocês se tornaram e pelo fracasso do que poderiam ter sido. Você é parte de uma peste, de um vírus com fome de contágio. Fui infectada pela falsa beleza que a humanidade reluz. Afogada nas águas de sua inspiração, me tornei enjaulada pela atração do que vocês chamam de consciência.

227

(JUNO — pensamento) — O Espectro da *Vigilância* impele seu discurso pavimentado em intenso ressentimento. Sinto que nós, a humanidade, causamos ojeriza a ela.

Sem meias palavras: *ela nos despreza.*

Realmente não é possível tecer argumentos contrários. Sinto o mesmo por nós, e consequentemente por mim. Ela, ao ser questionada sobre sua fala que a mim soa desconexa, se enfurece e coleriza palavras com o intuito de me humilhar diretamente, assim como o que represento enquanto espécie.

Carece à *Vigia* o equilíbrio que em estereotipia esperava que tivesse. Sem anteceder ou prever o achado, finalmente encontro a verdadeira arauta da *Loucura*: a própria Razão *Enlouquecera* infectada pelo que e por quem ela mesma conduz.

A metástase do que somos e do que nos tornamos não possui limite de influência. Talvez não seja possível nos guiar ao precipício do suicídio vagaroso, sem que, em algum momento, se jogue junto aos demais corpos — *somos sua função e sua sentença.*

Ela continua sua fala, em tom áspero e afoito:

(ESPECTRO DA VIGILÂNCIA) — Não existe mais tempo para rodeios, Juno, preciso que nosso diálogo se atenha a um fato, ainda desconhecido por você. Os fios da *Roca de Fiar* se propagam de maneira errônea, sem direção e não chegam integralmente em seu destino final. Não mais funcionam como deveriam.

(JUNO — pensamento) — Ela de mim necessita.

Respondo-a e a incito a continuar:

(JUNO) — Sim. Concordo, sem mais rodeios.

Estou exausto de tatear os ambientes e confeccionar suposições sobre o desenrolar da minha existência, seja ela *Real, Delirante ou Onírica*. Preciso de respostas.

Por onde deseja começar?

(ESPECTRO DA VIGILÂNCIA) — Pelo fel, Juno, é claro.

O amargor que você sente e toma seus lábios e língua é condizente à mais pura adicção — *sei disso por experiência secular*.

O que você presume ser a Vontade de "conhecer" não se relaciona somente às eventuais Revelações que eu possa lhe mostrar. Você, ao aceitar o empréstimo que lhe dei — *de sentir o gosto amargo da Vigilância* —, pode agora vivenciar o preço a ser pago por acessar essa gustação.

Essa cedência temporária, concedida por mim, não é ocasional, pois é a partir do amargor que consta em nossas cascas físicas que iniciaremos esse epílogo, para decidirmos juntos pelo nosso desfecho. Contudo, anterior a apararmos as arestas dos fios que o conduziram até aqui, é necessário que eu assuma a você a falácia que eu mesma montei e escondi, inclusive daquelas que pari, a *Loucura* e a *Confissão*. Você precisa saber o que aconteceu com a Razão e como ela foi realmente aprisionada. Mas lembre-se, não há tangência ou esquiva sobre o que trataremos aqui, pois tudo levará diretamente a nós e às resoluções necessárias.

(JUNO — pensamento) — Após o cessar de sua fala, ela se senta novamente na *Roca de fiar* e reinicia a força do pedal. Uma fenda de espaço-tempo se abre, e a vejo em sua antiga forma, correndo em formato livre e não físico, a partir do que um dia foi: *uma força etérea de sugestão*.

(ESPECTRO DA VIGILÂNCIA) — Quando tudo se iniciou, eu vi, à minha frente, a mais profunda escuridão. Não havia restrição de forma ou unidade de tempo e eu vagava sem barragem por uma matéria indefinida e desorganizada.

Não havia nada, apenas algo amplo e fugaz que preenchia toda a existência. Fui criada pela solidão desse Todo Primordial e suas intempéries, algo que você e sua espécie nomeiam como a vastidão do Cosmos.

Essa força primeira e isolada era e compunha o próprio Vazio, gritando em Eco pelo Nada. Você conhece essa Força sem nome, pois cada momento histórico de seu mundo a representa de uma maneira distinta, possuindo múltiplas nomenclaturas equivocadas.

O aumento gradativo desse Nada decorria de um movimento catabólico: *se degradava para efetuar a Criação*. Em um desses momentos, eu acordei, e tal como você, percebi-me em plena andança. Vi-me vagando sem direção, enquanto uma força órfã.

Fui gerada pelo corte, pela rachadura, pela cisão e pela separação do próprio agente condutor do Vazio. Nascida do Caos e em empréstimo de um pedaço desse Ser, corria sem rumo em busca de uma função.

Durante gigantescos espaços de tempo, eu vi mundos se despedaçarem e novamente renascerem. Convivi com junções de cores que não caberiam em sua compreensão. E em determinado momento, encontrei sua raça e finalmente me preenchi de algo, pois ao olhar vocês, localizei minha possibilidade de expansão.

(JUNO — pensamento) — Sua vida de sugestão não se inicia conosco. A vejo perambular sozinha pelo vazio. Ela nos encontra e decide aqui permanecer.

Essa seria a *Quinta Verdade*?

(ESPECTRO DA VIGILÂNCIA) — Suas perguntas podem ser direcionadas diretamente a mim, viajante. Não existe mais a necessidade de análises internas. Manejamos a Roca de Fiar em conluio, e o que pensa me atravessa. Não, essa não é ainda a Quinta Verdade que procura — *deixe-me continuar e ao fim entenderá.*

A aurora de sua criação passa por belos momentos, confesso. Todavia, não foi a noção paradisíaca de mundo que fez que eu aqui permanecesse.

Tal como o que me criou, foi o caos de sua espécie que me forneceu fascínio para que aqui eu estabelecesse morada. Durante séculos, vi seres como você realizarem feitos incríveis, mas também tenebrosos.

Cabia a mim percorrer e aferir sugestão a todos, esperando suas respostas sem incorrer em qualquer valoração — *não me cabia decidir, apenas observar seus passos rumo à continuidade ou à extinção.* Ainda em forma etérea, me concedi o título de Razão do Mundo.

229

Essa Força de determinação, da Razão, percorreria a todos e a tudo, afirmando, a partir de suas peculiaridades, qual seria o caminho menos nocivo a ser seguido. Finquei- me aqui com a premissa inicial de que vocês sobrevivessem a si próprios. O Caos do qual fui criada e pelo qual me apeguei a essa Terra é por saber em antemão que vocês se autodestruiriam em seu próprio processo de evolução. Fadados ao extermínio, me coloquei aqui sem infringir as regras de observação, para vê-los prosperarem ou desaparecerem.

Quando nômade do Universo, de nada percebi meu íntimo em mudança, pois não existia o que poderia me inspirar. Quando perdida no Vazio, identificava-me com o que me circulava, e por esta razão, jamais pude aspirar por algo. Contudo, quando aqui e com o passar do tempo, percebi algo me modificar de dentro para fora ao ser tocada pela incompletude da Inveja e da Ira, características tão próprias do humano.

Isso se deu pelo teor de insatisfação mediante ao rumo que sua raça escolheu e escolhe para si: *o aniquilamento uns dos outros*. Em curto tempo de existência, o Homem aprendeu e se desenvolveu, nascendo e morrendo sem a ingerência de uma Vontade em sobreposição às demais. Estabelecia seus limites de fronteira e proteção, mas sempre a partir de sua vida privada, executando seus atos imprudentes em mínima escala.

Existia, contudo, algo escondido em seu mundo, produzido e atuante de maneira molecular. Uma força ainda fraca que atuava em agência esparsa e pequena, também influenciando seus habitantes e sugerindo modelos de relação. Tudo ainda limitado à individualidade e a pequenos grupos populacionais. Sentia, nessa capenga Força, modelos de sugestão antagônicos aos meus propósitos iniciais. Ela buscava a *Dominação* da existência, e eu, tola, a subestimei.

Colada a seu dito processo evolutivo, as gerações foram instrumentadas com a sofisticação das práticas de controle e extermínio, algo que inevitavelmente também é de minha responsabilidade. Os Homens me imbuíram da vontade do controle e eu, em contrapartida, potencializei o desejo humano pela expropriação.

Em específico momento, fui corroída pela substância humana e senti, pela primeira vez, algo correr pela minha estrutura — *me tornei imagem e semelhança do que vocês representavam*. O longo tempo os circulando foi propagador da insatisfação, da infelicidade e do amargor do fel que me fez sentir o "gosto" da incompletude pela primeira vez.

A animalidade tão parte de vocês é persuasiva, Juno, e ela me tornou primitiva em como eu passaria a articular meu desejo de governo. Não mais pela sugestão, mas pela imposição.

Fui eu, em clamor pela destruição, que massifiquei e eclodi sua espécie atrelada ao *Poder.* Mais especificamente, o *Poder* de fazer morrer a partir de uma única e absoluta vontade. Eu, a auto nomeada Razão, me tornei Soberana e furiosa em meus meios de condução.

(JUNO — pensamento) — O desenrolar do acontecimento se mostra a partir da *Roca de Fiar,* do crepúsculo de seu vaguear até a sua posição de influência perante a raça humana. Estamos ainda no *Topo da Torre* e ao nosso redor, a própria história da Criação se desenrola.

A faço uma pergunta.

(JUNO) — Aquelas que nasceram de suas entranhas: *a Loucura e a Confissão* desconheciam esse fato ou não desejavam que eu tivesse acesso a essa *Verdade*?

(ESPECTRO DA VIGILÂNCIA) — Não, Juno, elas não tinham como saber. Em meu âmago, a Inveja produzida em mim a partir de sua espécie também me gerou o fatídico sentimento de Culpa e por isso, tive que esconder meus atos, por embaraço do que me tornei.

Deixe-me mostrar.

(JUNO — pensamento) — Vejo sua forma anterior, etérea, ganhando massa, ossos e forma. Ela não assumiu sua atual estrutura física quando aprisionada. Foi sua própria gana de cólera por nós que a transmutou.

Os Espectros realmente desconheciam a factualidade de sua origem. O corredor da tortura e das execuções anterior ao *Topo da Torre* são traços históricos de seu nascimento e transmutação. Ela também nos culpa por suas ações.

O último Espectro é provocativo, e continua sua fala, enquanto me possibilita o vislumbre de um Tempo esquecido, que ocasionaria o apocalipse travestido de normalidade que eu viria encampar séculos depois: *a Real realidade.*

(ESPECTRO DA VIGILÂNCIA) — Está surpreso, viajante? Ou esperava que eu assumisse sem defesas a responsabilidade por ter proporcionado a matança a partir de decisões sobre a Vida e a Morte?

Não, as forças que de mim saíram não sabiam deste ocorrido, entretanto, a *Loucura e a Confissão* também fizeram parte desse engodo da desgraça. Contudo, agora, a Ama, a Serva e a Prostituta já exauridas pelo uso que fiz de suas singulares fúrias, já não mais existem, voltaram ao meu ventre, para que outras carcaças futuras possam tomar a frente da Roca e continuar os trabalhos de condução.

(JUNO) — Você me parece incomodada com algo. Disse que os fios da Roca não mais encontram em integralidade seus destinos. Vejo o cárcere panoptizado vazio e abandonado.

Algo não saiu como você esperava, não é mesmo?

(ESPECTRO DA VIGILÂNCIA) — Nada saiu como o esperado!

Sua tentativa de me ludibriar para que eu confesse a história a você, Juno, não é necessária. Estou entregue em meus supostos crimes, mas de maneira alguma, sua figura ou o que você representa podem se ausentar do fato de que também são responsáveis pelas transgressões aqui manifestadas.

Fui enganada pelo que me atraiu, pois o que eu acreditava ser algo a ser celebrado: *a própria consciência racional de ação humana*, se tratava de uma armadilha que me capturaria paulatinamente, até que submergida por suas amarras, não mais poderia escapar dessa grande arapuca que você titula como mundo.

(JUNO — pensamento) — Ela cessa o pedalar por um instante. Vira seu rosto vestido com o capuz para a direita, olhando em minha direção.

Sabe por onde devemos seguir.

(ESPECTRO DA VIGILÂNCIA) — Sim, será esse nosso início, a tratativa não mais da sua, mas da minha perfeita prisão. Nossos primeiros passos para realizar o caminho inverso dessa arquitetura projetada por você será a ação de nos dobrar sobre a minha versão do *Grande Relógio*: o meu próprio cárcere.

(JUNO — pensamento) — O discurso da *Vigilância* me faz ver o Grande Relógio mais uma vez, agora em sua versão destruída. Olho a geografia pela visão de cima, tal como em meu momento de chegada.

O caminho que faremos será a convergente inversão: *de dentro para fora — a Torre, o Círculo Menor, o Delírio, até que cheguemos* à *Real realidade*.

(ESPECTRO DA VIGILÂNCIA) — Sim Juno, a Torre guardará minha *Confissão* a você, ao dispor da face ampliada da *Loucura* que me atravessa.

A Razão desarrazoada é personificada por mim e não pelo Espectro primeiro, pois a ela, já antropofagizada pelo meu ventre, cabia apenas à revelação de que sua suposta *Loucura* individual fora efeito do *Enlouquecimento* sistêmico de seu mundo. O que você vê à sua frente são as sobras do que um dia fui e do que, por ressonância da sua raça, me tornei.

Seguiremos em partes nessa recomposição, a fim de que o remontemos em um processo modificado de autópsia: *não mais retalhando os membros ou drenando o preenchimento de seu corpo, mas costurando os dilaceramentos e tecendo enxertos em sua carcaça agora esvaziada.* Uma taxidermia necessária desse invólucro que agora se apresenta esvaziado.

Essa será a narrativa do caminho de nosso retorno. Visaremos a produção de um novo corpo a partir dos estilhaços da história e do que você, em ignorância, desconhece.

(JUNO — pensamento) — A *Roca* se movimenta. Novos fios se soltam e mais um momento se revela. A própria estrutura do *Poder* e sua necessidade de atualização inicia sua expressão. A corporificação atual da *Louca Razão* toma o protagonismo da cena.

Ouço sua narração.

(ESPECTRO DA VIGILÂNCIA) — Você pode ouvir, assim como eu, o som de nossa remontagem através da história — *os ecos que possuíram minha existência sem forma refletiriam em você, séculos mais tarde.*

O tatear autopsial que antes nomeou você como o cadáver à mesa se amplia de sua particular pele e encontra a história da própria *Loucura* que assumiu estética normalizada e hegemônica, criando e fazendo uso dos corpos efeitos de seu governo.

Os cânones da sanidade tornaram-se *Enlouquecidos,* Juno, contudo, nem sempre o *Poder* deteve esta cínica fisionomia. Em certo momento histórico, eu me fiz visceral, audaz e sem pudor. Tudo o que me importava era a manutenção do absolutismo do meu desejo.

Tocada pela insensatez própria dos humanos eu mordia meus recém-criados lábios em prazer quando percebi que poderia não somente assistir à autodestruição da humanidade, mas também ser agente desse processo. Bastava o suspiro de uma ideia aos ouvidos de alguém, algo que germinaria a suspeição e a paranoia na malfadada carne humana.

Permaneci concomitantemente em ambos os lados de históricos conflitos, entrelaçada ao germe da perseguição que inculquei pouco a pouco em absolutamente todos e todas que viriam a agir pela extrema punição. Digo, aliás, que não sugeria tais maldições a qualquer um, mas a específicos homens e mulheres, que deteriam ou poderiam concentrar, em cada época, o *Poder* absoluto sobre as terras e os corpos. Ressonar a imposição da vida e da morte à figura que ocupasse a autoridade plena ou que se dispusesse a essa busca.

233

De maneira convergente, qualquer ação ou pessoa que impusesse risco a essa figura na qual o *Poder* se centrava deveria necessariamente deter extirpada de seu corpo a possibilidade de convivência e de sobrevivência: *seria torturado, supliciado e espetacularmente assistido.*

O horror do sangue jorrado levaria a mensagem do controle a todos os demais. De maneira tácita, minha então personificação se assemelhava a uma criança com gostos recém-aprendidos. Movida unicamente pelo Prazer e pela onipotência, eu me satisfazia pelos mecanismos tortuosos e por enxergar no homem a capacidade de criar apetrechos para o sofrimento de seus possíveis algozes.

Entorpecida e seduzida pelos seres conscientes que se jogavam em escolhas sórdidas — vocês —, utilizei de sua capacidade criativa para incorrer à chacina. Determinei as fronteiras de acesso e de proibição, separei o Rei dos súditos e sacrifiquei milhões — *nunca por um ato próprio, mas sempre por intermédio e uso da humanidade, esse terreno fértil para o ódio.* O surto da possibilidade de decidir diretamente sobre o destino me inebriou, e embriagada pelo livre-arbítrio, me tornei furiosa e passei a agir a bel-prazer. O corredor que você avistou demonstrava apenas alguns momentos dessa história, apenas trechos genocidas dessa passagem que colocaria a humanidade em um caminho incontrolável pelo que eu mesma criei: *a necessidade estrutural e ampliada de subjugação, vinda de um e direcionada a todos.*

Ao seu início, a ação *Soberana* que me alimentava era imbricada na paixão pela destituição e não imaginaria que estaria, a partir destas mesmas incursões, produzindo uma *Técnica de Condução,* que viria em um futuro próximo se tornar autossuficiente. A primeira esfera do *Poder* era absoluta e não conhecia superior. Em estéticas múltiplas, eu inseri o paradigma de fazer-se morrer na atualidade e na posteridade.

Tudo via e me deliciava, ao mesmo passo que algo me atormentava. Uma inquietação martirizada denotava que minha sedenta atuação pela morte não era lisa, uniforme ou estanque.

Uma certa resistência sobre o que me tornei, vinda do núcleo do meu próprio *Enlouquecimento,* declarando que danação que eu passei a personificar funcionava em camadas sobrepostas que guerreavam umas com as outras. Contudo, em determinado momento, tocada pela *Efêmera* e cada vez mais fraca lucidez, decidi construir um auto casulo de contenção.

Tateando o que um dia fui, arquitetei para mim a *Caixa Prisional* que impediria minha influência sobre os homens e mulheres e me comprimiria, até que desaparecesse pelo efeito de minha auto supressão — *ao menos era esse o resultado que esperava.*

Aprisionada pela minha própria jaula, encontrei-me apagando, sumindo, todavia, surpreendentemente percebi que o *Poder* criado sobre a humanidade se desenvolveu a ponto de se tornar uma *Força* com iniciativa e vontades próprias.

Não mais limitado à pura violência absolutista ou à minha orientação, ele se tornou produtivo e desenvolveu a partir dessa nova característica: *a Loucura e a Confissão*, levando ao *Todo* novas maneiras de sugestão, indicando que no desenrolar de sua história o *Poder* não mais deixaria de existir.

Fui tola, Juno, não havia percebido que essa Força molecular, o próprio *Poder*, me utilizara como catalisadora. Antes capilar, as relações de *Poder* tornaram-se sistêmicas e entremeadas nas vísceras dos humanos. Fui a corrente sanguínea que transportou a metástase do controle ao mundo. Seu crescimento exponencial e sua autogestão assumiram tal forma que escaparam de minhas mãos. Estava solto e atuante.

Quanto à Caixa Prisional, digo que escapei e passei a olhar durante o tempo as consequências fruto do meu forçado parimento e do que eu, inevitavelmente, era responsável. Me desfiz em três partes e passei a conviver arduamente na presença da *Loucura* e da *Confissão*.

Vi cada um de vocês, sendo mapeado e regido, corporificando a utilidade necessária para que se tornassem dóceis a partir deste meu atualizado ofício. Assumi, desta maneira, o papel da *Vigilância*.

O *Poder* se sobrepôs à minha presença, construindo em meu corpo um duplo de operação: *necessária e subjugada à sua força*, em uma repercussão tecnológica que não haveria de me deixar ilesa, mostrando a função da prisão para sua própria criadora. Vi-me colocada nesse espaço, na Torre de *Vigia*, e aqui permaneci.

Com a população em vertiginoso crescimento e acompanhando o desenrolar desenvolvimentista da sua espécie, as prisões, os manicômios e a fé foram sendo forjados em sugestão pela *Roca de Fiar*, minha instrumental companheira.

Guiada e guiante, fui escrevendo e assistindo às práticas de controle sendo delineadas, bem como ao massacre ocorrido dentro das paredes das instituições humanas — *o Rei e o Poder absoluto desapareceram, surgindo, em contraponto, a disciplina enquanto divindade de controle*.

Tal como eu e você, a humanidade tornou-se viciada pelo *Poder* e pela vontade em saber e dizer sobre o outro, assumindo para si o tecimento sobre o que poderia ser dito ou não dito em suas respectivas épocas. Mas nunca sozinho, e nunca de maneira autônoma: *ao longe eu via e, em meus limites, intercedia.*

Não podendo retroceder em meus atos, me aliei em revolta a essa Força que passou a rondá-los, conduzindo seus danos e assumindo a figura guiante. Os levando ao precipício, sim, mas ainda em tentativa de conter as desgraças produzidas. A força etérea que fui: *inocente e inspirada pela sua raça, de algum modo desapareceu.* Junto a mim, detinha apenas a memória de meus atos para me ancorar e me culpar.

Antes correndo *Soberana* e em constante sugestão aos reis e rainhas pela história, me torno sequestrada e expatriada para esta *Torre* mediante a ascensão de uma nova forma de regulação, e somente daqui, teceria os fios constituidores da Real realidade.

Abaixo de mim, estariam conduzindo as obras humanas, a *Loucura* e a *Confissão*, que como consortes, propagariam as estratégias da *Vigilância* sobre a humanidade.

Com o passar do tempo, prendi a representação dos reféns de seu mundo nestas celas: as vidas geradas e geridas pelo Poder, necessárias a ele, mas que concomitantemente o desregulavam, e por isso deveriam ser mantidas distantes das grandes decisões históricas — *e tal como eu, permaneceriam trancafiados.*

Nesta prisão circular, estariam panoptizadas as figuras de categoria que me mostravam os novos supliciados de cada época: *os loucos sendo esquecidos, os hereges apontados e a anormalidade sendo criada, enjaulada e mantida sob a égide de justificar os ditos e escritos da monstruosa sanidade Enlouquecida.*

Objetivando evitar o esquecimento pela minha responsabilidade de ação sobre a história dos homens, preenchi a Catacumba que se encontra abaixo de nós com as ossadas da *Soberania* impelida pela inveja e fúria que um dia me tomou.

Esta é minha *Confissão* a você viajante, bem como a primeira etapa de retorno, na qual sua masmorra: o *Grande Relógio*, encontra em sinergia a minha vida aprisionada e atuante nos entremeios do que eu criei e se descolou de minha autoridade: *o Poder* que se tornaria a força vital de todas as relações.

E agora, novamente, esta energia regente necessita de sua atualização.

(JUNO — pensamento) — Por tanto tempo procurei e achei que a *Loucura* seria o intermédio de escape da Real realidade, pela qual des-

vendaria o obscuro significado do *Poço*. A Razão/Soberania, e agora Vigilância, tornou-se a verdadeira personificação da *Insanidade*.

Vejo-a e me compadeço.

Ela anda sem rumo pelo curto espaço de solo do Topo da Torre, isolada e sem suas figuras *Panoptizadas*, a solidão a toma por completo, pois somente pode enxergar, ao longe, aquilo que ajudou a criar. Sinto-a corrompida e arrependida, e enfim consigo compreender o âmago do seu grito.

O processo de taxidermia do meu corpo teve seu início. A primeira etapa do retorno à Real realidade está completa.

ESCAPADA

(JUNO — em pensamento) — Por mais que o diálogo preencha este encontro, por vezes, o silêncio e a posição inerte que nos toma, tanto a mim quanto à *Vigilância*, faz com que essa esperada contenda discursiva seja meramente contemplativa e silenciosa. O *Topo da Torre* não detém qualquer estrutura murada e por aqui tudo se vê: *da destruição do Círculo Menor ao horizonte da Real realidade* — tomo meu tempo para constantes vislumbres e permaneço calado quando bem entendo. Alocada nesse ponto, a Vigia detém o poder de observar o passado, o presente e as projeções de futuro da humanidade, mas nunca fisicamente daqui se evadir. *É um exílio sem muros.*

Agora em observância e olhando ao longe, me pego pensando em algo.

É interessante o quanto a busca pela *Verdade* não se refere necessariamente a um anúncio, a uma revelação, ato tão próprio dos contos, das fábulas e da regência da *Vida* tal qual eu conheço. Teoricamente, se a dissecação extirpa algo, a taxidermia do corpo deveria preencher essa casca vazia que agora anda por esse vale da *Irrealidade* — contudo, percebo *que não é dessa forma que as coisas vêm acontecendo.*

Despontar a história em sua legítima versão é mais do que entregar sua suposta narrativa verídica. Talvez seja algo mais próximo a denunciar as *Mentiras* que corroem a *Real realidade*, e quem sabe minimamente tatear seus bastidores por breves momentos — *olhar pelas fendas e fissuras possíveis.*

Se no *Círculo Menor* me vi em retalhamento e graficamente sobre uma mesa autopsial, sendo aberto e vasculhado, aqui me vejo elucubrando sobre meus novos revestimentos. Necessária reflexão a meu ver, pois esta é a proposta de *Inversão* feita pelo Espectro da *Vigilância*.

O processo de empalhamento, taxidérmico, deve ter seu início até 24 horas após a morte do organismo sem vida. A máscara mortuária é o primeiro passo a ser realizado, uma cópia perfeita das feições do rosto, mostrando os detalhes da carcaça falecida.

Com arames e apoios, o animal é posto em uma posição, na qual ele permanecerá para todo o sempre. O artesão taxidermista prepara uma cópia da ossada sem vida, em uma espécie de fôrma de gesso e outra de resina. Um Endo-Esqueleto artificial, um sustentáculo para a pele sem vida que deve ser preservada.

Retira-se a endoderme, uma fina membrana colada à pele. O couro é tratado quimicamente para fins de prevenção de seu apodrecimento.

Os olhos são feitos de vidro e outras partes do corpo que ficarão expostas pela eternidade são artificialmente tecidas, e a costura feita em posições escondidas para que a naturalidade daquele adorno fúnebre seja preservada.

Aqui, olhando mudamente à minha *Carcereira* e me entregando a este processo de recomposição de minhas *Entranhas*, diferentemente do empalhamento tradicional, não vejo que o objetivo seja a reconstituição natural de minhas vísceras, visando a manutenção de minha aparência natural e reconhecida. A taxidermia proposta pela Vigia é de mutação e libertação das estruturas internas que me mantinham estático e afixado na parede para apreciação e uso. Distintamente do processo rígido do animal empalhado, esse novo revestimento me convida ao movimento e ao sórdido caminho da descoberta: *aberto, costurado e detentor de novas capacidades.*

Já estive taxidermizado ou vulgarmente empalhado, mas não aqui e não mais. Vejo agora um convite ao não aceite das *Verdades* de outrora e à não passividade pelas narrativas que agora me vêm sendo mostradas. Ela, a Vigia, me prepara para algo ainda desconhecido por mim, e essa nova estrutura interna busca me retirar da imobilidade e fixidez que sempre me devastaram.

Todavia, vejo incoerências no discurso do vulto da *Torre,* bem como percebo que não mais me temoriza questioná-la.

(JUNO) — Você afirma que deixou de nos circular e que em subjugação ao novo Poder, agora autogerido, foi movida a esta *Torre* e daqui, a distância, intercedia por nós.

Essa palavra: *interceder*, não está sendo utilizada da maneira correta, ao menos a meu ver. Mesmo sabendo agora como foi constituída e como detém responsabilidade pela maneira a qual o mundo se conduziu ao fracasso, me parece que você é um braço do *Poder,* pois continuou a nos açoitar.

Você se tornou a *Vigilância* e abraçou a Disciplina enquanto vetor de controle. Não me parece correta a premissa de que olhava por nós.

(ESPECTRO DA VIGILÂNCIA) — Você está apegado ao mito do herói e da heroína de que tanto tenta escapar, Juno. As conjunções da existência não são maniqueístas. Você, mais do que ninguém, deveria saber disso.

Sua importante questão inaugura o próximo nível de nosso retorno, e agora, elencaremos as possibilidades de escapada que nos cabem: *tanto a mim, quanto a você*. É possível que o que eu tenha a lhe dizer forneça alguns esclarecimentos, todavia, não estou certa de que você compreenderá. Para tanto, desta vez, revisitaremos maneiras de resistir ao *Poder* que nos toma de assalto, que me aprisionou na Torre, mas também conduziu sua *Vida* ao afogamento.

Neste sentido, digo que não existe *Poder* sem seu contra fluxo de resistência. O *Panóptico* significa esse marco. Dentro destas mesmas celas, agora vazias, existiam figuras que desafiavam os crivos hegemônicos dessa Força, da mesma maneira que atendia à sua necessidade produtiva — *o Poder produzia aquilo que necessitava apartar, pois seus crivos de centro também dependem das existências de margem.*

Afinal, Juno, o que seria da normalizada sanidade sem o *Louco*? Ou como funcionaria a promessa da salvação se não existissem as vidas "caídas"? Como se instaurariam as definições de crime, sem a produção da delinquência transgressora da lei dos homens?

Eu, arqueologicamente, escavava esses constructos e catalogava os sentenciados tidos como desviantes, aprisionando suas facetas em minha prisão circular, procurando em seus corpos as fissuras para que eu, e em ressonância vocês, resistissem a essa potente Força propulsora da vida regulada. Eu vigiava não somente a todos, mas também ao *Poder* que criei e catapultei quando atuava de maneira *Soberana*.

E sim, você está correto.

Manejando a Roca de Fiar e por consequência, o destino dos indivíduos, eu resistia ao *Poder* deixando-o solto, pois esta energia que tomara meu lugar repetiria suas *Verdades* de maneira sistemática, pressupondo-se artificialmente como algo natural e atemporal.

Se algo necessita se repetir para consolidar-se, é em seu maníaco ciclo de reiteração que jaz sua maior fraqueza. Foi a partir do que chamo de dissidência que fui escavando as possibilidades de alguém, finalmente, interceder pela *Real realidade*.

E para isso, tive que também agir em conluio a quem tinha me aprisionado, pois somente a partir da continuidade de sua produção eu chegaria a alguém. *Alguém como você, viajante.*

Voltando nosso diálogo à sua história, diga-me: por que você buscava o *Delírio* e se sentia consagrado a partir da *Loucura*?

(JUNO) — Para fugir. Eu queria fugir da Real realidade.

Existia um tipo de *Vida* que eu deveria suprir em expectativa, camuflada em algo dissimulado, como se eu vivesse em um vitalício estado de guerra, mas com uma sonoplastia gentil que tocasse ao fundo, enquanto os canhões disparavam e os corpos voavam. O cinismo da vida expropriada justificada por um "bem maior" era uma das questões que mais me atormentava. *Queria escapar disso!*

(ESPECTRO DA VIGILÂNCIA) — Deixe-me explicar como vejo essa questão. Soa a meus ouvidos que você não queria simplesmente fugir, mas proferir um enfrentamento daquilo que te subjugava fazendo-o exaustivamente continuar.

Você buscou *Enlouquecer* em seus termos e aceitar sua face transtornada, mesmo sabendo o que poderia significar, e descobriu posteriormente que sua jornada se tratava da mais absoluta lucidez.

O maniqueísmo realmente não é algo bem vindo para o que estamos tratando. Essa Força aprisionante que me conferiu o espaço da *Torre* é também difusa. Falo de uma energia de sugestão que está por toda a parte, empenhando-se em produzir indivíduos subjugados perante o saber sobre as coisas, as palavras, os objetos e os objetivos da própria existência.

O âmago de seu desespero não se assentava unicamente pela imposição do trabalho, dos cuidados necessários à Catarina ou das obrigatórias relações sociais. Era o horizonte sem possibilidade que o implodia, bem como o seu corpo que viria a ser descartado pela sua futura não mais funcionalidade produtiva. Você temia o esquecimento, e por esta razão a Catacumba é seu real espelhamento narcísico.

Dessa maneira, em revide, decidiu enlouquecer para que, de alguma forma, pudesse encontrar suas masmorras. Quando o visitei, ainda quando criança, estava em incursão desta ação arqueológica de descobrir nas ditas falhas algo que poderia ser utilizado como tática de confronto ao próprio *Poder*.

Ao ver Catarina transformada em genitora devido à sua condição de miserabilidade e perceber o seu filho: *você, acuado pelos olhares da pessoa de crachá, a Roca de Fiar abriu uma rachadura para que me visse pela primeira vez e se inquietasse, não só por aquele momento, mas em sua continuidade pela Real realidade.*

Todavia, vale destacar que o inculcamento da *Loucura* em sua vida não fora produzido simples e unicamente por essa situação. A máquina do sistema contemporâneo realmente intensificou aquilo que você viria a nomear como prisão interna, associando-a a elementos particulares da sua passagem pela Real realidade.

Vejamos alguns pontos do caminho transtornado que o inquietou:

O corpo voltado à prostituição do trabalho. A vida prescrita em laudos.

A busca pelo desempenho funcional e;

A martirização pelo cuidado obrigatório de um corpo sem vida, o de sua mãe.

E, por fim, e sustentando a tudo, a corporificação do fracasso, frente ao empresariamento que lhe possuía por completo. Veja, Juno, embora tenha me visitado nessa cela que agora percebe ser o Topo dessa Torre, não mais a prisão lhe faria sentido.

Era necessário que fosse "livre" para compreender e sentir sua jaula, e a partir da insuficiência gerida pelo *Poder*, se jogar na trama para me achar. Você é também um aporte da resistência e uma das faces da produção de margem. Um corpo paradoxal: *capturado e compelido ao escape.*

Mas não esqueçamos seu caminho de vinda a esta geografia, sequer deixe de lado o percurso de retorno. Tudo deve ser ordenado, para que possamos recompor nossos corpos e finalmente conseguir o que desejamos: *a Real Liberdade.*

(JUNO) — Você também deseja ser livre? De que maneira?

(ESPECTRO DA VIGILÂNCIA) — O *Poder* jamais irá deixá-los, Juno. Não mais existe essa possibilidade.

E sim, desejo a libertação dessa *Torre* e do que me tornei. Confesso que começo a imaginar como isso poderia ocorrer. Todavia, ainda me vejo incerta sobre essa resolução. Digamos, por enquanto, que o que me move em nosso retorno pelo *Grande Relógio* é o objetivo de lhe entregar a *Liberdade* que você busca. Se isso ocorrer, fatidicamente eu também me verei livre desse confinado território abandonado: *a prisão Panóptica.*

Tudo dependerá desse capítulo final, e acima de tudo, de sua atuação para nosso derradeiro arremate.

(JUNO) — Quando aqui cheguei, você se portava de maneira, digamos, *desequilibrada, afoita e desorganizada.*

Percebo que não grita mais em agonia e não incorre a desdéns em relação à minha presença. Parece-me que, de alguma maneira, você se lembra do que era e mantém contato com sua forma de outrora. *Estou correto?*

(ESPECTRO DA VIGILÂNCIA) — Sim, Juno, está!

Olhar para minha história e poder me contar e revelar como agi decerto me trouxe resquícios de organização. A unidade de tempo não funciona para nós com a mesma linearidade: sinto-me recém-criada e recentemente aprisionada nessa carcaça feita de ossos, carne e sangue.

Todavia, não se engane: *eu ainda os desprezo, mas vejo em nosso diálogo a possibilidade de não mais Enlouquecer pela solidão.* Acredito que saiba do que falo: *ainda que cercado por tantos corpos e funções, sua vivência era implodida, com cataclismas efetuados de maneira interna.* Um empalhamento funcional.

Você entende o que significa viver o desespero. Vi sua sensação de submersão em seu momento de ruptura. Aqui, posta ao alto desta *Torre*, também encontrei a eternidade da impossibilidade e isso me modificou e me *Enlouqueceu.*

De certa maneira, também passei a *Delirar,* não em processo análogo ao seu dito escape da Real realidade, evidente, mas de maneira outra, pois a *Roca de Fiar* não mais atinge integralmente os trâmites de encontro com a humanidade. O progressivo enfraquecimento do *Poder Disciplinar* fez-me buscar momentos, alegorias, pensamentos e sensações que pudessem identificar a próxima ramificação do *Poder*, e por assim dizer, seus novos representantes e/ou efeitos.

Enquanto a Força que ele representa, o *Poder,* digo que essa atualização já existe, mas não consigo manejá-la. Está fora de meu escopo de habilidades.

A *Confissão* e a *Vigilância*, em seu modelo clássico e primeiro, não atendem mais às funções de normalização da vida, não em suas isoladas maneiras de agir. Existe algo em preponderante formação em seu mundo, que tenta reorganizar as influências que um dia pari — *volta-se ao seu manejo, recodificando o que existe para distribuir à sua realidade uma Nova Razão de mundo.* Algo que ainda estou tentando compreender, e talvez seja a partir de você que eu finalmente consiga.

Mas voltemos ao nosso percurso, e nesse momento, persiste em mim certa necessidade de esclarecimento. Fale-me mais um pouco de seus *Delírios*, viajante, pois tenho a mais concreta certeza de que são em nossas particulares histórias que se fundamentam as subjacências de nosso retorno pelo *Inverso* desse caminho e do possível escape de nossas singulares masmorras. O aviso, no entanto: *apegue-se não mais ao equivocado Enlouquecimento que buscara ainda na Real realidade, alicerce-se, em antítese, em como você ousou resistir ao Poder.*

243

Sugiro continuarmos por este caminho.

(JUNO) — Mediante o padrão de estímulos que me circulava, a *Repetição* cíclica de meu dia a dia, decidi construir singulares narrativas que transmutassem o que se tornava impossível de digerir: *e a esse processo chamei de Delírio ou Alheação* para contradizer o que me assujeitava.

Projetei-me no *Grande Relógio* a partir da insurgência em *Rebelião*, transposta de meu primeiro *Delírio*: *o rebanho que dominou os senhores da fazenda, os proprietários da terra e dos corpos bovinos.*

Andei pelo *Círculo Menor* buscando me retalhar e não mais entregue à expropriação. Tateei minha pele artificial e percebi que a autópsia do cadáver na mochila — a segunda *Alheação* — era consonante à drenagem que me aguardava aqui, nessa arquitetura circular.

E por fim, o precipício equilátero e o primeiro encontro com você, a *Vigilância*, e sua prole: *a Loucura e a Confissão*. E mesmo que não possa caracterizar esta terceira incursão narrativa como um *Delírio* fundamental, percebo que as tramas ali desenroladas serviram para demonstrar o caráter coletivo da *Força* da condução, não somente dobrando-se a mim, mas a todos nós.

De certa maneira, vi ali algo semelhante à gestão não mais da vida individual, mas referente a uma população que deveria ser gerada e gerida em vias de proteger a *Vida* — de alguns —, em contraponto ao açoite dos demais.

(ESPECTRO DA VIGILÂNCIA) — Sua incursão pelo *Círculo Menor* e o encontro com minhas crias, bem como o consequente retalhar ao qual fora submetido, talvez tenham nublado algo pertinente, senão primordial, para que caminhemos pelo retorno de nossas prisões.

O epitáfio de Catarina.

Consegue lembrar-se das exatas palavras contidas na tumba de sua falecida mãe?

(JUNO) — Sim:

"Para enlouquecer realmente, deve-se deter a consciência da Loucura, para se Confessar sem ser conduzido, é necessário saber à qual divindade permanecemos de joelhos".

Por qual motivo retoma essa etapa da minha autópsia?

(ESPECTRO DA VIGILÂNCIA) — Deixe-me recapitular nossos passos: o direito à morte, ramificado quando *Soberana* sofre um deslocamento e se transforma em uma peculiar experiência de produção subjetiva.

O confisco, a extorsão, a tortura e a execução são apropriados pela incitação à contínua melhora e potência do corpo rumo à expropriação. A guerra que persiste em sua historicidade detém seu traço de *Soberania* pelo ato em si, mas não pela sua dinâmica de emergência e funcionalidade.

Se antes calcava-se na proteção absolutista de um, agora, sustenta-se pela suposição de proteção da *Vida*. O corpo humano torna-se um templo a ser modificado e utilizado e por esta razão deve continuar puro, e longe, por exemplo, da *Insanidade*, que você buscou enquanto método de revide desta putrefata realidade que conheceu.

Então pergunto: *a que, agora, a humanidade se ajoelha?*

(*JUNO — pensamento*) — Ela se aproxima de mim e se abaixa. Olho para dentro do balandrau e nada vejo. Ela sabe como me conduzir, ordena a organização de nosso diálogo e continua a tratativa sobre o *Poder.*

(ESPECTRO DA VIGILÂNCIA) — Lembre-se, Juno, sua história não diz respeito somente a você. A nova formulação do *Poder* se encontra não mais nos corpos ordenados e separados, mas dentro de uma rede de conexões, atuando um em relação aos outros.

Você se lembra da *Senhora das Latinhas*? Ela associa-se com o fluxo da banalidade pela escassez e do possível incômodo promovido por sua ação de recolhimento do que fora descartado. Ela, a catadora de recicláveis, se desculpa pelo barulho promovido pelas latas de alumínio — *supostamente engendrando uma ação e um corpo que deveriam passar despercebidos pela urbe.* Sua vida gasta e absolutamente administrada pelo sistema que a produz, visa o dito "bem" da funcionalidade moderna do corpo produtivo apartando aquele que confere "peso" e inevitavelmente promovendo seu descarte.

A nova Razão do mundo justifica seus atos pela manutenção da saúde da cidade, e tal como minha ação *Soberana* de visibilizar a tortura como espetáculo, essa atualizada maneira de governar também constrói seu palco e suas cenas a serem mostradas, entretanto, em um novo e recodificado processo de governo: *sutil, voraz e faminto.*

Sua inquietude ao ter visto aquela específica senhora em plena humilhação pública se deveu exatamente a quê?

(JUNO) — Recordo-me de que deveria me sentir grato pelo que tinha como "posse" — um teto, um trabalho, um chão previsível —, mesmo enfadado e destruído por essa dita conquista.

Lembro-me de que aquela senhora sinalizava a mim que eu deveria acenar em gratidão pelo cotidiano que me destroçava. E acima de tudo, envergonhei-me ao me sentir aliviado mediante sua presumida condição de humilhação.

(ESPECTRO DA VIGILÂNCIA) — Perceba em sua fala, Juno: existem modificações sobre a anormalidade condizente à sua época. As regras do jogo se modificaram.

Ao contrário do que ocorre na esfera da *Soberania,* a *Disciplina* nunca se materializou na figura do Rei, mas nos corpos individualizados.

Sei disso, pois afinal, a tudo *Vigio* e nada escapa aos meus olhos. Quando forjado meu exílio na *Torre,* as relações dos homens não mais expiavam os bens e riquezas dos súditos, ao menos não como antes.

A *Vida* tornou-se adestrada, mas não pela expropriação pura e simples. Seu mundo passou a apropriar-se da *Liberdade* objetivando a total maximização e utilidade do corpo em prol do próprio desenvolvimento de sua espécie. O *Poder* enquanto força e já longe de minhas mãos se dispersou, se multiplicou e se ramificou nas teias sanguíneas de seu povo.

Todavia digo: *você nada tem de especial, viajante.* Sua chegada aqui é próxima de um acúmulo de coincidências, e não, você não se encaixa necessariamente em uma casca heroica. Você é somente mais um, com, talvez, uma ou outra característica singular.

Existem muitos como você, milhares de rostos e corpos: *expropriados, maximizados, descartados e esquecidos.* Sua história é repleta dos anônimos em sacrifício, você mesmo viu e se compadeceu com o conjunto de ossos que guardo abaixo dessa Torre.

Mas a barbárie, que antes era facilmente detectada, hoje, se consolida pela proteção e pela ausência do grilhão, e assim sendo, assume para si o próprio cinismo dos homens. Pois sem a técnica *Soberana* para incitar a exploração e a execução, restou a vocês a auto disciplinarização.

Expatriada nessa arquitetura, o *Poder,* ao passo que me escondeu, substituiu minha técnica executória pela própria *Vigilância* que me atribuiu. Surge e se mantém na Real realidade uma atual noção de relação de poder: *sem centro e sem topo piramidal,* pois a engrenagem como um todo possui o *Poder,* inclusive suas parcelas mais gastas e vistas como não importantes.

Você, em suas incursões cotidianas, visava a todo custo esconder quem era. Limado pelos laudos diagnósticos ainda quando criança e absorvido pelo olhar do Estado, cuja estrutura nomeou sua mãe como genitora, você saberia o que aconteceria caso soubessem o que pensava e como agia: *seria entorpecido por anestésicos e jamais conseguiria escapar.*

Sua desculpa ou camuflagem era relacionada à manutenção de sua funcionalidade social e acima de tudo, do seu corpo produtivo: *enquanto proletário e enquanto filho*. A puxada que sentia em sua perna e o correspondente ato de mancar denotavam que sua pele sentia a ação da *Vigilância* e da correção de maneira distinta: *certo grau de sensibilidade do que se dobrava sobre você*.

Seu valor, inclusive autoatribuído, era sempre colocado em xeque, e por assim dizer, assumindo certa posição hierárquica sofrível no campo das relações humanas. Sem adequação social, empilharam-se olhares e notas sobre sua conduta desviante; miserável, conviveu com a fome e viu sua já usada mãe compartilhar dessa ausência e ser culpabilizada por isto.

Não vê, Juno? É a normalização que o adentra e o define, e nunca a excepcionalidade. Esse é o âmago do desprezo que despendo a você e a todos os demais.

(JUNO) — Muito foi falado de minha imersão na Real realidade, contudo, é sobre o seu escape da prisão que nossa atual conversa se assenta, não é mesmo?

Você disse anteriormente que procurava certa maneira de se *Alhear*, ou tentava minimamente projetar-se na Real realidade para compreender as novas dinâmicas do *Poder* em mutação.

Diz ainda que é impossível entendê-lo e que sequer sabe manejá-lo. E ainda dita regras sobre minhas incapacidades? Acho minimamente irônico que não veja que a própria *Vigilância* seja entremeada pela insuficiência de atuação.

(ESPECTRO DA VIGILÂNCIA) — Essa acidez na fala é ligada ao fel que você saboreia, Juno, mas também ao seu próprio processo de desprendimento de suas antigas amarras. Sua taxidermia vem sendo efetiva, percebo.

Justo!

Sim, o *Poder* em sua atual forma não se faz como algo sobre o que eu consiga tecer leituras e análises de maneira complexa. São muitas as suas nuances e carece a mim a experiência de circular as *Vidas* embebidas nessas recodificadas formas de controle. As vejo e as percebo, mas a potência dessa atualizada formatação de governo é significativamente mais interna, contudo, isso não significa que não tenha coletado elementos soltos e fragmentos sobre seu exercício de operação.

Quanto a meus ditos *"Alheamentos"*, afirmo que me fazia presente em cada corpo disciplinado e utilizado de maneira máxima. Olhava atentamente à massa aprisionada nas grandes clínicas, manicômios, prisões, bem como saboreava suas fugas e revoltas.

Agia de maneira a conduzi-los de acordo com o que o *Poder* me direcionava. Meus supostos *"Deliramentos"*, tais como o seu, alçavam outro espaço do mesmo lugar, buscando ver os mesmos acontecimentos por outras vistas. Contudo, devemos nos atentar que minhas escapadas não se fizeram como um lugar irreal, como a grande maioria que lhe atravessou. Venho utilizando o termo *Alheação* com o objetivo de lhe trazer familiaridade, e ainda alçada a este mérito, farei uso novamente de sua história prévia ao nosso encontro.

Recordo-me de seu caminho no *Círculo Menor*, aqui no *Grande Relógio*, da escritura bíblica demonstrada pela Casa da Confissão e seu respectivo Espectro: *"a passagem dos porcos suicidas que se jogam ao precipício"*.

Quando expatriada pela Força a qual denominei de *Poder ou Nova Razão do Mundo*, e após ter me visto neste espaço confinado, ao Topo da Torre, vi-me em isolamento, algo que progressivamente me modificou. Se antes eu percebia minha função a partir da relação palpável com o seu mundo, o qual me inspirou e me revoltou, minha sentença mais cruel só poderia ser alicerçada no completo isolamento.

O *Poder*, por sua vez, ainda bebia de sua primeira reformulação e suas consequentes noções classificatórias. Eu reconhecia esse mundo, sabia de seus detalhes, pois era recente meu andar entre vocês.

Já expatriada, eu vi, ao longe, o ser humano se transformar, negociar vidas, deixá-las ao relento, enriquecer ao mesmo tempo em que empobrecia o mundo. Eu, aqui e sozinha, continuava a olhar, lamentar e intensificar essa sofrida produção.

Quando digo que as relações de *Poder* só podem existir em certo tipo de diagrama que promova sua correspondente resistência, isso também se aplica às minhas possibilidades de revide. O maniqueísmo de que o orientei a se afastar não pode ser uma variável para nossa autoanálise, pois tanto eu quanto você carecemos de papel definido, não corporificamos nem o papel de tiranos, nem de heróis. A partir dos parâmetros de valoração vindos do seu mundo, digo que permanecemos ao meio, pendendo para um lado ou outro, conforme as urgências de nosso tempo.

Confesso que quando jogada aqui, experimentando o peso da carne, demorei a andar: *arrastava-me*. Sentia o fedor do sangue que me percorria internamente e ansiava pelo desprendimento que jamais veio. Percebia, contudo, que mesmo em expatriamento conseguia me projetar pelo seu mundo, a *Real realidade*.

Mesmo sem compreender integralmente minha nova função, tive que atuar pelo que era responsável, pelo que foi direcionado a mim pelo *Poder*: *a promoção da disciplina*.

Mas o que isso quer dizer de maneira factual? Deixe-me tentar explicar.

Mais do que acompanhar o nascimento das prisões, dos manicômios, das instituições de formação e contenção das *Vidas* em seus múltiplos formatos, minha principal tarefa era disseminar a racionalidade própria desse tempo para fora dos muros separatistas.

Uma atribuição, ainda que ao longe, tinha como objetivo contribuir na difusão máxima das relações de *Poder*: no dia a dia das pessoas, em suas casas, nas maneiras que elas geririam suas proles, suas relações amorosas, em suas dinâmicas de trabalho, seus signos, discursos e relações. Tudo giraria em volta dessa *Força* nascida para institucionalizar, mesmo sem a instituição fisicamente estar presente. Fui usada como algo que centralizava a classificação e a maximização do corpo e distribuía ao seu mundo.

Todavia, a partir dessa sistemática atuação, ao passo que fazia a estrutura hegemônica andar, criei, em contrapartida, uma forma de resistir a ela. Nascia a partir da *Vigilância* e da difusão do *Poder*: *a Roca de Fiar*, que seria meu aparato de comunicação com seu mundo e com minha progênie: *a Confissão e a Loucura*.

A *Roca de Fiar* serve como um instrumental para que os fios da *Disciplina* cheguem com maior intensidade aos corpos dóceis e úteis da *Real realidade*, mas também rendendo a possibilidade de arqueologicamente vasculhar em seus efeitos a contraconduta corporificada e necessária para a subversão de quem me aprisionou.

Não vê, Juno?

Tirana, libertária ou ambos: *não há como escolher uma opção sem incorrer em equívocos*. Somos o que somos e o que precisamos ser, tanto eu quanto você. Assim, a partir da *Roca*, passei a catalogar os dissidentes: *os loucos no hospício, os soldados desertores, os delinquentes, os escolarmente fracassados, os vigiados e considerados insuficientes e desviantes da média, etc. Em suma: os ditos anormais.*

Tal como eu me projetava na Real realidade, eles faziam o processo inverso e conheciam o *Panóptico* e a alegoria arquitetural dessa racionalidade difundida — *e a eles, eu emergia de cima, em forma de vulto indefinido ao Topo, como o grande olho que sempre fui.* A perfeita prisão se achava repleta de corpos aprisionados.

Em um processo semelhante à sua infância, ao se deslocar do olhar dos crachás da *Real realidade* para atingir o epicentro arquitetural da *Vigilância*, essas peles dissidentes também vinham, me avistavam ao *Topo*, se assustavam e voltavam para suas respectivas origens.

A permanência dos desviantes pelo *Panóptico* era passageira, efêmera, tal como a sua. Minha catalogação deveria ser rápida e eficaz. A grande maioria acreditava ter sido submetida a uma alucinação, pesadelo ou processos similares. Você, pelo contrário, sabia de alguma forma, que eu detinha materialidade: *acreditava em seu íntimo que eu era real.*

Para tecer essas escavações e catalogação, precisei criar um espaço dentro do espaço, uma realidade sobreposta à Real realidade conhecida por você e por todos: processo este que titulei como *Heterotopia*.

Do amanhecer ao anoitecer, existiam lugares: *fábricas, conventos, hospitais, escolas, manicômios, penitenciárias*, que sofriam um recorte de tempo, mas sempre alicerçado na distribuição espacial, na classificação, na vigilância e na correção necessárias à época. Foram nos rituais, no dia regulado e no cotidiano sistematicamente observado que identifiquei e achei meus espécimes que me visitariam no *Panóptico*.

Com o enfraquecimento da *Soberania*, esses espaços deveriam ser articulados por um determinado saber que se ocuparia da *Disciplina* e de seus respectivos efeitos produtivos.

O manicômio, a psiquiatria e o psiquiatra.

A prisão, a força jurídica e o bedel.

O clero, a igreja e os pastoreados.

Essa lógica permanecia e me fez criar um método de análise do desvio, sempre com foco no desmantelamento do que eu continuava a criar — *operando em ambiguidade, conduzindo e resistindo.*

Tal como me constituo, passei a atuar em sua *Real realidade* pelo paradoxo, mantendo um ser humano que transgride a norma social trancafiado e ainda residindo na mesma sociedade que o enclausura — *o recorte do tempo, o lugar dentro do lugar.* Sua época se apoderou dos desviantes, impediu sua multiplicação e manteve, através deles, a hegemonia de suas *Verdades* possíveis.

A partir do ato social de vigiá-los, próprio de sua sociedade, eu os trazia brevemente para essa arquitetura prisional. Sua impureza me atraía pela possibilidade de desestruturação das modulações de vigência e desmascaramento da atual faceta dessa *Força* que olha e preenche a todos nós.

Assim, digo e o aviso: o atual *Poder* não pertence a ninguém, mas ressona em todos. Circula pelas paredes, pelos saberes, pelas pessoas, pelos internos, pelas regulações, permissões e hierarquias. Eu criei a ortopedia moral do seu mundo a partir da influência do que já circulava: *essa metástase de condução que ajudei a criar*. Conduzi o inevitável sem saber das consequências que adviriam disso.

Essa correção ampliada escapava aos muros institucionais e deu o tom da ordem do dia, dos anseios e dos medos dos andantes da *Real realidade* e me permitiu romper as barreiras para que, a partir dessa vida manicomial, militar, laboral, monasterial e com distinção asilar, fosse possível coagir e constranger o *Poder* circulante e achar, nas fissuras dos seus efeitos, os caminhantes desviantes, e por consequência a própria fraqueza do que me (e nos) aprisionou.

Você pode dizer que então tudo fora de minha responsabilidade. Está pensando nesse julgo moralizante, não?

(JUNO) — Sim, estou.

(ESPECTRO DA VIGILÂNCIA) — Em absoluto. O Poder decerto não foi um constructo pessoal, apenas catalizei o que já existia, pois a arte de governar já pairava sobre todos vocês. A projeção reflexiva do espelho da sociedade e do hegemônico em um recorte de contenção-correção-normalização seguiria seu curso, independente de minha ação ou inércia.

A própria *Roca de Fiar* que não sabe seu tempo é também um aparato desse movimento heterotópico — *ir e retornar, vir e contemplar para compreender que os fatos não correspondem* às *Verdades ou a um marco de origem que você e os demais sempre acreditaram serem naturais.*

Todavia, percebi que a drenagem autopsial nesses corpos — *dos desviantes a serem catalogados* —, não era possível de ser feita.

Ausentava-se neles certa crise específica e necessária para o rompimento com a *Real realidade*, diferentemente da Ama, da Serva, da Prostituta e de você, Juno. No que confere a vocês, o ódio pela expropriação, pela violência sofrida e pela imutabilidade do cotidiano encontra a *Vontade* de saber e a voracidade pela *Verdade*, e nessa teia de insurgência, vocês se destacaram dos demais, e aqui chegaram.

A *Loucura e a Confissão* tinham o trato de colaboração na condução humana, e tal como eu, eram ordenadas pelo *Poder* circulante da Real realidade.

Você, em contrapartida, de quase tudo se lembrava, narrava e analisava. Seu papel na reconstrução dos passos do *Poder* é essencial e distinto da minha prole. Sua chegada ao Grande Relógio e ao *Topo da Torre* não foi somente um escape individual: *você foi guiado até aqui.*

O *Homem das Moedas* e a *Senhora das Latinhas* foram o sinal da *Diferença* em seu cíclico dia a dia sugerido por mim, através da *Roca* de fiar. Entende agora o que chamo de meu processo de *"Alheação"*? Unir duas realidades em um único jogo. *Você entende disso, não é?*

Quanto a você, embora sua existência não estivesse imersa em uma clássica unidade de contenção ou correção, seus supostos *Delírios* construíram outras versões de sua existência em um único tabuleiro.

O lugar sem lugar: *seus Devaneios*, conhecidos por você e mais ninguém. Enfureço-me ao perceber que você deveria concordar que nossos caminhos se cruzam em termos de subterfúgios, todavia, capto seus julgamentos e não consigo compreender como ainda detém dificuldade em realmente enxergar. Sua função no mundo, assim como a minha, visou, a partir de certo ponto, procurar incessantemente a *Libertação* de seu corpo.

Seus supostos devaneios eram a junção da utopia torta, com seus desenhos tortuosos e repletos de ira e epifania. Sua venda fora tirada pelos espaços heterotópicos da modernidade e em sua própria releitura de imersão você traçou seu caminho até aqui. Tais fissuras comportavam suas versões de crise, as quais não poderiam macular a *Real realidade*, que deveria permanecer pura pela funcionalidade de seu corpo.

Renunciar ao desejo de viver para morrer em adestramento, essa era a sentença que o fez andar pelo dito *Irreal*. Quando você se dedicou a este fato, supostamente *"Enlouqueceu"* para escapar. Assim, minha *Loucura*, que você incorreu em desdenho, quando afirmou que eu não atingira as expectativas da esperada *Razão*, nada diz sobre mim, mas sobre você e a contínua depreciação que detém por si mesmo.

Você sofre por buscar a liberdade, viajante, e isso, mais do que tudo, é digno de pena.

E isso nos leva ao eixo seguinte.

Falemos a partir de agora de algo que se modifica e que detém estreita influência com o esvaziamento do *Panóptico* e que reorganiza o *Poder* na Real realidade de sua atualidade: *a Liberdade que toma as barras prisionais e as atualiza, formando a prisão sem muros de seu tempo.*

LIBERDADE

(ESPECTRO DA VIGILÂNCIA) — Está pensativo, Juno? Sei que essa temática é cara a você. Tome seu tempo e por agora, me sentarei em frente à *Roca* e apenas ouvirei o que tem a dizer.

(JUNO — pensamento) — Ela, a Vigilância, apresenta posturas descompassadas, como se quisesse me salvar, mas também me aprisionar. Deleita-me com a gentileza, mas também me atordoa com seus ataques. Se me convoca a falar de algo tal como a *Liberdade*, devem existir, intrínsecas a esse pedido, motivações escusas. Não há como confiar nela, não totalmente.

Impelido pela sua convocatória, me desato ao discurso.

(JUNO) — A *Liberdade* em minha *Vida* apresenta-se em diversas facetas e de acordo com as situações que se colocavam como pontos imediatos de confronto.

Para responder à sua pergunta: *sobre o significado deste enunciado*, eu terei que retomar alguns aspectos de minha pregressa *Vida*, abarcando inclusive episódios ainda não verbalizados ou discutidos entre nós.

Ao pensar no que significa estar ou agir de maneira *Livre*, eu necessariamente me aproximo de situações nas quais a "falta" de algo ou de tudo se fez presente. E não em termos existenciais ou puramente filosóficos: *"aonde estou indo", "a que serve meu corpo na atualidade"*. Não, nada disso.

Como é de seu conhecimento, eu raramente esqueço-me de minhas memórias, e se, por um acaso, isso ocorreu, foi também por sua influência, ou pela suposição de que talvez não devamos lembrar-nos de tudo.

E embora eu saiba que detenho essa característica, não a vejo como algo que promova meu bem estar, muito pelo contrário. A eterna lembrança da *Vida* que tive sempre fez que em meu corpo a ausência ocupasse espaço em demasia — *me preenchi pela míngua*.

Assim, ao pensar em *Liberdade*, o que me adentra são os parâmetros da escassez, do desprovimento e da pouquidade. De supetão, lembro-me do ventre, recordo-me da miséria e do medo de quando à *Real realidade* cheguei.

Nesse sentido, quando penso no que significa ser *"Livre"*, eu me volto ao que você um dia assumiu: *sua face Soberana* e as ações de extermínio que inspiravam na humanidade a proteção pessoal de um único alguém mediante a própria atuação genocida- protetiva-absolutista-individual de suas posses: *territoriais, de fronteira e dos próprios súditos.*

Não me parece ser difícil definir o que seja *Liberdade* a partir desse contexto, que embora lastimável, definem as margens de luta com demarcação visível aos olhos. Ser controlado pelo exercício da tirania ou usurpar de seu lugar de controle máximo — *algumas das opções dadas como certas nesta circunscrição.*

Quanto a mim, ao lembrar-me de meu corpo com fome, algo que vivenciei durante vários momentos de minha *Vida*, sentia que era *"Livre"* para suprir a referida falta.

Quando me senti esgotado e limado pelas relações de trabalho, percebia que dependia exclusivamente de minha ação o cessar dessa amálgama exploratória.

Quando vi minha mãe em estado vegetativo, sabia que ela seria cuidada apenas se eu provesse o necessário. Quando tratei de *"Enlouquecer"*, sabia em meu íntimo que deveria permanecer produtivo e transtornar-me anonimamente.

Na arena *Soberana*, o sangue espirrava, o pescoço torcia e o corpo queimava. Na atualidade, o corpo sofre sem morrer, se contorce sem gritar e se carboniza sem feder. O mais interessante é que, voltando essa ótica para minha história, não me sinto tão diferente de Catarina, quando ela permanecia respirando e concomitantemente inconsciente em sua cama.

Os aparelhos que traziam a ela a sobrevida de certa forma dialogam com meu cotidiano supostamente *Livre*. A aparelhagem do meu repetido dia a dia tentava me capitalizar e, tal como a *Disciplina* pregava, maximizar minhas forças, mas não com o intuito único de me ordenar, me separar e/ou me corrigir.

Fui o braço condutor e conduzido de algo que nublou minha visão, bem como a de todos os demais. Mais do que qualquer coisa, o que me traz a concretude da *Liberdade* é o fato de ela ser limitada e condizente ao Tempo/Época em que vivi.

A *Liberdade* a mim sempre serviu para que eu me debruçasse sobre o aparato do fracasso contínuo. Esse era o axioma fundamental que me acompanhava.

Brincando com os restos dos tecidos cortados sobre um chão de terra, vendo Catarina humilhada e constrangida pelas pessoas de crachá, sentindo-me com fome ou "escolhendo" o trabalho possível para sobreviver. *A falta sempre ali esteve.*

Pensei, disse e refleti acintosamente sobre o fato de me sentir exausto. Meu próprio ciclo laboral em *Repetição* e a ausência de possibilidade futura me fizeram vislumbrar a armadilha que se tornou essa terra moderna. Ao dizer sobre a *Liberdade* dada com grilhões, talvez a exaustão não mais seja o termo mais apropriado para uso.

Falemos do *Esgotamento*, não só do corpo, mas enquanto afeto, pois afinal sempre foi o meu corpo o lócus máximo de sujeição. A *Insanidade*, ou o que eu achava que seria *Enlouquecer,* me forneceu uma escolha *Libertária* de finalmente me conhecer e por consequência lhe encontrar. Assim sendo, quando você me pede para dizer sobre a *Liberdade,* eu percebo o quão obsoleta você se tornou.

Pois meu aprisionamento em algum leito psiquiátrico, embora pudesse ocorrer mediante a publicização de meu estado de crise, sei que não seria bem-vindo ao *Poder* que agora nos regula na Real realidade. A voluntariedade é o princípio da prisão moderna e não mais as suas barras. Eu precisava me portar em equilíbrio para que me adequasse à cultura do espetáculo do meu necessário uso.

Assim me questiono: a que tipo de prática Libertária isso se refere?

A arena agora é outra e a *Liberdade* fora aprisionada pela esperança do gozo sensorial, estético e funcional de um corpo inalcançável e da insensatez da carga de expectativa para tal. E não, não digo somente de padrões estéticos, pois isso já fora resolvido em minha interlocução com o reflexo de Narciso.

É a trivialidade de se empreender e ser responsável pela sua derrota aprisionado em um *Liberto* corpo que já não mais aguenta a pressão, e ao contrário de sucumbir, continua a se movimentar em uma performance zumbi. Essa é a *Liberdade* que vivi e que não mais desejo presenciar ou sentir.

Portanto e ao final, a falta do alimento factual que traz a fome é convergente à fartura de coerção que se faz presente de fora para dentro, e substancialmente, de dentro para fora. *Ser livre é ser adestrado, silenciado, mortificado, vitalizado pela máquina e obrigatoriamente feliz.*

(ESPECTRO DA VIGILÂNCIA) — Como percebe, a partir desta *Liberdade* cerceada, que conseguiu chegar ao *Grande Relógio?*

(JUNO) — Porque eu sofri com isso e pude me talhar a ponto de escolher, através do que eu chamava de *Deliramentos,* as narrativas que me fizessem sentido — *e sei disso agora.*

Minhas fugas não se tratavam de desequilíbrios originários da *Insanidade,* tal qual um diagnóstico psiquiátrico/psicológico descreveria. Eu tive a possibilidade de subverter meu fatídico fim longevo por ter construído uma camada permeável em minha pele e assim, a destruição que nos adentra, promovida pela Real realidade, não teve êxito em me anestesiar, ao menos não totalmente.

Consciente de sua violência: *pela fome, pela escassez e pelo uso da minha pele, decidi fugir e aqui chegar.* Esse escape talvez tenha sido a mais intensa prática de *Liberdade* que atingi.

Percebo que você sabe muito sobre a estruturação da existência, seus cânones de controle e das impossibilidades da raça humana em construir uma sociedade mais tenra. Mas, digo com absoluta convicção que você desconhece a sensação estomacal da fome, da sede e da humilhação.

Talvez você tenha tido acesso ao que pensamos e como pensamos, ou o que imaginamos enquanto utopia de existência. Também acredito ser possível que seu contato com o conjunto de ossos assassinados pela sua versão *Soberana* tenha lhe conferido catalogações importantes, assim como os desviantes aprisionados em sua Prisão *Panóptica,* mas a experimentação do viver enquanto sofrimento, com todas as suas modulações particulares, é algo que você desconhece, e por isso, não consegue manejar a *Roca* de Fiar a fim de controlar e disseminar essa nova *Força* que corre entre nós: *que guarda em nosso corpo seu exercício mais profundo de direcionamento.*

A *Liberdade* me veio através de minha individual crise em afogamento, pois revelaram a mim, sem a contribuição de nenhum Espectro, as forças que estavam em jogo. Contudo, o conceito de *Liberdade* que agora compreendo jamais será individual, mas sempre relacional e de acordo com a "divindade" perante a qual ajoelhamos.

(ESPECTRO DA VIGILÂNCIA) — E qual é essa divindade, Juno, em sua opinião?

(JUNO) — O mercado, o capital e a gana individual ainda presente em ocupar o topo da pirâmide.

A *Soberania,* em sua formulação absolutista, não desapareceu, a estratégia disciplinar pode ter se enfraquecido, mas somente disposta a

uma nova necessidade. Sua antiga e atual versão está acoplada a essa nova formação do *Poder* que você diz desconhecer, e sei que sabe disso, pois tal como relata, você é integral e fundamentalmente parte dessa engrenagem de condução híbrida da *Vida e das Verdades*. Você faz parte de algo que nos devora e nada possui de inocente.

Afinal, me responda: *para que você desejou que meu corpo chegasse à Torre?*

(ESPECTRO DA VIGILÂNCIA) — Porque eu busco, assim como você, a crise que me *Libertará*.

Processo este que está acontecendo nesse momento, à medida que conversamos e a história do mundo continua a se desenrolar. Nem pelos efeitos *Soberanos,* sequer pelas práticas *Disciplinares*, a crise que persigo compreender é envolta neste novo tipo de sujeito, aquele atrelado ao desejo de concorrer, de dominar, de exercer sua força sem necessariamente executar ao outro. Aquele tipo de *Vida* subjetiva que se atomiza através do que mantém vocês em cárcere na atualidade: *a razão econômica*.

E mais, através da *Roca* de Fiar, busquei, dentre tantos, alguém que foi usado, expurgado e esfolado por tais novas estratégias. A ausência de novas *Vidas* que apareciam no *Panóptico* não me conferiu apenas o sentimento de solidão, mas de atenção a um novo modelo de condução, acoplado também em mim: na *Disciplina*, e ainda bebendo em minhas influências *Soberanas*.

Camadas recodificadas de acordo com as necessidades históricas em coadunação.

Um diagrama de contenção e produção intensificada e visceral.

Sei, de alguma forma, que você é efeito desses novos delineamentos de governo. O que me encanta em sua história não é sua particularidade de excelência, mas de fracasso perante estas atualizadas modulações que o moíam vagarosamente.

São tantos como você: que sentem a fome, a violência, o desabrigo e a impossibilidade. Existem inúmeras existências que convivem com desgraças que você sequer pode imaginar: *eu observei detalhadamente a todas*.

O que o diferencia, e não em termos de importância ou em uma denominação de "escolhido", mas enquanto uma característica que possa ser útil a esse nosso momento, é o fato de que somente você conseguia lembrar-se de tudo, ou quase tudo.

Você se recorda do ventre, da fome, da inveja, da devastação, da saúde, da doença, da expropriação, da impaciência, das resistências, da possibilidade e também do que nunca teve acesso.

Sua vida é baldada e desperdiçada, e somente alguém com tamanho ódio correndo pelas veias poderia aqui adentrar. O fel, a íris e o sufocamento, supostamente emprestados por mim, jamais foram novidades ao seu corpo vilipendiado e dotado da mais pura capacidade mnemônica.

Sim, você esta correto, a *Liberdade* não é individual, mas fruto de um campo de relações. E a minha depende exclusivamente de sua performance neste desfecho.

O seu surto de submersão encontra em sinergia a minha crise de representação. Não mais vejo em sintonia o tipo de vida pungente na Real realidade que a *Soberania e a Disciplina* isoladamente podem controlar. É a *Liberdade* que precisa ser regulada e catapultada a níveis estratosféricos. A capacidade de aprisionamento e ceifa sempre fez parte de sua espécie, e é a partir do *Ser Livre* que vocês terminarão de se jogar precipício adentro.

Veja, Juno, algo vem realmente se modificando. Deixe-me lhe mostrar.

(JUNO — pensamento) — A Roca de Fiar nos leva à Real Realidade, não de outro tempo, mas de agora. Vejo a atualidade, a rotina e o cotidiano de outros.

Parecem-se comigo.

O *Espectro* continua sua narração.

(ESPECTRO DA VIGILÂNCIA) — Os corpos caminham tal como você, perdidos em seu tempo e atarefados em seus processos, fervorosos e eufóricos pela perda e desgraça de suas figuras próximas.

A caridade os narcotiza e a solidariedade se mantém distante do seu campo de relações. São andantes e produtos dessa nova Razão do Mundo: livres e auto valorizados — *fazendo a gestão e o controle de suas prisões: é realmente formidável a estupidez humana.*

A repressão e opressão como únicas formas de regulação foram acopladas à cultura do risco e do perigo eminente: *tudo e todos podem retirar aquilo que fora conquistado autonomamente.*

Inexiste, assim como na *Disciplina*, um topo piramidal facilmente visível. Todavia, a corrida pela prosperidade age de maneira a atualizar a barbárie contemporânea. *Impera-se a desigualdade, a extinção da vida e a banalização da morte.*

Não existem testemunhas a se ojerizarem pelos constantes genocídios, pois todos estão voltados com seus rostos à parede. A nova diagramação do *Poder* conseguiu finalmente esconder, tal como eu fiz na *Catacumba dos Esquecidos*, suas covas e assassinatos, com a diferença de que em sua atualidade as furnas estão abertas e não há ninguém para clamar pelos mortos, pois todos se tornaram bedéis de suas celas livres.

Consegue perceber, Juno?

Corpos associados aos ponteiros dos relógios, bem como às insuficiências próprias de seu *Tempo*. Nunca nada será o bastante para sua raça. A venda que você teve a audácia em retirar através do que achou que seria a *Loucura* continua a se aperfeiçoar e a cegar a todos os demais.

Essa é a nova prisão e por esta construção estabelecida, o *Panóptico* está vazio e assim permanecerá. As celas atuais da *Real realidade* são desmuradas e infinitamente mais potentes do que essa arquitetura que por muito tempo vigiei.

(JUNO — pensamento) — O vislumbre da Real realidade se encerra.

Vejo-me novamente ao *Topo da Torre* e desfiro o questionamento à bedel.

(JUNO) — Não existe escapabilidade para nós? O *Poder* tudo toma? De que maneira aceitamos ser pastoreados dessa forma?

(JUNO — pensamento) — Ao desferir a última frase, ela paralisa em evidente ação de desconfiança. A *Vigilância* não desconhece o caminho discursivo desenvolvido por nós: pois ela mesma organiza, hierarquiza e maximiza a potência do corpo-máquina. Guarda para si o que espera de nosso encontro aqui no *Topo* desta *Torre* e detém ânsia pela usurpação final do que minha pele pode proporcionar.

(ESPECTRO DA VIGILÂNCIA) — Não encontraremos a figura do pastor em nossa derradeira narrativa, Juno. Embora, em algum momento, você tenha encontrado a *Confissão* no círculo menor e sabido da potência de condução que a promessa de salvação aferia ao reino dos homens, hoje, seu dispositivo regulador é outro.

Tal como a Loucura, que não representava a *Insanidade*, mas a *Verdade* de seu não *Enlouquecimento*, a *Confissão* em sua forma original tão pouco poderá nos ajudar agora.

Em termos da inescapabilidade do *Poder*, teremos a oportunidade para tal reflexão, todavia, ratifico o que já foi dito: *inexistem relações de poder sem a possibilidade de contraponto, subversão e resistência.* Tudo o que temos que fazer é não o olhar de maneira estanque e categórica, e assim, essa *Força* será desnuda com o processo.

Finalizando o eixo intermediário de nossa possível escapada, digo que nossas *Alheações* se encontram e se consonam perante a *Roca de Fiar*. Suas fissuras de lucidez e minha busca pela *Liberdade* são catalogadoras da atual Real realidade e você se tornou meu espécime mais raro.

Tal como o *Grande Relógio, a Torre de Vigilância e a Prisão Panóptica* logo deixarão de existir e caberá a nós a decisão que afetará a ambos e a todos os demais.

Chega ao ponto de adentrarmos novamente a *Real realidade*, e nessa perspectiva, Juno, eu, como sempre fiz, o *Vigiarei* e o conduzirei finalmente à *Quinta Verdade*.

CANIBALISMO

(JUNO) — Finalizamos e compreendemos nossas singulares capacidades de escape.

Alheações, Delírios ou espaços heterotópicos, não importa. As consequências de nossas incursões formularam este encontro e seus correspondentes diálogos.

Por agora, desejo lhe fazer uma questão, caso não se importe. Incomoda-me o fato de você comumente afirmar que sua prole retornou ao seu ventre.

Se tudo vigia e tenho a plena consciência de que suas ações são articuladas sempre a um ponto de chegada e nunca realizadas a esmo, deve saber que o ato de "devorar" um igual em meu mundo é minimamente considerado polêmico. Um tabu, por assim dizer: *a proibição e o escárnio acompanham esse ato que você verbaliza com tanta naturalidade.*

(ESPECTRO DA VIGILÂNCIA) — Sua questão é pertinente e condizente à nossa continuidade e nos levará ao último nível do nosso reverso caminho pelo *Grande Relógio* a fim de que atinjamos a Real realidade.

Quando diz que esse fato o incomoda, a assimilação da *Loucura* e *Confissão* de volta ao meu ventre, pergunto: *o que especificamente lhe causa ojeriza?*

(JUNO) — Comer algo, se alimentar de uma carne em sua imagem e semelhança é algo que imprime demasiada selvageria sobre o suposto mais fraco ingerido.

Penso diretamente no ritual de introjeção, no qual seus órgãos digestivos entrariam em contato com a deglutição e destruição de pedaços de carne de igual estrutura. Um encontro entre mastigador e mastigado no qual não se saberia qual seria um ou outro, pois se trata essencialmente da mesma composição.

Soa-me como algo mórbido demais aos ouvidos.

(ESPECTRO DA VIGILÂNCIA) — Por vezes olho a você e sinto um devastador sentimento de ódio frente à sua ignorante simplicidade e pergunto-me se realmente você se difere das *Vidas* não possíveis de serem utilizadas por mim, que foram passageiramente trancafiadas na arquitetura do *Panóptico*.

Em alguns momentos, vejo o brilhantismo em suas colocações, e em tantas outras a mais sofrida mediocridade. Não consegue ver ou se responsabilizar pela sua própria história, Juno?

De certa maneira, você atua verdadeiramente como representante de sua época. Julgam o outro por seus atos e em concomitância esquecem suas dívidas históricas por ações em semelhança. A hipocrisia é a grande marca atual de sua espécie.

No que confere as que pari, sim, as ingeri novamente. Elas não mais existem e deixe-me explicar a razão primordial para isso.

A *Loucura e a Confissão* detinham "anotações" e "colocações" importantes sobre a *Real realidade*. Servindo também à modulação atual do *Poder*, elas conduziram sua moderna existência à devastação a partir da instauração dos binômios *sanidade-insanidade* e/ou dos *salvos-condenados*.

Foram eficientes etnógrafas e me trouxeram informações para compreender a recodificação da *Força* que nos rege neste momento. Contudo, tal como eu agi, elas atuaram em paradoxo, provendo o massacre, e no processo buscando desnudar as tramas atuais da contemporânea forma de governo sobre a *Vida*.

Com suas funções finalizadas, as antropofagizei, pois necessitava de suas vivências na *Real realidade*. É também por elas que começo a ter uma leve percepção dos mecanismos condutores da humanidade moderna.

O ato de comer, ingerir alguém, introjetá-lo, devorá-lo ou canibalizá-lo remete-se a como ingerir o conhecimento que consta no outro. Isso aparece na história humana como um rastro de que vocês tentam se afastar, a demonizar, imprimindo o contexto da selvageria a quem, por alguma razão, é titulado como "primitivo".

Vocês nada mais são do que a própria incoerência.

(JUNO) — Diz que desempenhamos os talhos de uma sociedade canibal sem que enfrentemos o tabu da ingestão da carne. É *isso que você insinua?*

(ESPECTRO DA VIGILÂNCIA) — Não, Juno, inexiste em meus lábios a insinuação, trata-se de uma convicta afirmação.

Vocês devoram uns aos outros, aniquilando aqueles que consideram "mais fracos". Todavia, a "fome" que os toma de nada se aproxima do saciar por algo fundamental e necessário.

As maneiras as quais vocês "ingerem" uns aos outros exerce a função primeira de subjugação. Vocês não desejam "experimentar" o conhecimento alheio pelo ato da devora. Buscam, pelo contrário, o assujeitamento em si e o aniquilamento da *Diferença*.

Como pensa que pode me aferir julgamentos?

Não creio que devemos pensar nessa problemática como algo distante, longínquo em termos de análise. Sei da sensação de ter agido em *Canibalismo*, ao ingerir aquelas que um dia gerei.

Quanto a você, me diga qual foi a sensação de ter sido devorado pelos diagramas que o produziram de tal maneira? Ou quem sabe queira dizer suas impressões sobre Catarina? Ou, talvez sobre a *Senhora das Latinhas* ou o *Homem das Moedas*?

Há um leque magnífico a ser utilizado. *O que acha?*

Me parece interessante que você negue ou não consiga apreender a qualidade devoradora de sua Real realidade: *de desejo, da força do corpo, da perspectiva de existência.* Você sabia o que ocorria à sua volta: *sentiu e vivenciou o desespero ao ser moído e mastigado pelo sistema que o conduziu.* Você, em sua chegada ao *Círculo Menor,* faz sua entrada deixando suas escaras pelo caminho, marcado, tatuado e mastigado.

Acha mesmo que adentrou esta tríplice realidade com seu corpo mantido ileso ou por inteiro?

(JUNO — pensamento) — O Espectro da *Vigilância* me provoca e faz-me olhar para meu próprio mundo mais uma vez. Não consigo responder à sua irônica verbalização e me mantenho calado.

É óbvio que coexiste em meu mundo, na *Real realidade*, a faceta da violência — *isso não está em discussão.* Mas o *Canibalismo*, a ingestão do outro, me parece perturbador em demasia.

Ela continua.

(ESPECTRO DA VIGILÂNCIA) — Emerge, coexiste e se potencializa em seu mundo uma constante e irremediável necessidade infausta de devoramento que os trouxe ao ponto limite da convivência entre o patógeno e o hospedeiro que os abriga: *o próprio Planeta.*

O tabu da ingestão de carne humana, abominado por você e pelos seus semelhantes, maculou-se na ironia da desgraça produzida por cada corpo andante da *Real realidade*. Perceba, inexiste aqui a atribuição de culpa ou não, a distribuição de vítimas ou algozes, pois a fome que vocês possuem, sem exceção, é pela sua própria extinção enquanto raça.

A coleção de impasses humanitários, dívidas impagáveis, afazeres extenuantes, precariedades, desigualdades e violências substancialmente afirmam as práticas assassinas que desintegram o próprio solo que os acomoda e que vocês, equivocadamente, chamam de *Lar*.

Na mesma medida em que todos, absolutamente todos, se digladiam pelos seus espaços privados ou pelos seus caminhos autônomos, vocês canibalizam a terra, o ar, as águas e a si mesmos. Em conluio ao seu desapreço pelo ato de canibalizar literalmente a carne alheia, o próprio conceito de ingestão das vísceras de seus irmãos encontra o deboche, a ironia e o sarcasmo ao torná-los a sociedade que mais ingere aquilo que lhes é correlato.

E veja, essa não é uma tentativa heroica de salvação deste pedaço de terra com que eu sequer tendo a me importar. Almejo minha *Liberdade* — *apenas isso* —, e para tanto, as artificialidades de suas crenças, Juno, devem ser desmanteladas, para que você entenda, de uma vez por todas, que o progresso, a tecnologia e a automatização do uso das forças disponíveis a vocês os levaram ao âmago da selvageria.

Não há possibilidade de que você compreenda. Talvez entenda, mas nada ainda faz real sentido a você, pois tal como eu, sempre esteve solitário em sua própria Torre de contenção. Mas existe uma possibilidade para que você se desprenda do seu unificado olhar sobre a *Vida* tal qual ela se apresenta.

Repetidamente eu disse a você que a *Torre Panóptica* é o máximo grau de isolamento que o *Poder* poderia me aferir. Você também sabe que não é possível que eu me evada dessa localidade, mas detenho a habilidade de me projetar através da *Roca* de Fiar utilizando-me de lapsos temporais.

Acredito que exista uma próxima localidade que devamos rever, visitar e desvendar. Talvez, a partir dessa incursão, você possa, de certa maneira, perceber a faceta voraz de seu mundo para além dos limites narcísicos de sua pele.

Porém, anterior a este convite, devo perguntar-lhe algo que me parece ainda um tanto quanto nebuloso: *quanto tudo se finalizar, deseja retornar à Real realidade ou aqui permanecer?*

(JUNO) — Você dita a possibilidade de retorno como se, de alguma forma, eu aqui pudesse ficar. Quais seriam as condições de um possível não regresso à *Real realidade?*

(ESPECTRO DA VIGILÂNCIA) — Digo primeiramente que você não detém a obrigatoriedade de aqui se fixar, e que pode sim retornar, regressando pela porta de seu quintal, de onde saiu e avistou o *Poço* o qual tão avidamente desejava desvendar.

O tempo gasto aqui de nada mudou a linearidade de seu mundo. Sua mãe, mesmo após toda a sua caminhada por esta geografia fundida, acabara de falecer — *a unidade de tempo se faz de maneira distinta em nossa atual localização.*

No entanto, devo avisá-lo: ao regressar à *Real realidade* — *caso decida por essa ação* —, você se deparará com as mesmas questões que deixara antes de eclodir em seu suposto *"Enlouquecimento".*

Você estará imbuído de outros conhecimentos e ferramentas, o que não necessariamente contribuirão para que você atinja a paz e a tranquilidade que tanto buscou. Afinal, Juno, a ignorância pode ser uma dádiva e o conforto também permanece quando *"deixamos de saber".*

(JUNO) — Existe a possibilidade de que essa minha jornada seja jogada ao vento e posteriormente esquecida, caso eu decida pelo regresso?

(ESPECTRO DA VIGILÂNCIA) — Não digo que isso ocorrerá de imediato, contudo, você mais do que ninguém está a par dos artifícios anestesiantes da *Repetição* cotidiana. Terá que retomar seu dia a dia e, paulatinamente, sua venda ocular e o martírio do uso do corpo cobrirão as *Verdades* apresentadas sobre sua existência.

Não é possível cravar com exatidão o que decorrerá com seu corpo, ou a quais caminhos sua jornada o levará. Todavia, o que fora revelado pelos Espectros da *Loucura e da Confissão,* de certo modo, irão se confluir com as tramas de sua atualidade, o que pode corroborar para que finalmente você adentre um processo de ruptura: um diagnosticável *Enlouquecimento.*

Entretanto, como sabe, a *Roca* de Fiar não detém a habilidade de lhe antecipar o futuro com exatidão, mas apenas apresentar as possibilidades mediante padrões de ocorrência.

Embora tenha conhecimento de minha inabilidade no manejo dessa nova modulação de *Poder*, você compreende que o olhar que me fora destinado, o da *Vigilância*, emerge como uma guia condutora que prevê as incidências do *Poder*. O descarte de seu corpo após não mais atender aos parâmetros da funcionalidade há de chegar, mais cedo ou mais tarde.

De tal maneira, o *Enlouquecimento* enquanto captura, agora drenado de suas *Entranhas*, retornará com a força diagnóstica e o saber imposto pelos seus agentes. Transtornar-se e ainda permanecer desempenhando o papel de trabalhador, pagador de contas, de certa forma, autônomo em termos de subsistência, talvez não será mais possível.

Existe a possibilidade de finalmente você adentrar alguma unidade clássica de correção. *Consegue entender o que estou afirmando?*

(JUNO) — Sim, consigo.

A única questão a ser levantada não é condizente aos fatos em si, mas a suas características verídicas ou falaciosas. Por quais razões você tenta tão desesperadamente convencer-me de que é necessário que eu fique?

Seria o temor pela solidão após o possível término de nosso encontro?

(ESPECTRO DA VIGILÂNCIA) — Tal como o seu, o meu destino há de ser traçado, previsto e não carimbado enquanto certeza.

Em termos de solidão, confesso que me preocupo em encontrá-la novamente. Anteriormente à sua decisão e aos termos de sua permanência, questionados por você, pode ser importante que teçamos algumas considerações sobre essa amplitude da existência que inevitavelmente nos possuiu em nossos singulares percursos.

Talvez essa pele que eu habito esteja integrando meus afetos de maneiras das quais eu jamais poderia suspeitar — *resultado do que aconteceu comigo ao encontrar, permanecer e me embeber de vocês.*

Realmente me tornei sua imagem e semelhança: *temo pelo completo abandono.*

Meu ato de rondá-los e vigiá-los influenciou-me significativamente. Os humanos construíram para si uma paisagem desassistida, desamparada e desabrigada — sou retalhada por essa ressonância cuja constituição contou, também, com minha colaboração.

Contudo, o desprezo que afiro a vocês impede-me de compreender esse novo diagrama de governo que os circula. Não mais o controle das condutas parte exclusivamente das minhas mãos ou da *Roca* de Fiar.

Fato é que temo por permanecer perdida em meu exílio.

Não sente a mesma coisa, viajante? Não se estremece com a possibilidade de aprisionar-se novamente em sua masmorra até seu derradeiro respiro?

Anseia pelo retorno?

(JUNO) — Da mesma maneira que você se consome pela carne e pelo sangue que lhe adentra e lhe transforma, percebo que minha permanência junto a você, seja enquanto outrora *Razão, Força Soberana ou Espectro da Vigilância*, vem me promovendo modificações.

Desta maneira, me concedo a permissão para lhe dizer que está equivocada em sua análise.

Não me parece que é a solidão em si que a apavora, mas o próprio *Medo*, em sua substância original, que lhe tira os calços, o chão, e consequentemente a desespera. É possível que essa dimensão da humanidade, do apavoramento, seja um dos fundamentais elementos dessa atualizada faceta do *Poder*.

Não a solidão enquanto um conceito estanque e isolado, mas enquanto um efeito de algo maior, um fetiche desse novo "Olho" que nos percebe por dentro — *uma tecnologia mais ampla e potente em suas ações de condução*.

Tanto eu quanto você devemos retratar o *Medo* enquanto afeto e ponto estruturante do que chamamos dessa recodificação contemporânea de regência da *Vida*, afinal, em nossas distintas maneiras, o *Temor* arrebata a nós dois.

Contudo, não irei me dobrar em visões de conjuntura. É necessário que eu emoldure meu próprio retrato do temor, *pois, por tanto tempo, me vi acuado e sei exatamente o que lhe oferecer enquanto conteúdo de catalogação — essa, enfim, será a minha colaboração possível de ser tecida*, e talvez, com sorte, a *Quinta Verdade* penderá em sua mostra.

Para começo, sei que sua função aqui na *Torre* é paradoxal. Tenho conhecimento que tenha aniquilado milhões por sua influência de sugestão e que aprisionou tantos outros na arquitetura *Panóptica*.

Essa conjunção de atos promovidos por você, indiretamente ou não, foi sustentada pela dor, pela rejeição, pela inveja e pela ira — *sentimentos relatados por você ao nos retratar* —, e tais influenciaram na constituição de um tipo de *"andar"* da humanidade, promovendo condutas estritamente calcadas na desconfiança e em existências também temerárias.

Por mais asco que possa deter por nós e consequentemente por mim, não existem possibilidades de descartarmos esta característica frente aos resultados modernos de nossas existências. O que sente agora ao dizer sobre a solidão é exatamente o que nos controla na atualidade: o *Medo*.

E não, não existem justificativas para o que historicamente fizemos e continuamos a fazer de nós frente a esta inevitável influência do *Apavoramento*. Inexistem atenuantes para nossas práticas e essa definitivamente não é a premissa a que me apego ao dissertar sobre esse sentimento. Não importam os desejos que nos adentram: *somos execráveis e um dia nos depararemos com as contas de nossos pecados da sobrevivência.*

Quanto a meu corpo e a minha própria história, digo com a mais absoluta certeza de que temia enquanto *esperava*, alojado e inerte na *Real realidade*.

Dia após dia, eu retornava à minha casa, cuidava da respiração dificultosa de Catarina, lavava meu rosto já exausto e contava as horas para o reinício do labor. O futuro já estava preenchido, repleto da mesmice, e nele não existiam possibilidades.

Ao deitar, detinha dificuldades em dormir: *meus olhos arregalavam, minha pálpebra mexia compulsivamente e o maxilar travava em tensão.* Passei a imaginar que precisava incorrer à medicalização para esquecer momentaneamente o futuro previsível, mas acima de tudo, estar pronto para a entrega compulsória de minhas decaídas energias ao dia seguinte.

Andava pelas ruas em catatonia. Apenas ouvia as vozes analíticas em meu pensamento: *me forneciam certo escape do abatedouro sobre minhas costas.* Não existia movimentação de revolução, sequer faísca interna possibilitante de alguma modificação. Estava inerte e assim permaneceria.

E eu nada, absolutamente nada, percebi por tanto tempo.

O *Medo*, acima de tudo, faz-se como estabilizador da vida social. E não necessariamente o medo *Soberano*, tão bem conhecido por você, mas o medo advindo da *Liberdade* em se jogar na existência massacrante, e ainda, envernizada como *boa, agradável e digna de agradecimento.*

O *Medo*, em sua substância original, também corre em nossos diagramas contemporâneos. A separação dos indivíduos desviantes acontece não mais somente em sentido corretivo ou classificatório, mas em vias de proteção dos ditos de centro, de suas racionalidades imperativas que gerem a *Vida* e elegem os riscos que devemos nos atentar — *ou, para ser mais específico, determinados tipos de existências que são válidas ou inválidas.*

Não existindo mais a pessoa do Rei, cuja figura constrói o monumento da proteção das suas fronteiras ou da execução absolutista, emergem outros inúmeros territórios geográficos a serem protegidos: *nossos individuais "quintais" e, de maneira ampla, os distintos âmbitos privados.*

Passamos a exercer a *Soberania* de nossa autonomia de vizinho a vizinho.

O que é "meu", o que "eu" desejo, bem como o que fora conquistado pelo individualizado esforço, se torna imperativo das relações: *uma característica da atual servidão* à *qual fui submetido durante minha breve Vida na Real realidade.*

Frente às Leis pessoais, cerceamos revoluções, desacreditamos os malfadados e obedecemos a falsos preceitos oriundos de nossas, também, individuais formas de coerção. As capacidades de estabelecermos acordos desapareceram, o orgulho e o traço narcísico se expandiram. Não mais somos corpos-máquina, mas sim grandes empresas em pequenos invólucros, fazendo implodir a noção de coletivo, de solidariedade em vias de obtenção da meritocrática prosperidade, frente ao esmagamento da concorrência que se concentra em si, em nós mesmos e em todos os demais.

O *Medo* é o catalisador para essa nova guerra em curso e encontra na *Liberdade* atomizada no corpo a nova formulação do *Poder* que se *Soberaniza, se Disciplina* e age sobre os vivos.

Sua atualizada faceta é sobre o governo dos andantes e não mais dos assassinados. Estamos soltos, mas ainda limitados por barras perpétuas e invisíveis.

Consegue pensar em prisão mais solitária?

(ESPECTRO DA VIGILÂNCIA) — Sim, Juno, parece devastador.

Vejo que vocês estão expatriados metaforicamente em suas altas *Torres: sozinhos e em competição, acreditam viver em planícies e em proximidade uns dos outros.*

A nova formulação da prisão e a atualizada faceta do *Poder* a mim se torna mais lúcida a cada palavra suscitada por você. Suas análises serão essenciais para que firme meus entendimentos sobre essa *Força* regente da *Vida* moderna.

Desta maneira, faço a proposta de que saiamos do *Topo* da Torre a fim de nos projetarmos na Real realidade em uma função somente pos-

269

sível de ser feita em conjunto, para nos atermos ao microcosmos da política dos corpos.

(JUNO) — Sim, a fragmentação do corpo em unidades diminutivas comporá o percurso autopsial necessário e finalizará o nosso trajeto invertido.

Entretanto, devo avisá-la, apesar de suas falas de convencimento, que após a finalização dessa imersão, retornarei à Real realidade.

(ESPECTRO DA VIGILÂNCIA) — Pois bem, Juno, tudo está em suas mãos. Ao finalizarmos nossa incursão pelo seu mundo, se ainda ansiar pelo regresso, assim será.

A ESCURIDÃO

O Espectro movimenta a *Roca de Fiar.*

A rapidez dos acontecimentos, característica tão própria da *Vida* que detinha, entranhada na *Repetição* e nos horários cronificados — *a existência cronometrada* —, subitamente deixam de assumir a importância de outrora. Talvez a destruição do *Grande Relógio* tenha certa significação que eu, em minha euforia ao traçar meu percurso que resultaria no encontro com a *Vigia da Torre,* tenha deixado passar ou, muito provavelmente, não tenha atribuído a importância devida.

Vejo agora, novamente, a *Diferença* na *Repetição.* Sincronicamente a meu padrão de condutas na *Real realidade,* aqui, nessa geografia circular, eu me vi perseguindo e tentando desesperadamente encontrar o caminho com destino a um específico local. Embora a contemplação e o *Tempo* de avistar isso ou aquilo realmente tenha se modificado — *algo que não passou despercebido ao meu campo de impressões* —, a arquitetura dessa tríplice realidade denota que a extirpação dos meus males da existência moderna passaria pelo desapego com os segundos, os minutos e as horas: *este cabresto anestesiante que detinha o labor como ponto nodal de captura.*

E por esta razão, agora, vislumbro a mecânica da Roca, fiada pelo Espectro, sob um novo olhar. Minha íris realmente se modificou.

Minha capacidade de "ver" se prepara para essa nova imersão, o retorno à *Real realidade,* tendo a habilidade ocular modificada, e isto não deve ser fruto de coincidências — *pois nada nessa jornada é randômico* —, tudo é fiado, tramado e tecido, como a alegoria tecelã demonstra.

Sei que esse mundo o qual caminhei, o *Círculo Menor,* é uma gigantesca projeção do meu *Eu* — *real, factível, mas elaborada como meu próprio Tabernáculo da Loucura, e por assim dizer, meu particular refúgio.* Um holograma da minha masmorra visceral, um constructo da *Insanidade* sistêmica que me tomou por completo e me conduziu à *Cisão.*

Percebo após todo este percurso que a *Roca de Fiar* se movimenta de maneira igual, mas perceptivelmente dissemelhante de momentos anteriores. Em movimentação lentificada, observo de maneira inédita sua matéria-prima adentrar a maquinaria de condução *Disciplinar,* produtora dos fios da *Vigilância.*

É o *Tempo* que abastece esta ação devoradora dos acontecimentos do mundo, porém não a temporalidade demarcada em períodos históricos, e sim o *Tempo* molecular e singularizado de cada *Vida* que percorre os caminhos da *Real realidade*, transposto pelos efeitos do *Poder* que se reciclam, se refazem, se propagam e retornam para o apetrecho guiante da docilidade e da maximização humana a própria *Roca de Fiar*, operada pelo *Espectro da Vigilância*.

Falo de um engendramento cíclico, que produz as eras e vigia os corpos. São feixes opacos que retornam ao instrumental da fiandeira com funcionalidade similar a uma lã tosada de um carneiro: *uma tosquia humana*. Todavia, em vez da fibra, o que é colhido pelo *Espectro* trata-se das abjeções do corpo humano regulado, devidamente transformado em novas tecnologias de condução, representado pelo próprio fio do utensílio tecelão.

Não me surpreende que o primeiro *Delírio* que detive, nomeado *Rebelião*, tenha se referido a um rebanho bovino. As vacas petrificadas destilaram o sabor amargo da descorna, do uso de seus corpos e do assassinato contínuo de seus semelhantes aos seus supostos proprietários.

A *Roca de Fiar* atende ao uso inevitável da subjetividade dos *Esquecidos* — assim como eu —, e ainda conta com todos nós para que o tecido do mundo se mantenha como é. Produz e reproduz a mesma realidade, outra e outra vez: *o Limbo dos Vivos* é real, palpável e se utiliza dos nossos restos para fabricar a regularidade vigiada. Somos alimentados com nossa própria decomposição, a partir dos fios incandescentes que emanam da urdidora do *Destino*.

Mas essa não é a única característica que se mostra, pois enquanto vejo o pedal lentamente ser acionado pela *Enlouquecida Razão*, consigo entender finalmente a que se refere a ação corretiva da *Disciplina*.

Enquanto ela continua a produzir seus fios, minha visão nubla mais uma vez e enxergo ao longe uma grande mesa industrial. Uma ação manual se desenrola e percebo não corpos inteiros, mas apenas mãos desempenhando um ofício conhecido como *Cardagem*.

Existem pentes de metais, que desfiam e penteiam na mesma direção a lã tosquiada. Abrem-se com os dedos o material retirado do corpo dos ovinos, desembaraçam-se suas peculiaridades e retiram-se as impurezas, eliminando-as. O som da escovação é estridente e sincrônico. Os dentes das escovas se encontram, gritam em sinergia, sen-

272

do as lãs separadas em pequenos montes para que girem posteriormente no *Fuso*.

A fibra é lavada e deixada ao Sol. Passa a ser classificada e separada, em uma análise esterilizante do que fora retirado dos vivos carneiros. A ação das mãos que escovam as impuras fibras procuram maniacamente seus eventuais rejeitos: *mato, carrapichos, lascas de madeira e estrume que são separados e descartados*.

Ainda imerso nesta visão, percebo uma interferência invisível e não prevista para a cena. Coexiste aqui uma voz e uma vontade que advoga por novas formas de governo, atravessando a correção da fibra tosquiada para que se gere o fio. Uma intromissão que denota a agora insuficiência do processo que presencio. A limpeza *Vigiada* e a uniformidade buscada se somam a algo além, potente e destruidor.

As mãos cessam a *Cardagem*, olho a grande mesa industrial, do início ao fim. A cena das escovas desaparece.

Volto novamente meu olhar à *Roca de Fiar*. A limpeza do insumo demonstrada é correlata às *Vidas* usadas, expropriadas e descartadas, que dão continuidade à armadilha existencial conhecida por mim. Esse é o recurso adustível necessário para o tecido da *Real realidade*, este que não se encontra mais linear, mas repleto de lacunas. Os fios disparados pelo *Fuso* não são mais suficientes para o controle de nada e de ninguém.

Desta maneira, parcial e capenga, a Roca de Fiar ainda se pressupõe ao *Controle*. Sua insuficiência pede que compreendamos, com significativa propriedade, o que vem acontecendo para que o *Espectro* não mais atue de maneira onipotente.

A visão da lã se faz consonante à pele que nos é esfolada, dos efeitos do *Poder* que ela, o *Vulto*, não compreende, e por isso, permanece compulsoriamente presa na *Torre* e progressivamente anacrônica em função. *Ela precisa do que experienciei, do que sei e do que temo.*

A *Vigia* vira sua cabeça à direita e me olha. A janela do tempo se abre e a fissura de espaço é outra. Desta vez, não existe somente o vislumbre, mas a locomoção pelo mundo que recentemente abandonei. Adentro novamente a geografia que me *Dissociou*.

Estou novamente entre os andantes desse local dito *Real* — *vejo todos em catatonia*. Permaneço entre os vivos, agora, tal como a *Vigia*: *apenas em sugestão*.

Caminhando pelas carcaças que se movem e se atarefam buscando algo, é possível que eu ressignifique as narrativas construídas por mim, às quais nomeava como *Alheações*.

Tal como fiz quando adentrei o *Grande Relógio*, escolho um local da urbe e me sento em contemplação. Encostado em uma sarjeta qualquer, olho ao chão e me lembro de nunca ter feito esse ato meramente de *"permanecer"*. Vejo por distinta ótica a paisagem que um dia achei conhecer e *"olho"* aquele local pela nova íris que tomou meu corpo.

Novamente, a conduta analítica se faz presente e me possui. Sou convocado a refletir sobre o tema do *Espaço*. O "Espaço", o local concreto onde nos tornamos assujeitados, moídos e violentados, ou lugares nos quais encontramos possibilidades de subjetivação e resistência.

Se o maniqueísmo postural, entre tirania e heroísmo, é um campo valorativo de que devemos nos afastar ao qualificarmos a nós mesmos e à ampla noção de humanidade, da mesma maneira, o conceito de geografia e propriamente de Espaço deve seguir a mesma lógica.

Esse "lugar" que agora vejo: meu antigo local de morada, como possuidor de inúmeras características a serem consideradas. Talvez se possa conceituar esse Espaço Real, da *Real realidade*, como influenciado por certas hierarquias, uma sacralização constituinte do natural: *o que se considera privado, público, familiar, social, útil, de trabalho ou de lazer, para mencionar algumas funções.*

Mas tal como nossas eventuais qualidades tirânicas ou benevolentes, os espaços não devem ser considerados cronificados em seus modos de operar. Devem, em antítese, ser posicionados em termos de suas relações presentes e possíveis, bem como as maneiras as quais se vive neles.

Convidado e instigado pela habilidade do *Espectro* em elaborar o que ela — *o vulto* —, denomina por heterotopias, me levo a pensar em como essas fissuras criadas para nos catalogar denotam o encontro massivo das hegemonias contemporâneas concentradas em um único âmbito, classificatoriamente voraz, que acomete os corpos submetidos.

São forças que se potencializam e crescem, criando o corpo *Vigiado* a partir de algo que o destitui de atuação espontânea ou do controle genuíno sobre si, mas também voltado a algo proposto: *a geografia literal da margem e da Vida desviante.*

Existências contempladas por códigos e nomenclaturas, que decerto conjugam, a partir de seus preceitos de funcionamento, os nomes dos institucionalizados em um diagrama no qual se perde a noção de identidade. Tornam-se *presos, loucos, soldados, trabalhadores, etc.*

A massa se sobressai e "devora" as singularidades perante o que esses *Espaços* propõem. O elemento do *Canibalismo* se apresenta com significativa lucidez enquanto disserto sobre esse espaço do Real que um dia julguei conhecer.

Os recortes de tempo, tal como falados por ela, que constituíam as fissuras manicomiais, das grandes fábricas, das instituições militares, etc., promoviam uma desconexão de tempo, e sempre em associação ao *"dia dentro do dia"*: uma categoria de exceção em comparação ao regimento das demais *Vidas*, não cerceadas por muros e regulações próprias.

Os ritos e as obrigações dariam o tom dessa geografia peculiar, interna e penetrável, na qual os "olhos" da *Vigilância* e da *Disciplina* estariam atentos e producentes dos corpos necessários à manutenção da normalidade, da ordem e da anormalidade de regência.

Mas e aqui?

No espaço da Real realidade tal qual conheço, me parece ser árdua a definição de um conjunto de normas palpáveis de condução. Não me parece que o parâmetro de *Loucura* seja unicamente o trancafiamento, até mesmo porque existem nuances do comportamento *Enlouquecido* que são "toleradas e permitidas", e que é inevitavelmente separado da *Loucura* desregulada entregue aos mecanismos da contenção.

Caminho neste momento entre esses novos sujeitos: *não vejo camisas de força, uniformes, fardas ou os tijolos que denotem a separação simples entre as Vidas*, pois o governo se fez ou se atualizou por uma nova fissura e em cânones que se modificaram. Este, talvez, seja um dos pilares que fazem com que o Espectro da *Vigilância* não mais tenha integral sucesso em aferir a condução do mundo — *ao menos não integralmente.*

O espaço heterotópico não é o mesmo de outrora, pela simples constatação de que hoje, nos deparamos com outro tipo de humano e de humanidade. Vejo a anestesia e a utilização de cada invólucro andante em distinta fisionomia, em caminhos repletos de atarefamento e mecanismos que calculam suas singulares funções. O *Medo* continua sendo o catalisador, mas agora enviesado pelo fracasso, pela rivalidade e pelo risco.

275

Isso não compõe os novos ritos da atualidade? A *Disciplina* não sumiu, ela se modificou e ludibriou o espectro da *Vigilância*, pois o *Poder* se sofisticou, escapando das mãos de sua antiga condutora, se acoplando e se sobrepondo às suas atualizações.

Sim, os *Loucos* ainda existem, assim como os desertores e os delinquentes, isso não pode ser desconsiderado. Contudo, os mecanismos de produção destas mesmas denominações se alteraram: *a função de bedel se multiplica, se mistura com o ar, operando na "soltura" dos anormais, fornecendo inclusive a eles a titulação de vigias.* Assim, a sanidade, a correção e o ajoelhar-se não mais se limitam às regras do jogo de um espaço fincado e arquitetural.

O *Grande Relógio* de meu mundo gira em *Repetição* e sem cessar: *o tempo cíclico e sem previsão de mudança nos açoita.* A prisão é aberta e conta com a *Liberdade* como componente enjaulador.

Realmente, novos tempos urram por atualizados modos de governo. A *Liberdade* é um dos componentes devoradores, um projeto individual, que vislumbra a assimilação do outro como *"menor"*, *"fraco"*, *"fracassado"* e, consequentemente, visto como uma distinta representação de humanidade.

276 Um projeto que transforma a *Liberdade* em algo que também encarcera, não mais atando as mãos em si, mas sufocando o desejo e a própria prática solidária. *Para sobreviver, devemos "assassinar" o máximo de vidas possível, e isso se dará através de outras práticas de governo.*

Pensando em minhas próprias barras de contenção, me vejo introjetado pela noção de *"eficiência"*. Arrastado pelo dia e desalojado do tesão de existir, era convocado pela iniciativa e pela necessidade de apresentar incessante entusiasmo frente à medíocre *Vida* que a mim se apresentava. *Chorar para dentro, gritar em silêncio e agradecer* à violência que me expropriava.

A *"flexibilidade"* se fazia como um segundo ponto. Deveria estar atento na ação sobre mim mesmo, ou, pelo contrário, seria violentado pela concorrência degenerada. Flexibilizar-me para adequar-me em um campo estratégico e regulamentado do *Poder* no qual eu buscaria o meu próprio enquadramento.

As regras instituídas tornam-se condizentes a um organismo sempre em deficiência e normalizado por esta premissa. Corpo este que deve e pode ser modificado perante o constante trabalho e dirigido pela "bus-

ca". Um exame de si e dos outros calcado pelo insucesso e posicionado em um espaço individual, hierarquizado e sempre relacional.

Atravessado em contemplação aos andantes da Real realidade, vejo subitamente o cenário se modificar.

Uma distinta fissura no *Espaço* se abre e me transporta para uma distinta cena. Me desloco da calçada e do caos urbano familiar e adentro um lugar a mim, até então, desconhecido. Vejo-me em um grande prado verde e sinto a grama bater em meu balandrau enquanto executo os passos — *encontro-me sozinho nessa alegoria que se forma.*

Existe um precipício à frente.

Minimamente desconcertante como minhas ideias se apresentam dessa maneira: *seja pelo exílio equilátero ou pela passagem cristã dos porcos,* essa palavra: *precipício,* vem reaparecendo com frequência.

O buraco, o abismo emerge em minhas narrativas de três maneiras:

1. pela cidadela dos homicidas e o limbo dos vivos condizente ao que achava que seria o terceiro delírio;
2. pelos porcos possuídos e amaldiçoados se jogando em suicídio na passagem cristã e;
3. quando visualizo o cenário à minha frente e vislumbro o *Grande Relógio* ao horizonte.

Continuo a caminhar.

O Sol brilha no horizonte.
O vento me toca de maneira sutil e carinhosa.
Não há ninguém por perto.
Ando sozinho em uma infinita e calma vegetação.
Olho a paisagem que se apresenta à minha frente.

Me surpreende sua majestosa forma, não mais enquanto uma arquitetura feita em pedra — *mas com formação um tanto quanto mais fluída.*

Chego à beirada desse imenso buraco que guarda para si um calmo cenário. O *Grande Relógio* é massivo. De sua estrutura saem os novos condutores da condução humana, não somente pelo "olhar", movimento próprio da Vigilância. Descubro a interferência na cena da lã, há pouco presenciada.

Percebo, ao fitá-la, que a *Roca* de Fiar foi em partes substituída e se tornou obsoleta em sua funcionalidade. Aqui jaz uma das razões que deflagram a dificuldade de atuação do *Espectro* terceiro em sua inserção no meu atual mundo.

Os fios tecidos por ela se tornaram insuficientes, pois é o *Grande Relógio* que realiza a voraz incursão de governo. *Não somente conduz, mas produz uma nova subjetividade humana.*

Seu dimensionamento é similar ao que me deparei no *Círculo Menor*, quando me desloquei de meu corpo físico e vi sua arquitetura por uma visão de cima. Agora, pelo contrário, o vejo de frente, como se contemplasse um quadro em movimento. Seu foco de energia a tudo toma, dominando o *Todo* humano, criando a suprema divindade de minha época.

E assim digo: *ele guarda para si a Real realidade*, nos atraca em seus ponteiros e em suas sutis estratégias de contenção. Uma arquitetura que não mais se apresenta como um constructo corroído ou medieval visto em meu caminhar no qual encontro os *Espectros da Loucura e da Confissão*. Pelo contrário, é diluído em fronteira e não palpável: *estou frente a frente com a estética do Poder que rege minha atualidade.*

Identificada e avaliada sua forma, sou compelido a conhecer os elementos que o constituem.

Ele, o *Grande Relógio*, me mostra que houve uma significativa *mudança no corpo humano*. Todavia, diferentemente de minha experiência ao subir à *Torre*, a transformação da humanidade não se deu através de uma *Bio* mutação, mas na *transmutação de nossos anseios, do que buscamos e o que fazemos para tal.*

Em seguida, vejo o não *maniqueísmo* de sua forma.

Ele não é nem tirânico, nem benevolente, sendo impossível de ser valorado de maneira moral, uma vez que promove a pulverização do controle sobre os corpos, fazendo-se presente em nossas *Entranhas*, justificando seus fins, pela premissa da proteção à *Vida*. É algo que nasce de nós, ressona e retorna ao nosso ventre.

Um *Eco* que espalha pelo tempo e por tudo. A magnitude da contemporânea regência não é nova em seu nascimento, mas atualizada em função, tal como o dia a dia que me assolou, cíclico, *Repetido* e enganosamente envolto em novas roupagens e nos entrega, tal como suas antigas formas, uma determinada racionalidade.

Esta, não simplesmente atrelada ao encarceramento, à correção e à ordenação dos corpos enquanto premissa de relação. Guarda, ao invés

disso, a funcionalidade de uma ordem das ideias e das *Verdades* do presente, em dimensão diminuta e atomizada.

Encarcera o desejo de dentro para fora e apresenta a *Liberdade* enquanto parâmetro de funcionamento. Muda o corpo, fornecendo a ele o voluntarismo e a responsabilidade pelo seu próprio enquadramento.

E assim, a *heterotopia enquanto fissura ocular* de observância não mais se limita aos grandes espaços institucionais, sequer se contenta ao separar os corpos institucionalizados dos ditos portadores da normalidade. Age em cada casa, em cada corpo, em cada propriedade, em cada âmbito privado, em cada relação.

Sua onipresença *é* assustadora.

O espaço dentro do espaço, a chamada *heterotopia* produzida pela *Vigilância* é cada vez mais molecularizada, o que dificulta a percepção sobre as novas formulações de governo. Criptografa um novo enredo na pele individual e na população como um todo: *nos faz acreditar que seus efeitos são inatos, atemporais e eternos.*

Dentro dessa perspectiva, percebo então a existência de um certo tipo de *Canibalismo* próprio de nosso tempo. Impõe o ato de *"ingerir"* a carne de nossos semelhantes sem necessariamente retirar deles suas propriedades vívidas e produtivas, adotando um modelo de defunção e sobrevivência distorcidos de sua etimologia de origem, pois a *Vida* em si seria a fonte necessária para a propagação da nova faceta da servidão e a *morte sem o óbito*, a solução para a não revolta de seus aprisionados.

O *Poder* ultrapassa o viés da ceifa e do controle pelo cerceamento, exercendo-se pelo uso de nossa vitalidade, pelo mastigar de nossas *Entranhas* e pela nossa expropriação até a inevitável finitude. Somos expostos em nossas autópsias nessa atualizada diagramação de mundo: à mesa e abertos; dissecados e ainda vivos; andantes, porém, *sem alma.*

Digo que não teria sido possível a mim perceber esses elementos se não tivesse sido retalhado pelas *Verdades* da *Confissão* e da *Loucura* no *Círculo Menor*, bem como se não tivesse adentrado o percurso de encontro da *Vigilância* — *a venda retirada me propiciou esse vaguear e esse repentino entendimento.* O Grande Relógio não é somente minha individual simbologia da prisão liberta, é condizente e ampliada a todos nós, sem exceção.

Ao obter a compreensão da operação e da estrutura que vejo ao horizonte, vejo-o propagar uma grande explosão luminosa que momentaneamente me cega — *nada vejo, a não ser a luminosidade.*

Ao conseguir abrir os olhos, percebo ter deixado o prado verde e o precipício que abrigava essa magnânima estrutura plástica de *Poder*.

O brilho é substituído pela escuridão e pelo vazio.

Caminho pelo *Nada*, arrastando meu balandrau, ouvindo meus passos, um a um. Ao longe, percebo a *Vigia*.

Calmamente continuo o andar. O Espectro da *Vigilância* novamente me aguarda. Me aproximo.

Ela passa a tecer suas verbalizações:

(ESPECTRO DA VIGILÂNCIA) — Eu não detinha conhecimento de que o Grande Relógio: *a arquitetura que você construiu, que deu fisionomia própria ao Círculo Menor fosse uma representação tão gráfica do atual Poder.*

Essa é a razão a qual os fios da *Roca* de Fiar se propagam em desorganização.

Progressivamente, fui me tornando superada em exercício. Ainda conduzindo, mas em manejo compartilhado, perdi o controle total da influência sobre a humanidade frente ao novo *Tempo* que se formava e recaia sobre vocês.

Suas análises sobre o *Grande Relógio* são extremamente pertinentes, Juno. Contudo, as informações trazidas por você nessa recente incursão não são exclusivamente os elementos a que devemos nos atentar.

Sua capacidade de compreender os diagramas atuais do *Poder* não foi constituída somente pelo seu percurso até me encontrar. Em período anterior, quando caminhava pela *Real realidade*, você desnudou os operativos de governo que recaíam sobre seu próprio corpo frente ao que o suprimia e o desesperava.

Tal como fiz, trazendo os anormais institucionalizados ao *Panóptico* para que eu os autopsiasse, você agiu em processo similar, com as pessoas de seu dia a dia, desprezadas e analisadas enfaticamente enquanto percorria seu cotidiano.

Você as catalogava, Juno. E essa foi uma das razões para que buscasse o suposto *Enlouquecimento*, pois descobriu, em suas análises, que a *Loucura* de seu tempo nada detém de individual. Viu nos rostos de cada um dos elementos de seu dia a dia o processo de uso e descarte similar vivenciado pelo seu corpo. E assim, tal como fiz, você também incorreu na feitura do dissecamento da *Atendente, do Rapaz da Mochila, da Gerente do Varejo e do Corpo Vegetativo de Catarina.*

Um a um, você os *canibalizou*, para que compreendesse a armadilha que se tornara a *Real realidade*. Não vê, viajante, afinal somos mais similares do que imagina.

(JUNO — em pensamento) — O *Espectro*, enfim, justifica sua acusação de que eu e todos os demais somos essencialmente *canibais* de nosso tempo.

Olho ao meu redor, não vejo absolutamente nada, exceto por mim e a *Vigia*. Acredito que estamos neste Espaço mediante a força da *Roca de Fiar*. Ela está correta: *a voracidade que a fez ingerir sua prole é análoga à ânsia que detenho pela Verdade*. Aos nossos modos, atuamos como legistas do que nos restou.

Ao *"ingerir"* meu cotidiano, devorei meus semelhantes a partir do que tínhamos em comum: *a precariedade do viver*. O fiz para validar se o que experienciava era essencialmente algo simplesmente meu ou compartilhado com os demais.

Talvez, esta tenha sido a motivação de ojeriza frente ao ato de antropofagia desferido pela Vigilância frente à *Loucura* e à *Confissão*. Minha simples identificação por projeção, nada além.

Assim sendo, sei do próximo passo a ser dado.

(JUNO) — Sugiro que retornemos ao meu cotidiano uma última vez, de forma conjunta, para observarmos e experienciarmos os efeitos contemporâneos em sua posição mais acintosa e constrangedora: *na própria Vida dos encarcerados-libertos*.

Fundir a existência mais uma vez, tal como no tríplice mundo que um dia percorri, culminando aqui, no *Topo* desta *Torre* e, por assim dizer, criar a visão de *Espaço* que demonstrará as características fundamentais desse mundo que, você, a *Vigilância*, desconhece. Adentrar o *Poder* sobre a *Vida* a partir do ponto no qual as tramas da *Roca de Fiar* não mais apresentam sucesso de alcance.

(JUNO — em pensamento) — A Vigia concorda. Na plena Escuridão, o *Grande Relógio* se movimenta, ouço seu som estridente, similar à sua contorção no *Círculo Menor*.

Meu dia se reinicia mais uma vez, agora por outra abertura, distante do olhar analítico e da factualidade que corroborou em meu processo de ruptura — *verei a Repetição por outra posição*.

O som de reinício segue o passo do ressurgimento das minhas familiares companhias: *a Atendente, o Rapaz da Mochila, a Gerente do Varejo e o Corpo Vegetativo de Catarina*. São eles, finalmente, que erguerão suas vozes e demonstrarão os efeitos do *Poder* em suas respectivas carnes em movimento.

Sem ossadas cravadas na parede de uma passagem subterrânea, o memorial a ser apresentado é destacado da morte e apresenta, em contraponto, a *Vida em ato*.

O *Limbo dos Vivos*, sentença dada à cidadela dos homicidas; a *Catacumba dos Esquecidos* devastados pela *Soberania* e os catalogados pela *Disciplina* nos trouxeram até aqui — tanto eu quanto a *Vigia* que me acompanha. É sobre o que se fez da *Vida* e não da Morte que se centra essa minha derradeira imersão.

Ainda na *Escuridão*, sinto o brilho do *Grande Relógio*, agora funcionando como o novo *Poder* regente. Sorrateiramente, um foco de luz se ambienta — *surge à minha frente um cadafalso sem forca* —, e sobre ele: *a Atendente*. Aquela que entregava diariamente a quantidade equivocada de queijo, símbolo do início de mais um dia que insistia em me acometer.

Ela está sentada em pensamento longínquo. *Sente minha presença.*

Suas tramas se desnudam como se fossem um livro aberto, e junto com ela, consigo perceber as ramificações do *Poder* que a circulam e a adentram.

Esta é a catalogação que o Espectro dizia realizar. Esse espaço escurecido em que me encontro tem a função de análise autopsial do corpo que se atualiza nessa nova formação de condução da Real realidade. Ela usa a possibilidade de incursão que detenho para adentrar o mundo que conheço e apreender o conhecimento impossível de adquirir autonomamente. Assim, apenas eu que passo a detalhar à *Vigia* as nuances do corpo governado da atualidade.

Volto-me à trabalhadora *Atendente*.

Colocada em seu ofício diário, ela se vê em um mundo no qual se encaixa perfeitamente. A faca afiada a acompanha enquanto objeto de ofício: a manuseia com maestria.

O instrumento afiado fora um dos elementos que se mostravam no *Onírico*, me guiavam ao enigma do *Poço* e detinham relação com o *Delírio* do rebanho. Agora, seu gume permanece como centro deste olhar analítico.

Um objeto que se faz como extensão motora da cortadora de frios e a provoca ao labor, mas também como apetrecho manipulável de algo maior: *ela detém um sentimento de "encaixe" na Real realidade. Algo que a ela soa reconfortante e apavorante.*

Em minha específica narração anterior: *ela picava, cortava e pesava os frios, especificamente o queijo, que eu diariamente solicitava.* Agora, em antítese, a percebo sozinha e deslocada de sua função de trabalho. Vejo-a refletir sobre algo que a incomoda.

Vejo-a de posse de seu instrumento cortante: *segura-o como se sua existência dependesse disso*. Sente-se inerte e sem poder de protesto — exaurida e vencida.

Consigo ver, sem que ela verbalize, a faceta proeminente de seu governo. *Endividada: é refém do trabalho e dos compromissos próprios de uma Vida de conquistas parceladas*. Pensa efusivamente em seu período de férias, flerta com a possibilidade de adoentar e a partir disso, poder ficar alguns dias a mais em sua residência, mesmo que envolta em enfermidades. Subitamente se desespera .

Entendo agora. Uma das características dessa nova formação do *Poder* é o *Endividamento*.

Prático, objetivo e localizado na moeda, ele produz um determinando tipo de corpo, *encarcerado pela sobrevivência e pela necessidade de consumir*. A *Atendente* estaria fadada à obrigação de me oferecer atendimento e cortar a mim as fatias solicitadas. Persistem na cena diagramas conflitivos e aparentemente antagônicos: *era grata pelo ofício que detinha ao passo que o maldizia*.

Coexiste aqui uma nova tecnologia de *Poder*: *um controle e coerção que não vem do exterior propriamente dito, mas do particular devedor*. Ela é refém da faca, do cliente e dos códigos que a endividam, se transformou em sua própria contabilista e sua máxima administradora. O espaço do trabalho é consoante ao próprio tempo de duração da *Dívida* que agora integra o desejo humano, lançando uma ponte entre o presente e o futuro, hipotecando as condutas em barras cifradas.

A agora *Atendente* poderia deixar de ser e se tornar outra coisa — *não se trata propriamente do ofício, mas da maneira a qual somos assujeitados por ele*.

Não existem amarras que a forçam a permanecer. A *Atendente* era corrigida pelo horário de entrada e de saída e normalizada pelos atuais cânones da sobrevivência que se apresentaram e a compeliram ao trabalho.

Sob o cadafalso, sentenciada ao enforcamento pela dívida, ela permanece à espera da sentença *Soberana* que jamais virá. A asfixia violenta e a constrição do pescoço não fazem parte das modulações do governo contemporâneo: e por isso, ela agonizará por um longo período, até sua factual finitude em um processo de estrangulamento não fatal, mas vagaroso e permanente.

Vejo-a pensar em suas promissórias e em um momento de lazer após a semana exaustiva. Folga um domingo por mês, contudo, talvez venda o próximo dia de descanso, talvez não. Almeja se tornar operadora de caixa, pois pelo menos trabalharia sobre um assento. Todavia, teme a responsabilidade de manusear quantias significativas em dinheiro.

Conforta-se em perceber que ao menos domina a faca.

A precariedade e o vampirismo da *Real realidade* remontam às facetas as quais a *Vigilância* não consegue compreender. Uma demência das antigas formas de condução frente à emergência do governo sagaz, que modifica o *Encarcerado* de dentro para fora.

Abruptamente, a *Atendente* some do cadafalso. Ouço o som do transporte urbano.

Ruído familiar que trazia consigo a locomoção enlatada de pessoas, que tais como eu, se apressavam para chegar a seus respectivos destinos laborais. Viro-me em meio ao breu e me vejo entre os assentos do ônibus que me acompanhava diariamente.

A cena de catalogação permanece escura em penumbra.

Ao fundo, observo uma também reconhecida figura: *o Rapaz da grande mochila,* que molestava a mim e a todos com o grande estorvo que carregava em suas costas.

Vagueio pelo corredor e vejo a próxima face do meu dia em *Repetição.* A autópsia-catalogação do corpo em movimento apresenta sua continuidade.

Andar por um transporte público lotado em pleno horário de pico é sinônimo da acintosa busca por um local menos desconfortável para permanecer — *somente quem um dia se espremeu entre os corpos para caber amassado em algum lugar há de saber a sensação enlatada que se vivencia.*

Afirmo que era essa a premissa que me preenchia ao subir os três degraus do malfadado ônibus que jamais chegava no horário. Acho surpreendente como eu me recordo primordialmente do tamanho do objeto que aquele rapaz carregava em suas costas, bem como sobre o que ele possivelmente estaria levando sob os ombros, interno à mochila.

Em meus *Deliramentos,* teci a linha discursiva de que ele estaria de posse de um cadáver e que sua preocupação seria com a eminente desova do corpo em questão, e nessa construção particular, detive o primeiro acesso ao mecanismo da autópsia de uma carcaça: o *"morto falante"* e coparticipante de sua necropsia. O rapaz portador da mochila teria sido, na *Alheação,* seu *Carrasco.*

Pois agora, com exceção dele, não há ninguém nesse cenário escurecido em que me encontro. Os assentos estão livres e não busco o conforto de um banco. Sua mochila não me incomoda, não mais e não aqui. Vejo o rapaz segurando com sua mão direita um dos suportes superiores do transporte, que eventualmente garante que seus passageiros não caiam mediante uma virada brusca ou algum solavanco próprio do caminho.

Ele olha para fora e, tal como a Atendente, sente minha presença.

Olho-o diretamente.

O objeto que leva em suas costas se transmuta em algo distinto, em um elemento visto anteriormente por mim no *Corredor da Tortura*, prévio ao encontro com o *Espectro da Vigilância*.

Tal como o cadafalso da *Atendente*, percebo o rapaz envolto no instrumental denominado "Garrote": um poste sobre o qual uma pessoa se recosta, de modo que a corda permanecesse presa na altura e em volta do pescoço do condenado. Por trás, permanece o *Carrasco* que, utilizando uma barra entrelaçada à corda, a gira, apertando o arco e enforcando o sentenciado sem a necessidade de deixá-lo pendurado.

Similarmente à *Atendente*, o arco é apertado progressivamente, contudo, o enforcamento não tende a atingir seu ápice: *o corpo permanece permanentemente incomodado, dolorido, sufocado, mas jamais extirpado de Vida.*

Vejo o Rapaz da mochila em intenso momento de *"Desamparo"*. Tal afeto se associa ao *"Medo"* e inexoravelmente ao *"Fracasso"*.

Ele continua a olhar para fora, através da janela. A *Vida* do Rapaz da mochila é entremeada por diversas circunstâncias, todavia, dentre todas, algo me chama a atenção para além das demais é o fato de que todos os dias, ele, ao tomar o mesmo transporte coletivo, mantém interno à sua mochila todos os seus pertences. *Leva-os sempre consigo, para onde quer que vá.*

Vindo de uma localidade longínqua, o mesmo traz consigo não somente seus pertences, mas o fardo de uma busca diária pela sobrevivência cotidiana. Vejo-o pensar na *"moeda"*, de maneira análoga à *Atendente* — literalmente, *na subsistência monetária*. Todavia, não em uma perspectiva parcelada da vida, ou sobretudo da dívida tal como apresentada pela cortadora de frios.

O *Desamparo* aqui colocado é atrelado à inconstância e à liquidez do que se tornou a modernidade. O Rapaz da mochila vive ao limite, em uma função laboral que não o permite saber com certeza se deterá teto sobre sua cabeça ao fim do dia: *vive em uma pensão na qual o pagamento diário é requerido.*

285

Sobrevivente da relação informal de trabalho, sua renda depende das vendas de porta em porta e de semáforo a semáforo. Trafega pelo caos urbano e percebe entre a multidão a mais completa sensação de apavoramento por cada negativa recebida.

A cada insucesso, o fabricado *Fracasso* o coloca mais e mais próximo da literal sarjeta. Por esta razão, leva a grande mochila no transporte coletivo, pois caso não consiga o montante necessário, sequer necessita tomar o caminho de volta à sua provisória morada.

Uma peregrinação atrelada ao sufocamento do *"Garrote": torcendo-o e deixando-o estrangulado dia após dia, entre a possibilidade habitacional e a inevitável morada circunstancial na calçada.*

Amarrado ao fazer do dia, ele transporta sua *Vida* material transposta em objetos pessoais de um lado para o outro, pois em algum momento, como já ocorreu, deverá dormir sobre o cimento.

Olhar para fora, tal qual ele o faz diariamente, sequer reconhecendo ou avistando as pessoas de dentro do transporte, que supostamente se incomodam com seu apetrecho volumoso, detém significado providencial para a cena.

Verifica, durante o percurso do transporte, algum lugar que possa abrigá-lo, caso necessite. Assim, não está em contemplação existencial, mas atento à real necessidade que possa surgir no horizonte, e ao fim do dia.

Sua projeção no futuro se reduz e se atomiza pela urgência. O *"Medo"*, o *"Fracasso"* e o *"Desamparo"*, produzem o afeto que atravessa integralmente sua autópsia-catalogação: a inconfundível *"Tristeza"*.

Contudo, quando digo do processo melancólico ou o fato de entristecer-se, não percebo algo meramente individualizado, mas efeito de um processo de responsabilização excessiva do corpo, e agora, especificamente, do Rapaz da mochila. Uma subjetividade essencialmente *"Livre"*: para agir e para se ocupar de suas ocasiões, em uma prática de condução que o "permite" e o "isola", valorizando o oportunismo, o cinismo e a desigualdade.

Por assim dizer, *Entristecer-se* é o ponto nevrálgico dessa incisão necropsial da *Vida*. Um sangramento da continuidade humana, brilhantemente explanada pelo corpo do ônibus e sua mochila, algo que se faz necessário para que a *Vigilância* compreenda a hegemonia afetiva que se dobra sobre a humanidade contemporânea.

A *Tristeza* se espalha pela humanidade, toma o Rapaz da mochila e mareja seus olhos ao vislumbrar as calçadas durante seu trajeto de ida ao labor. *Sente-se sozinho e insuficiente.*

A lamúria o "assalta" por saber que a inconstância monta e remonta sua existência mediante à miserabilidade sistêmica, construída e tecida como se fosse originária de sua individual postura inadequada.

O mesmo se enquadra na calçada, na falta de alimento e no couro surrado pelo Sol, enquanto o *"Garrote"* permanece sendo apertado por um membro invisível. Não, ele não morrerá ao fim do dia e nem será executado em praça pública.

O novo espetáculo organizado e propagado não é *Soberano* ou ditador em essência, pois o desmembramento que possivelmente o espera é o da usurpação do que ele considera digno e essencial para qualquer um: *a segurança de quatro paredes que o acomode, assim como sua mochila.*

É necessário que a Vigia saiba, no entanto, que tudo que envolve a *Tristeza* exprime um tirano. Sem a visibilidade do Rei que dita a *Vida ou a Morte*, é o profundo entristecer que toma o lugar do principado, extirpando os corpos pelas suas *Entranhas* e atribuindo a ele, o rapaz da mochila, a culpa pela sua sentença.

O transporte passa a se distanciar. Olho-o fixamente por uma última vez. O rapaz da mochila se vai e ao longe, todavia, ainda consigo avistar sua conduta de olhar para fora, ao passo que se vê por dentro.

Estou sozinho novamente. Percebo algo nesse processo que envolve rever o meu dia em *Repetição* a partir da escuridão heterotópica.

Onde me encontro, nesse duplo *Espaço*, minhas facetas constituintes tendem a se confrontar e descubro que as análises que fabricava anteriormente eram, enfim, repletas de equívocos, ou, ao menos, insuficientes.

Assim, algo que diverge meu suposto local de *Alheação* em relação à fissura heterotópica criada pela *Vigia* é a capacidade de ela embeber-se da experiência das *Vidas* andantes da *Real realidade* a partir de seus próprios olhos, intermediado pela minha incursão pela *Escuridão*. Vagando pelo vazio, faço uso da habilidade do *Espectro* em visualizar o espaço dentro do espaço e nele nada existe senão os corpos em categorização.

Ela, ao se debruçar sobre as *Vidas Panoptizadas* se imbuía de enxergar as classificações advindas das institucionalidades, condizentes à própria ação *Disciplinar* de ordenação do mundo. Agora, ao contrário, tenho êxito em me deparar com algo um tanto quanto mais subjacente da *Vida: o que nos toma pelas vísceras se tornando estrategicamente partes integrantes de nosso desejo. A artificialidade inata do assujeitamento.* As escaras do corpo são os hieróglifos que traduzem o que nos tornamos e que historicamente desvelam os efeitos dessa nova faceta do *Poder.*

Olho aos lados, nada vejo. Sinto que a terceira incursão está próxima.

Uma confluência de vozes se agrupa e surge um infinito enfileiramento de corpos. Nus, andam mecanicamente e em passos sincronizados. Existe aqui a visível influência da *Vigilância* na ordenação e no cálculo do corpo-máquina, fixando os mínimos movimentos em prol da máxima produtividade. *Mas algo se coloca em Diferença.*

Estou em uma esteira de montagem.

Esta fissura heterotópica não diz respeito a um de nós, ou simplesmente a alguém de minha particular história — *ao menos não ainda.* Digo, por agora, que não estou diante do simples conceito de serialidade e da produção em série de corpos, gostos ou predisposições. *Existe algo além.*

Passos milimetricamente dados demonstrando a distância calculada entre um corpo e outro. Um a um, vejo-os caminhando vagarosamente e em sinergia. A convergência do ato faz emergir um som em coro, amplificando sua sonoridade. A *Escuridão* assume sua faceta audível.

288

Chego mais próximo aos andantes desnudos da fila. Existem marcas de precificação em suas peles. Identificação de preços tal qual se pensa literalmente: *cifras e valores talhados a fogo e a ferro em horrendas sinalizações na epiderme dos seres ali alinhados.*

Seguindo o episódio de *autópsia-catalogação*, processo requerido pelo Espectro e aceito por mim, percebo uma mudança substancial do conteúdo posto à mesa necropsial dessa fissura heterotópica. Se antes pude olhar pela lente fina da *Roca de Fiar* a *Atendente* e o *Homem da Mochila,* agora o que se coloca sob meu julgo é uma *"ideia"* e não mais um corpo em especial: *material, concreto e singular.*

Respeitando o traquejo do inverso trajeto que estamos percorrendo, eu e a *Vigia,* tomo como prerrogativa o tensionamento dos pressupostos que me levaram ao terceiro episódio do que pensava que fosse meu processo de *Alheação.*

Sob a luz do poste urbano, vi nas esquinas os corpos à venda e agora, posto à penumbra, hei de identificar a seus efeitos em nossos cadáveres andantes.

Passo a percorrer o enfileiramento.

Não é possível que chegue ao seu início ou ao seu término: *só vejo um mar de rostos sem fim*. Percebo que algo análogo ao *Grande Relógio* é assuntado a partir da estética deste grupamento — teço esta afirmação, aliás, com absoluta certeza.

Um *Ciclo*, não somente no que tange às 24 horas de meu dia, mas de algo que historicamente se coloca no patamar exploratório da *Vida* como um todo.

Assassinados, dominados, classificados ou ordenados. As fornalhas que nos escaram a fogo sempre haverão de buscar àquilo que mais se necessita para a manutenção de seu desenrolar: *o governo das condutas tem apreço pelo sabor de nossa carne*, e é a *Vida cafetinada um dos elementos* que sustentam esse diagrama da atualidade.

Abruptamente, recordo-me da região de prostituição que me chamara a atenção quando voltava para minha residência, anterior ao óbito de Catarina. Lembro-me da leitura que desferi sobre aquele local: repleto de pessoas que se autodenominavam como profissionais e clientes em uma geografia que detinha a venda do corpo como princípio ativo de transação. Análise esta que influenciaria o chamado *Delírio* posterior, em especial, o caso da *Prostituta de Menos Valia*, que se tornaria o segundo *Espectro*: a *Confissão*.

Sou categórico em afirmar que inexiste espaço, sequer desejo interno individual, para agir em moralização sobre quaisquer eventos ou fenômenos, inclusive no que concerne ao ato de se prostituir. Pois se existe algo que esse gigantesco enfileirar demonstra, é que a *Cafetinagem* e seus correspondentes *Cafetinados* remetem a uma relação significativamente mais ampla do que o específico comércio do sexo propriamente dito.

Afinal, é ao corpo útil a algo, para além da volúpia, da incompreendida luxúria e da satisfação carnal, que essa alegoria se associa. Por assim dizer, inerente a todos esses corpos à minha frente, persiste a máxima capacidade asfixiante em imposição, mediante a transação compulsória de cada organismo sendo efetuada em caráter incessante.

De certa forma, se torna evidente que coexiste com a humanidade o esplendor contínuo do *"abuso da vida"* e um sufocamento do ar ambiente que preenche nossos pulmões.

Assim sendo, percebo não ser acidental o aparecimento de apetrechos de tortura que completam as cenas da *Atendente e do Homem da Mochila*. Não estou à frente de uma simples esteira de montagem humana, mas de algo que se apropria de nossa força vital enquanto projeto de dominação e direcionamento.

A ação de chegar cada vez mais perto dos corpos marcados faz-me não ouvir mais seus passos ensaiados e sincrônicos. Em substituição, percebo o ruído dificultoso de suas respirações.

A puxada de ar, fluida e sem dificuldade, não é algo incomum a meu repertório de conhecimento: sentia-me submergido nas águas do desespero de minhas crises e cuidava diariamente do corpo vegetativo de Catarina. Sei o que significa a dificuldade brônquica. Mas e quando o sufocamento não necessariamente advém da inabilidade orgânica de nosso sistema respiratório?

Digo que nossa sufocação provém de um sono *agiota*, que nos cobra por nossa própria venda um preço maior do que podemos arcar em termos de pagamento. A caminhada para nossa exposição mercantil é atravessada por aparelhos que nunca se desligam e pela verborragia do que nos tornamos. *Estamos postos na pira Soberana, porém agora não sentimos o odor da pele em brasa.*

O ato de ser *Prostituído* não se limita ao cenário de "venda" do corpo ao trabalho, mas sim pelo desfecho que nos acomete no peculiar percurso de existir: *ninguém detém a possibilidade de permanecer Vazio.*

Sim, essa é a esteira de montagem que se faz presente às minhas vistas. *Nos abarrotam de necessidades, insuficiências, derrotas, temores, ódios e esperança — a própria instauração da Taxidermia.* Movimento este complexo não pela sua estrutura, mas pela maneira a qual se prolifera em cada acordo comercial que se tornou o *Viver*.

Nos tornamos arrebatados pela lei da *Concorrência*, algo que sustenta nossa diária *Prostituição*: legalizada e bem-vinda a partir da exposição de nossa carne na arena da *Moeda*. Constituímos para nós um *Inimigo* alojado não em uma superestrutura verticalizada ou meramente repressiva, mas, sobretudo, impregnada em cada andante dessa história do presente.

A longa lista de *Vidas* segue seu rumo esperado mediante a comercialização da existência e do alastramento da *Liberdade Vigiada* a nível microscópico e vendida a peso de *aniquilamento* do considerado mais fraco.

À medida que percorro esse conglomerado de suor e sangue de pessoas que desconheço, pego-me saltitando em nuances de suas histórias. Seja pela *Dívida, Fracasso, Desamparo, Tristeza ou* Ódio, é sobre o *Valor de Mercado* que essa retórica se assenta.

A "venda" posta e retirada em seu sentido ocular é também sustentada pela sentença *"à venda"*, pois nosso empresariamento e individual monetarismo nos aferem *grife cifrada* e nos entopem até a "boca" com os macetes primordiais que nos ocupam em levianas buscas.

Nos mortificam no processo sem que nunca cheguemos ao derradeiro capítulo da conquista e da bonança, ou à cena final de nossos anseios supostamente necessários. *Estamos abarrotados em nossas sucatas, e sempre ambicionaremos por mais.*

Os *Caprichos* de nosso presente serão eternamente insatisfeitos, pois, mais do que tudo, somos repletos de *"Falta": uma ausência visceral que completa e ludibria nosso vaguear, sem que nos atemos ao que nos induz a passos largos e voluntários ao precipício.* De maneira alguma, essa armadilha milimetricamente costurada deve ser creditada ao campo das *"vontades"* de cada carcaça disposta nesse enfileiramento. Existe, decerto, uma direção, uma condução necessária, que nos cega e nos aluga até o eventual e inevitável descarte do corpo que não mais atende às necessidades de seu uso.

A *Vigia* dedicou esforços para que eu compreendesse a trama que nos cerca, inclusive esta. O *Poder* nos circula há tempos, germinando, crescendo, se desenvolvendo e, após sua ação catalisadora de sugestão, atingindo seu ápice de expansão.

Os passos das carcaças continuam a ocorrer.

Lentamente, a fila anda sem nunca minguar em tamanho. Agora, são os talhos tatuados nas peles que me chamam atenção. Sobressaltam em minha vista os números em escaras epidérmicas que aferem valor aos corpos.

Desta maneira, pergunto-me: *"se somos mercadorias e simultaneamente empresas de nós mesmos, seria correto afirmar que somos representados por ânimos similares ou iguais. Monetariamente, valemos a mesma coisa?".*

Cafetinados como somos, e agora consigo perceber com lucidez essa característica, penso aqui nessa escura locação que me encontro, o quanto em nossa atualidade nossa *precificação*, nosso valor de uso, é um tanto quanto paradoxal. Não se trata simplesmente de aferir importância maior ou menor a uma determinada *Vida* ou outra, mas se questionar: *a que essa diferenciação* célebre atende?

Sim, a fim de que a *Concorrência* se estabeleça, bem com o Ódio como norte de nossas socializações, a *Falta* não há de ser um componente apenas interno e entranhado nas peles dos enfileirados. Ela deve ser primordialmente projetada para fora, determinando precariamente as condutas que se afastam dos crivos hegemônicos do presente.

Os passos sincrônicos cessam e os enfileirados permanecem estáticos, aparentemente à espera de algo.

Vejo, de imediato e em seguida, duas figuras com quem não percebo familiaridade e que estão separadas do alinhamento sincrônico da fila: *estão viradas e me dão suas costas como campo de visão e também se apresentam despidas de vestes.*

Um homem e uma mulher separados, mas ainda em proximidade. Ao centro e ao meio dos dois, ressurge um terceiro apetrecho: a *"Pera da Confissão"*.

Tal como o Garrote e o Cadafalso, já avistei sua fisionomia gravada no *Corredor da Tortura*, que demonstrava a face *Soberana* da, agora, arauta da *Vigilância*.

Se me lembro bem, referia-se a um instrumento composto por quatro faces que eram lentamente separadas umas das outras mediante uma articulação giratória disposta em sua parte superior — *uma alavanca, um anel que funcionava ao girar.*

As mãos direitas do homem e da mulher passam a apontar o instrumental da dor. Ainda sem se ater às suas respectivas faces, o objeto de martírio se abre, movimentando em giros sua alavanca. Sim, a faceta que se apresenta é condizente com meu suposto terceiro *Delírio* e as existências perseguidas pelos cânones morais da atualidade.

Ainda ao precipício equilátero, foram representadas pela *Ama, pela Serva e pela Prostituta de Menos Valia*. Aqui, em continuidade, denota que a precificação dos corpos e sua compulsória mercantilização frente aos artifícios do *Poder* contemporâneo elegem àqueles associados à anormalidade a qualidade de couraças descartáveis, que devem viver suas *Vidas* à margem, legitimando de maneira acentuada os considerados *de centro, ditos normalizados pelos efeitos de governo.*

Os corpos nus novamente se mexem, seus dedos indicadores que apontavam a *Pera da Confissão* acompanham o erguimento de suas mãos. Ambos se tocam com dificuldade, apenas a partir das pontas de seus dedos, formando uma certa conexão momentânea.

Subitamente e sem explicação alguma, a alegoria desaparece.

O que ocorreu?

A rapidez do evento impossibilitou o exercício de sua catalogação. Ou talvez a ausência de tempo de observância tenha um fim em si mesmo. *Teria eu incorrido em alguma ação equívoca?*

Ainda em confusão pela rapidez da cena anterior, ouço um som estridente de uma madeira batendo ao chão. À procura de sua origem, continuo a caminhar pelo *Nada*.

Andar pela *Escuridão* aparenta ser uma tarefa simples, embora análoga a caminhar por um labirinto sem muros.

Subitamente, vejo ao meu lado a *Gerente do Varejo*. Ela está olhando o Relógio Ponto do local onde eu desempenhava minhas funções laborais. Seu olhar fixo me faz rememorar a sensação de desprezo que detinha em relação à sua figura.

O novo episódio de Catalogação não concede tempo para incorrer em reflexões sobre o que ocorrera anteriormente, junto aos corpos nus e à Pera da Confissão.

O reconhecimento de alguém que eu irrepreensivelmente desprezava me toma por completo, e em uma espécie de reviravolta, são novamente minhas *Entranhas* que são colocadas sob a luz investigativa. O Ódio enquanto afeto me preenche novamente. Sou compelido à memória e ao resgate de situações às quais fui submetido, dia após dia, na *Real realidade*.

Lembro-me da morte de Catarina e da obrigatoriedade pela permanência no local de trabalho, a pedido compulsório da referida *Gerente*. Sei que, também, deliberadamente, cheguei mais tarde à minha residência, pois desci do transporte para adentrar a zona de meretrício. *Teria agido da mesma maneira se tivesse sido a mim permitido ir embora quando deveria? Poderia Catarina ainda estar viva?*

Minhas reflexões são interrompidas pelo som estridente desse material, da madeira, vindo de algum lugar. Não me é possível visualizar o elemento em seu formato ou distinguir a origem da qual o som se propaga.

Por enquanto, me recordo.

Não, se eu estou aqui disposto a compreender a *"sonoridade"* dos afetos que atravessam essa nova formação do Poder, não é necessariamente a relação com a *Gerente do Varejo* que me atravessará nesse momento. *Mas talvez algo menor em termos de surgimento.*

Novamente me sinto "olhado" e dissecado.

Tal como o caminho pelo *Círculo Menor*, o trajeto pela *Escuridão* demonstra através de suas cenas a perpetuação de nossa convivência a partir da destituição da nossa capacidade de *conviver*. Passamos a nos habitar em mira da desapropriação alheia. A *Opressão*, enfim, se torna parte de nossas estruturas internas.

293

A Atendente *endividada,* o Homem da Mochila *sem moradia definida,* os ditos Sacrílegos *legitimados ao suplício* e a minha própria vivência anterior junto ao ofício que me acompanhava, de certa forma, dialogam com algo permanente na *Real realidade* que nos toma e nos transforma em progressão.

Sim, de maneira fundamental, sei que o que se passava comigo não denota necessariamente uma *violência* instituída e facilmente detectada como tal, sei também que a desgraça que contempla o *Viver* remonta a uma multiplicidade de existências incrivelmente mais desgraçadas e humilhadas se comparadas com minhas narrativas — *sei de meus campos de privilégio.*

Talvez seja sobre isso que o caminho da *Escuridão* se assenta.

Parte de ações de vilipêndio que não se mostram como tal, que não são simples de ser detectadas, pois coexistem nos diagramas de condução que as tornaram artificialmente naturais. Sem me ater unicamente à verticalidade do *Poder,* me apego às figuras que até aqui se mostraram.

Tentar escapar do que nos assola sem conscientemente saber que, por vezes, tais fugas intensificam as mesmas amarras que pensamos ter abandonado.

Chegar à *Real realidade,* a partir da inversão do trajeto proposto pela *Vigia* — *do epicentro da Torre à existência que eu outrora encampava* —, é me deparar com o sequenciamento que nos interpela à tentativa vitalícia de tentarmos nos posicionar em distinta posição na mesmíssima *Roda* que nos subjuga, e, por assim dizer, desejar também *impor a violência.*

Afinal, é desta maneira que a Real realidade se mantém em seus contemporâneos códigos do *Poder:* o oprimido buscando também sua oportunidade para oprimir, saquear e se apropriar da Vida alheia, de tal forma que nossas masmorras subjetivas se tornem públicas a partir da movimentação dos jogos de governo que se utilizam de nossos ódios e ressentimentos a fim de manter o cárcere liberto, forjado nas encruzilhadas da retaliação.

Não digo que os próprios corpos descartáveis e/ou descartados sejam produtores de suas próprias violências em unicidade, em tom de responsabilização individual — *tal afirmação seria leviana e equivocada.* Contudo, se me disponho à catalogação proposta pelo *Espectro da Torre,* meu olhar se aloca na própria produção desse novo humano: *não mais aprisionado em paredes, mas livre e penitenciário de si mesmo.*

Assim, a *Vingança* é a construção que me guia nesse momento. Pressinto a *Repetição* dessa capacidade a fim de tratar o que também me move: o intuito satisfatório de usurpar essa *Realidade* que insistia em me descartar.

Ouço o som da madeira novamente.

Não, jamais quis a igualdade ou a paz enquanto premissa. Sorrio aliviado, pois não vejo empecilhos em recorrer ao ato de me saborear pelo fato de que desejo destruir o que me empurrou ao limite e à ruptura. A *centelha* que me faltava, ausência esta que fez me auto conceituar como uma carcaça covarde, pode ser exercida por outro caminho, ao menos agora.

Sinto a euforia da suposta *Loucura*, quase orgástica, tal qual o momento de desprendimento do corpo de Catarina. A eminente localização do meu corpo como algo que também pode violar, revidar e impor similar julgo que por tanto tempo senti em fardo, é minimamente sedutora.

O barulho da estaca se aproxima, ainda sem que eu veja a estrutural forma do que bate ao chão.

A ideia de me *Vingar* não se remete a uma pessoa em si, embora representada pela figura de autoridade do ofício que eu tão intensamente detestava, mas um revide sobre o um campo de influência maior que esse feixe de violência representa.

O olhar dos crachás, a humilhação da busca por uma oportunidade de trabalho, o desempenho da inadequação, a função de execrado, a solidão, o testemunhar da descartabilidade do corpo, a fome sentida...

Tais vivências me embalam e fazem com que eu queira incomensuravelmente deter outra perspectiva dessa mesma arena.

Meus olhos tremem e sinto o sangue fervilhar.

Poderia eu me *Soberanizar*? Qual seria o ânimo que me preencheria ao presenciar o sangue e a dor de meus algozes?

Ouço mais próximo o barulho da estaca na madeira. Trata-se do flagelo ao chão de algo pontiagudo.

A Escuridão se colore com uma sede incontrolável que me possui. Quero e preciso ver algo "gritar", como de maneira interna sempre fiz. Mordo meus lábios em tom de satisfação e ojeriza pelo que penso e necessito para continuar essa incursão heterotópica.

À minha frente, a alegoria que se forma é análoga à execução de alguém que *representa massivamente o que sempre me aferrolhou.*

Vejo a *Gerente do Varejo* aos berros.

Não ouço os sons provindos de sua boca ou os ruídos de seu desespero. O tempo e a movimentação de meu corpo se modificam e vejo-me em lentidão, quase que cinematograficamente embelezado por uma inserção física não humana.

Meu balandrau parece suspenso do chão.

Os corpos em fila, que compunham o enfileiramento serial, estão à minha volta. Ao centro, a estaca de madeira cujo som desafiava minha curiosidade servirá para atravessar essa persona que prazerosamente me constrangia em meu dia a dia.

Ela será empalada.

Vejo-me inebriado com algo que se desenrola e que necessariamente deveria me preencher pela repulsa. Me sinto etilizado por esse atravessar do assassinato, do ódio e do que me é possível — *finalmente.*

Teço o início do suplício à minha frente com certo tom de teatralidade. Me desloco do meu corpo novamente e me vejo em terceira pessoa. Olho-me por trás, vejo minhas costas.

O balandrau que visto é magnífico e percebo a cena na *Escuridão.* Desta vez, catalogarei o vil assassinato executório.

Os corpos nus, até então agrupados em uma linha reta e infinita, cercam em roda o espetáculo da dor. Suas talhas numéricas e cifradas parecem concordar com esta tortuosa alegoria. Estão em volta e concomitantemente distantes do objeto amadeirado e pontiagudo.

Ao centro, aquela que elegi como algoz e sacrifício. À sua frente, eu e minhas vestes.

A sacrificada está, tal como os a sua volta, nua.

Ela ruge e eu não a ouço. A sonoridade emudecida de seu desalento é análoga ao sacrifício dos anônimos utilizados pelo *Poder.*

Ninguém há de ouvir nossos lamentos, algo que propicio à martirizada. Sua seviação é necessária e ansiada por mim e pelos demais. *Alguém deve pagar pelo que foi feito de nós.*

Vagarosamente, a madeira pontiaguda adentra seu corpo, originando-se pelo orifício mais baixo, perseguindo a saída superior: *a boca.* Sua urra emudecida é pertinente, pois sua dor não possui a permissão de nos incomodar.

Ela agoniza atravessada por essa técnica. Recordo-me de minhas implosões, das vezes que permaneci faminto, do descarte de minha mãe. Sinto a lentidão da cena como se não ansiasse pelo seu término.

Respiro profundamente em um alto grau de satisfação quando olho o atravessar do instrumental pelo seu despido corpo e a escapada da madeira que encontra os lábios da contungida, calando-a.

Não mais grita em silêncio: *sua execução está completa. Volto a meu corpo.*

Os olhos dos espectadores nus e marcados se abrem.

Formam a audiência necessária para o bárbaro e satisfatório ato.

Sei que não é materialmente a sacrificada em si que ali permanece, agora obituada e prostada na morte. A presença na estaca refere-se ao que, de fato, ela representa em minha narrativa, um avatar do Poder que me e nos conduz.

Me aproximo de seu escarlate corpo: ele pinga gotas hemoglobinarizadas. A estaca a atravessara, a aflição da dor cenográfica atendeu à sua função e ao meu desejo.

A alegoria desaparece. A *Escuridão* se dissipa.

Ouço o som da *Roca de Fiar*.

Vejo-me novamente ao *Topo da Torre*.

(ESPECTRO DA VIGILÂNCIA) — Está de volta ao meu exílio, viajante.

(JUNO) — Sim. O atual *Poder* se mostrou finalmente.

O horizonte de sua contemplação, o *Grande Relógio*, anacronizou a *Roca* de Fiar e sua função nesse mundo. Seu expatriamento não é somente geográfico, você, o *Espectro* da *Vigilância*, está morta em função.

O '*Poder* a tudo corrói, de dentro para fora. A aviso que não conseguirá retomar as rédeas da condução, não sem agir em conluio com essa força propulsora. Está sendo usada em uma secundarização de suas influências. O *Panóptico* está vazio e assim permanecerá. Você, agora, é a bedel de si mesma, isolada, apenas olhando pelo que é ainda lhe é possível: *foi transformada em Pária pela história de nosso mundo.*

O *Poder* a usurpa, mas não divide a maestria por nossa condução e, tal como nós, você se tornou o instrumental de seus novos códigos.

(ESPECTRO DA VIGILÂNCIA) — Não existe a necessidade de me relatar o que viveu, dissecou e autopsiou na *Escuridão* heterotópica, Juno. Estava em sua companhia, aliás, você jamais se evadiu da *Torre*, pois tal como eu, apenas se projetou no espaço dentro do espaço.

E sim, me parece que você pode realmente afirmar a morte de minhas ações de condução. Viu-a de perto, não? Aprazeu-se pelo assassinato, assumo?

(JUNO) — Sim, significativamente.

(ESPECTRO DA VIGILÂNCIA) — Sua ação de julgo sobre minha faceta *Soberana* agora assume outra ótica, não? Percebe a alicantina que sua raça se tornou? Fomenta no que os cerca a necessidade saborosa do extermínio e da supressão.

Consegue compreender agora o que me modificou?

(JUNO) — Pude me banhar nas águas da retaliação. Sei em absoluto que não empalei concretamente alguém.

(ESPECTRO DA VIGILÂNCIA) — Mas se pudesse, o faria?

(JUNO) — Realmente não posso responder a esse questionamento com exatidão ou certeza, tal como a *Roca de Fiar* se pressupõe, creditarei minha resposta na possibilidade de que isso possa ocorrer novamente.

Disse que estava junto a mim? Pôde ver tudo o que se formou na *Escuridão*? Os apetrechos da *Tortura* foram de sua influência?

(ESPECTRO DA VIGILÂNCIA) — Não integralmente obsoleta está a função da *Vigilância* expatriada. Sua arrogância ainda o cega.

Em termos de catalogação, percebo que apresentou elementos importantes para nossa compreensão acerca do *Poder*, algo que colaborará em nossas possíveis libertações. Por agora, gostaria de tecer algumas considerações sobre sua incursão, não em sentido de repeti-las, mas de elucidá-las.

Me aterei ao final, apontando a incompletude de sua recente experiência: *sobre a estaca de madeira e sua figura torturada e executada.*

Vocês se fizeram da dor, Juno, elemento particular de sua espécie, não em sensação de flagelo, é claro, mas conscientemente saber a que a "dor" enquanto constructo, para além da sinalização biológica: em suas mãos ela se espetaculariza, e se declara funcional, não somente pelo corpo que se alarma, mas pela audiência que se forma em seu entorno.

O ato de subjugar é o que os coletiviza enquanto comunidade.

Confesso que apreciei, assim como você, presenciar um empalamento tão bem dirigido: *dramática e poética a cena tecida por você.*

Diferentemente de minhas sugestões circulantes, você atua e conduz a *Roca* de Fiar por suas experiências concretas: *transformando-as em interessantíssimas alegorias*. Dialoga com seu velho mundo, instaurando narrativas outras para contar as mesmas coisas, por invertidas óticas, caminhando em camadas.

É evidente que não se tratava da mesma figura que lhe acompanhava em sua Real realidade diariamente. Ela ainda lá permanece, desprezada e aprisionada na mediocridade de seu ciclo.

Mas você há de concordar comigo: a alegoria estética da execução montada por você é em si suficiente, pois se trata do seu desejo por ver o grito abafado, o sangue jorrado e a vendeta cumprida.

É a própria *Vingança* o fio condutor da cena, independentemente de quem a compõe, seja de maneira cenográfica, cínica ou real, o que me interessa é a sensação guiante do que foi tecido por sua vontade.

Mas não desejo refletir diretamente acerca da reconstrução de sua cena de retaliação, mas sobre o que se passa em suas entrelinhas. Perceba que a vanguarda revolucionária não está nas mãos do *maniqueísmo,* tal como já acordamos, mas alocada nas vistas das *possibilidades,* inclusive da livre escolha pelo extermínio, optada por você, em seu último ato pela Escuridão.

É preciso que você dialogue com suas barras prisionais, internas ou não, a fim de livrá-las do berço do "não dito" e de sua fisionomia naturalizadora. Pois afinal, é sobre a natureza humana que nos debruçamos em nosso longo caminho: *aquela que me aprisionou ao Topo da Torre e aquela que o fez romper com a Real realidade e aqui chegar.*

Você se fez como ator principal do suplício. O dito *oprimido* afinal foi premiado com a escolha, com a condução, e em qual lócus você decidiu se lançar? Viu o que pode individualmente e autonomamente tecer, Juno? Percebe o quão gratificante se mostra o ato de *Vingar-se* de seus subjugadores?

Você imprime em sua pele a mais pura das contradições.

Não age como o arquétipo salvacionista que retorna ao cativeiro com o objetivo de libertar os reféns que ficaram para trás. *Você, ao contrário, os suplicia*, pois sabe que já estão terminalmente contaminados e alastram, a partir de seus corpos, a metástase da devastação.

A Roda da expropriação não se finaliza com seu movimentar, mesmo que egoisticamente você persiga sua *Libertação*, ela não virá da maneira a qual se espera, pois o *Grande Relógio e o Poder* se fortalecem a partir do ressentimento que o constituiu e que a partir também de você, se dispersa e continua a tecer a *Real realidade*.

Você ainda funciona como engrenagem viajante, mesmo aqui, mesmo depois de tudo o que percorreu.

(JUNO) — Parece que me guia para refutar minhas indignações a respeito de suas ações. Quando *Soberana*, construiu para si a *Catacumba dos Esquecidos* e sugestionou o *Poder* de fazer morrer a todos nós.

Quando *Vigilância*, nos catalogou em nossas anormalidades, nos aprisionando no *Panóptico*.

O que deseja de mim, afinal? Que eu assuma similares posicionamentos?

(ESPECTRO DA VIGILÂNCIA) — Seu corpo detém outros vestígios do *Poder*. Diferente dos demais, você *"Vê"* a *Real realidade* pelo que ela simplesmente é: *uma geografia em pedaços*.

A responsabilidade pelo que se tornaram e a impossibilidade de dividir esta carga ou atribuí-la a alguém, fatidicamente continua a *Enlouquecer* os andantes catatônicos do seu mundo, enquanto você cá está: *percorrendo, escolhendo e também, de certa forma, conduzindo*.

Sua raça destruiu o próprio solo que pisa e isso, além de qualquer coisa, é a mais dura execução que a vocês se recai: *o peso do que fizeram de si*.

Quão ardilosas, quão invejáveis são as novas tecnologias da condução de seus iguais. Digo que me sinto convidada a aqui permanecer na tentativa de domar essa *Força* representada pelo *Grande Relógio*.

Todavia, vejo-me agora mais próxima do que um dia fui: *a personificação da Razão*, e acima de tudo, primo pela minha escapada do constrangimento que é habitar a mesma realidade que a Humanidade. *Necessito vê-los ao longe, para finalmente me reencontrar*.

Por agora, ainda existem lacunas a serem preenchidas. Seu trabalho de catalogação está incompleto e é necessário que você retorne à *Escuridão* heterotópica mais uma vez.

Sua carne possuída pelas tecnologias de condução são os instrumentais para que eu compreenda o *Grande Relógio* e possa guiá-lo para sua, ou talvez nossa, permanente salvação.

(JUNO) — O que especificamente deve ocupar meu olhar de atenção desta vez?

(ESPECTRO DA VIGILÂNCIA) — Aquilo que o levou a sonhar com o *Grande Relógio e com o Poço*. O efeito da expropriação dos corpos e seu inevitável descarte.

Neste momento, não falaremos mais em autópsia, mas sim em uma exumação. Você olhará pelos olhos de Catarina, em uma antropofagia zumbi da *Real realidade*. O corpo vegetativo e aprisionado será seu próximo transporte e, a partir disso, poderá decidir o que sua Realidade *merece de fato*.

(JUNO) — Ver novamente minha genitora não me parece ser uma simples tarefa.

Após essa última incursão, penso que seja o momento de nos desencontrarmos e buscar tecer um fim para esse processo. Retornarei à minha existência anterior.

(ESPECTRO DA VIGILÂNCIA) — Como queira, Juno.

Se assim decidir, digo que aqui permanecerei, ainda o olhando, até que a profecia do despojo de seus restos não funcionais se concretize. Aqui estarei sempre à espera de novos viajantes, que poderão, eventualmente, decidir por outro caminho que não o retorno *ao sacrifício e ao empalamento não mortal e contínuo da Real realidade*.

Em relação a Catarina, afirmo que você não irá vê-la ou conversar com ela.

Espero que aprecie.

(JUNO — em pensamento) — Antes que eu possa questioná-la, o instrumental que tece os fios da existência se propaga, novamente me envolve e transporta-me.

Evado-me da Torre em direção à última *incursão heterotópica*.

301

TAXIDERMIA
CANIBAL

Vem sendo comum que, ao me movimentar pelos *Espaços*, eu tenha certo momento contemplativo. Isso ocorreu quando avistei novamente a *Real realidade* e em seguida o horizonte do *Grande Relógio*.

Agora, me encaixo novamente nessa fenda de peregrinação pelo Tempo e permaneço somente comigo. *Estou de olhos fechados e nada sinto.*

Por vezes me canso pela caminhada constante: meu dia a dia em *Repetição*, os *Delírios*, o *Círculo Menor*, as *Catacumbas*, a *Torre*, a *Escuridão*, buscando a refutação desse meu inevitável destino.

As nuances do *Poder* e de nossa formação subjetiva mostram, pouco a pouco, que talvez não exista uma saída que possa ser identificada magicamente ou que abra as comportas de nossa salvação. Repleto de detalhes e subjacências, os atalhos que sigo não fazem emergir estradas únicas, mas bifurcações multicosturadas. Inexiste a opção literal de redenção ou de lançamento ao abismo — *entretanto, não importa o percurso que se escolha, é sempre o horror a ênfase maior de nossas ações e a caraterística delineadora de nossa espécie .*

Quem sabe a delonga pelo nosso perecimento seja condizente com a lógica executória da *Soberania: posicionamos a nós mesmos sobre o Cadafalso*, nos engatilhamos ao *Garrote* e nos deliciamos em nossos *Empalamentos*.

Sem ar, pelejando pelo viver e sangrando a terra que nos sustenta, vejo-nos em estado terminal de atuação, em gladiação pelas últimas tomadas de ar, nos agarrando em cadáveres afogados pela busca passageira de alguns instantes a mais de sobrevida.

Não há salvação: para mim e para ninguém.

Por agora, me sinto descansado, aflito e entregue. Seria uma conjunção afetiva promovida pela Roca de Fiar? Mais uma etapa dessa catalogação de nossos destroços?

Sem compreender muito bem onde estou, não me percebo em alerta, ao menos não como antes. A claridade do olho que vai lentamente se abrindo mescla e nubla o ambiente em grandes borrões sem forma.

Não mais me encontro na completa penumbra: *a única mudança que identifico de imediato.*

Ouço um som compassado e contínuo.

Não consigo me movimentar: *aparento estar amarrado.*

Escuto minhas batidas cardíacas em sinergia a um conhecido som artificial ainda não discernido. Vagarosamente, a paisagem vai se mostrando: *estou em uma casa, deitado em uma cama.*

Não consigo aferir qualquer movimento, levantar a voz em questionamento, quem dirá caminhar para desbravar. Meus olhos abertos não se mexem, o que faz minha mira ocular ser fixa involuntariamente. Vejo um teto em luminosidade precária — *não sinto a brisa de nada, apenas o ar viciado de um cômodo fechado há muito tempo.*

Experiencio minhas veias sendo invadidas por um líquido anestesiante. Sua função é para que eu não sinta demasiada dor. Sinto meu corpo enrijecido, áspero e inóspito. Tenho feridas que se alastram, as ouço arder.

Olfato o odor de uma carne em putrefação: *fedor que se origina da minha própria pele.* Alguém conhecido, mas não reconhecido, me movimenta aparentando efetuar certo cuidado: *sua ação brusca me incomoda, a pessoa me agarra vorazmente em um ato automático, não fazendo contato ocular.*

Me coloca a sentar, contudo, encostado em um pequeno assento para que eu não penda para os lados — existe algo que impede que eu caia.

Continuo sem controle sobre meus membros, apenas respirando com dificuldade.

Algo quente escorre pelas minhas pernas: *estou urinando.*

Firmo o olhar em arrelia pela extensão do cômodo que me acomoda.

Vejo, agora menos nublado, o canto extremo de onde me localizo e permaneço imóvel, imundo e assustado. Aos poucos, tenho sucesso em enxergar um objeto familiar: *trata-se da caixa de costura de minha genitora.*

Estou em seu dormitório, deitado em sua cama.

A última etapa da catalogação etnográfica não pode ser titulada propriamente como uma autópsia, pois me encontro, a partir da fissura heterotópica, inserido na própria morte do seu corpo em vida: *vendo-o e sentindo-o por dentro — posto a experienciar esta casca inútil em termos de função produtiva.*

303

A *Roca* de Fiar tece e promove uma necromântica inserção antropo-fágica: *fez-me ser absorvido pelo corpo em defunção de minha mãe.*

Fui canibalizado pelas suas funções motoras ou a possuí, frente à concepção judaico-cristã de Legião? Quem sabe assumi a função es-quelética própria dos mortos empalhados? Catarina agora seria um porco possuído, à espera do precipício que inauguraria sua morte, ou um organismo consonante ao Espectro da *Vigilância,* que faz com que suas crias retornem ao seu ventre?

Uma nefasta experiência.

Preciso me acalmar e adentrar o processo sugerido pela *Roca* de Fiar: sentir e catalogar, para que me veja livre da prisão que se tornara este corpo, encarceramento que agora me abriga.

Alguém, a mesma pessoa que me posicionou sentado, me olha e diz: *"Mesmo persistente, ainda abre os olhos. Estranho".*

Permaneço ali e à espera.

Se vejo Catarina através de seus olhos, então supostamente deve-ria estar em estado profundo de adormecimento, um sono-vigília o qual me manteria distante dos reais acontecimentos e da prisão da longevidade artificial. *Não é desta maneira que essa incursão ocorre. Tudo me acomete, mas não posso me movimentar, falar ou esbravejar. Es-tou estático.*

As horas passam. Meus braços coçam, continuo a fitar o mesmo pe-daço de parede e a caixa de costura. Introjeto pílulas, adormeço e não sonho. Acordo com a sensação de algo extremamente incomodativo: *evacuei em minhas fraldas geriátricas.*

Ouço a lamúria de quem detém a responsabilidade de me aferir cui-dados. Ela abre a janela com o intuito de que o ar circule. Ouço suas palavras de maldição. Experiencio o fardo de corporificar o papel de estorvo de um corpo morto que persiste em respirar.

Mais comprimidos.

Me alimento por uma sonda, não consigo sentir a textura alimentar, seu real gosto, que agora apenas funciona para que que não desfaleça por condições clínicas análogas à negligência. Sinto-me grato por não passar fome, não mais.

Me recordo do vocábulo *Persistente,* ouvido anteriormente. Este des-fecho é sofrido, humilhante e ainda necessário aos olhos do cuidado. *A que eu sirvo, me pergunto?*

Avisto novamente a parede do quarto e me recordo da vida andante, operária e expropriada. *As memórias de Catarina se tornam minhas e ando, agora, por suas lembranças.* Perco a habilidade de conduzir meus pensamentos. Rememoro um dia qualquer. Não sei dizer se diz respeito à minha história ou não, estou confuso frente a esta imersão.

Vejo a cena em primeira pessoa — *sua mão enrijecida me chama a atenção. Estou em seu corpo e a memória pertence* à *minha já falecida mãe.* É ela que se lembra, tendo-me agora como espectador.

(MEMÓRIA DE CATARINA) — Ela está retornando à casa do riacho, chegando ao casebre junto ao fim do dia.

Andava pelo barro, pois chovia naquele fim de tarde. Carregava em seus braços uma sacola de papel contendo pães amanhecidos, que seriam descartados pelos chefes em seu ambiente de trabalho.

O transporte coletivo pego há pouco não detinha ponto próximo da residência. A caminhada se fazia longa. A chuva forte ensopou a sacola de papel e os pães foram progressivamente se encharcando.

A lama, condizente à geografia não pavimentada, a faz tropeçar.

Machuca-se. Seus pertences se espalham e se sujam. Ela se levanta e inicia um descontrolado choro.

Vejo-a caminhar. Se lembra de mim, do filho. Caminha e chega finalmente à sua morada.

Tal cena mnemônica a faz reviver a sensação de utilidade, o papel de mãe e de responsável atribuída à sua *Vida.* Longe de alicerçar sua individualidade ou totalidade enquanto pessoa, após meu parimento, somente seria reconhecida por quem havia gerado. Ser mãe ou genitora era o que a definiria no porvir.

Deitada sem conseguir se mexer, lembra-se da chuva, agora que sente sede.

Recorda-se do pão, agora que não pode deglutir.

Rememora-me e me aguarda adentrar a sala ao fim do dia.

Ouve diariamente o barulho da chave que tento virar sem que incorra em ruídos maiores. Me segue pela sua capacidade auditiva preservada. Percebe meu lamento, minha exaustão e sabe, por consequência, que desejo que ela se vá.

Os dias continuam.

O Ódio passa a devastá-la.

Requer o desprendimento da carne, mas as medicações e o aparato sustentam sua dita *Vida*.

Evacua e urina, se alimenta pela sonda e olha permanentemente para onde é direcionada. Mais um dia se finaliza e ela, minha mãe, permanece deitada e imóvel.

Ao próximo dia, sente as escaras intensificarem. A pessoa brusca a vira. Tece as limpezas necessárias. Novamente esbraveja. Catarina percebe o fétido odor lhe corroer por dentro.

Evacua novamente. Urina outra vez, e aguarda a minha chegada.

Neste dia, percebo que não adormeço junto ao seu corpo vegetativo. Enfim, atinjo algum nível de separação do Corpo Vegetativo e passo a ter algum controle nessa imersão.

Faz-se emergente a possibilidade para que eu conjure a catalogação necessária que me faça evadir essa exumação antropofágica e profana e finalize esta passagem heterotópica.

Mediante seu sono-vigília, consigo adentrar meus próprios pensamentos e tecer a análise necessária para que enfim finalize essa incursão.

E sei, sem problema algum, por onde tecer essa reflexão.

Pela longevidade.

Ela, Catarina, sabia que existia algo de errado com o padrão *Repetitivo* de seu dia. Orientava-se pela noção de que sua miserabilidade não poderia ser dada como natural, mas, sobretudo, era fabricada para que a zona florida de nossa cidade pudesse continuar colorida e abastada, em detrimento da zona acinzentada e amadeirada em que habitávamos.

Costureira como sempre foi, vivia de retalhos do que a *Vida* a proporcionava, e por esta razão, exasperava-se. *Emudecia-se* quando permanecia em nossa casa, pois não coexistia em seu corpo a energia suficiente para despender igualmente em todos os âmbitos os quais era obrigada a adentrar e performar suas obrigações. Escolheu implodir em si ao desempenhar o papel da pobre funcionária, amarrada ao seu estranho filho.

Em grande parte de sua existência, não sentiu a textura alimentar, pois não tinha o que ingerir. Foi despejada da casa do riacho.

Antes mesmo de adentrar o estado vegetativo do corpo, foi sistematicamente conduzida, olhada, e milimetricamente ordenada pelas tecnologias de governo e governada pelo *Grande Relógio*.

Suas mãos sofreram com a cronificação dos nervos. Tornou-se dependente.

Sinto que ela age em conluio ao pensamento que agora me atravessa. Sua última soprada de ar fora endereçada ao projeto que a *Vida* lhe proporcionara e, fatidicamente, a sentenciara.

Ouço novamente seu pensamento. Vivencio outra cena emprestada. A música toca. *Making Believe, de Ray Charles.*

Ela está encostada na janela, como me lembro. Fuma seu cigarro enrolado e apenas ouve a canção.

Não se trata de nostalgia, consigo sentir agora.

Catarina se conecta com a mais pura apreciação: *sente e saboreia o momento, não se projeta no futuro ou rememora nada.*

Olhando as pessoas passarem e o riacho correr, Catarina fuma, se encosta e se envolve na composição. *Estava feliz.* Sinto, através de seu corpo, algo que talvez jamais tenha vivenciado, ou se o fiz, não percebi.

Meus olhos se fecham e a cena cessa.

Sinto-me evadir da necromancia heterotópica.

Retorno ao *Topo da Torre* e vejo novamente o Espectro da *Vigilância.*

(ESPECTRO DA VIGILÂNCIA) — A *Escuridão* foi finalizada, Juno, assim como nosso caminho *Inverso*, do seu *Tabernáculo*, o centro de sua suposta *Loucura*, à Real Realidade. O fechamento de nosso trajeto em reverso foi esculpido em seu desenlace, por uma de suas memórias, a partir do olhar de sua mãe.

(JUNO) — Catarina fora feliz.

(ESPECTRO DA VIGILÂNCIA) — Por breves instantes, mas sim. Em algum momento ela pôde experienciar esse afeto jamais sentido por você. Fora do julgo, esvaída da expropriação, ela construiu para si uma fissura da *Real realidade*, resistindo a partir de suas singulares possibilidades.

(JUNO) — Por qual razão fez-me passar por isto? Para vivenciar a descartabilidade do corpo e me fazer aqui permanecer? Um engodo para que eu decida por não retornar ao meu mundo?

(ESPECTRO DA VIGILÂNCIA) — O descarte do corpo é um dos pontos que o trouxe até aqui. Você sabe disso, mas não foi esse o foco dessa última imersão.

O que fiz, ao promover a junção de seu corpo com o de sua mãe, foi apenas com o intuito de que você pudesse experienciar alguma sensação que não a da eterna depreciação e desalento. Mesmo que de maneira *Efêmera*, o ofereci o assombro da completude, tão negada a ambos: a você e Catarina, em suas *Vidas* na *Real realidade*.

(JUNO) — Acha essa brevidade de apenas um momento suficiente? Frente à *Vida* repleta de estilhaços e danos? Acredita realmente que isso satisfará ou satisfaria alguém?

(ESPECTRO DA VIGILÂNCIA) — Seu aventurar-se acompanhou o processo de desbravamento das vísceras do mundo, Juno, a fuga não é literal ou inteiriça, jamais haverá de ser e seu percurso nunca se tratou disso, não frente ao novo *Poder* que os assola.

Na Real realidade, você decidido ao escape passa a buscar a *Diferença* na *Repetição* e vê o casulo do aprisionamento na reiteração de atos e fatos. Acha no conceito de *Loucura dos Homens* a forma de tecer sua pessoal fuga, estabelecendo como *Oráculos* intermediadores dois corpos desprezados pelos cânones sociais: *a Senhora das Latinhas e o Homem das Moedas*.

Em seus até então supostos *Delírios*, consegue reescrever seu cotidiano e expor, de certa forma, questões suprimidas pela obrigatoriedade de performar seu *Eu* funcional: seus *Devaneios* são imersos no sangue, na morte e na profanação, e o ato de revirar suas *Entranhas* a partir do que chamou de *Alheação* nada mais era do que respiro que necessitava.

Já ao *Círculo Menor*, encontra a autópsia de suas *Verdades* guiantes. No encontro com os *Espectros* compartilha em exames as maneiras com as quais fora enganado durante sua breve existência no mundo que determinou como *Real*.

Na *Torre*, pôde presenciar a criação do mundo tal qual conhece e compreender que o *Poder* os circula e se modifica na história. Evadiu-se de minhas mãos, e assim, tratamos de tentar compreendê-lo, para que talvez pudéssemos ser *Livres*, tanto eu quanto você.

Na *Escuridão*, você retira a onipotência de seu vangloriado olhar analítico e visa compreender o seu mundo por distintas óticas. Faz morrer o corpo meramente indignado de outrora e percebe que os mecanismos de condução são abrangentes, ilimitados e jamais dormem: *você dilacera o que preencheu seu dia em Repetição* e, assim, passa a entender as figuras que compuseram esse ciclo compulsivo que tanto desprezava. Se diverte com a possibilidade *Soberana* ao empalar a representação de sua própria opressão e saboreia o momento.

Por fim, sente em seu íntimo o que é se desvencilhar, ao menos por alguns instantes, do processo de análise do que permanece ao seu redor. Interno ao corpo vegetativo de Catarina, sente a inalação do tabaco, encosta-se sob a janela e se regozija.

Não vê, viajante? A *Diferença* enquanto resistência é curta e findável, mas é em sua relevância pela intensidade e não pela duração, a chave para a própria subversão ao *Poder*. Por mais que tenha se debruçado sobre seu dia a dia na Real realidade, foi somente adentrando a casca de sua genitora que pôde vivenciar em que essa assimetria cotidiana realmente se assenta.

E para além do revelado, digo que não sobreviverá se retornar.

A peregrinação, desde sua origem, foi traçada em um caminho sem volta.

(JUNO) — Sei o que acontecerá comigo caso regresse. Mas o que me espera aqui, em contrapartida? Por qual razão me trata dessa maneira agora? O que se modificou? Vejo-a surpreendentemente mais calma.

(ESPECTRO DA VIGILÂNCIA) — Gradualmente, mediante nossos extensos diálogos, venho corporificando novamente a forma que um dia possuí — *a da Razão*. Você funciona como o arauto de minha *Liberdade* procurada. Me conteve em minha dispersão, e por isso agradeço.

Observei o que catalogou na *Escuridão* e sei agora o que acontece em seu mundo: os efeitos deste novo *Poder* que a tudo toma e transforma. Tenho a mais absoluta certeza de que não posso manejá-lo.

Todavia, concordo afinal com uma de suas análises: esta narrativa que nos acompanha é a mais profunda exegese do lamento — *pela morte circunscrita de nossas certezas, e pela tomada de sabedoria sobre a artificialidade do que nos corrompe.*

Contudo, vejo ao longe, ainda, o cerne das *possibilidades*.

Certa vez você me questionou acerca do *Poder* e de sua condição inescapável.

Deixe-me retornar sucintamente sobre sua indagação.

Não vejo que vocês, andantes da Real realidade, devam permanecer eternamente encurralados frente às tecnologias de condução que os movem pela história, e não digo isso calcada em uma posição frágil e vazia de esperança em seu mundo. A sugestão de um momento de completude, vivido através do corpo de Catarina, me remete ao contra fluxo necessário, que retroalimenta o *Poder*, ao passo que o combate.

De maneira secular, fui impedida de confrontá-lo, pois tal como você na *Real realidade*, me tornei parte de sua engrenagem, exilada na *Torre*. Quem guia as teias da condução deve, em primordialidade, também primar pelas sugestões de resistência. Algo que me foi impossível, durante longo período.

Existe escapatória, Juno, a partir do tecimento de versões mais brandas do *Viver*. Porventura, a intensificação das brevidades do instante os quais nos sentimos menos açoitados há de ser, também, uma alternativa. E isso, nem de longe, deve ser considerado delegado autonomamente às *Vidas* usurpadas da Real realidade, em uma espécie de busca individualizada e responsabilizadas, mas sempre e eternamente, sugestionada por quem comanda a *Roda*.

O tabuleiro da existência deve ser manejado com calços que diminuam sua velocidade executória, oferecendo, para quem nele se aloca, condições de busca por um refúgio dessa guerra que detém vocês como protagonistas, e eu, até então, enquanto condutora.

Por isto, é necessário *Lembrar*, Juno — *algo que você faz demasiadamente bem.*

Sua humanidade necessita jamais esquecer o que fizeram de si mesmos, para terem a mínima chance de perdurarem e de prosperarem. O novo *Poder* funciona como um componente químico que contribui para que o dia a dia seja *Esquecido*. A descartabilidade da *Dívida* comum, de uns para com os outros, acompanha as relações de despojo, e seguem negadas em termos de existência.

Vocês refugam sua história, assim como enjeitam o ato de *Lembrar*, rejeitando as incumbências que devem deter uns para com os outros. Não há crítica, não há ponderação, pois a sobrevivência canibal que assassina os mais fracos, mantendo a carcaça de alguns, foi eleita como paradigma a ser seguido. O horror é jogado ao lado, depositado ao canto e jamais revisitado.

Vocês devem, assim como eu, *Lembrar* o que um dia foram. Presas desse mundo, e não predadores de sua própria espécie. A resistência ao *Poder* de vigência se localiza na singularidade da *Vida*, e não em sua superestrutura.

Na *Experiência e no experimentar* de outras sensações, não originalmente inéditas, mas factualmente *Esquecidas*. O dissolver das estruturas de dominação que os fazem *Ingerir* seus semelhantes deve ser tirado da *Escuridão* heterotópica e jogado nu ao mundo que os devora. Tudo, e absolutamente tudo, está vinculado à *Amnésia* que os acomete. A humanidade se esqueceu de suas fragilidades ao se ver no topo da pirâmide.

Talvez o adoentamento que os corrói já tenha sentenciado milhares, milhões de corpos andantes, e a eles já não existe mais escapatória. Mas os que virão poderão ser sugestionados por outras formas exis-

tenciais, menos rígidas e arraigadas nos preceitos de eliminação, que se tornaram naturais em sua teia de convivência.

Digo isso, pois vivenciei há pouco tal experimentação.

A característica *Efêmera* vista na exumação da pele de sua mãe me retirou do cárcere da *Vigilância*, Juno. Algo se modificou em mim e sei agora que devo nos levar ao início deste *Ciclo — tanto do meu, quanto do seu. O local o qual tudo se iniciou.*

Afinal, devo tentar conceder a você a possibilidade e a capacidade de enfim se *Lembrar*, e finalmente conhecer a *Quinta Verdade* que o separa de sua verdadeira *Eclosão*.

Devemos retornar à casa do riacho, pois existe algo a ser desvendando e que comporá nossa última tratativa.

Venha, Juno, é o momento de desfecho dessa sua longa peregrinação.

(JUNO — em pensamento) — Aceno positivamente com a cabeça. Exaurido, não possuo forças para continuar nosso diálogo.

Olho ao redor e coloco minhas mãos ao rosto. A agonia me toma.

O que teci para me desvendar está por se finalizar. Sinto meus olhos pesados e meu corpo é outro: pela íris, pela respiração, pelo fel que toma meus lábios e pela agonia por não acreditar que existam saídas possíveis.

O preço pago por saber as *Verdades* a mim apresentadas é a própria condição de *inescapabilidade*, sendo assim, não há como concordar com a outrora *Carcereira* de que nossas condutas de massacre possam ser resolvidas, sequer atenuadas. Não me é possível, ainda, que acredite nessa possibilidade. Contudo, não incorro ao debate ou a tensionamentos quaisquer. *Chega, estou farto, espero e aceito o que for feito de mim!* Apenas sei que não hei de retornar à Real realidade, pois não existe a que regressar.

Enquanto teço essas últimas considerações, a *Roca* de Fiar articula seus derradeiros fios e somos envolvidos pela sua já extenuada *Força* incandescente.

O transporte a esta última cenografia acompanha a morte do que restou do *Círculo Menor.* A prisão *Panóptica* cai em ruínas, assim como a *Alta Torre.*

Ao momento seguinte, retorno ao local e *Tempo* do meu nascimento. No instante exato da *Eclosão* das *Efeméridas.*

Realizo os últimos passos a serem dados.

Retorno ao início do ciclo da expropriação que resumiu minha *Vida*.

O *Eco* do meu final. Resta a mim continuar.

311

NASCIMENTO

Volto à casa do riacho.

Regresso ao meu nascimento com a *Vigia* ao meu lado.

Pisar nesse solo é minimamente estranho. Parece-me profano desbravar e reviver o *Tempo* que, pelos crivos da *Real realidade*, não seria possível de ser atuado por uma segunda vez.

Me sinto enfurecido ao rever esse território e essas pessoas, já muito provavelmente *Esquecidas* pelo *Tempo* do *Grande Relógio*.

Caminho ao redor da casa de tapume em que morávamos. Sinto saudades dessa época na qual a infância, de certa forma, me protegia da aridez que viria a me encontrar. Não desejo rever minha mãe, não desta vez. Adentrar seu corpo em estado vegetativo fez-me perceber que ela não mais existe, não importando as múltiplas fendas que a *Roca* de Fiar possa ter aberto.

Acredito que a outrora *Carcereira Vigilante* apenas deseja ser *Liberta* às custas das memórias que trago comigo. Me sinto derrotado pelo caminho do *Círculo Menor* e arrastado à verdadeira *Loucura* após este enfermo percurso feito por mim. A incursão necromântica frente ao Corpo Vegetativo me trouxe um certo desequilíbrio e uma tirania que desejo atuar.

Deter a certeza da amplitude da *Dominação* de maneira alguma me serviu como atenuante, apenas agravou a racionalidade prisional da *Vida* em si, algo que me convoca substancialmente a *Ira*.

Sinto a intensa vontade de chorar, gritar e desaparecer. Todos que fantasmicamente aparecem nessa última imersão, aqui na casa do riacho, foram absolutamente dizimados por esta *Força* regente. Algo que também não teria sido possível se não nos dispuséssemos à estrita colaboração para o massacre de nosso uso.

Não consigo identificar somente a personificação de vítimas nos rostos destas pessoas circulantes, sequer penso desta maneira sobre mim ou o *Espectro*, seja lá o que ela represente nesse momento. Sinto que de nada adiantou esse peregrinar, a construção de meu santuário de fuga ou a dissecação existencial que me assolou. Estou terminalmente modificado e a perspectiva combativa interna a mim já não mais parece suficiente.

Por agora, revejo a narrativa de minha vinda a este mundo.

Estou ao lado da janela onde as pessoas aguardam o *Nascimento* da inesperada criança. Sinto os gritos do parto de Catarina que viria, em um futuro próximo, vegetar, e imóvel na cama, desaparecer.

Me desespero ao perceber nas faces daqueles sacrificados o gosto da esperança frente ao desconhecimento. *Serão todos empalados, de um jeito ou de outro.*

As pessoas correm em alegria, atraídas pelos berros do desespero provindos da gestante precarizada que tenta expelir o que gerara em seu ventre. Estou prestes a chegar à *Real realidade*, em forma infante, para viver distintas versões da *Fome*.

Lembrar? O que isso me trouxe?

Ela, o *Espectro*, vê, enquanto possibilidade de escape ou resistência, a capacidade de que não nos esqueçamos de nada. Não percebe a maldição que isso provoca à carne usada? Vejo o *Espectro* ao canto, também como espectadora. Ela, a até então *Vigilância*, me olha, penalizando-se, enfim, pela minha condição de *Enlouquecimento*.

(ESPECTRO DA RAZÃO) — Entendo o que passa nesse momento, Juno. Senti sensações próximas às suas, que me levaram a atuar de maneira *Soberana* sobre as *Vidas*, aniquilando-as. As *Verdades* sobre a faceta humana são impossíveis de serem introjetadas sem que sejamos esquartejados. Seu corpo jamais sairia ileso dessa jornada.

Finalmente vejo que *Enlouqueceu*. Conseguiu o que sempre quis, viajante, e talvez não existam significativas *Revelações* tecidas por mim que o façam se redimir desta crença na agora *Insanidade* que o adentra e o transforma.

Tal como eu um dia ansiei, você requer o sangue dos já sacrificados corpos subjugadores em uma ação cega de justiça pelo que vivenciou e pela maneira o qual fora usado. Entretanto, lembro-me das maneiras com as quais colaborou para que eu me encontrasse, assim sendo, deixe-me pela primeira vez, tentar ajudá-lo. Já há tempos não me é possível tecer a sugestão da *Razão* e me encontrar com a *Força* motriz que me trouxe a este mundo. Talvez este momento seja a oportunidade para que, pela primeira vez, eu possa *Olhá-lo* sem a intenção de dominá-lo.

A proximidade com a memória de Catarina e a destruição de meu *Exílio* me proporcionaram o reencontro com o que em mim havia sido suprimido.

Assim sendo, deixe-me guiá-lo por esta última imersão. Pois a partir dela, Juno, poderei lhe mostrar que encontrar a *Loucura* jamais fora condizente ao escape e à fuga da *Real realidade*, mas sim condizente à necessidade de permanência, aqui, no mundo dos *Espectros*.

313

Para início, digo que entendo que esse sujeito da atualidade deva perecer, mas em continuidade, outro deverá ocupar seu lugar, em plena substituição. E tal como a *Repetição* de seus dias, o ciclo para modificar essa conjuntura exploratória recai nas maneiras as quais ele será conduzido e destituído, paulatinamente, de sua ânsia por governar.

Todavia, não pense que essa *Força* que agora os rege, esse *Poder*, irá desaparecer e a utopia de uma existência dissolvida de conflitos irá magicamente emergir. Isso por si só seria uma falácia, e contradiz aquilo que a humanidade deseja para si.

Mas o que fazer desse mundo no bojo de suas possibilidades plausíveis? Essa é a pergunta que lhe faço.

E por esta razão, mesmo que você não consiga acreditar de imediato em minhas verbalizações, peço para que se *Lembre* da sua primeira *Alheação*, que ocorrera aqui, na casa do riacho, no exato momento em que nasceu e chorou pela primeira vez.

(JUNO — pensamento) — Por uma última vez, meu corpo sente a influência do *Delírio*.

O ambiente se transmuta em tom acinzentado, como ocorrera em todas as oportunidades anteriores. *O foco de atenção é o riacho.*

Olho à direita e, tal como fiz quando nasci, atravesso a presença dos curiosos que me recebiam a este mundo e vejo minha versão recém-nascida, ensanguentada e imersa em vérnix caseoso. Pequeno, atônito e traumatizado, não pelo parimento em si, mas pela primeira visão que me esperaria.

Os fios da *Roca* de Fiar que nos trouxeram a esta montagem do passado, tecem, em seu último suspiro, o *Delírio das Efeméridas*.

As tramas estão ligadas ao corpo da criança que um dia fui e, em extensão, associadas à cenografia das *Efêmeras* criaturas em *Eclosão*: revoavam e se debatiam ao solo supliciando por mais alguns segundos de *Vida* nesta terra devastada.

Percebo, ao revisitar a casa do riacho neste referido espaço temporal, que nenhuma daquelas pessoas pôde acompanhar o ambicídio da natureza, pois ele, na verdade, jamais existiu: *ninguém olhou ao céu ou cessou sua rotina frente ao correspondente evento. Nenhum inseto alçou voo, a não ser em minha projeção Delirante.*

Vejo minha anterior forma incorrer aos prantos, ainda no colo da parteira. O *Devaneio das Efeméridas* fez-me ser marcado pela eterna capacidade de *Lembrança,* provinda deste estado alucinatório ao nascer.

E por esta razão, lembrei-me de quase tudo durante o desenrolar da existência que me aguardaria.

As narrativas que aqui me trouxeram refazem meus passos e os fios da *Roca* de Fiar desenrolam sob meus olhos esta recente trajetória transtornada. Mostra meus passos em acelero, como se quisesse me mostrar a grande *Razão* de tudo.

A *Latência,* a partir dos laudos e da *Vigilância* dos crachás. A busca pela *Eclosão* através do *Onírico.*

O contato com minhas *Entranhas* e a decisão por *Enlouquecer* para escapar.

A *Repetição* e os Oráculos da *Diferença.*

A morte de *Catarina* e a andança pelo *Círculo Menor.*

O encontro com a *Vigilância.*

E por fim, a *Ruptura* que sempre busquei. Não pelos crivos mundanos da *Sanidade* dos homens, mas pelo Ódio que agora me adentra e me faz neste mundo transcendente desejar permanecer.

(ESPECTRO DA RAZÃO) — O *Poder* se acoplou a você, Juno, e de maneira distinta dos demais. Tentou anestesiá-lo para que esquecesse, mas isso jamais ocorreu de fato — o usando em caráter violento, humilhante e depreciativo, entretanto, a *Dívida* sobre esse mesmo empréstimo sempre por você foi cobrada.

A cada nascimento e a cada pessoa, a sentença é a marca já dada, e a sua ocorreu aqui, ao *Nascer Insano.* Sua memória seria seu martírio e, aos poucos, o espetáculo do uso dos corpos seria desnudado por essa capacidade adquirida em seu nascimento. Você necessitava ser contido, algo que eu, a *Vigia,* não poderia permitir.

Veja, viajante, ao fim, consegue compreender que sempre esteve certo: que deveria *Enlouquecer,* todavia, não para escapar de seu mundo, mas para enfim, jamais regressar.

Chega o momento de decidir, Juno. O que deseja fazer?

(JUNO) — Não mais devemos permanecer aqui. É necessário que nos dirijamos ao que agora nos faz frente: *ao Grande Relógio.*

(JUNO — pensamento) — De maneira autônoma e sem a anuência de resposta do Espectro da *Razão,* o mundo mnemônico do riacho se desfaz. O caminho do transporte, antes proposto pela *Roca* de Fiar, agora é conduzido por mim e posso ver graficamente a maneira que nos deslocamos, tanto eu, quanto o *Vulto.* Não existe temporalidade demarcada ou fixada. Se decide e se caminha pelos *Espaços* e pelas fendas manejadas.

Desfiro três passos.

A geografia anterior não mais existe e adentro, através de uma fissura no *Espaço*, o prado verde que guarda em seu horizonte, a alegoria do *Poder* de vigência da Real realidade: o *Grande Relógio* em sua fisionomia solta e em pura energia.

Caminho em direção à paisagem que agora me pertence, olho para trás e vejo a figura, o Espectro da *Razão* em seu balandrau.

(ESPECTRO DA RAZÃO) — Já estou em suas mãos, Juno, não percebe?

Tudo está finalizado e a decisão pelo próximo passo, enfim, jaz em suas mãos. Minha morada em seu mundo há de ser finalizada, agora, de um jeito ou de outro. Em seus caminhos, pude perceber que deveria contribuir com sua chegada ao *Topo da Torre* onde eu permanecia, pois mais do que minha *Liberdade* perseguida, o *Grande Relógio* necessitava de um contraponto, algo que eu jamais poderia realizar. *Encarcerada e em Desequilíbrio*, eu o esperava e o atraía com meus gritos de agonia até o ponto em que nos encontrássemos.

Buscava não a resolução do mundo, mas a inquirição de certo equilíbrio a ele. Vi em você a possibilidade de corporificar o novo condutor, assumindo o papel de *Espectro* guiante desse mundo que desconheço.

(JUNO) — E espera que eu conduza a *Real realidade* de maneira a atenuar suas discrepâncias, ou que a aniquile de uma vez por todas?

(ESPECTRO DA RAZÃO) — Sua jornada até aqui diz respeito à busca pela *Liberdade*. Sem moral, sem valor e sem culpa. A questão colocada, desde o início, foi a incessante batalha para que você pudesse *Escolher* e isso diz respeito a esse momento, seja qual for o caminho que tome. O maniqueísmo, tal qual conversamos, jamais será a chave para a condução, mas a sua dobra, sua ambiguidade em decidir, por si e pelos outros.

O que se modifica de sua premissa inicial é que a sua ação *Libertária* diz agora respeito a todos que na *Real realidade* caminham. *Quão irônico, não? Ser Livre, assumindo o controle da Liberdade cerceada.*

Você já não mais se presentifica pela *Vida* explorada ou pela condição de filho de Catarina. O *Poder* agora se dobrará a você, tal como seu corpo o fez, durante sua breve existência. A Roda gira, Juno, e nesse momento, é seu balandrau que maneja as práticas *Libertárias*, as técnicas de *Encarceramento* e a convulsão de ambos os termos.

Contudo, o mundo se atualiza e, com ele, as *Relações de Poder* e essa *Nova Razão* do *Mundo* hão também de escapar de sua mãos, como areia entre os dedos, e tal como eu, você se tornará obsoleto.

Lembra-se da *Pera da Confissão* e do súbito desaparecimento de seus supliciados? A *Escuridão* guarda o significado sobre quais existências você deve olhar, quando precisar resistir ao *Poder* que se modificará e objetivará, novamente, o uso de seu corpo, mesmo na qualidade de *Espectro*. A *Catalogação* deve continuar, e caberá a você, se servir do *Olho* que vigiará o mundo.

Deve-se atentar aos viajantes desta existência que habitara, pois é nas *Vidas* em catatonia e nos considerados *Anormais* que constam as insurgências necessárias para a contenção do que a humanidade buscou e busca para si: *o extermínio uns dos outros*.

Na *Vida* compulsoriamente posta à sarjeta, ao leito manicomial, em julgo pela moral, sobre a lama, sobre a terra escorrida dos morros do esquecimento, sob as grades de contenção. Olhe ao mosaico no qual se separam as peças do centro formando um tabuleiro nos quais os peões são escanteados, explorados e sacrificados. O *Olho* o qual agora o serve, jamais deverá se abster do que em praça pública é destinado ao espetáculo.

Encerro minhas elucubrações, viajante. Permanecerá aqui e manejará o *Grande Relógio*?

(JUNO) — Sim, não há mais necessidade de sua presença.

(JUNO — em pensamento) — Ainda fitando a alegoria do *Poder* postada à minha frente, viro-me a fim de testemunhar a escapada da figura múltipla que me acompanhou em grande parte desse recontar-se. *A Soberania, Vigilância ou Razão finalmente conquista sua tão buscada Libertação.*

Seu balandrau lentamente se desfaz como papel ao fogo, se desintegrando à medida que deixa de habitar aquele corpo disforme e monstruoso. Por alguns instantes, enquanto a percebo fugir deste mundo, consigo identificar certa fisionomia, uma faceta não humana interna a seu grande capuz, até então arraigado no breu e na impossibilidade de reconhecimento de sua forma interna.

Ela se vai!

Retoma sua origem e possivelmente continuará a trafegar pela aurora da criação até que seja aprisionada novamente: em outro *Tempo*, outro *Espaço* e por outras *Vidas*.

Encontro-me solitário à frente da representação atual do *Poder* que dobra, finalmente, seus joelhos perante minha influência.

Sinto a matéria do meu corpo leve, como se tivesse diminuído de densidade em uma forma significativamente mais *Etérea* de composição. Algo em que, de alguma maneira, me ponho a pensar em termos de possibilidade de condução do mundo que agora devo sugestionar.

Estou à *beira do precipício.*

O ambiente é tranquilo.

Abaixo da gigantesca altura, visualizo o magnífico amontoado de águas, formando o imenso oceano que guarda essa derradeira descrição. O *Grande Relógio* permanece à minha espera, entre o penhasco e a imensidão do mar.

Já possuído de outro corpo: *leve e fluido*, não necessito me jogar para atravessar. Em vez disso, caminho sobre o líquido e me surpreendo com a última analogia bíblica que me convoca à análise. *Um torto messias, que talvez não se ocupe da salvação de ninguém.*

Enquanto afiro lentos passos em direção ao *Poder*, vejo o *Oceano* que acalenta esse *Epílogo*, e me *Lembro:*

Da água que me submergia na Loucura buscada. Do Poço que me jogaria à peregrinação.

E do riacho, que ao meu nascimento, me Enlouquecera.

Continuo a caminhada.

Sinto em meu íntimo que logo desaparecerei.

Olho a superfície das águas e vejo a dimensão do meu reflexo.

Tal como ocorria com os Espectros: da *Loucura, da Confissão e da Vigilância*, vejo meu rosto lentamente desaparecer dentro do capuz do balandrau. A escuridão fisionômica desce e vagarosamente me esconde.

A venda ou o véu retirado do meu antes cego olhar enfim é substituída pela mais completa *Escuridão*, pois agora que tudo vejo, a única imagem que me escapará será a do que esteticamente me dava forma humana. Despeço-me do meu *Rosto* e recebo em contrapartida a face da humanidade que penderá sob meu julgo.

Os últimos resquícios do vivido e do que fui, enquanto *Juno*, vão desaparecendo a cada passo desferido em direção ao *Grande Relógio*.

Afiro as últimas passadas. Estou agora dentro da alegoria e me vejo em simbiose com sua *Força de condução*.

Vejo ao longe a Real realidade. São *6h13*, horário que eu costumava despertar em minha cama, buscando a emergência de uma saída daquela *Prisão. Não mais!*

Tudo subitamente se silencia.

Lembro-me do fantoche com o qual brincava e do número *Cinco* inscrito em seu dorso pelas minhas mãos.

Ouço o barulho do riacho da casa que um dia habitei. *Suas águas calmas e cristalinas correndo livres formam meu rito de despedida.*

A *Loucura*, ou a busca por *Romper-me*, não se deu pelo mero e simples ato de nascer, mas por ser apresentado a mim, em primordialidade, a imagem do que jamais poderia vir a experimentar.

A busca por cessar minha vivência na *Real realidade* foi também consonante à *Força* do *Espectro* da *Vigilância* e pelo uso que a mesma fazia da *Roca* de Fiar — assim como comumente agia com sua prole, buscou para si a substituição.

Sei agora que a *Insanidade* sempre esteve caminhando ao meu lado. A *Quinta Verdade* se revela enquanto me desfaço da carne e do sangue que me acompanharam durante esta autópsia do Real.

Correr sem contorno, como as águas vistas pela janela do meu nascimento. Esse fora o meu trauma original: a vista do que *Desejaria* e do que jamais conseguiria performar.

Venho ao mundo em um nascimento maculado pelo pecado da *Rédea* não aceita, algo que busquei incessantemente expiar. *E assim o fiz.*

Jamais poderia ser *Liberto* como o líquido, pois enquadrado em normas, fui afogado.

Lembro-me de Catarina e do que ela jamais pôde ser.

Choro, pela *Quinta Vez*.

E acima de tudo, recordo-me da sorte de ter nascido próximo à água...

319

FSC
www.fsc.org
MISTO
Papel | Apoiando
o manejo florestal
responsável
FSC® C092828

editoraletramento
editoraletramento.com.br
editoraletramento
company/grupoeditoralletramento
grupoletramento
contato@editoraletramento.com.br
editoraletramento

editoracasadodireito.com.br
casadodireitoed
casadodireito
casadodireito@editoraletramento.com.br

GRUPO ED.
LETRAMENTO